Für den kleinen Buben, der von den anderen Kindern gemobbt, gehänselt und verdroschen wurde und der sich deshalb in Geschichten und Phantasiewelten geflüchtet hat, die ihm so unendlich viel bedeuten

Man reist ja nicht, um anzukommen,
sondern um umzukommen.

Frei nach Johann Wolfgang von Goethe

Prolog

Er kannte das Gefühl, sich nicht rühren zu können. Er hatte mal in einer »Tatort«-Episode ein Entführungsopfer gespielt. Bei den Dreharbeiten hatte er auf einer Matratze gelegen, mit verbundenen Augen und auf dem Rücken gefesselten Händen. Das ganze Drumherum am Filmset hatte damals dafür gesorgt, dass er sich mehr wie bei einem Räuber-und-Gendarm-Spiel vorgekommen war. Und natürlich hatte er das mit dem Fesseln mit einigen Gespielinnen auch beim Sex mal ausprobiert. Wobei er es in diesen Situationen stets bevorzugt hatte, wenn er in der Position des Aktiven, also des Fesselnden, gewesen war.

Das Gefühl der hinter seinem Rücken fixierten Hände war also nicht neu für ihn. Doch die Intensität, mit der der Kabelbinder in seine Haut schnitt, das hatte eine andere Qualität. Und damals bei dem Dreh war er auch noch etliche Jahre jünger gewesen, seine Haut geschmeidiger und widerstandsfähiger. Mit dem Knebel in seinem Mund, einem Stofffetzen oder was immer es war, konnte und wollte er sich ebenso nicht anfreunden. Aber, so ehrlich musste er zu sich selbst sein, auch der Knebel war es nicht, der ihm am meisten Angst machte. Hier, in diesem kleinen Lagerraum, inmitten von Gulaschkonserven, Haltbarmilch und Toilettenpapier. Am stärksten versetzte ihn in Unruhe, dass er – anders als damals am Filmset – keine Augenbinde trug. Dass er sah, wer ihm da gegenüberstand. Denn er wusste aus zahlreichen Büchern, Filmen und True-Crime-Podcasts: Bekam das Opfer jene Person zu Gesicht, die für die Entführung verantwortlich zeichnete, bedeutete dies meist nichts Gutes.

»Wir können doch gemeinsame Sache machen. Wenn wir uns zusammentun, hat er keine Chance!«, hatte er um Gnade gebeten, bevor ihm der Knebel verpasst worden war.

»Ich lasse dich noch ein bisschen am Leben, damit du darüber nachdenken kannst, warum du dich in dieser misslichen

Situation befindest«, hatte sein Gegenüber gesagt und ihn allein gelassen.

Na gut, vielleicht war dieser Satz noch beunruhigender als die fehlende Augenbinde.

Elf Stunden zuvor

So kann's gehen im Leben

Ein Kampf auf Leben und Tod. Die beiden hatten sich ineinander verkeilt. Aus der Entfernung war nicht auszumachen, wo der eine den jeweils anderen erwischt, ihn fixiert hatte. Aber selbst für Außenstehende war klar: Da meinten es zwei sehr ernst. Todernst. Das Wetter passte für eine solch dramatische Auseinandersetzung. Die Hitze trieb selbst den unbeteiligten Zuschauern die Schweißperlen auf die Stirn und an all jene Stellen des menschlichen Körpers, die man im Hochsommer besser in einen Mantel des visuellen Schweigens hüllte. In den vergangenen Tagen sorgte der von den Hängen des Leithagebirges herabwehende Wind für ein angenehmes Seeklima. Doch heute verriet die spiegelglatte Oberfläche des schlammigen Wassers, dass dem Wind die Puste ausgegangen war. Die Hitze hatte wieder die Oberhand gewonnen.

Das Gekeife der Kontrahenten wurde hin und wieder vom Lärm der Kinder übertönt, die auf der anderen Seite der schmalen Seeenge im Ruster Seebad ihren sommerlichen Freuden frönten, nicht ahnend, dass es ein paar Meter weiter ums nackte Überleben ging. Die beiden Gänseriche drehten sich im Kreis, schlugen fast schon Purzelbäume und kämpften verbissen weiter, hackten sich die Schnäbel gegenseitig in die befiederten Körper und peitschten aufgeregt mit den Flügeln. Ich wusste natürlich nicht, ob es sich wirklich um zwei männliche Gänse oder um anderes Federvieh handelte. Um meine ornithologischen Kenntnisse war es auch nach acht Monaten am Neusiedler See, davon nun schon vier Tage in Castles Seehütte im Schilf, nicht zum Besten bestellt. Macht mal langsam, dachte ich mir. Ihr habt noch euer ganzes Leben Zeit, euch wie zwei wild gewordene liebestrunkene Teenager an die Gurgel zu gehen. Doch sie hörten nicht auf mich.

Ich beobachtete das Schauspiel aus meiner exquisiten horizontalen Position. Es hätten nur ein quietschbunter Cocktail mit Schirmchen und dazu säuselnde Karibikklänge gefehlt, und schon hätte ich mich wie im Urlaub gefühlt. Dabei war ich ja eigentlich hier, um auf Castles Schilfhütte aufzupassen. Es waren gerade mal vierzig Meter hinüber bis zum Steg der Ruster Segelschule. Nicht weit von dort hatte mir im letzten November die Taxiprucknerin zum ersten Mal den See gezeigt. Es war ein stürmischer Tag gewesen, der Wind hatte das niedrige Wasser des Steppensees ordentlich aufgewühlt. Es war der Tag meines Abschieds aus Rust gewesen. Oder hätte zumindest dieser Tag werden können.

Stattdessen knotzte ich nun auf einer Liege auf dem Steg einer Schilfhütte herum und beobachtete die stolzen Gänsemannsbilder dabei, wie sie sich balgten, als ob es kein Morgen geben würde. Der Showkampf, der sich entweder um Brotkrumen oder um das Besteigen einer Gänsedame gedreht haben dürfte, endete erst, als ein – für Neusiedler-See-Verhältnisse – riesiger Kahn durch die Ruster Bucht pflügte, begleitet von einem ziemlich beeindruckenden Tuten. Da staunten die beiden Ganter und ich nicht schlecht, als wir das Ding erblickten. Im vorderen Bereich des Schiffes schwangen sich Zwischen- und Oberdeck in die Luft. Der weiß-blaue Anstrich sah nigelnagelneu aus, und das Schiff war festlich in den Farben Schwarz, Weiß und Grün geschmückt. Ungefähr so mussten auch die Amerikadampfer behangen gewesen sein, die im 19. Jahrhundert ihre Passagiere samt all deren Hoffnungen und Ängsten von Hamburg oder Birmingham aus in Richtung Westen geschippert hatten. Wenigstens die Eisberge der Transatlantikroute sollten dem Schiff im Neusiedler Hochsommer erspart bleiben.

Erst jetzt bemerkte ich den Schriftzug zwischen Ober- und Zwischendeck, der auf jene Reederei verwies, der das Schiff gehörte: »Seereisen Plünder«. Ich verwarf all meine guten Wünsche für die Passagiere sofort wieder. Sollte der Kahn doch elendig absaufen.

Bella schien vom durchdringenden Tuten des Schiffes in

ihrem Schönheitsschlaf gestört worden zu sein. Meine treue Begleiterin kam durch die Schiebetür ins Freie auf den Steg getrottet und besah sich den Aufruhr. Die beiden Ganter hatten einen Gang runtergeschaltet, belauerten sich aber nach wie vor wie zwei Boxer, von denen keiner den ersten Schritt aus der Deckung wagen wollte. Am Heck des Schiffes war deutlich dessen Name zu sehen: MS Maximilian. Wie gesagt, elendig auf Grund laufen sollte das Ding.

»Kannst wieder reinmarschieren, Kameradin, hier draußen verpasst du nichts«, sagte ich zu Bella und ließ das Schiff Schiff sein. Ich tätschelte ihr über das Kopferl, streichelte das wuschelige braune Fell ihres Körpers. Es tat gut, ihre Körperwärme zu spüren. Nicht weil mir im Neusiedler Sommer hätte kalt sein können, sondern in zwischenmenschlicher Hinsicht. Sie sah mich mit ihren Murmelaugen an, und ihr gutmütiger Blick verriet mir, dass gerade ganz ähnliche Gedanken durch ihren Kopf gingen. Oder vielleicht hatte sie auch einfach nur Hunger. Der Sonnenschein und meine Streicheleinheiten schienen jedenfalls verlockender zu sein als das stickige Innere, und so leistete sie mir weiterhin Gesellschaft.

Die Schilfhütte gehörte Castle Moser, einem Ruster Weinbauern. In den Tagen zuvor war es zu mehreren Vandalismusfällen gekommen. Jugendliche waren im Verdacht gewesen, nachts mit einer Zille von Hütte zu Hütte gefahren zu sein, um Graffitis an die Wände der edlen Seebehausungen zu sprühen. Castle wollte seiner Hütte dieses Schicksal ersparen und dachte, in Bella und mir die richtigen Beschützer für sein Anwesen gefunden zu haben. Unsere Aufgabe bestand großteils darin, anwesend zu sein. Das sollte ausreichen, so die Idee, damit die Jugendlichen einen Bogen um sein schnuckeliges Seeanwesen machen würden. Der Plan war im Großen und Ganzen aufgegangen, die beiden Täter waren tags zuvor von einem Patrouillenboot der Polizei auf frischer Tat ertappt worden. Statt der im Verdacht stehenden b'soffenen Jugendlichen hatten sich die Täter als Anhänger einer radikalen Ökobewegung entpuppt, die der Verbauung des Neusiedler Sees entgegenwirken wollten. Da hätten sie sich lieber mal eine der neuen schicken Chaletanlagen ausgesucht anstelle von Schilfhütten, die seit Generationen an Ort und Stelle standen. Bellas und mein Auftrag war also beendet, und im Lauf des Tages würden wir wieder ins Bahnhofsheiserl ziehen. Schade eigentlich.

Als ich von der Toilette zurück auf den kleinen Steg kam, hatten meine Augen größte Mühe, sich wieder an das grelle Licht der Sonne zu gewöhnen, deren Strahlen sich auf der glatten Oberfläche des Sees spiegelten. Kein Wellenschlag war zu sehen, auch die Wellen der MS Maximilian waren längst verebbt. Bella fläzte sich neben der Sonnenliege und ließ eine Pfote lässig vom Steg hängen. Der See hätte jedoch einen Jahrhundertwasserhöchststand benötigt, um mit seinem kühlenden Nass ihre Pfotenspitze zu erreichen.

Meine Augen brauchten also ein bisserl, um sich an das gleißende Licht zu gewöhnen. Meine Ohren hingegen, die funktionierten tadellos. Und so vernahm ich Motorengeräusche, die sich langsam unserem Vorposten hier im Ruster Schärengarten näherten. Ich nutzte meine rechte Hand als Sonnenschutz, und als ich die Lider meiner Augen einen Schlitz weit öffnete, sah ich nun auch den Ursprung des Lärms. Eine schmale Zille mit Außenbordmotor. Selbst mit meinen zugekniffenen Augen identifizierte ich bereits von Weitem, wer das kleine Boot steuerte. Bella hob ihren müden Kopf. Als auch sie die Steuerfrau erkannte, begann sie aufgeregt und freudig zu schwänzeln.

»Schönen guten Tag«, rief die Taxiprucknerin, nachdem sie den Motor abgestellt hatte und die letzten Meter über das Wasser zum Landungssteg unserer Hütte glitt. »Hab ich euch eh net g'weckt?«

Ich sah auf die Uhr. Es war kurz nach eins. »I wo«, erklärte ich und winkte zum Gruß. »Wir sind Frühaufsteher«, fuhr ich fort, was nicht ganz gelogen war. Denn die Gelsen machten einem hier das Leben zur Hölle, wenn man als Schilfhüttenneuling Anfängerfehler beging, auf die die kleinen Biester nur lauerten. Zum Beispiel wenn man nachts aus Versehen die Tür samt dazugehörigem Insektengitter nicht wieder richtig verschloss, nachdem man Bella schlaftrunken auf ihre kleine, unwürdige Hundetoilette gelassen hatte, die auf der Holzveranda stand. Zudem hatte in den ersten beiden Nächten mitunter ohrenbetäubender Lärm vom Hafenbecken zu uns herübergedröhnt. Meine nächtliche Nachschau hatte ergeben, dass wieder mal eines der Schlammabsaugboote aktiv gewesen war. Insofern waren die Nächte hier draußen nicht gerade von reichhaltigem Schlaf geprägt. Aber das war kein Problem für uns beide, wir konnten ja mittags eine Siesta einlegen. Und nachmittags. Und vormittags.

»Fein habts ihr es hier draußen«, sagte sie. »Wie lang bleibst denn noch?«

»Nimma lang«, antwortete ich und bemerkte, dass da ein Fünkchen Bedauern in meiner Tonlage zu vernehmen war. »Die Unruhestifter wurden gefasst, und somit wurden Bella und ich ein bisserl unserer maritimen Existenzgrundlage hier draußen im Ruster Schärengarten beraubt.«

»Ein bisserl Abwechslung würde Bella und dir aber wahrscheinlich ganz guttun. Hier auf dem Wasser ist's für sie wohl doch recht eintönig, oder?«

Natürlich, die massiv große Spielgemeinschaft mit anderen Hunden gab es hier draußen nicht für Bella. Aber die neuesten Hundenews konnte sie bei unserem täglichen Ausflug zum Festland erschnüffeln. Und ganz allgemein schien sie hier keinen unglücklichen Eindruck zu machen. Bis halt auf diese unwürdige Hundetoilette in Form eines kleinen Fleckens Kunstrasen mit darunter befindlicher Urinlade, die ich vor Beginn unseres Hüttenabenteuers im Ruster Lagerhaus erstanden hatte. Die auf dem Kunstrasen vorhandene Imitation eines Hydranten hatte Bella innerhalb kürzester Zeit als Zeichen des Protests umgeworfen.

Nach der Ankunft der Taxiprucknerin hatte Bella es sich wieder im Halbschatten gemütlich gemacht und beobachtete die beiden Ganter, die jeden Moment wieder aneinandergeraten würden. Ich weiß nicht, ob auch Bella es bemerkt hatte, aber in den Worten der Prucknerin hatte etwas Irritierendes gelegen. Es wirkte fast so, als ob sie uns den Abschied schmackhaft machen wollte.

»Ich hab nämlich ein bisserl ein Anliegen«, fuhr sie fort.

Ah ja. Ein bisserl ein Anliegen also.

»Heute startet die MS Maximilian zu ihrer großen Seereise. Du hast vielleicht davon gehört.« Hatte ich in der Tat. Der Neusiedler See sollte Schauplatz einer phantastischen Rundreise im Kreuzfahrtstyle werden. Das war die Tage zuvor im Eisenstädter Express zu lesen gewesen. Hatten sich die bisherigen Fahrten eher auf Fähr-, Charter- oder Ausflugstouren beschränkt, sollte nun erstmals ein Schiff über mehrere Tage die wichtigsten Orte am See abfahren. In jedem Ort wurden Landgänge angeboten, genächtigt wurde jeweils an Bord. Für die Reise war extra ein hochmodernes Binnenkreuzfahrtschiff mit besonders niedrigem Tiefgang angeschafft worden, das nicht nur eine Aussichtsterrasse, einen Speisesaal und allerlei Freizeitschnickschnack beherbergte, sondern auch Kabinen zur Übernachtung. Um das ganze Unterfangen zu bewerben, veranstaltete die Reederei eine Jungfernfahrt mit Celebritys und solchen, die sich dafür hielten. Zusätzlich hatte der Express ein Gewinnspiel veranstaltet, bei dem Leser Tickets für diese einmalige Schiffsreise gewinnen konnten. Das musste dann wohl jener Kahn gewesen sein, der kurz zuvor durch die Ruster Bucht in Richtung Anlegestelle geschippert war.

»War ja nicht zu überhören«, antwortete ich.

»Jedenfalls ist's so, dass die Reise in einer Stunde losgehen soll. Meine Mutter ist auch an Bord, weil sie bei irgendeinem Preisausschreiben gewonnen hat. Gott weiß, warum ausgerechnet sie ausgewählt wurde. Aber es ist nun mal so.«

Ich schenkte ihr eines meiner »Mhmms« und fragte sie, warum sie mir das alles erzählte.

»Weil ich dich bitten wollt mitzufahren.«

Haha, der war gut, der Joke. »Was soll ich denn auf diesem Schiff?«, fragte ich sie, nachdem ich mich wieder halbwegs beruhigt hatte. Sie fand das irgendwie nicht so zum Lachen. »Braucht deine Mutter eine Pflegekraft?«

»Nein«, sagte sie ganz im Ernst. »Ihre Pflegerin aus dem Heim darf mitkommen, sonst hätte sie ja nicht mitfahren können.«

»Also?«

»Damit die Kreuzfahrt stattfinden kann, muss ein Sicherheitsbeamter an Bord sein. Der eigentlich geplante Mann hat aber gestern irgendeinen Virus aufg'rissen und hängt seit der Nacht überm Häusl. Der fällt also aus ... und da dachte ich ...«

»... dass der Nikolaus Lauda schon nichts Besseres zu tun haben und mitfahren wird?« Ich lachte erneut. »Warum in aller Welt sollte ich das tun? Da würde ich mir wohl lieber von einem Storch ein Auge auspicken lassen.«

»Störche machen das nicht«, konterte sie trocken. »Du würdest mir damit einfach einen großen Gefallen tun. Meine Mutter freut sich so auf die Reise. Und das wären doch vielleicht auch für dich ein paar feine Tage. Du würdest ein bisserl in der Gegend herumkommen. Wo warst denn die letzten Monate schon groß, seitdem du in Rust bist? Würd dir guttun.«

Ich erinnerte mich dunkel an einen Ausflug mit dem Limbeck Herbert im vergangenen November. Er hatte mich auf dem Weg nach Parndorf mit seinem Jeep fast ins Jenseits befördert. Bei einem meiner letzten Besuche in Eisenstadt war auf mich geschossen worden. In Donnerskirchen war ich nur knapp den beiden deutschen Häschern entkommen, die mir Mafiapate Vito Violino auf den Hals gehetzt hatte. Fasste man diese Ausflüge zusammen, kam ich zu dem Ergebnis, dass es durchaus Sinn machte, mich nicht groß aus Rust rauszubewegen. Zumal man ja auch nie wusste, ob Vito nicht doch noch mal ein paar Mitglieder seines Clans auf den Weg schicken würde, um ein paar alte Rechnungen inklusive Zins und Zinseszinsen zu begleichen. Außerdem war da damals dieser Vorfall im Gasthaus Quell gewesen, der mich meinen Job beim Wiener Landeskriminalamt gekostet hatte. Seither plagte mich eine gewisse Aversion gegen Prominente.

»Ich muss eigentlich nicht groß die Gegend erkunden«, stellte ich daher mit felsenfester Überzeugung in der Stimme fest.

»Aber da ist noch was«, schien sie sich durch meine felsige Stimme nicht von ihrem Vorhaben abbringen zu lassen.

Bella sah zu den beiden Gänserichen, die sich nun wieder ineinander verkeilten. Vielleicht suchte sie aber auch nur ihr nicht vorhandenes Spiegelbild auf der Wasseroberfläche. So genau war das nicht zu erkennen. Dabei spiegelte sich im Neusiedler See nichts im Wasser. Das war hier kein kristallklarer Alpensee. Was auch immer sie da also gerade neben mir tat, ich hoffte, sie würde mir und ihr und eigentlich auch der Prucknerin eine spontane See-Rettungsaktion ersparen und nicht hineinspringen.

»Ich verliere eine Menge Geld, wenn die Kreuzfahrt abgesagt werden muss«, stotterte es aus ihr heraus. Dabei fuhr sie sich verlegen durch die lockigen Haare. Machte sie jetzt einen auf schüchternes Mädchen, um an meinen Beschützerinstinkt zu appellieren? Das hatte sie doch gar nicht nötig. »Mein Taxiservice ist für die sechs Landgänge gebucht. Wenn die Kreuzfahrt nicht stattfinden kann, gibt es keine Landgänge. Keine Landgänge, kein Umsatz.«

»Aber so eine Kreuzfahrt fällt doch nicht ins Wasser, nur weil kein Security mit an Bord ist«, entgegnete ich.

»Diese schon«, erklärte die Taxiprucknerin. »Die Prominenten weigern sich, an Bord zu gehen, wenn nicht für ihre Sicherheit gesorgt ist.«

»Sind etwa Justin Bieber und Helene Fischer hier, oder wer macht sich da so ins Hemd?«

Es irritierte mich irgendwie, dass mir ausgerechnet diese beiden VIPs als Erstes eingefallen waren. Aber die Prucknerin schien das nicht zu verstören, also war es wohl nicht weiter schlimm.

»Wer auch immer da mitfährt, Fakt ist, dass es keine Kreuzfahrt geben wird, wenn kein Sicherheitsmensch an Bord ist.«

»Und der Plünder hat dich vorgeschickt, mich das zu fragen, weil er weiß, dass du und ich gut miteinander sind?«

»Das klingt aus deinem Mund ja fast nach einer Romanze«,

antwortete sie und setzte so einen Ätschibätschi-Gesichtsausdruck auf. Das schüchterne Mädchen hatte sich aus dem Staub gemacht, und die Taxiprucknerin war wieder ganz sie selbst. »Du solltest wissen, dass ich mich von niemandem vorschicken lasse«, erklärte sie daraufhin. Wusste ich natürlich tatsächlich. Also eigentlich wusste ich das, irgendwie. »Ich habe g'hört, dass der Security ausgefallen ist, und dann habe ich angeboten, dass ich dich frage.«

»Kann sich der Poidl nicht Urlaub nehmen und mitfahren? Ich wüsste beim besten Willen nicht, warum ich auch nur einen Fuß auf ein Schiff von Maximilian Plünder setzen sollte. Auch wenn es mir natürlich leidtun würde, wenn du um deine Bezahlung für die Ausflüge gebracht werden würdest.«

Und das würde es wirklich, ich war ja kein Unmensch.

»Du bist mir noch was schuldig«, sagte sie jetzt, und irgendwas in ihrer Stimme hatte sich verändert. Das klang jetzt ein bisschen cooler, abgebrühter.

»Was genau?«, fragte ich verwundert, während Bella ihren Kopf weiter in Richtung Wasser senkte. Mach jetzt bloß keinen Scheiß, sagte ich in Gedanken zu ihr. Ich hatte wahrlich keine Lust, hier vor der Prucknerin einen auf Baywatch zu machen. Zumal ich weder mit einer roten Rettungsboje noch mit Mitch Buchannons Sixpack dienen konnte.

»Du bist mir noch was für deinen Kuss vom letzten November schuldig.«

Eh klar. Das war ihre Trumpfkarte. Und dass sie dieses Blatt in den vergangenen Monaten schon des Öfteren gespielt hatte, änderte nichts daran, dass ich nach wie vor kein besseres Blatt auf der Hand hatte.

»Dann fahr ich halt mit«, erklärte ich wie ein trotziges Kindergartenkind. »Aber ich werde sicher keinen Spaß an Bord haben«, schob ich noch hinterher. Als ob das irgendwie von Belang wäre.

Und in genau diesem Moment, kein Witz, schoss aus dem Wasser ein Trumm von einem Wels, schnappte sich mit seinem riesigen Maul einen der beiden Ganter und zog ihn unter Wasser. Die beiden gefiederten Viecher waren komplett mit sich selbst beschäftigt gewesen und hatten die eigentliche Gefahr aus den Augen gelassen. So kann's gehen im Leben. Wirklich überraschend an der Szenerie fand ich aber die Reaktion von Bella. Als wenn sie so was jeden Tag sehen würde, rührte sie sich keinen Millimeter. Sie sah dem todbringenden Treiben ganz cool zu. Als ob sie geahnt hätte, was da gleich passieren würde.

»Aber Bella kommt mit aufs Schiff«, erklärte ich der Prucknerin. Und so geschah es auch.

Servus, Piko!

Nachdem ich die Schilfhütte verschlossen und alle Luken dicht gemacht hatte, setzte die Prucknerin Bella, mich und das Hundeklo auf das andere Ufer über. Da die MS Maximilian im kleinen Hafenbecken vor dem Restaurant Katamaran ziemlich viel Platz beanspruchte, legten wir mit unserer Zille im hinteren Bereich des Hafens an. Was wir von unserem Hüttenaufenthalt an Bord nicht brauchen konnten, verstauten wir im Kofferraum der eierschalenfarbenen Familienkutsche der Prucknerin. Diesem entnahm ich auch eine prall gefüllte Reisetasche. »Ich hab dir ein paar Sachen im Bahnhofsheiserl zusammengepackt«, erklärte die Taxiprucknerin, so als ob es das Normalste der Welt wäre, in ein fremdes Haus einzusteigen und Urlaubsgepäck zusammenzuklauben für jemanden, der noch nicht mal was von seinem Glück wusste. Aber tja.

Und dann mischten wir uns unters feiernde Volk. Es herrschte Volksfeststimmung. Die Blasmusik spielte auf, Luftballons stiegen empor, und sowohl das Café des Seehotels als auch der Katamaran waren mit Girlanden in den schwarz-weiß-grünen Farben der Reederei Plünder geschmückt. Weiter hinten, bei den Tischchen des Seehotels, stand einsam und verlassen Alfred Dachs und hielt ein Schild in die Höhe, auf dem mit krakeliger

Handschrift »Gegen die Kommerzialisierung unseres Sees« geschrieben stand. Er war sich und seiner gesellschaftskritischen Tradition also treu geblieben. Erst im Vorjahr hatte der Ruster eine Bürgerinitiative gegen die ungarischen Hotelpläne von Maximilian Plünder ins Leben gerufen und schließlich Erfolg damit gehabt. Auch wenn er diesen Erfolg im Rückblick vielleicht etwas ambivalent einschätzte, war doch seine Frau Carlotta ausgerechnet in jenem Steinbruch ums Leben gekommen, aus dem der Kalkstein für den Hotelbau hätte stammen sollen.

Bella blieb ganz dicht bei mir, ihr war der laute Trubel ein bisserl zu viel. Ich konnte sie gut verstehen. Die angestammten Bewohnerinnen und Bewohner der ansonsten geruhsam vor sich hin lebenden Hafenanlage – Enten, Gänse und Schwäne – hatten ebenfalls Reißaus genommen. Von den Störchen, für die die Freistadt Rust bekannt war, hatte sich gleich erst gar keiner eingefunden.

Der plötzlich aufbrandende Applaus lenkte unsere Aufmerksamkeit in Richtung Parkplatz. Ich drehte mich um und sah, wie aus einem Kleinbus eine Handvoll Menschen ausstieg und sich sogleich daran machte, an die wartende Menge vorgedruckte Autogrammkarten zu verteilen sowie für Selfies zu posieren. Ich wusste nicht, ob das die von der Prucknerin erwähnten Prominenten waren oder doch nur die Gewinner des Preisausschreibens, denn keine von den Nasen sagte mir etwas. Welch Überraschung. Vielleicht wäre es von Vorteil gewesen, in den letzten Jahren mehr Trashformate im Fernsehen zu verfolgen, bei denen vermeintliche Prominente durch den Dschungel gejagt, auf Bauernhöfe verschleppt oder auf Südseeinseln ausgesetzt wurden.

»Ah, da ist auch die Mamschki«, rief die Taxiprucknerin und verschwand in der Menge. Der maritime Almprominentenauftrieb schritt voran, als mich eine mir unbekannte Person auf einmal von der Seite anquatschte.

»Das wird eine tolle Fahrt, ich freu mich schon seit Wochen auf den heutigen Tag. Sind Sie auch mit von der Partie?«

Der Kerl sah noch unscheinbarer aus als die Prominenten,

also tippte ich darauf, dass es sich bei ihm um einen der Gewinner der Verlosung im Eisenstädter Express handelte.

»Ja«, antwortete ich. Den Zusatz, dass das ganz sicher keine tolle Fahrt werden würde, ersparte ich mir an dieser Stelle. »Sie sind einer der Gewinner vom Preisausschreiben?« Auch wenn ich noch keinen Vertrag als Security für die Rundfahrt unterschrieben hatte, konnte es ja nicht schaden, mir die Teilnehmer schon mal ein bisschen näher anzuschauen.

»Nein, ich bin einer der Stars«, sagte er mit glänzenden Augen.

Ich sah zu der Promikarawane hinüber, die sich langsam von dem Kleinbus durch die Menge zum Landungssteg des Schiffes vorschob. Menschen baten um Autogramme, Schaulustige machten Selfies, und ältere Damen rangelten sich unter Einsatz ihrer Ellbogen um die Plätze in der ersten Reihe hinter dem Absperrband, um ihren Stars ganz nah sein zu können. Zwei Polizisten, darunter der Poidl, hielten ein wachsames Auge auf die gesamte Szenerie. Aber der Kerl neben mir? Da stand niemand, um nach einem Autogramm zu fragen, da wollte niemand ein Selfie. Und die beiden Kiberer schienen sich auch nicht gerade brennend für ihn zu interessieren. Ich blickte wieder zu meinem Nebenmann.

»Und warum kommen Sie dann nicht mit den anderen Prominenten da drüben an?«

»Ich wollte mich vorher noch ein bisserl umschauen und unter die Leute mischen, Stimmungen einfangen, Emotionen spüren«, antwortete er. »Ich bin Schriftsteller, vielleicht haben Sie ja meinen Debütkrimi ›Auf der Alm, da gibt's koan Mord‹ gelesen? Ist im Vorjahr erschienen und ging ab wie eine Rakete. In der Kategorie Almkrimis war ich bei Amazon sogar für einige Wochen in den Top 100.« Eher unwahrscheinlich, dass mir dieses literarische Juwel in die Finger gekommen war. »Aktuell arbeite ich gerade an einem Thriller. Ich nutze die Rundfahrt quasi als Recherche, müssen Sie wissen.«

Musste ich das tatsächlich wissen? Offenbar schon.

»Ein Thriller, der auf einem Schiff spielt?« Mir kam unweigerlich der Film »Speed 2« mit Sandra Bullock in den Sinn. Darin sollte ein entführtes Schiff mit einem Öltanker zur Kollision gebracht werden, was die Helden des Films – wer hätte damit gerechnet? – in allerletzter Sekunde verhindern. Öltanker waren, soweit ich wusste, eher die Ausnahme auf dem Neusiedler See. Wie beruhigend.

»Ja, das wird ein riesiges Spektakel. Es gibt auch schon Gespräche mit einer Filmproduktionsfirma.«

»Aha«, sagte ich.

»Schau, Mamschki, das ist der Nikolaus. Von dem hab ich dir schon ganz viel erzählt«, hörte ich auf einmal eine mir vertraute Stimme sagen. Kurz darauf blickte ich in die braunen Augen der Taxiprucknerin. Sie schob eine alte Frau im Rollstuhl vor sich her.

»Grüß Sie, Stanislaus«, sagte die alte Dame und streckte mir die Hand entgegen. Sie war deutlich kleiner als die Prucknerin; eine von der Sorte, deren weiße Haare so einen seltsamen bläulichen Farbton aufwiesen. Wie machten die alten Leute das nur? Und vor allem, warum? Ihren Kopf hielt sie mir leicht gebeugt entgegen, das Rückgrat hatte offensichtlich Probleme, sich senkrecht auszurichten. Ein Schicksal, das vielen Menschen im Alter blühte und manchen Leuten wie dem Plünder auch schon früher. »Was hast mir noch gleich erzählt über ihn?«, fragte sie anschließend ihre Tochter. »Ist des der Kapitän?«

»Aber nein«, sagte die Prucknerin eilig, »der Niko schaut darauf, dass bei der Reise nix passiert.«

»Nix passiert? Gibt's keine Reise?«, fragte die Dame.

»Dass nix passiert, kein Hoppala oder so«, fügte die Prucknerin hinzu.

»Ah so, dann ist's ja gut«, reagierte die Mamschki sichtlich erleichtert. »Servus, Piko!«, fuhr sie fort und schüttelte mir erneut die Hand.

»Komm, Mama«, befreite die Prucknerin uns schließlich aus dieser seltsamen Situation. »Ich bring dich schon mal aufs Schiff. Die Jennie ist auch schon an Bord und verstaut dein Gepäck. Und der Weinkaiser kommt sicher auch gleich, ich hab ihn schon g'sehn.« Sie schob ihre Mutter weiter auf den Anleger, beide verschwanden in sehr gemächlicher Geschwindigkeit über die Gangway im festlich geschmückten Schiff.

»Stimmt das? Sie sind für die Sicherheit an Bord verantwortlich?«, fragte mich der Autor, kaum dass die beiden Damen verschwunden waren.

»So in der Art«, antwortete ich. Er kramte einen kleinen Notizblock aus der Innentasche seiner Jacke und begann, eifrig zu schreiben.

Die Prominenten, vier an der Zahl, hatten derweil den kleinen Anlegesteg erreicht. Hinter ihnen wurde ein rot-weißes Absperrband gezogen, sodass die nachströmende Masse ihnen nicht auf den Anleger folgen konnte. Von den Terrassen des Katamaran-Restaurants blickten die Schaulustigen gebannt herüber. Sie sahen nun einen Mann aus dem Inneren des Schiffes auf den Anleger heraustreten. Feierlich gekleidet, weißer Anzug, marineblaue Krawatte und Schuhe. Auf seinem Kopf trug der kleine Mann eine große blau-weiße Kapitänsmütze.

»Was macht der denn hier?«, brach es aus mir heraus.

»Das ist der Inhaber der Reederei«, fühlte sich der Autor neben mir offensichtlich angesprochen. »Maximilian Plünder.«

»Ich weiß, wer das ist«, antwortete ich barsch. »Das war eine rhetorische Frage.«

Plünder positionierte sich hinter einem eilig herbeigeschafften Rednerpult und stellte sich auf einen ebenso eilig herbeigeschafften Schemel, der von einem Anzugträger hinter dem Pult platziert worden war.

»Meine verehrten Damen und Herren, liebe Menscha aus Rust und aus der ganzen Welt«, begann er seine Ansprache gewohnt bescheiden.

Und sofort nervte er mich kolossal. Was folgte, war ein halbstündiges Feuerwerk der Redekunst, in dem er die Idee – seine Idee –, die Konzeption – seine Konzeption – sowie die Umsetzung – seine Umsetzung – dieser Kreuzfahrt abfeierte. Er verwies auf die schiffsbauerische Glanzleistung, ein Hotelschiff mit derart geringem – und somit Neusiedler-See-tauglichem –

Tiefgang zu entwerfen, und kündigte wöchentliche Fahrten an, die ab sofort für einen nicht ganz schlanken Preis bei seiner Reederei buchbar waren. »Die MS Maximilian wird zum Traumschiff des Neusiedler Sees«, schloss der Depp seine Rede. Es folgten Fotos, großes Halali der Blasmusikkapelle und schließlich das Durchschneiden eines goldenen Bandes, vorgenommen durch Maximilian Plünder, einen der dauergrinsenden Prominenten sowie Josef, der mir wohlbekannten Bürgermeisterin der Freistadt Rust. Weil es lange Zeit mehr Josefs als Frauen in österreichischen Bürgermeisterämtern gegeben hatte, war sie mir im Vorjahr als Josef vorgestellt worden. Sollte so sein, es war nicht an mir, eigentümliche Gepflogenheiten zu hinterfragen, und sofern es für Josef okay war, sollte es mich nicht weiter kümmern.

Und jetzt fiel mir auch ein, wer die Grinsekatze neben Plünder und Josef war. Der Hauptdarsteller von dieser Weinkaiserserie, die in Rust gedreht wurde. Ha, war ich beim Promi-Raten doch nicht ganz so schlecht aufgestellt.

»Sollten Sie nicht auf der anderen Seite des Bandes sein?«, hakte ich nach Beendigung des feierlichen Aktes bei dem nach wie vor namenlosen Autor nach. »Also dort, wo auch die anderen, nun ja, Prominenten stehen?«

»Ach nein, ich errege nicht so gerne Aufmerksamkeit«, erklärte er hastig.

Ah ja.

Wer dagegen gar kein Problem damit hatte, Aufmerksamkeit zu erregen, waren drei Burschen, die abseits der feierlichen Szenerie ihren Spaß damit zu haben schienen, ein kleines Mädel zu ärgern. Neben dem Eingang zum Hotel am See bildeten sie einen Kreis und schubsten das Mädchen reihum zwischen sich her. War das nicht die kleine Nicole Karner, die in Downtown Rust gegenüber vom Spritzenhaus wohnte? Ich ließ den Bestsellerautor an Ort und Stelle stehen und schnappte mir Bella.

»Habts ihr nix Besseres zu tun, als das Mädchen zu ärgern?«

Die drei Burschen hielten inne, Nicole nutzte die willkommene Ablenkung, schlüpfte zwischen zwei der Burschen hindurch und verschwand im Trubel der Schiffsfeierlichkeiten.

Wenn mich nicht alles täuschte, waren das die drei Pickelgesichter, denen ich im vergangenen Jahr schon mal einen Tritt in den Hintern verpasst hatte, als sie Nicole in Eisenstadt geärgert hatten. Bella begann zu knurren.

»Das ist der Wahnsinnige aus Eisenstadt«, sagte einer der drei Halbstarken. Hatte ich mich also nicht geirrt. »Und jetzt hat er auch noch einen wahnsinnigen Hund dabei. Lasst uns abhauen!« Im Gegensatz zum Vorjahr hatte es an diesem Tag keine weiteren Überredungskünste gebraucht, um sie loszuwerden.

»Lassts gefälligst das Mädel in Ruhe«, rief ich ihnen hinterher. Bella unterstrich unser Anliegen mit einem lauten Bellen. Ich wusste nicht, ob die drei unseren gut gemeinten Ratschlag auf ihrem Spurt zum Parkplatz noch vernommen hatten. Sie sprangen in einen runtergerockten beigefarbenen Renault Twingo und brausten davon. Durften die wirklich schon Auto fahren?

Als der offizielle Akt vorbei war, drängelte sich die Prucknerin aus dem Bauch des Schiffes hinaus ins Freie. Plünder unterhielt sich gestenreich mit dem Weinkaiser. Der nicht so gern im Mittelpunkt stehende Autor war spurlos verschwunden. Die Schiffscrew nutzte das nun verwaiste Rednerpult zur Registrierung der weiteren Gäste. Der Schemel, der noch kurz zuvor Maximilian Plünder zur körperlichen Er- und persönlichen Überhöhung gedient hatte, war längst von einem seiner jungen Anzugträger in der nicht weit entfernt geparkten dunklen Limousine verstaut worden.

»Deine Sachen sind auch schon an Bord«, sagte die Prucknerin.

»Mhmm«, antwortete ich.

»Ach, komm schon, das wird sicher lustig. Und wir sehen uns jeden Tag. Morgen, beim ersten Landgang in Mörbisch, bin ich doch auch schon mit von der Partie.«

Die Prucknerin jeden Tag zu sehen, war tatsächlich ein praktikables Trostpflaster.

»Also fahren wir heute den einen Kilometer nach Mörbisch und ankern dann dort im Hafen?«, fragte ich mürrisch.

»Ja, wobei das schon ein bisserl mehr ist als ein Kilometer.«

»Sicher nicht mehr als zwei«, entgegnete das trotzige Kindergartenkind in mir.

»Für Geografieunterricht hab ich gerade keinen Sinn, Niko. Ihr übernachtets dann auf jeden Fall vor Mörbisch auf dem Schiff. Nach dem dortigen Landgang geht es weiter nach Illmitz. Von dort dann am folgenden Tag nach Podersdorf und immer so weiter. Das wird gut, wirst sehen.«

Mhmm.

»Deine Frau Mama ist aber nimma so ganz fit, oder?«, wechselte ich das Thema.

»Sie ist einundsiebzig, da muss man auch nimma ganz fit sein«, antwortete die Taxiprucknerin. »Heute setzt ihr wohl der ganze Trubel ein bisserl zu, normalerweise ist sie geistig nicht so neben der Spur. Körperlich baut sie aber schon etwas ab, deshalb hat sie zur Sicherheit den Rollstuhl dabei, und darum ist auch die Pflegerin mit an Bord.«

»Die Jennie, die du vorher erwähnt hast. Ist das die Tochter vom Bankdirektor Schumich?«

Ich hatte sie bereits kurz nach meiner Ankunft in Rust im vergangenen November kennengelernt. Das Faszinierende an der jungen Frau war, dass sie so rein gar nichts von einer Bankdirektorentochter an sich hatte.

»Ja, na schau, kennst noch jemanden an Bord. Ist doch fein«, sammelte die Prucknerin weitere Argumente für meinen Bootstrip.

»Hättest du mir erzählt, dass der Plünder heute mit von der Partie ist, hätte ich übrigens abgelehnt. Nur fürs Protokoll. Ich hoffe nicht, dass der immer an Bord ist.«

»Geh na, der hat sich nur die feierliche Verabschiedung heut nicht nehmen lassen. Glaubst, der verbringt mehrere Tage mit Normalsterblichen auf einem Schiff?« Rhetorische Frage, schon klar. »Außerdem, so schlimm ist er jetzt auch wieder nicht. Und du kennst ihn doch eh schon, und er hat dir damals im Herbst auch nix getan.«

Die Prucknerin wusste nicht, was ich über den Plünder alias

Iceman wusste. Denn dann wüsste sie auch, dass es nicht darum ging, was er mir antun hätte können. Sondern darum, was er der Mama von der Luise angetan hat.

»Wir sehen uns morgen in Mörbisch«, erklärte ich und ließ die Prucknerin stehen. Nicht die feine Ruster Art, ich weiß. Ging in der Situation aber nicht anders.

Auf dem Schiff und an Land herrschte emsiges Treiben. Ungefähr so stellte ich mir auch das Auslaufen der Titanic vor mehr als hundert Jahren vor, nur halt ein paar Nummern größer. Einer der Stewards, vom Glanz und Auftreten her alles andere als der Zwillingsbruder von Sascha Hehn, hatte das Pult über die kleine Gangway an Bord geschoben und an Deck verstaut. Seine blonde Kollegin war voll und ganz damit beschäftigt, die Passagiere in die Kabinen und in die restlichen Räumlichkeiten an Bord einzuweisen. Ein guter Zeitpunkt für mich also, um gemeinsam mit Bella einen Rundgang zur ersten Orientierung zu starten.

Die MS Maximilian wirkte im Vergleich mit richtigen Kreuzfahrtschiffen natürlich wie eine Nussschale. Trotzdem verfügte das Schiff über drei Ebenen: Ober-, Zwischen- und Unterdeck. Auf dem Unterdeck befanden sich die Kabinen der Holzklasse, der Schlafraum der beiden einzigen Crewmitglieder, zwei Lagerräume sowie die Kajüte des Kapitäns. Über eine schmale vergoldete Stiege gelangte man aufs Zwischendeck, auf dem man auch landete, wenn man das Schiff über die Gangway betrat. Auch hier waren Passagierkabinen untergebracht, jedoch waren diese etwas luxuriöser und geräumiger ausgestattet. Nach den Kabinen folgte ein großzügiger Restaurant- und Eventbereich, den sich mehrere Tische und eine kleine Bühne teilten. Dort fand ich einen Programmfolder, der neben den geplanten Landgängen auch die Abendunterhaltung anpries. Für den heutigen Tag waren lediglich die Begrüßung sowie ein Kennenlernabend angesagt. Das reichte aber schon, um mir die Lust daran zu nehmen, mich mit den weiteren Veranstaltungen auseinanderzusetzen.

Die einzige Freifläche auf dem Schiff folgte im vorderen Bereich des Zwischendecks. Auf besagtem Außendeck standen einige Tische sowie dazugehörige Sessel aus Metall. Alles schön mit Schrauben auf den frisch gebohnerten Holzplanken des Bodens fixiert, damit bei stärkerem Seegang nichts durcheinanderkam. Hier war genug Platz für eine kleine Cocktailparty. Ein Swimmingpool, wie man ihn von Kreuzfahrtschiffen kannte, ging sich aber natürlich nicht aus. Maximal die Möwen, die auf der Reling hockten und auf Futter warteten und mich nun aufmerksam musterten, hätten ein Bad in einer der Lacken nehmen können, die vom Putzkommando auf dem Boden hinterlassen worden waren. Nicht ungefährlich eigentlich, so aus Sicherheitssicht.

Ich stellte mich an den Anfang des Schiffes. Keine Ahnung, ob diese Position unter Seebärinnen und Seebären eine bestimmte Bezeichnung hatte. Vorderbug, Bugspitze, Bugsierung – mit Schiffen kannte ich mich ungefähr genauso gut aus wie mit Wein, also gar nicht. Ich stand da also rum und überlegte, ob ich einen auf Leonardo DiCaprio machen sollte. Und gerade als ich den Gedanken mangels Bellas Eignung als Kate Winslet über Bord werfen wollte, fiel mir etwas Glitzerndes ins Auge. Das war nicht die Sonne, die sich im Seewasser spiegelte, sondern eine Art Galionsfigur. Und von hier oben sah das Ding doch tatsächlich aus wie ein vergoldetes Abbild von Maximilian Plünder. Auweia. Eine genauere Inspektion wurde durch die näher rückenden Möwen unterbunden. Anscheinend besetzte ich mit meiner Anwesenheit ihren Aussichtsposten. Bella bezog Abwehrstellung gegen einen potenziellen Angriff, was dem weißen Federvieh herzlich egal war.

»Hunde sind an Bord nicht erlaubt!«, schrie eine sopranige Männerstimme, wie sie ein Mitglied der Wiener Sängerknaben nicht besser hinbekommen hätte. Die Vögel nahmen Reißaus. Werden schon gewusst haben, warum.

Der Steward, der nicht wie »Traumschiff«-Kapitän Sascha Hehn aussah, musterte uns in seiner feschen weißen Uniform mit strengem Blick. Das heißt, eigentlich war ich der Einzige, der streng gemustert wurde. Bella schien für das Vergehen nicht verantwortlich gemacht zu werden.

»Wir haben eine Sondererlaubnis«, setzte ich zur Verteidigung an. »Von Herrn Plünder persönlich.«

»Ach, und das soll ich glauben? Da könnt ja jeder kommen«, sagte er, während er sich uns näherte. Er schien wirklich den Stimmbruch ausgelassen zu haben. Wenn Männer in einer solch hohen Stimmlage versuchten, Autorität auszustrahlen, wirkte das mitunter unfreiwillig komisch. Bella und mir fiel es daher etwas schwer, ihn ernst zu nehmen.

»Kommt aber nicht jeder. Es kommen nur meine Kollegin und ich«, antwortete ich und warf einen Blick zu Bella, damit er checkte, dass nicht eine der Möwen damit gemeint war. »Wir sind für die Sicherheit hier auf dem Schiff verantwortlich, und Herrn Plünder war es ein großes Anliegen, dass meine Kollegin mit dabei ist.«

Je näher er kam, desto intensiver vernahm ich einen Duft, der mich kaum begeistern konnte. Erinnerte stark an Aftershaves, in deren Produktnamen sich Wörter wie »Arctic« oder »Polar« fanden. Dieser viel zu intensive und herbe Geruch von was weiß ich, der eine besonders coole, toughe Note verbreiten sollte. Meist bei Männern, die alles andere als cool oder tough waren. Da bildete dieser Kerl mit seiner sopranigen Fiepsistimme keine Ausnahme.

»Wie heißen Sie?«, fragte er, nun ein bisschen kleinlauter.

»Lauda, Nikolaus Lauda.«

Wieder dieser verwunderte Blick, wenn Leute erstmals meinen Namen hören. Gott, wie mir das auf die Nerven ging. Dann blätterte er auf seinem Klemmbrett herum und schien nicht fündig zu werden. »Ich habe hier einen Thomas Skoff als Sicherheitsmann stehen. Das sind dann wohl nicht Sie.«

»Nein, das ist der Kollege, der kurzzeitig verhindert war.« Ich hatte keine Ahnung, ob das wirklich der unpässlich gewordene Sicherheitsmensch war, den die Prucknerin erwähnt hatte, also hielt ich mich eher vage. »Ich wurde quasi auf kurzem Dienstweg von Daniela Pruckner aktiviert.«

»Ach, von der Daniela!«, stellte er erleichtert fest. »Dann wird das schon seine Richtigkeit haben.« Es schien, als ob die Taxiprucknerin unter der Crew mehr Autorität genoss als der Chef der ganzen Reederei. »Ich kläre die Angelegenheit mit Ihrem Hund nur schnell beim Kapitän ab und zeige Ihnen im Anschluss Ihre Kabine auf dem Unterdeck. Warten Sie bitte einen Augenblick, wir haben das Einschiffen bald abgeschlossen.«

Ich sah zu Bella, Bella sah zu mir. Diese unglaublich treuen Murmelaugen. Wie konnte ein Hund nur einen solch durchdringenden Blick draufhaben? Wie sie da saß und mich ansah. Oder kämpfte sie gerade nur dagegen an, im Sitzen einzuschlafen? In solchen Situationen überkam mich jedes Mal wieder das schlechte Gewissen wegen dieses einen Moments im vergangenen November, als ich Bella im Hof des Bahnhofsheiserls zurückgelassen und mich auf den Weg gemacht hatte. Und immer wenn diese Gedanken in mein Hirn schossen, musste ich den Blick von Bella abwenden. Da konnte ich sie nicht mehr anschauen, denn dann spiegelte sich in ihren Augen viel zu sehr und viel zu deutlich dieser Moment, in dem ich sie im Stich gelassen hatte.

Bella und ich wurden gleichermaßen aus unseren Gedanken gerissen, als das Schiffshorn das baldige Ablegen ankündigte. Kurz darauf erfolgte der nächste Auftritt des Stewards.

»Bitte kommen Sie mit mir, es geht alles in Ordnung. Auch mit Ihrer … ähm … Kollegin.«

Bella und ich folgten ihm durch das Restaurant und über die goldene Stiege hinunter auf das Unterdeck. Hätten wir auch mit verbundenen Augen geschafft, dank seines Aftershaves einfach immer der Nase nach. »Hier ist Ihr Reich, Kabine sechs«, verkündete er mit der Feierlichkeit eines Projektentwicklers bei der Schlüsselübergabe fürs neue Eigenheim. Ich befürchtete das Schlimmste, trat näher, wurde dabei jedoch von Bella überholt, die sich an mir vorbei ins Innere drängelte. Da hatte es wohl jemand eilig. Die Kabinentür war gefühlt halb so breit wie mein Oberkörper, ich musste meinen Torso schräg stellen, damit ich überhaupt eine Chance hatte, in mein neues *Reich* zu gelangen.

Die Kabine bestand aus einem Wandverbau, in dem sich ein Kleiderkasten, ein Schreibtisch, eine Toilette und eine Dusche befanden. In der Mitte lud auf circa zwei Quadratmetern ein roter Teppich zum embryonalen Verweilen auf dem Fußboden ein. Aber immerhin, dank eines Bullauges wurde das ganze Elend in helles Tageslicht getaucht. Es gab Innenbordkabinen auf großen Kreuzfahrtdampfern, die nicht mal das vorweisen konnten. Gegenüber vom Wandverbau stand das Bett, in dem selbst ein Minimann wie Maximilian Plünder es schwer gehabt hätte, sich richtig auszustrecken. Es würde aber eh keine Rolle spielen, ob ich dort ausreichend Platz zum Schlafen vorfinden würde oder nicht, denn Bella war bereits damit beschäftigt, die plüschige Decke in eine ihr genehme Position zu verwurschteln. Und um auch wirklich allen Beteiligten klarzumachen, dass das Bett fortan *ihr* Reich war, pupste sie einmal laut und deutlich. Über ihrem Bett rundeten Regalbretter und ein großformatiges Foto der Plünder'schen Unternehmenszentrale in Parndorf das Bild ab.

»Wenn Sie etwas brauchen, finden Sie die Crew auf dem Zwischendeck oder in der Messe auf dem Oberdeck«, sagte der Seemann und machte sich aus dem Staub. Und ja, ich brauchte etwas. Zum Beispiel einen Automaten, der mich auf eine für diese Kabine taugliche Größe schrumpfen würde.

Plötzlich verspürten wir einen Ruck. Die MS Maximilian schien sich in Bewegung setzen zu wollen, noch waren wir aber am Anleger. Ich schaute aus dem runden Fenster, das mir einen großzügigen Blick nach draußen erlaubte. Von hier aus würde sich weit draußen auf dem See sicher eine schöne Möglichkeit ergeben, um Sonnenauf- und Sonnenuntergänge zu genießen. Auf dem Boden sitzend, mit einem Bier in der Hand und der vor sich hin pupsenden Bella in meinem Bett. In diesem Moment aber, als wir uns noch am Anleger befanden und vom See noch nichts zu sehen war, presste plötzlich ein Kind seine Nase an die Scheibe und erschreckte mich dadurch fast zu Tode. Der Bub hielt sich anschließend vor Lachen den Bauch, und ich überlegte, ob es sich bei dem Fenster wohl um schusssicheres Glas handelte. Bis mir einfiel, dass ich ja keine Waffe dabeihatte.

Das Schiff setzte sich unter Begleitung eines Brummens tatsächlich in Bewegung. Die Ruster Bucht war nicht sehr breit und wohl auch nicht für ein Wendemanöver eines ausgewachsenen Seedampfers ausgelegt. Also schob der mir noch unbekannte Kapitän mit dem Schiff gekonnt zurück. Alle Achtung! Wir hörten die dumpfen Klänge der Blasmusikkapelle, die zur Verabschiedung noch mal kräftig aufspielte. Auf dem schmalen Weg zwischen Liegewiese und Kiesstrand, sonst an Sommertagen den Gästen des Seebades vorbehalten, liefen Kinder parallel zu uns und winkten immer wieder hektisch herüber. Die Badenden und auch einige auf der Wiese verteilte Sonnenanbeter beäugten die Szenerie interessiert. Wieder dachte ich an das Auslaufen der Titanic, damals in Southampton, Liverpool oder von wo auch immer sie zu ihrer ersten und zugleich letzten Reise aufgebrochen war. Allein die Tatsache, dass das Oberdeck der MS Maximilian nach wie vor im Trockenen wäre, falls wir nach der Begegnung mit einem Eisberg auf den ein bis zwei Meter tiefen Grund des Neusiedler Sees hinabsinken würden, gab mir aber ein sichereres Gefühl.

Wir glitten sanft hinaus, und schließlich wurde die Bucht auf Höhe der Sturmwarnanlage breit genug, sodass der Kapitän das Schiff wenden konnte. Ich warf einen letzten Blick auf die gemütliche Schilfhütte auf der anderen Seite der schmalen Seeenge, in der Bella und ich die letzten Tage verbracht hatten. Was war das – trotz der Gelsen – für eine schöne Zeit gewesen, so in der Rückschau. Gegenüber stand auf dem Steg, der hinter der Segelschule ein paar Meter in den See ragte, eine alte Frau. Schwarzer, breiter Hut. Sie blickte zu uns. Ob freundlich oder griesgrämig, war aus der Entfernung nicht auszumachen. Sie schien aber definitiv extra für diesen Moment hier rausgekommen zu sein. Als Abschiedsgruß machte sie die Hals-durchschneiden-Geste, so wie es früher die Zaungäste bei Hinrichtungen gemacht hatten, wenn der Delinquent vor dem pöbelnden Mob zur Köpfung geführt wurde. Ein freundliches Winken mit einem weißen Taschentuch hätte es auch getan, eigentlich.

Was ist in deinem Leben eigentlich schiefgegangen?

»Abendessen im Festsaal!«, rief sehr viel später eine weibliche Stimme auf dem Gang.

Das klang irgendwie nicht sehr einladend oder höflich. Hätte ich für diese Schifffahrt gezahlt, hätte ich der Dame ihr »Abendessen im Festsaal« um die Ohren geschlagen. Hatte ich aber nicht, also war es mir egal. Ich überlegte, ob ich Bella mitschleppen oder ihr lieber etwas von ebendort mitbringen sollte. Die Prucknerin hatte zwar an Anziehsachen sowie Zahnbürstl und Co. gedacht, nicht jedoch an Hundefutter. Dafür hatte sie Matze eingepackt, den kleinen gelb-blauen Totenschädel, den mir Alfred Dachs im Vorjahr bei meinem vermeintlichen Abschied aus Rust in die Hand gedrückt hatte. In Erinnerung an meine bevorzugte Frittenbude in Essen hatte ich das Ding nach deren Besitzer benannt und eigentlich in den Untiefen der verschiedenen Schubladensysteme des Bahnhofsheiserls verstaut. Keine Ahnung, wie die Prucknerin dadrangekommen war. Und warum sie geglaubt hatte, ich bräuchte das Ding hier an Bord der MS Maximilian.

Ich scheuchte Bella vom Bett, und kurz darauf befanden wir uns im Gang. Dort trafen wir auf vier weitere Personen. Zwei in Form von bunten Pop-Art-Porträts an den Wänden, die eine entfernte Ähnlichkeit mit Maximilian Plünder aufwiesen. Die beiden Bilder waren mir zuvor gar nicht aufgefallen, was nicht für ihre Qualität sprach. Neben den beiden Warhols waren außer Bella und mir auch zwei echte Menschen auf dem Flur, die ebenfalls aus ihren Kabinen gekrochen waren. Ein Mann in meinem Alter, also nicht mehr ganz frisch, aber auch noch nicht nahe am Tod. Und, zu meiner Überraschung, der Starautor, der mich in Rust vor dem Einschiffen angequatscht hatte.

»Gehören Sie nicht zu den Prominenten auf eines der Promidecks?«, fragte ich ihn auf dem Weg in den Festsaal, was bloß ein Synonym für den Salon im Zwischendeck war. Langsam fand ich Gefallen daran, ihn ein bisschen damit aufzuziehen, dass er offenbar doch nicht so prominent war.

»Eigentlich schon«, sagte er, »aber ich habe meine Kabine mit einer älteren Dame und ihrer Pflegerin getauscht. Für die beiden wäre es hier unten schon sehr eng geworden.«

Wenn dem tatsächlich so war, hatte er gerade Pluspunkte bei mir gesammelt. Der andere Mann hatte anstelle einer Brille so einen lustigen Zwicker auf seiner Nase, den man zuletzt wohl zu Zeiten des Ersten Weltkriegs getragen hatte. Dazu passten sein altertümlicher Trachtenjanker und sein Hinkebein. Wohl eine Weltkriegsverletzung. Er stellte sich nicht vor, beließ es bei einem unaufgeregten »Hallo« und ging uns voran in Richtung Salon, Pardon, Festsaal.

Dort wurden wir von einem dezenten Kammerorchester in Empfang genommen, das seine musikalische Anmut aus den blechern klingenden Lautsprechern verströmte. Durch die Panoramafenster eröffnete sich ein herrlicher Blick auf die Abendstimmung über Rust und Mörbisch sowie die dahinterliegenden Hügel, über denen sich die Sonne langsam orange färbte. Wir hatten uns geografisch vielleicht gerade mal einen halben Kilometer in Richtung Mörbisch bewegt. Den Rest der Zeit hatte der Kapitän damit verbracht, das Schiff im Schneckentempo in einem großen Kreis über den See wieder auf seine ursprüngliche Position zwischen Rust und Mörbisch zu navigieren. Vielleicht, um den Passagieren das Gefühl einer Seereise zu vermitteln, man wusste es nicht.

Im Salon waren zwei große runde Tische aufgestellt worden, die nicht nur festlich mit blitzblank poliertem Geschirr und Besteck gedeckt worden waren, sondern auf denen auch Kerzen für eine angenehme Atmosphäre sorgten. In Gedanken sah ich schon Bella eines der weißen Tischtücher runterreißen, wodurch sich der ganze Saal in eine Flammenhölle verwandeln würde.

Seit ich oberster Securityheinzi dieses Seeunternehmens war, entwickelte sich wohl so langsam ein Spürsinn für maritime Gefahrensituationen.

Auf den Tischen waren Kärtchen verteilt worden, die den Gästen dabei helfen sollten, ihre Sitzplätze zu finden. Ich checkte schnell die Namen meiner Sitznachbarn. Eleonora Pruckner auf der einen Seite, ein Elmar Tinhof auf der anderen. Auf ebenjener platzierte sich der vermeintliche Starautor, mit dem ich gemeinsam in den Salon gekommen war. Der getreue Weltkriegssoldat hatte sich wiederum neben ihm niedergelassen. Ich hockte mich auf jenen Platz, der dem eigentlich für diese Reise gebuchten Sicherheitsmann zugedacht worden war: Thomas Skoff. Nach und nach gesellten sich zwei weitere Personen zu uns. Mutter und Tochter, wie sich bei der kleinen Vorstellrunde herausstellte. Tochter Birgit Borbely, bestes Teenageralter, zeigte sich von Bellas Anwesenheit nur mäßig erfreut, Mutter Elisabeth schien meine vierbeinige Begleiterin eher egal zu sein. Umgekehrt galt das genauso. Bella nahm weder Notiz von der wie ein bunter Papagei angezogenen und im Gesicht angemalten Frau Mama noch von ihrer hamsterbäckigen Tochter. Diese Wangen faszinierten mich, und nur zu gern hätte ich da mal reingekniffen. Aber na ja. Wäre wohl nicht so gut angekommen. Ich schätzte die Tochter auf vierzehn oder fünfzehn Jahre. Da das Servicepersonal keine Anstalten gemacht hatte, Bella an einem imaginären Hundetisch platzieren zu wollen, und da obendrein auch Birgit Borbely bei den Erwachsenen sitzen durfte, ließ ich Bella neben mir auf dem Boden liegen. Mit ihren Murmelaugen machte sie zwar deutlich, dass dieser Platz eines edlen Hundes, wie sie einer war, natürlich nicht annähernd würdig war, ich gab ihr aber mit einem kurzen Blick meiner Schwurbelaugen zu verstehen, dass ich da leider machtlos war. Thema erledigt.

Die Gäste der Holzklasse waren offensichtlich zuerst in den Saal beordert worden, damit sie den Prominenten einen großen Empfang bereiten konnten. Denn kurz darauf setzten allgemeines Geplänkel und Unruhe ein. Der Platz der alten Prucknerin war nach wie vor unbesetzt, der Stuhl zu ihrer Rechten war noch frei. Also nahm ich an, dass auch Jennie bei uns am Tisch sitzen würde. Falls die beiden denn Lust und Zeit fanden, an diesem Abend im Salon bei uns vorbeizuschauen.

»Sie sind also der Herr Skoff? Freut mich«, sagte der Autor neben mir und hielt mir seine Flosse entgegen. Ich sah auf das Namenskärtchen vor mir, dessen Schriftzug nach wie vor auf den eigentlich für diesen Trip vorgesehenen Securityheinzi hinwies.

»Nein, der Herr Skoff war kurzzeitig verhindert«, erklärte ich, entfernte das Schild und steckte es in meine Hosentasche. »Lauda, Nikolaus Lauda«, stellte ich mich vor.

Und dann wurde es einigermaßen grotesk. Die Kammermusik verstummte, und »Gonna Fly Now«, die Titelmelodie aus dem allerersten »Rocky«-Streifen, setzte ein. Über dem Eingang zum Salon bewegten sich zwei bunte Scheinwerfer, die den Saal in rotes und blaues Licht tauchten. Wir starrten gebannt auf den Eingangsbereich, durch den kurz zuvor noch das gemeine Volk eingetreten war. Ohne »Rocky«-Musik und ohne Lichtorgel. Dort erschien eine junge Frau mit ewig langen, ziemlich künstlich wirkenden roten Haaren. Die beiden im Raum verteilten Crewmitglieder, also die »Abendessen im Festsaal« krakeelende Frau und der Kerl mit der sängerknabigen Sopranstimme, fingen mehr oder weniger spontan an zu klatschen. Der Autor und meine anderen Tischnachbarn stimmten ein.

Diese Inszenierung wäre vielleicht für eine gut besuchte Konzerthalle passend gewesen, aber doch bitte nicht für die paar Leutchen im Salon, Pardon, Festsaal, der MS Maximilian. Bella und ich boykottierten also die Showeinlage. Es war immer von Vorteil, meine treue Gefährtin dabeizuhaben. Wäre ich der Einzige gewesen, der nicht geklatscht hätte, wäre ich mir wohl sonderbar oder schäbig vorgekommen. Mit Bella an meiner Seite fühlte ich mich dagegen gesellschaftlich nicht so an den Rand gedrängt. Die rothaarige Frau, die einen kurz zuvor in ein Fass voll violettem Glitzer getauchten Hosenanzug trug, machte komische Grimassen und formte Mittel- und Zeigefinger ihrer rechten Hand zu einem Victoryzeichen, das sie uns entgegenstreckte. Erst jetzt bemerkte ich, dass das Teenagergirlie an unserem Tisch hektisch Fotos mit ihrem Smartphone machte. »Heißen Sie bitte herzlich Sandra Schwarzkopf an Bord der MS Maximilian willkommen«, dröhnte es aus den Lautsprechern.

»Sie hat voll viel fame auf TikTok«, hörte ich Birgit zu ihrer Mutter schreien. Trotzdem hatte Mutter Elisabeth aufgrund der lauten Musik sichtlich Probleme zu verstehen, was ihre Tochter ihr soeben mitgeteilt hatte.

»Stellen Sie sich vor, in genau diesem Moment würden zwei Maskierte das Schiff überfallen und Sandra Schwarzkopf vor allen Passagieren hier im Salon enthaupten. Einfach so, ohne Vorwarnung. Den blutigen Kopf würden sie auf dem Teller eines Passagiers ablegen und dann einfach verschwinden. Wäre das nicht atemberaubend?«, flüsterte mir der Autor ins Ohr, nachdem er mich mit dem Ellbogen neckend angestoßen hatte.

»Was ist in deinem Leben eigentlich schiefgegangen?«, fragte ich ihn.

»Ich mein doch nur. Für den Plot meines Schiff-Thrillers«, sagte er mit nicht weniger Leuchten in seinen Augen als zuvor.

»Solange ich auf dem Schiff für die Sicherheit zuständig bin, wird hier niemand enthauptet. Nicht einmal in Gedanken. Haben wir uns verstanden?«

Ich strafte ihn mit Missachtung und richtete meine Aufmerksamkeit wieder auf das Geschehen auf dem Shipwalk. Sandra Schwarzkopf hatte, unbeschadet und inklusive Kopf, mittlerweile am Promitisch Platz genommen. Der Applaus war verebbt, und auch Birgit Borbely hatte aufgehört, dauernd Fotos zu machen. Das erneut einsetzende Klatschen der beiden Schiffsstewards sowie die wieder lauter werdende »Rocky«-Hymne signalisierten uns kurz darauf, dass der nächste Prominente bereit für seinen Auftritt war. Es erschien ein Mann im Smoking, der etwas schüchterner den Shipwalk entlanglief, als es zuvor Sandra Schwarzkopf getan hatte. Dem fehlte die Erfahrung für solche Auftritte, ganz klar. »Heißen Sie bitte recht herzlich

Sebastian Gsertz an Bord der MS Maximilian willkommen«, erfolgte die Vorstellung erneut über die Lautsprecher. Dieses Mal hielt sich der Jubel der jungen Celebrity-Jägerin an unserem Tisch in Grenzen.

»Der war mal Stürmer beim SV Mattersburg«, schrie mir der Autor ins Ohr, und in Gedanken ließ er wohl gerade den Protagonisten seines Thrillers dem Ex-Fußballer mit einer Machete den Kopf absäbeln.

»Und wo ist der Bus mit den Leuten, die das interessiert?«, revanchierte ich mich ebenso schreiend. Daraufhin hielt er sich mit der Hand das rechte Ohr zu und verzog sein Gesicht. Spätestens jetzt war allen am Tisch klar, dass wir beide in diesem Schifffahrtsleben keine Freunde mehr werden würden.

Gsertz, der recht dynamisch und wie ein fescher Rasenhase daherkam, setzte sich neben Sandra Schwarzkopf, die das ganze Schauspiel ihrerseits mit dem Smartphone zu dokumentieren wusste. Auch wenn unser Tisch sicherlich nicht im Mittelpunkt ihres Interesses war, wendete ich meinen Kopf von ihr ab, um nicht allzu häufig mit meinem Gesicht auf ihrem Display aufzutauchen. Mit ein bisschen Pech folgte ihr auf Instagram oder TikTok ein Mitglied aus Vito Violinos Mafiaclan und erkannte mich darauf.

Die Aufmerksamkeit richtete sich schließlich erneut auf den Eingangsbereich, wo jeden Augenblick der nächste Superpromi auftauchen würde. Mich interessierte dagegen eher, wo die Mamschki von der Prucknerin mit ihrer Pflegerin geblieben war. Hatten sie es überhaupt tatsächlich an Bord geschafft?

Es wiederholte sich das mittlerweile etwas ausgelutschte Prozedere. Die Musik wurde lauter, das Geklatsche intensiver, das nächste Gesicht erschien. Dieses Mal wieder eine Frau, vielleicht um die dreißig. Knapper Rock, weißes Top, Zahnpastalächeln, und ihr Jäckchen schien in denselben Glitzertopf gefallen zu sein wie zuvor auch schon der Hosenanzug von Sandra Schwarzkopf. Ihre Locken waren dagegen die reinste Pracht. Vielleicht ein Haarmodel? »Heißen Sie bitte recht herzlich Bli Bla Blub an Bord der MS Maximilian willkommen«, sprach ich synchron mit, während der Lautsprecher sein Standardsatzerl aufsagte. Dadurch verpasste ich natürlich den richtigen Namen des Starlets, aber den würd ich im Lauf des Abends schon noch rausfinden. Birgit kannte den Namen der jungen Frau dagegen ziemlich sicher, denn sie aktivierte wieder ihre Smartphone-Kamera sowie ihr hysterisches Gekreische.

Als auch dieser Stargast am Prominententisch Platz genommen hatte, war klar, dass jetzt nur noch ein großer Auftritt folgen konnte. Offensichtlich war man im Organisationsteam der Meinung, dass der Weinkaiser alle bisherigen Prominenten mühelos in den Schatten stellen würde. So nach dem Motto »Das Beste heben wir uns für den Schluss auf«. Und dann war es offenbar so weit. Die beiden Crewmitglieder forderten die Anwesenden dazu auf, sich zu erheben. Die »Rocky«-Musik wurde noch mal lauter aufgedreht, und der männliche Steward platzierte in aller gebotenen Hektik je eine Konfettikanone an beiden Seiten neben dem Eingang zum Salon.

Draußen saß eine Möwe auf der Reling. Anstatt auf dem See nach Futter Ausschau zu halten, beobachtete sie die Szenerie im Inneren des Schiffes mit einer beängstigenden Faszination. Vielleicht dachte sie, dass es wesentlich leichter sei, die hier versammelte, offensichtlich geistig beeinträchtigte Menschenschar zu verspeisen, als im schlammigen See nach Fischen zu spähen. Und wenn ich mich so umsah, konnte sie damit durchaus recht haben. Sollte sich jemand von dieser illustren Runde nach draußen verirren und einen Moment nicht aufpassen, man mag es sich gar nicht ausmalen. Wahrscheinlich wäre es an mir als Sicherheitsbeauftragtem, einem solchen Szenario einen Riegel vorzuschieben. Doch ich nahm meinen Job so ernst wie ein Spielsüchtiger sein Versprechen, nie wieder Geld in einen Automaten zu werfen. Warum auch nicht? Was sollte hier schon groß passieren?

Der Personenschutzauftrag damals beim Wiener LKA, das war eine ganz andere Hausnummer gewesen. Damals hatte es tatsächlich eine Bedrohungslage gegeben, als es das organisierte Verbrechen auf den Schauspieler Sandro Kerstinger abgesehen hatte. Dieser hatte es für eine gute Idee befunden, sich im Milieu große Mengen Geld für seine Spielsucht auszuleihen, ohne den dazugehörigen Rückzahlungsplan zu beachten. Um seinen Arsch zu retten, hatte er gegen seine Geldgeber aussagen und seine Kontakte offenlegen wollen. Das hatten der Albaner und dessen Burschen natürlich nicht so prickelnd gefunden, weswegen sie ein Kopfgeld auf Kerstinger ausgesetzt hatten. Damit sich das niemand verdienen konnte, war ich damit beauftragt worden, Kerstinger im Blick zu behalten. Eigentlich keine schwierige Angelegenheit, doch der Schauspieler war ein Bruder Leichtfuß. Und so war es im Gasthaus Quell in der Reindorfgasse gekommen, wie es hatte kommen müssen. Die Kreuzfahrt hier auf dem Neusiedler See war dagegen der reinste Kindergeburtstag. Zumindest wenn man von der hinterhältigen Möwe absah, die da draußen in der Dämmerung lauerte.

Alles war also bereit für den spektakulären Auftritt des Weinkaisers. Ich hatte den Schauspieler einige Male in Rust gesehen. Man erzählte sich in der Stadt, dass er sich während der Drehpausen beim Schandl oder beim Kraft gern mal ein Achterl gönnte. Oder auch zwei oder auch sieben. Kein unsympathischer Kerl angeblich, aber was sollte man auch von einem Schauspieler anderes erwarten, der die Freistadt Rust als inoffizieller Bürgermeister nach außen vertrat? Doch die beiden Personen, die nun blau und rot angeleuchtet in der Tür zum Saal standen, sahen dem Weinkaiser nicht sehr ähnlich. Sofort wurde die Musik runtergedimmt, der Applaus verebbte, allein die Konfettikanonen konnten offensichtlich nicht mehr rechtzeitig entschärft werden. Und so betraten Eleonora Pruckner und ihre Pflegerin Jennie die Bühne, eingetaucht in einen Wirbel aus bunten Papierschnipseln. Ich klatschte begeistert los.

»Ich dachte, du verdienst dir dein Geld in Wien?«, sagte ich zu Jennie, nachdem sie ihr Pflegeobjekt wohlbehalten zu unserem Tisch geführt und Platz genommen hatte.

»Heutzutage muss man flexibel sein, Oppa«, antwortete sie und lächelte.

Ich hatte Jennie im vergangenen Herbst kennen- und schätzen gelernt, als ich meine ersten Schritte in Rust unternommen hatte. Sie war die Tochter des mächtigen Bankmanagers Rudolf Schumich, hatte aber so viel mit ihm gemein wie ein Regenwurm mit einem Menschenaffen. Eigentlich hieß sie Petra, doch alle nannten sie Jennie. Auch in ihrer Rolle als Pflegerin von Eleonora Pruckner war sie ihrer optischen Mischung aus K-Pop-Style und Gothic treu geblieben. Sie trug schwarze Sneaker, eine schwarze Leggings und darüber einen weißen Tüllrock. Dazu ein schwarz-grün gestreiftes Top und eine rosafarbene dünne Jacke. Ihre mittellangen Haare hingen pechschwarz an ihr herab und leisteten dem auf der linken Wange tätowierten Spinnennetz Gesellschaft.

»Ich frag mich auch, was dieses Gefiedel soll«, brachte sich Eleonora Pruckner in unser Gespräch ein. Doch wir konnten ihr keine Antwort darauf liefern, denn die nun wieder einsetzende »Rocky«-Melodie sorgte dafür, dass alle Aufmerksamkeit erneut auf den Eingangsbereich gerichtet war.

Dort erschien nun tatsächlich er: der Weinkaiser. »Begrüßen Sie sehr herzlich mit uns Johann Gludovatz!«, schallte es aus den Lautsprecherboxen. Der Mann tänzelte, leider ohne visuelle Untermalung der Konfettikanonen, leichtfüßig über den roten Teppich und bewegte dabei immer wieder seine Finger wie Pistolen, die er nach links und rechts abfeuerte. Er trug einen gediegenen schwarzen Anzug, darunter ein mit glitzernden Pailletten besetztes Gilet und ein weißes Hemd. Das Gilet entsprach nicht ganz meinem Geschmack, aber wer war ich schon, dass ich jemandem in Sachen Mode Vorhaltungen machen konnte? Birgit Borbely rastete an unserem Tisch förmlich aus. Sie fotografierte, genauso wie Sandra Schwarzkopf am Nachbartisch, ohne Unterlass mit ihrem Handy.

Aber hey, der Weinkaiser konnte sich den dynamischen Auftritt erlauben.

Er schien regelmäßige Fitnesscenterbesuche nicht zu scheuen. Seine mittellangen grau melierten Haare saßen so perfekt, als ob seine Stylistin sie kurz zuvor erst in Form gebracht hätte. Sie schwangen dank seiner Bewegungen gekonnt umher, gerade richtig, nicht zu viel und nicht zu wenig, um diesen einen gewissen Effekt zu erzielen, der die junge Birgit offenbar um den Verstand brachte. Und so dynamisch und selbstbewusst sein Auftritt auch vonstattenging, da war etwas in seinem Blick, als er auf Höhe unseres Tisches vorbeigroovte. Er wirkte für den Bruchteil einer Sekunde irritiert. Als ob man nichts ahnend mit Tempo hundertvierzig auf der Autobahn fahren und auf einmal einen Autounfall am Wegesrand bemerken würde. Irgendwo an unserem Tisch schien ein solcher Autounfall zu sitzen. Die junge Birgit Borbely konnte es jedoch nicht sein, denn obwohl der allgemeine Applaus bereits am Verebben war, jauchzte sie weiterhin. Hysterische Fans der Beatles in den 1960er Jahren, die sich vor Aufregung in die Hose gemacht hatten, waren jedenfalls ein Lercherl dagegen. Dabei hätte der Weinkaiser alterstechnisch mit ein bisserl Glück ihr Großvater sein können. Mitte fünfzig war der doch sicher schon.

Der Weinkaiser nahm Platz, und wer von den Anwesenden gedacht hatte, dass nun der angenehme Teil des Abends beginnen würde – das festliche Abendessen –, sah sich getäuscht. Denn nun betrat, vollkommen ohne Trara, der Kapitän den Saal. Es war ein richtiger Seebär, der da über den roten Teppich schritt und zwischen den beiden Tischen innehielt. Er trug stolz seinen Vollbart im Gesicht, die Hauptrolle in einem Werbeclip für Fischstäbchen hätte man ihm sofort abgenommen. Aufgrund seines fortgeschrittenen Alters, ich schätzte ihn wie den Weinkaiser auf Mitte oder Ende fünfzig, war sein bäriges Auftreten mittlerweile wohl mehr Fassade als Inhalt, eine kleine Babyrobbe könnte er aber sicher immer noch zur Strecke bringen, falls sie die einzige Nahrungsquelle sein sollte, die uns vor dem Verhungern retten würde. Seine Uniform entsprach jenem phantasievollen Design, das man von autokratischen Herrschern in fernen Karibikländern oder in Ungarn erwarten würde.

»Guten Abend, meine sehr verehrten Damen und Herren«, sagte er und begrüßte uns inklusive einer einnehmenden Bewegung seines Armes, mit dem er eine Hundertachtzig-Grad-

Drehung vollführte. Es war dieselbe Stimme, die auch zuvor vermeintlich vom Tonband die Stargäste begrüßt hatte. »Ich freue mich sehr, Sie im Namen der Reederei Plünder auf der Jungfernfahrt der MS Maximilian, eines einmaligen Erlebnisschiffes, begrüßen zu dürfen. Mein Name ist Thees Nicolaysen, ich bin der Chefkapitän der Flotte und seit mehreren Jahren auf dem Neusiedler See unterwegs. Auch wenn mal ein Sturm aufkommen sollte, sind Sie bei mir in besten Händen, denn ich bin auch schon auf hoher See unterwegs gewesen. Die Nordostpassage kenne ich wie meine Westentasche, und ich weiß, wie man ein Schiff bei hohem Wellengang auf magenschonende Art und Weise rollen lässt.«

Diese Bemerkung brachte ihm einige Lacher ein, und ich muss gestehen, dass er auch mir sympathisch war. Im Anschluss skizzierte er das Programm der kommenden Woche.

Den folgenden Tag würden wir in Mörbisch verbringen, für den Abend waren Tickets für die Festspielbühne reserviert worden. Es stand die Schlagerstarnacht am Neusiedler See auf dem Programm, in deren Rahmen Stars und Sternchen auftraten; der ORF übertrug das Spektakel natürlich live. Danach ging es zurück aufs Schiff. Und in dieser Art sollte es die kommenden Tage weitergehen, von Mörbisch nach Illmitz und weiter nach Podersdorf, Neusiedl, Breitenbrunn und Purbach. Dazu noch zwei weitere Ausflüge per Bus nach Parndorf und Frauenkirchen. Am kommenden Freitag würde die MS Maximilian dann wieder in ihren Heimathafen in Rust einlaufen, wo die Reise ihr Ende nehmen würde. Auf die Frage, warum wir nicht auch in Oggau Station machen würden, reagierte der Kapitän kühl mit einem Verweis darauf, dass wenn die Oggauer gute Beziehungen zur Reederei Plünder hätten haben wollten, sie nicht im Jahre 1866 die Seeschlacht gegen den Stammsitz der Reederei, die Freistadt Rust, hätten anzetteln dürfen. Rivalitäten wollten gepflegt werden.

Es folgte die für eine Kreuzfahrt übliche Sicherheitsunterweisung. Die offizielle Seenotrettungsübung, sonst am Tag nach dem Auslaufen obligatorisch, erspare uns die Reederei ausnahmsweise, so der Kapitän. Das Erkunden der Umgebung und der Genuss der Reise sollten durch nichts getrübt werden. Auch das technische Prozedere erläuterte uns Nicolaysen. Das Essen werde jeweils frisch von einem Cateringunternehmen angeliefert, es stünden eine Wäscherei sowie alle anderen Serviceeinrichtungen eines Kreuzfahrtschiffes zur Verfügung. Was immer man auch wünsche, ein Taxischiff der Reederei würde es von Land an Bord der MS Maximilian bringen.

»Bleibt mir nur noch, Ihnen meine beiden Crewmitglieder Gernot Piller und Sylvia Münch vorzustellen. Bitte scheuen Sie sich nicht, die beiden oder mich zu kontaktieren, wenn Sie Fragen haben oder wir Ihnen anderweitig behilflich sein können.« Ah ja. Piller war derjenige, der mir die Kabine gezeigt hatte. »In diesem Sinne wünsche ich Ihnen eine angenehme Fahrt und eine ebensolche Zeit bei uns an Bord. Genießen Sie den Abend!«

Piller und Münch, die beiden Stewards, Schiffsoffiziere oder wie auch immer nun ihre korrekte Bezeichnung lautete, kamen kurz darauf mit Silbertabletts zurück, auf denen sich Suppenterrinen befanden. Der Prominententisch erhielt seine Vorspeise zuerst. Das stieß nicht nur Bella sauer auf, ich nahm es auch zum Anlass, um mich beim Kapitän vorzustellen. Meine Hündin wusste ich bei Jennie in besten Händen. Die beiden verstanden sich ausgezeichnet. Schon bei unserer ersten Begegnung im November hatte ich das Gefühl, dass sie sich bereits zuvor gekannt hatten.

Ein Kapitän, der nachdenklich am Fenster stand und auf den vom Halbmond hell erleuchteten See hinausblickte. Was mochte in ihm vorgehen, am Beginn einer Reise, die es so zuvor noch nie gegeben hatte? War er sich der Ehre bewusst, dass ausgerechnet ihm das Kommando über das Schiff übertragen worden war? Oder sah er das als normalen Teil seines Jobs, alltägliche Routine? War es ihm gleich, ob er ein paar Fahrradtouristen im Fährbetrieb zwischen Illmitz und Mörbisch hin- und herchauffierte oder ob er die erste Seekreuzfahrt in der Geschichte des Neusiedler Sees befehligte? Und dann riss ein Fremder plötzlich den Kapitän auf dramatische Art und Weise aus seinen Gedanken.

Ungefähr so stellte sich ein Schriftsteller wie Elmar Tinhof wohl eine solche Situation auf der Brücke vor. Da sah man mal wieder, wie sehr sich Realität und Fiktion voneinander unterscheiden konnten. Denn die Brücke der MS Maximilian, die in einem eigenen kleinen Aufbau als Teil des Oberdecks auf dem Schiff thronte, war verwaist. Ein paar Lichter auf den Instrumenten blinkten fröhlich vor sich hin, das Steuerrad rührte sich kein Stück. Alles schien seine Ordnung zu haben. Und doch war da etwas, das den unwissenden Schiffspassagier in Unruhe versetzte. Vielleicht war es nur der Anblick einer unbesetzten Brücke, die mir in diesem Moment das Gefühl gab, dass das Schiff führerlos sich selbst überlassen worden war. Vielleicht war es aber auch etwas anderes.

»Ist etwas passiert?«

Da war sie wieder, die bärige Stimme.

»Ähm, nein«, stotterte ich und sah in die dunkelblauen Augen des Kapitäns. »Wie kommen Sie drauf?«

»Wenn der Sicherheitsmann der Reederei plötzlich auf der Brücke auftaucht, ist das meist ein Zeichen dafür, dass jemand über Bord gegangen ist oder sich ein Dieb auf dem Schiff herumtreibt.«

Vorstellen musste ich mich ihm schon mal nicht, so viel stand fest. Die nervöse Unruhe war mit dem Auftauchen des Kapitäns sofort verschwunden. Ob das an der wohligen Erinnerung an die Käpt'n-Iglo-Werbespots während meiner damals noch wohligen Kindheit lag oder Nicolaysen das einfach qua seines Amtes ausstrahlte – ich wusste es nicht.

»Es ist alles in Ordnung«, erklärte ich. Ich wollte mich nur mal zu erkennen geben und Hallo sagen.«

»Hallo«, sagte er. Gefolgt von: »Haben Sie so was schon mal gemacht? Eine Kreuzfahrt begleitet? Personenschutz?«

»Ich war früher beim Landeskriminalamt«, antwortete ich.

»Mit der Küstenwache oder der Wasserschutzpolizei hätten Sie mich mehr beeindrucken können.«

Der Kerl war nicht von hier. Das wurde mir erst jetzt bewusst. Sein Dialekt klang eher friesisch herb. Wie aus der Jever-Werbung.

»Dass wir nicht im See ersaufen, dafür sind Sie zuständig. Mein Teil des Jobs ist die Sicherheit der Passagiere, und das werde ich schon hinbekommen.«

Nicolaysen marschierte zu einem braunen Wandkasten und holte ein kleines Fläschchen sowie zwei Gläser hervor. Er öffnete es und goss uns beiden eine milchige Flüssigkeit ein.

»Ist das Ouzo?«, fragte ich ihn.

»Küstennebel«, antwortete er trocken, ließ ein »Skål!« folgen und kippte das Zeug runter. Ich tat es ihm gleich. Erinnerte mich tatsächlich an Ouzo, nur eine Spur süßer im Abgang. »1987 bin ich das erste Mal zur See gefahren. Mit einem Motortanker nach Norwegen. Über hundert Meter lang, der Pott. Ich fühlte mich auf dem Ding so sicher wie in Großmutters Schoß. Doch als ich während eines Orkans sah, dass die raue See einfach so über unser Schiff rollte, machte ich mir ordentlich ins Hemd. Als wir den Sturm überstanden und unsere Ladung in Fiborgtangen gelöscht hatten, nahm mich der Kapitän zur Seite und reichte mir ein solches Glas, wie ich es auch Ihnen gereicht habe. Seither trinke ich am ersten Abend jeder Fahrt einen Schluck davon. Und ich habe meine Fracht immer heil ans Ziel gebracht.«

»Der Neusiedler See ist aber schon ein bisserl etwas anderes als der Nordatlantik«, erlaubte ich mir, seine romantische Erzählung ein bisschen zu trüben.

»Wissen Sie, was man über die Lachse sagt?«

»Ähm. Nein?«

»Die ziehen zum Laichen und Sterben stets denselben Fluss hinauf«, sagte Thees. Wobei, nein, es war eigentlich fast ein Gesang, so melodiös trug er diese Worte vor.

»Heißt, Sie machen es den Lachsen gleich und werden irgendwann wieder auf dem rauen Meer unterwegs sein?«

Er nickte bedeutungsschwanger. »Spätestens, wenn man eines Tages meine Asche über dem Meer verstreuen wird.«

Der Käpt'n sah nicht nur so aus, als ob er ein Schiff steuern und Fischstäbchen zubereiten könnte, nein, er entpuppte sich auch noch als Philosoph. Alle Achtung.

Ich ließ mir von Nicolaysen die Pläne des Schiffes sowie die Fahrtroute zeigen. Er gab mir einen Einblick in die Biografien der beiden Stewards. »Beste Ausbildung, für beide lege ich meine Hand ins Feuer«, erklärte er. »Im Gegensatz zu diesem Weinfatzken.«

»Sie meinen den Weinkaiser?«

Er nickte.

»Kennen Sie ihn?«

»Nicht mehr als der Durchschnittsösterreicher auch, aus dem Fernsehen halt.«

»Dabei klingen Sie gar nicht wie ein Durchschnittsösterreicher«, erklärte ich.

»Geboren in Bremen, war ein anderes Leben damals. Lange her. Aber jetzt auch schon lange hier am See. Meine Frau kommt ursprünglich von hier, ist aber vor einiger Zeit schwer erkrankt. Zum Glück haben wir nun endlich einen Platz für sie im Ruster Pflegeheim gefunden.«

»Das tut mir leid«, erklärte ich. Wobei es sicherlich schlimmere Orte in einer solchen Situation gab als das mondäne Pflegeheim in Rust.

»Es hat alles seinen Sinn im Leben. Und es ist jetzt gut so, wie es ist. Wir kommen klar.«

»Sie stehen also nicht so auf Heimatserien à la Weinkaiser im Nachmittagsprogramm?«

»Nee, nicht zwingend«, antwortete der Kapitän.

Ich nahm alle Pläne und Erklärungen wohlwollend zur Kenntnis, wissend, dass es eigentlich egal war, wer hier an Bord war, wie die Fluchtwege gestaltet waren und wer wen mochte oder auch nicht. Wer sollte hier auf diesem Schiff in den nächsten sieben Tagen schon ernsthaft in Gefahr geraten?

Bella hatte sich auf dem unwürdigen Stück Kunstrasen, vulgo Hundetoilette, auf dem Außendeck erleichtert und war anschließend, erschöpft von dem für sie offensichtlich anstrengenden Tag, in meinem Bett eingeschlafen. Ich hatte es mir in einem aus Sitzkissen und Decken zusammengebauten Nachtlager auf dem Boden der Kabine gemütlich gemacht. Der Kapitän schien einen patenten Eindruck zu machen. Mit Jennie und der alten Prucknerin waren zwei natürliche Verbündete mit an Bord. Und schließlich war mit Bella auch meine treue Kameradin dabei.

Selbst meinen zwischenzeitlichen Abgang aus Rust im vergangenen November hatte sie mir verziehen. Als mich die Prucknerin damals drei Stunden nach meiner Abreise vom Eisenstädter Bahnhof wieder vorm Bahnhofsheiserl abgeladen hatte, hatte meine treue Gefährtin im Innenhof gesessen und mich freudig begrüßt, als ob nie etwas vorgefallen wäre. Sie hätte sonst wohin verschwinden können, es gab genug Löcher im Zaun des Grundstücks. Aber sie hatte sich dafür entschieden, auf mich zu warten. Da war es nun das Mindeste, der pupsenden und schnarchenden Vierbeinerin zumindest für die erste Nacht an Bord das Bett zu überlassen. Das Schnarchen unterbrach sie auch nicht, als um kurz vor elf ein Bumperer zu hören war. Da war im Salon wohl jemand unter der Last des Essens zusammengebrochen.

Thees Nicolaysen

Natürlich waren diese Fahrten mit einem Fernsehdampfer nicht seine inhaltliche Erfüllung gewesen. Aber es war gut verdientes Geld. Und er hatte in seiner Kapitänskarriere zuvor schon allerhand erlebt. Er hatte im Pazifik Frachtschiffe bei schwerer See auf Kurs gehalten, während seine Mannschaft Fisch von Hochseetrawlern übernommen hatte. Hatte vor der Ostküste Grönlands und vor Norwegen Monsterwellen widerstanden. Und im Mittelmeer treibende Flüchtlinge aufgenommen und mit italienischen Hafenbehörden höchstpersönlich verhandelt, damit diese dort an Land gehen durften. Das Angebot, ein paar

Gänge runterzuschalten und viermal im Jahr ein Kreuzfahrtschiff der mittleren Größe mit einer Bruttoraumzahl von nicht einmal dreißigtausend durch karibische Urlaubsparadiese zu schippern, kam da gerade recht. Er würde mehr Zeit daheim bei seiner Frau in Bremen verbringen können, deren Gesundheitszustand sich in letzter Zeit alles andere als gebessert hatte. Ihre Demenz schritt voran. Es war nur eine Frage von wenigen Jahren, bis sie auf professionelle Pflege angewiesen wäre. Dann wollte sie zurück in ihre österreichische Heimat, zurück an den Neusiedler See. Das hatte er ihr versprechen müssen.

Bis dahin war aber die MS Amadeus Sunshine sein neues maritimes Zuhause. Die Zusammenarbeit mit dem Fernsehteam war zwar zu Beginn sehr gewöhnungsbedürftig gewesen, hatte sich aber sehr schnell eingespielt. Herausfordernder konnten da schon die Schauspieler werden. Es waren immer wieder Stars dabei, die es gewohnt waren, dass die Umgebung nach ihrer Pfeife tanzte. Aber auf der MS Amadeus Sunshine war Thees Nicolaysen der Chef. Da konnten die Schauspieler sich noch so sehr über ihn beschweren, an ihm prallte alles ab. Fast alles.

Da war dieser Österreicher. Von Beginn der Reise an verhaltensauffällig. Er war einer der Darsteller, die an Bord ein romantisches Drama erleben sollten. Männlicher Teil eines frisch verliebten Paares, das laut Drehbuch an Bord den ersten großen Beziehungskonflikt hatte, der sich dank Vermittlung des Schiffspersonals dann aber doch noch in Wohlgefallen auflöste. Und am Ende würden alle miteinander das Happy End beim Käpt'ns Dinner genießen. Doch dieser Typ war abseits seiner Rolle alles andere als auf ein Happy End aus. Seine Kabine war ihm zu klein, das Essen entsprach nicht seinen hohen Ansprüchen, und ihm machte der raue Seegang zu schaffen. Dabei war die See über weite Strecken der Fahrt spiegelglatt gewesen. Und dann stand der Kerl eines Tages bei Thees Nicolaysen auf der Brücke und forderte mit einer unbeschreiblichen Verve, sofort den »Kapitän dieses Scheißschiffes« zu sprechen.

»Laufen Sie gefälligst den nächsten Hafen an«, heischte er Thees an.

»Guter Mann, der nächste Hafen, der ein Schiff unserer Größe aufnehmen könnte, liegt fast einen Tag entfernt. Das ist unmöglich.«

»Dann rufen Sie einen Hubschrauber, der mich abholt.«

»Auch das liegt nicht in meiner Macht«, erklärte Thees mit ruhiger Stimme und versuchte, besänftigend auf den aufgebrachten Mann einzuwirken. Er war geübt darin, schlichtend einzugreifen und Passagieren entgegenzukommen, sofern es in seiner Macht stand. »Was ist denn passiert? Vielleicht finden wir auch eine andere Lösung.«

»Das ist ausgeschlossen!«, empörte er sich.

Die Mannschaft auf der Brücke wurde unruhig, und so übergab Nicolaysen das Kommando an den Chief Officer. Der Kapitän begleitete den Schauspieler nach draußen, die frische Luft auf dem Promenadendeck konnte nicht schaden. Doch der Kerl entspannte sich nicht, ganz im Gegenteil, er redete sich nun erst so richtig in Rage.

Stein des Anstoßes war seine permanente Seekrankheit. Er hatte die Mittelchen des Schiffsarztes abgelehnt, da er keinerlei Beruhigungsmittel zu sich nehmen würde während eines Drehs. Die Beschwerden waren auch nicht, wie prognostiziert, nach ein paar Tagen besser geworden. Sein Gleichgewichtssinn schien sich einfach nicht an das Rollen des Schiffes gewöhnen zu wollen. Also blieb ihm seiner Meinung nach nur eines: die Flucht.

»Das ist ausgeschlossen«, wiederholte Nicolaysen. Er habe die Verantwortung für sechshundert Passagiere und noch mal halb so viele Crewmitglieder. Da könne man leider keine Ausnahme für einen einzelnen Passagier machen, so leid es ihm auch tue. »Es steht Ihnen aber natürlich frei, im nächsten Hafen, den wir ansteuern, die MS Amadeus Sunshine zu verlassen.«

»So ein Bullshit«, schrie der Mann, der sich dem Kapitän nicht einmal vorgestellt hatte. Die Äderchen an seinen Schläfen waren prall gefüllt, standen kurz vor dem Platzen. Was war nur los mit diesem Kerl? Thees konnte nicht nachvollziehen, wie man sich so sehr gehen lassen konnte. Die anderen Passagiere schauten sich

die sich hochschaukelnde verbale Auseinandersetzung neugierig an.

Die Situation geriet langsam außer Kontrolle, und Nicolaysen beschloss, dass es wohl besser sei, den Ansprechpartner der Filmfirma hinzuzuziehen, da er hier mit seinem Kapitänslatein am Ende war. Er hatte diesen gerade via Funk angefordert, als der Schauspieler plötzlich seinen Arm erhob, um Nicolaysen zu schlagen. Doch da war er an den Falschen geraten. Nicolaysen war vor seiner Zeit auf hoher See in der Armee gewesen, er verfügte über eine Nahkampfausbildung. Wusste, wie man sich bei einem Angriff zu verhalten hatte, um den Gegner bei möglichst geringer eigener Gewaltanwendung kampfunfähig zu machen. Nicolaysen wehrte den Schlag gekonnt ab, sein Gegenüber verlor das Gleichgewicht und stürzte auf den Dielenboden des Außendecks. Der Mann heulte voller Selbstmitleid jämmerlich auf, obwohl Nicolaysen sich ziemlich sicher war, dass er nicht ernstlich verletzt war.

»Was ist denn hier los?«, fragte der Aufnahmeleiter der Filmcrew, der nach Nicolaysens Funkspruch herbeigeeilt war.

Sofort intensivierte der am Boden liegende Schauspieler – gelernt war gelernt – seine wehklagende Darbietung. Und behauptete, er sei von Nicolaysen ohne Vorwarnung zu Boden gestreckt worden.

Samstag

Oups

Gerade als ich mich wunderte, warum sich in meinen Augenhöhlen Holzaugäpfel befanden, auf denen mit großer Inbrunst eine Möwe herumhackte, wachte ich auf und realisierte, dass das Geräusch nicht von meinen Augenhöhlen stammte, sondern von der Kabinentür. Da hämmerte jemand mit seinen Fäusten dagegen. Akustisch war das wesentlich unangenehmer als das Picken der Möwe, inhaltlich hätte ich mit dem Geschehen in meinem Traum jedoch keine Sekunde tauschen wollen. Durch das Bullauge strömte warmes Licht ins Innere der Kabine, was im Hochsommer jedoch nichts über den aktuellen Zeigerstand auf der Uhr aussagte. Es konnte erst fünf Uhr sein, genauso gut aber auch schon zehn. Bella rieb sich mit ihren Pfoten im selben Moment die Augen. Wie niedlich das aussah. Ich hoffte, ihr war der Möwentraum erspart geblieben. Da war ich aber eigentlich ganz guter Dinge, denn ich konnte mich nicht erinnern, dass sie Teil meines seltsamen Traumes gewesen war.

»Herr Lauda, bitte öffnen Sie rasch die Tür!«, hörte ich eine männliche Stimme, die sich ob der zwischenzeitlich gesteigerten Panik in die Stimme eines Kastraten verwandelt hatte. Ich tippte auf Offizier Gernot Piller, den Soprano mit der hohen Stimmlage, der mir tags zuvor die Kabine gezeigt hatte. Ich quälte mich aus meinem Polster-Kissen-Lager, betrachtete mich einmal kurz zur Sicherheit im Spiegel, aus dem mich ein ungepflegter Halbaffe anstarrte, und öffnete die Tür.

»Ja bitte?«

Gernot Piller stand mit weit geöffneten Augen vor mir, verströmte sein intensives Aftershave und sah ziemlich abgekämpft aus. Der oberste Knopf seines Hemdes war offen, sein halbherzig geknüpfter Krawattenknoten konnte diesen modischen Fauxpas nur mühsam überdecken. Aber Krawattenknoten waren wahrscheinlich nicht die bevorzugte Knotenart, die einem die Ausbilder auf der Seefahrerschule beibrachten. Da standen wahrscheinlich eher Stopperstek, Palstek oder Kreuzknoten auf dem Lehrplan. War das Seefahrerlexikon, das ich in meiner Kabine gefunden hatte und das mir gestern Abend als Einschlaflektüre wertvolle Dienste geleistet hatte, doch noch zu etwas gut.

»Sie müssen sofort mitkommen!«, schrie er mir ins Gesicht, obwohl unsere Köpfe lediglich einen halben Meter voneinander entfernt waren. Ich spürte eine steife Brise und vernahm als olfaktorisches Topping zu seinem Aftershave einen mentholigen Geruch. Da hatte sich wohl jemand ein Fisherman's Friend eingeworfen.

»Wollen Sie wirklich, dass ich jetzt sofort mitkomme?«, fragte ich und öffnete meine Kabinentür gerade so weit, dass er mein elegantes Morgenoutfit, bestehend aus einer Boxershorts sowie meinem ausgeleierten schwarz-grauen Leiberl, in all seiner Pracht erkennen konnte. Auf dem Shirt stand eine fette »89«, obendrüber »Sommer«, darunter »Kettcar«.

»Na ja«, sagte er, »vielleicht haben wir auch noch eine Minute, damit Sie sich anziehen können.« Ich dankte und schloss die Tür. »Aber bitte beeilen Sie sich, es ist wirklich dringend!«, hörte ich ihn sich sogleich wieder korrigieren.

»Nicht so laut!«, rief ich zurück. Nicht dass sich Bella erschreckte.

»Okay«, rief er erneut, nicht wirklich leiser als kurz zuvor. »Ich warte im Gesellschaftszimmer auf Sie.«

Wo auch immer, dachte ich mir, klaubte meine Siebensachen zusammen, um fünf Minuten später wie aus einem zu kurz gekochten Ei gepellt im Flur zu stehen. Die anderen Gäste schienen einen guten Schlaf zu haben, denn niemand steckte seinen neugierigen Kopf aus der Tür. Nicht einmal Elmar Tinhof, der Autor, der doch sicher für jede spannende Begebenheit auf diesem Schiff dankbar gewesen wäre.

»Du bleibst hier und bewachst die Kabine«, sagte ich zu Bella und ging über die schmale vergoldete Wendeltreppe ins

Foyer des Zwischendecks. Durch die gläserne Tür entdeckte ich Gernot Piller und den Kapitän im Salon, heftig miteinander diskutierend. Auch wenn das nicht das Gesellschaftszimmer war, war ich hier wohl richtig. Den umherfliegenden Armen und den angespannten Gesichtern war deutlich anzumerken, dass irgendwas vorgefallen war. Hoffentlich ging es der alten Prucknerin gut.

»Da sind Sie ja endlich!«, rief mir der Kapitän entgegen, nachdem ich eingetreten war. Auch Nicolaysen wirkte wesentlich unruhiger als noch gestern Abend, obwohl uns der See eine spiegelglatte Oberfläche schenkte. »Wir haben einen Code Charlie«, sagte der Kapitän. Und wurde verständlicher, als er bemerkte, dass ich keine Ahnung hatte, wovon er sprach. »Wir vermissen einen Passagier.«

Na toll. Das klang wie in einem mittelmäßigen Thriller aus der Feder von Elmar Tinhof. Aber gut, jetzt musste ich meinen Mann stehen, also bemühte ich mich um einen möglichst professionellen Blick, sicheres Auftreten und eine feste Stimme.

»Um wen geht es?«, fragte ich.

Die beiden sahen einander an. Keiner schien sich zu trauen, mir die Nachricht zu überbringen. Ich sah mich in Gedanken schon vor der Prucknerin stehen, die uns bald am Landungssteg in Mörbisch abholen würde, um uns zu unserem Tagesprogramm zu kutschieren. Das würde wohl flachfallen, wenn wir ihre Mamschki auf den paar hundert Metern zwischen Rust und Mörbisch verloren hätten. Aber wo war Jennie? Wenn es tatsächlich um Eleonora Pruckner gegangen wäre, hätte sie wohl auch hier sein müssen.

»Johann Gludovatz«, spuckte Kapitän Nicolaysen schließlich einen Namen aus. Mir fiel ein Stein vom Herzen. Eh nur der Weinkaiser.

»Wie kommen Sie denn darauf, dass er nicht mehr an Bord ist?« Ich blickte mich im Restaurant um. Hier war schon mal niemand zu sehen.

»Er hatte sich einen Weckservice für acht Uhr bestellt«, erzählte Piller. »Er hat aber nicht auf diesen reagiert. Als er um halb neun noch immer nicht aufgestanden war, haben wir Nachschau gehalten. Immerhin steht für zehn Uhr ein Interview mit Journalisten auf dem Programm, in dem Gludovatz von seinen ersten Eindrücken auf der Reise erzählen sollte.«

Die Wanduhr im Restaurant zeigte zehn vor zehn an. Da hatten Bella und ich aber lange geschlafen.

»Und warum haben Sie mich nicht eher geweckt?«, herrschte ich Piller an. Angriff war die beste Verteidigung, um schon mal vorsorglich alle mögliche Schuld von sich zu weisen.

»Aber …«, setzte Piller an.

»Jetzt ist nicht der richtige Zeitpunkt für Diskussionen, meine Herren«, wurde er von Kapitän Nicolaysen unterbrochen. Ein Mann der Tat, sehr gut. »Was schlagen Sie vor, Herr Lauda?«

»Sie sagen den Pressetermin ab«, sagte ich zum Kapitän, »und Sie«, fuhr ich gegenüber Piller fort, »suchen mit mir noch mal alle Räumlichkeiten an Bord ab.«

Piller folgte mir durch den Salon hinunter zum Unterdeck. Mit Vehemenz hämmerte er der Reihe nach gegen alle Türen. Joseph Andrássy, der verarmte Weltkriegsveteran, öffnete uns schlaftrunken die Tür und ließ uns ohne Gegenwehr seine Kabine inspizieren. Er fragte nicht einmal, wen oder was wir suchten, sondern ließ uns einfach gewähren. Leider ohne Erfolg. Ein Klopfen an der nächsten Tür konnte Piller sich sparen, da es sich dabei um meine Kabine handelte. Direkt angrenzend logierte mit Elmar Tinhof der zukünftige Starautor. Doch er öffnete nicht.

»Was sollen wir tun?«, fragte Piller.

»Aufsperren natürlich, was sonst?«, entgegnete ich. »Wir suchen einen Passagier, quasi Gefahr in Verzug.«

Piller tat, wie ihm befohlen, und zückte einen Schlüssel. Tinhof verfügte über eine ebenso kleine Kabine wie ich, in der alles an seinem Platz zu sein schien. Einen sehr pedantischen Autor hatten wir da an Bord, alles schön ordentlich und rechtwinkelig ausgerichtet. Polster, Zahnbürstl, Notizblock auf dem kleinen Schreibtisch, alles in Reih und Glied – nur leider kein

Johann Gludovatz. Und, nebenbei bemerkt, auch kein Elmar Tinhof.

»Was ist mit dieser Tür?«, fragte ich Piller, der sich bereits umgedreht hatte und den Raum am Ende des Ganges offenbar aussparen wollte.

»Das sind die Mannschaftsräumlichkeiten«, antwortete er. »Da habe ich aber schon nachgeschaut.«

»Ich aber noch nicht«, erklärte ich.

Piller zögerte ein Eizerl zu lang, bis er meiner Anforderung dann doch noch nachkam.

In der ohnehin schon überschaubaren Kabine war ein Stockbett untergebracht worden. Statt des Wandverbaus auf der anderen Seite stand ein weiteres Stockbett, und anstelle eines Bullauges und eines kleinen Schreibtisches gab es drei Spinde, wie man sie aus der Umkleide eines Fitnesscenters kannte. Privatsphäre gleich null. Ich verließ diese Kabine, in der von Johann Gludovatz keine Spur war, mit dem zufriedenen Gefühl, dass Bella und ich es mit unserer Unterkunft wesentlich besser erwischt hatten. Die nebenan befindliche Kapitänskajüte war von Piller anstandslos geöffnet worden. Nicolaysen verfügte zwar über ein bisschen mehr Platz als die Crewmitglieder, das Übernachten in seiner Kabine hätte ein zahlender Passagier aber wohl entrüstet verweigert. Zusätzlich zum Bett war hier aber immerhin ein kleiner Schreibtisch inkludiert.

»Wo sind denn alle hin?«, fragte ich meinen Begleiter, der wirklich gar nichts von der Grandezza eines Sascha Hehn an sich hatte, nachdem wir auch in der Kabine von Elisabeth und Birgit Borbely niemanden angetroffen hatten.

»Frühstück«, erklärte Piller kurz und knapp.

»Der Kapitän hat gestern erwähnt, dass die MS Maximilian von Land aus mit Essen und anderen Dingen versorgt wird. Könnte es sein, dass Gludovatz heute Morgen mit einem solchen Transport von Bord gegangen ist?«

»Nein, ausgeschlossen«, erklärte Piller. »Ich habe die Übernahme der Ware persönlich vorgenommen, da wäre mir Passagier Gludovatz aufgefallen.«

Die verbliebenen zwei Kabinen des Unterdecks dienten lediglich als Lager für Flaschenkisten, Konserven und weitere Behälter, in denen sich Produkte des täglichen Bedarfs befanden. Allen Räumlichkeiten war gemein: keine Spur von Johann Gludovatz.

»Dann machen wir oben weiter«, gab ich die Marschrichtung vor, und Gernot Piller und ich gelangten über die vergoldete Wendeltreppe hinauf aufs Zwischendeck.

Im Gegensatz zum Unterdeck konnten sich die Passagiere in der gehobenen Klasse über größere Kabinen freuen. Auf dem Zwischendeck führte der Gang nicht zwischen den Unterkünften entlang, sondern am Rand des Zwischendecks vorbei. Sandra Schwarzkopf und die anderen Promis sowie die alte Prucknerin hatten also jeweils die gesamte Schiffsbreite zur Verfügung, um sich und ihren Krempel auszubreiten. Gefühlt war Kabine sechs, jene von Marlis Wendelin, die geräumigste. Wobei ihre Kabinennummer eigentlich die Neun war. Eine fehlende Schraube war verantwortlich dafür, dass die Neun wie eine traurige Sechs an der Tür hing. Und das an Bord eines frisch in Dienst gestellten See-Luxusliners! Doch auch das geräumigere Platzangebot hier auf dem Zwischendeck sorgte nicht dafür, dass Johann Gludovatz auftauchte. Blieb noch das Oberdeck, auf dem sich neben Brücke und Messe auch die Luxuskabine des Gesuchten befand.

Kapitän Nicolaysen und Sylvia Münch versahen ihren Dienst auf der Brücke. Da das Schiff nach wie vor vor Anker lag, hielt sich die Betriebsamkeit in Grenzen. In Gludovatz' Kabine hatte Piller natürlich als Allererstes nachgesehen. Hatte er zumindest glaubwürdig behauptet. Die Wahrscheinlichkeit, hier auf den Weinkaiser zu treffen, tendierte also gegen null. Piller öffnete die Tür. Und dann sagte jemand im Inneren der wirklich geräumigen und großzügig ausgestatteten Kabine: »Oups.«

Und so was nennt sich Sicherheitschef!

Gernot Piller, der Zweite Offizier, hatte mir das etwas verwirrende System der Benamsung der Räumlichkeiten auf der MS Maximilian zwischenzeitlich erläutert. Es gab mit dem Salon im Grunde nur einen Innenbereich, der allen Gästen als Aufenthaltsraum zur Verfügung stand. Je nach Bespielung dieses Raumes änderten sich aber dessen Bezeichnungen. Am gestrigen Abend lautete die Bezeichnung Restaurant. Stand eine Lesung auf dem Programm, verwandelte sich der Salon in eine Bibliothek. Ein Filmabend machte daraus das Bordkino. Fand ausnahmsweise mal nichts statt, wurden gemütliche Lesesessel sowie ein kleines Bücher-und-Zeitschriften-Regal in den Raum geschoben, et voilà, die MS Maximilian verfügte über einen Gesellschaftssalon. Musste man aber auch erst mal wissen.

Weder im Salon noch in der Bibliothek und schon gar nicht im Bordkino befand ich mich nun, sondern im von der Sonne überfluteten Freibereich des Zwischendecks, wo Bella und mir – unter schärfster Beobachtung der auf der Reling hockenden Möwen – das Frühstück serviert wurde. Um uns herum saßen bis auf Elmar Tinhof und den vermissten Johann Gludovatz alle Passagiere. Hatte Tinhofs Fehlen etwas mit dem abgängigen Weinkaiser zu tun? Hm. Auf Bitte von Kapitän Nicolaysen hatte Maximilian Plünder Taucher des Landesfeuerwehrverbandes anrücken lassen, die von einem neutralen Boot aus das Wasser rund um unseren Liegeplatz absuchten. Sicher war sicher.

Von dieser Suchaktion unbemerkt, nahmen die anderen Passagiere ihr Frühstück zu sich, ließen sich die Sonne auf den Bauch scheinen oder stöberten durch die aktuelle Tageszeitung, die am frühen Morgen genauso per Bootstaxi an Bord geliefert worden war wie Semmeln, Weckerln und ein Hochzeitsguglhupf von der Bäckerei Strommer. Die eigentlich vom Plünder'schen Cateringservice angekündigte Frühstückslieferung war an diesem Morgen ausgefallen, daher hatte man auf eine lokale Bäckerei zurückgegriffen. Keiner der Passagiere schien die Plünder'schen Aufbacksemmeln zu vermissen. Ein guter

Zeitpunkt also, um mit meiner Tischgenossin in medias res zu gehen.

»Warum sind Sie in die Kabine vom Weinkaiser eingebrochen?«, fragte ich jene Dame, die vielleicht auch eine Hochzeit mit Johann Gludovatz im Kopf hatte.

»Ich weiß, das schaut jetzt ein bisserl deppert aus«, startete Elisabeth Borbely ihre Verteidigung.

In der Tat. Es gab angenehmere Situationen, als dabei ertappt zu werden, in der Kabine eines verschollenen Schauspielers herumzustierln. Ich schätzte die Frau auf Anfang fünfzig und konnte sie mir gut in einer Amtsstube vorstellen. Elisabeth Borbely wäre dort der bunte Paradiesvogel, der mit seiner orangefarbenen Bluse und dem bunten Faltenrock frischen Wind in den grauen Alltagstrott brachte. Für meinen Geschmack war das, auch in Kombination mit dem orangefarbenen Lippenstift, ein bisserl too much. Aber ich war nicht die Stylepolizei, und selbst wenn ich es wäre, würde man mich – vollkommen zu Recht – aufgrund meines eigenen Outfits sofort einem Disziplinarverfahren unterziehen. Das Spannendste an mir war wohl noch das schwarze Basecap, das ich zum Schutz gegen die Sonne auf meinem Kopf trug.

»Aber eingebrochen bin ich nicht. Die Tür stand offen, und ich hab ma 'dacht, dass ich vielleicht nach dem Rechten schauen sollte. Es hätt ja was passiert sein können.«

»Und da haben Sie gleich die Gelegenheit genutzt und unterm Kopfpolster nach dem Johann Gludovatz gesucht?«

»Hahahahaha«, lachte sie in einer die ganze Umgebung einnehmenden Lautstärke und Reichweite. Selbst einige der Möwen stiegen vor lauter Schreck in die Luft, was dazu führte, dass die weniger schreckhaften Tiere nachrückten und nun auf der Reling den Platz an der Sonne hatten. Was in diesem Fall bedeutete, dass sie dem Hochzeitsguglhupf näher gerückt waren. In einiger Entfernung hörten wir Gänse oder andere Vogelviecher quaken, auch sie schienen von Elisabeth Borbelys Urzeitlachen aufgeschreckt worden zu sein. Wo nahm sie nur diese Tonalität her?

»Nein, natürlich hab ich da nicht den Hansi drunter vermutet. Aber wissen Sie, ich hab da so einen Tick. Ich bin ja schon lange Fan vom Hansi, und wir kennen uns ja auch persönlich, sind in Rust schon beim Kraft gemeinsam auf ein Achterl g'sessen. Und ich hätt irgendwie gern was von ihm g'habt. Ein bisserl ein Andenken oder so.«

Beim Gedanken daran, dass sich Elisabeth Borbely daheim ein vollgerotztes Taschentuch von Johann Gludovatz auf ihren Weinkaiser-Altar legte, wurde mir irgendwie schlecht. Sylvia Münch balancierte ein Silbertablett über das Außendeck und fragte die Passagiere, ob noch jemand Kaffee- oder Teenachschub benötige. Ich lehnte dankend ab.

»Sie sind mit dem Johann Gludovatz also quasi befreundet?«

Sie gluckste vor Aufregung. »Sagen Sie das nicht so laut«, antwortete sie. »Ich will ja hier keine Neider auf mich aufmerksam machen. Und vor allem keine Neiderinnen.« Jetzt lachte sie leise in sich hinein. Wüsste man nicht, dass sie lachte, man hätte den Eindruck bekommen können, dass da gerade jemand am Guglhupf erstickte. »Aber ja«, fuhr sie fort, als sie sich wieder beruhigt hatte, »der Hansi wollte damals in Rust sogar noch mit mir aufs Zimmer«, erzählte sie freizügig mit verstohlenem Gesichtsausdruck. »Aber so eine bin ich nicht.«

»Und die Tür zu seiner Kabine stand vorhin wirklich offen?«, hakte ich nach.

»Ja, selbstverständlich«, sprudelte es sofort aus ihr heraus. »Wie hätte ich denn sonst hineinkommen sollen?«

Es erschien mir tatsächlich eher unwahrscheinlich, dass Elisabeth Borbely die nötigen Skills besaß, um die Tür einer Schiffskabine zu knacken. Trotzdem hätte ich sie natürlich für ihr unberechtigtes Eindringen vom Schiff werfen lassen können. Auf der anderen Seite war es nun nicht unbedingt ein Kapitalverbrechen, das sie begangen hatte. Und wer weiß, jemand, der mir einen Gefallen schuldig war, konnte mir im Lauf der Reise vielleicht noch behilflich sein.

»Herr Lauda, bitte zur Brücke, Herr Lauda bitte«, tönte es auf einmal aus einem Lautsprecher. Ich fühlte mich ins Wartezimmer vom Magistrat versetzt, mit dem Unterschied, dass ich nicht als Nummer aufgerufen worden war, sondern mit meinem Namen.

»Gut, dann will ich mal nicht so sein«, zeigte ich mich gegenüber der Borbely großzügig. »Aber zu niemandem ein Wort. Weder darüber, dass Sie in der Kabine von Johann Gludovatz waren, noch über unser Gespräch«, erklärte ich eindringlich und erhob mich.

»Aber, aber, warum denn so geheimnisvoll?«, fragte sie, mehr entzückt als eingeschüchtert. »Ist leicht etwas passiert?«

»Zu niemandem ein Wort«, wiederholte ich mich und ließ sie mit ihrem erneut aufflammenden Lachen allein. Keine Ahnung, was daran so witzig gewesen sein soll.

Die MS Maximilian war ein Schiff der kurzen Wege, was für einen Sicherheitschef natürlich von Vorteil war. Im Nullkommanix war man von einem Ende am anderen. Oder, wie wir Nautiker zu sagen pflegten, vom Bug am Heck. Bella hatte ich bereits vor meiner Suchaktion mit Gernot Piller bei Jennie und der Old Lady geparkt. Sie hatte es mir nicht übel genommen, standen doch die Chancen, etwas von dem Guglhupf abzubekommen, dort wesentlich größer als bei meinen Dienstwegen.

Der nun folgende würde mich mit einem kurzen Umweg über meine Kabine – der dünne Pullover war dank der beginnenden Mittagshitze mittlerweile wirklich nicht mehr nötig – direkt zum Kapitän führen. Ich war schneller am Unterdeck als gedacht. Das war es jedoch nicht, was mich irritierte. Hatte ich vergessen, meine Kabinentür zu verschließen? Oder machte sich da gerade jemand an Bellas und meinen Habseligkeiten zu schaffen?

»Jetzt haben Sie mich aber erschreckt«, sagte Sylvia Münch und sah mich entsetzt an. Sie trug Gummihandschuhe und eine Schürze. In ihrer linken Hand hatte sie ein feuchtes Tuch, mit dem sie zuvor das kleine Bord in meinem Wandverbau abgewischt hatte.

»Das war nicht meine Absicht«, log ich. »Haben wir uns

nicht gerade eben noch draußen auf dem Außendeck gesehen?«, fragte ich irritiert.

»Jaja«, sagte sie, während sie hektisch mit einem Schwamm über mein minimalistisches Waschbecken fuhr. Die zierliche Frau schien ziemlichen Stress zu haben. »Für eine solche Schiffsreise sind zwei Mann Personal einfach zu wenig, da kommt es schon mal vor, dass man zwei Sachen gleichzeitig machen muss. Nicht nur sprichwörtlich. Kann ich sonst etwas für Sie tun?«

»Haben Sie heute auch schon die Kabine von Johann Gludovatz gereinigt?«

»Herr Lauda, bitte zur Brücke, Herr Lauda bitte«, wiederholte sich die Lautsprecherdurchsage, nun mit etwas mehr Nachdruck.

»Nein«, sagte Münch, »ich soll immer erst mit den Kabinen im Unterdeck beginnen. Und außerdem hat der Kapitän gesagt, dass das Penthouse erst mal tabu ist.«

Das Penthouse also, soso.

»Gut«, sagte ich.

»Soll ich ... ähm ... das hier auch aufräumen?«

Sie deutete auf mein nächtliches Fußbodenlager.

»Das können Sie so lassen, wie es ist«, beruhigte ich sie. Es war zu befürchten, dass Bella es auch in der kommenden Nacht vorzog, das gemütlichere der beiden Nachtlager für sich zu beanspruchen. »Sie brauchen hier eigentlich generell nicht aufzuräumen«, versuchte ich, ihr ein bisserl Entlastung zu verschaffen.

»Das ist lieb von Ihnen, aber Anweisung ist Anweisung.«

Keine Minute später hatte ich mich auf der Brücke eingefunden.

Nicolaysen trug gerade irgendwas ins Logbuch ein, während Gernot Piller in der Messe nebenan damit beschäftigt war, eine Schinken-und Käse-Platte neu zu bestücken. Nichts am Kapitän ließ darauf schließen, dass es ein Problem gab. Warum dann also die eilige Lautsprecherdurchsage?

»Herr Lauda, wir haben ein Problem«, sagte Nicolaysen, als er mich bemerkte. Er hätte auch »Ich wünsche Ihnen einen guten Tag« oder »Heute scheint die Sonne« sagen können. Der Mann war der perfekte Pokerspieler. Wenn ich mit jemandem auf hoher See in Not geraten wollte, dann mit Nicolaysen. »Die Reederei besteht darauf, dass Sie mit Alfred Dachs ein ernstes Wort wechseln. Er steht wohl mit seinem Protestschild in Mörbisch am Hafen, so wie auch gestern schon in Rust. Noch ist er alleine mit seiner seltsamen Protestaktion, aber das kann sich natürlich schnell ändern. Wenn die Presse das mitbekommt und Fotos macht …«

»… wird Maximilian Plünder mit einem gewohnt charmanten Anruf beim Chefredakteur des Eisenstädter Express dafür sorgen, dass das Foto nicht zu erscheinen hat«, vervollständigte ich seinen Satz und lachte kurz auf. »Sollte sich Ihr Boss nicht eher darum Gedanken machen, dass uns ein Passagier abhandengekommen ist?«

»Da müssen Sie sich keine Sorgen machen. Der Chef hat größtes Interesse, dass Johann Gludovatz wieder auftaucht.«

»Na ja, zur Not haben wir ja noch unseren Autorenstar«, entgegnete ich, »der hält sich im Vergleich zu Gludovatz sicher ohnehin für das größere Highlight.«

»Welcher Autorenstar?«, fragte Nicolaysen verdutzt.

»Elmar Tinhof, der freiwillig mit Eleonora Pruckner die Kabine getauscht hat, damit sie es ein bisserl komfortabler hat.«

»Wer hat Ihnen denn diesen Unsinn erzählt?«

»Tinhof höchstpersönlich«, sagte ich tapfer.

»Sie fallen aber auch auf alles herein, oder?«, antwortete der Kapitän. »Und so was nennt sich Sicherheitschef«, schob er verächtlich hinterher. Mein Stern schien am Sinken zu sein. »Ich hab schon geahnt, dass es keine gute Idee ist, an diesem Freitag auszulaufen.«

»Sticht man freitags etwa nicht in See?«

Nicolaysen schüttelte den Kopf. »Alter Seefahrer-Aberglaube. Freitags beginnt man einfach keine Seereise.«

»Warum nicht?«

»Herr Lauda, das ist ein Aberglaube. Da gibt's keinen Grund, das ist einfach so. Schon die Besatzungen der Segelschiffe sind früher nicht oder nur sehr ungern an einem Freitag in See gestochen. Am Tag nach dem Seemannssonntag sticht man nicht in See. Das ist einfach so«, wiederholte er sich.

Ich hätte nachfragen können, was es mit dem Seemannssonntag auf sich hatte, der offensichtlich auf einen Donnerstag fiel. Aber ich entschied mich dafür, mein Unwissen vor dem Seebären nicht noch offenkundiger zur Schau zu stellen, und hoffte auf eine geeignete Recherchemöglichkeit zu einem späteren Zeitpunkt. Zum Beispiel im Seefahrerlexikon in meiner Kabine.

»Meinen Sie etwa diesen langweiligen Fatzke, der gestern Abend neben Ihnen gesessen ist?«, schoss es auf einmal aus ihm heraus, nachdem ich ein paar Sekunden lang wie ein Matrosenanfänger stumm neben ihm gestanden war.

Ich nickte.

»Das ist einer der Preisausschreiben-Gewinner. Und der hat mit niemandem seine Kabine getauscht, der gehört tatsächlich aufs Unterdeck. Glauben Sie, wir würden es der alten Dame antun, mehrere Male pro Tag die Grand Staircase hinauf- und hinabzusteigen?«

»Die was?«, hakte ich nach.

»Die Grand Staircase«, wiederholte er sich.

»Die was?«, wiederholte ich mich.

»So heißt die Stiege, die Ober- mit Zwischen- und Unterdeck verbindet. Wir sind vertraglich dazu verpflichtet, die offizielle Bezeichnung zu verwenden.«

Jetzt wäre der Lacher von Elisabeth Borbely mehr als gerechtfertigt gewesen. Was mir bei meinem Problem mit dem fehlenden Weinkaiser aber auch nicht geholfen hätte.

»Hat man Sie seitens des Schifffahrtsunternehmens eigentlich über den Brief informiert?«

»Ähm, den Brief?«

»Es gab da eine Drohung«, antwortete er. Eine Aussage, die ihm körperliche Schmerzen zu bereiten schien, denn seine Mimik verzog sich entsprechend.

»Was für eine Drohung?«

»Eine Art Warnung. Die Reederei hat dem wenig Gewicht

beigemessen. Aber jetzt, wo Johann Gludovatz verschwunden ist …«

»Rücken Sie raus mit der Sprache!«

Unglaublich, dass man die Informationen hier nur zizerlweise serviert bekam. Wir waren ja schließlich nicht in einem Fünf-Sterne-Restaurant, das man aufgrund der überschaubaren Portionsgröße hungriger verließ, als man es zuvor betreten hatte.

»Bei der Reederei langte vor einer Woche ein Schreiben ein, wonach die MS Maximilian nicht in See stechen dürfe.«

Nicolaysen, der alte, erfahrene Seebär, stand wie ein kleiner Schulbub vor mir, der mal wieder die Unterschrift im Mitteilungsheft gefälscht hatte. Ob es solche Hefte heutzutage noch gab? War wahrscheinlich mittlerweile alles digital.

»Sonst würde ganz genau was passieren?« Ein bisserl mehr Tempo wäre echt verdammt angebracht gewesen.

»Sonst würde ein Unglück geschehen.«

Elisabeth Borbely

Sie hatte die Szenerie perfekt im Blick. Und sah ganz genau, was die beiden da trieben. Was der Hansi da trieb. Mit einer anderen Frau. Eh klar, so jemand wie der Hansi, der saß nie mal nur allein irgendwo herum. Da war dann auch immer schnell eine Frau dabei. Sie selbst hätte jetzt diese Frau sein können, wenn sie nur ein bisschen schneller gewesen wäre. Aber gerade als sie den »Kraftraum« betreten wollte, war ihr die andere zuvorgekommen. Jetzt saß diese depperte Kuh dem Hansi gegenüber, trank Wein mit ihm, hatte Spaß. Elisabeth stellte sich vor, wie sie mit einem künstlichen Lachen über Hansis Erzählungen und Witze lachte. Ihre Hände berührten sich auf dem Holztisch, erst ganz zufällig, dann würde irgendwann seine Hand auf ihrer zu liegen kommen. Und Elisabeth saß hier draußen. Allein.

Sie musste etwas unternehmen. Sie konnte sich das nicht ein-

fach so bieten lassen. Das war hier heute ihre Chance. Wie lange hatte sie sich schon auf diese zwei Tage gefreut! Hatte extra Urlaub genommen, sich lange im Voraus ein Hotel reserviert, weil sie herausgefunden hatte, dass an diesen beiden Tagen Dreharbeiten für die neuen Folgen des Weinkaisers in Rust auf dem Programm standen. Und es war bekannt, dass der Hansi nach Drehschluss gern noch durch die Lokale zog. Sie hatte auch gar nicht lange suchen müssen, bis sie ihn hier beim Kraft entdeckt hatte. Und jemand wie er, der mochte es natürlich exklusiv. Der setzte sich nicht zu den anderen Gästen und Touristen in den schönen Innenhof. Nein, der Hansi saß im kleinen Straßenlokal daneben. Mit diesem depperten Trutscherl. Und da war es schon wieder, ihr aufg'setztes und unechtes Lachen. Elisabeth wäre am liebsten reinmarschiert und hätte sie eigenhändig an ihren Haaren auf die Straße gezogen. Wobei das sicher Extensions waren. Genauso unecht wie ihr Lachen, da war sie sich sicher.

Elisabeth nahm all ihren Mut zusammen und überquerte die Straße. Sie wusste, dass man im »Kraftraum« auch Wein kaufen konnte. Sie hatte also einen guten Grund, dort hineinzugehen. Niemand würde das seltsam finden. Sie wäre eine Kundin wie alle anderen auch. Nur schnell die Stufen hinauf und schon war sie drin.

Johann Gludovatz saß an dem Hochtisch mit dem Rücken zur Wand. In den Regalen hinter ihm standen die edlen Tropfen, fein säuberlich abgefüllt in Flaschen. Davor dieses edle Mannsbild. Was für ein Anblick! Und dann lächelte Gludovatz Elisabeth auch noch an. Das war ganz deutlich. Sie gefiel ihm. Jetzt musste sie nur seine nervige Begleiterin loswerden, die ihr den Rücken zudrehte. Aber da würde Elisabeth schon etwas einfallen. Für sie und ihren Hansi war sie bereit, einiges auf sich zu nehmen. Die Frau redete auf den Hansi ein, aber er reagierte gar nicht auf ihr Geplapper. Hatte nur Augen für sie, die gerade hereingekommen war.

Elisabeth trat zur Theke, entschied sich für einen Gemischten Satz und zahlte. 2018er Jahrgang. Der freundliche Mann gab ihr das Wechselgeld retour. Siebenundzwanzig Euro hatte sie für die Flasche hingeblättert. Kein Cent zu viel, wenn sie das Rebensafterl dafür gemeinsam mit dem Hansi genießen konnte. Und als ob das Schicksal ihr einen Wink geben würde, führte die schiache Blondine in genau diesem Moment ihr Weinglas zum Mund. Elisabeth ergriff die günstige Gelegenheit und rempelte die Frau beim Hinausgehen an. Der Aufschrei war Musik in ihren Ohren. Gleich würde der Hansi ihr gehören. Was wollte er denn auch mit einer solch ungeschickten Person, die nicht einmal Wein trinken konnte, ohne sich dabei vollzusauen.

Die Frau sah sie fassungslos an, blickte dann auf ihr hübsches weißes Kleid, das nun das Schandmal des heutigen Abends trug. Leg dich nicht mit mir an, dachte Elisabeth. Das hast du nun davon. Wie eine Furie schrie der Trampel nun. Die halbherzige und natürlich nicht ernst gemeinte Entschuldigung Elisabeths hatte sie gar nicht erst zur Kenntnis genommen. Hansi erhob sich von seinem Platz. Zeit zu gehen, da hatte er definitiv recht. Elisabeth lächelte ihn an, malte sich aus, wie sie gemeinsam im Hotelzimmer den Wein öffneten. Und wer wusste schon, wo der Abend dann enden würde?

Doch dann geschah das Undenkbare. Hansi fuhr Elisabeth an, warum sie nicht besser aufgepasst habe. Er stellte sich zwischen sie und die Blondine und reichte dieser Servietten. Noch mal drehte er sich um und strafte Elisabeth mit einem allzu harten und garstigen Blick.

Elisabeth entglitt die Flasche aus ihren Händen. Sie zerbrach am Steinboden. Und mit ihr all ihre Gefühle für Johann Gludovatz.

Little Greece

Nun wusste ich wirklich, wie sich damals Auswanderer gefühlt haben mussten, als sie lange vor der Ankunft in New York bereits die Freiheitsstatue am Horizont erspäht hatten. Die

Zille mit dem entspannt vor sich hin brummenden Außenborder schob mich langsam über den spiegelglatten Neusiedler See.

Hätte ich ein bisschen weniger Angst davor gehabt, das Gleichgewicht zu verlieren und in den See zu kippen, hätte ich die kurze Überfahrt vom Schiff zum Hafen in Mörbisch – vorbei an der grellgrünen riesigen Mörbischer Freiheitsstatue – im Stehen absolviert. Es wäre ein erhabener Moment in meiner noch jungen Seefahrerkarriere gewesen. Mit meiner vierbeinigen Seebärin an meiner Seite.

Laut unserem Bordprospekt handelte es sich bei der Mörbischer Statue um die immerhin zweitgrößte der Welt. Sie war zwei Jahre zuvor in unmittelbarer Nähe der Festspielbühne für die Aufführungen der »West Side Story« errichtet worden. Heuer boten die Seefestspiele das Musical Mamma Mia. Als wir so an ihr entlangfuhren, tanzten vor meinem inneren Auge Benny, Björn, Agnetha und Anni-Frid am Fuß der Statue und flehten die steinerne Dancing Queen an, endlich mit ihnen zu tanzen. Doch schon kurz danach holten mich meine Gedanken rund um das plötzliche Verschwinden von Johann Gludovatz ein. Diese Kreuzfahrt könnte anstrengender werden als gedacht.

Der anonymen Drohung hatte man in Plünders Zentrale keine große Bedeutung beigemessen. Angeblich hatte es sich um einen aus Zeitungsbuchstaben zusammengesetzten Brief gehandelt. Da man diesen für einen schlechten Scherz gehalten habe, habe man ihn einfach im Altpapier entsorgt. Den für die Schiffsreise vorgesehenen Sicherheitsmann hatte man natürlich pflichtschuldigst darüber informiert. Doch als dieser ausgefallen und ich an seine Stelle getreten war, hatte man es nicht für notwendig erachtet, auch mir von der Drohung zu berichten. Wozu auch, würde schon nix passieren!

Die restlichen Passagiere sollten eine halbe Stunde später ebenfalls übergesetzt werden, um das Tagesprogramm in der südlichsten Seegemeinde diesseits der Grenze in Angriff zu nehmen. Der Grund, warum ich als Vorhut an Land geschickt worden war, stand gleich neben dem putzigen blau-weißen Leuchtturm, vor dem unser Gondoliere uns abgesetzt hatte.

»So früh schon auf den Beinen?«, fragte ich anstelle einer Begrüßung.

»Für die gute Sache lohnt es sich, früh aufzustehen«, antwortete Alfred Dachs. »Der See braucht auch mal Ruhe und Erholung« stand auf dem Schild, das er neben sich auf den Boden gelegt hatte. Am Parkplatz weiter hinten hatten vereinzelt Segler und andere Wasserliebhaber ihre Autos abgestellt, aber außer uns beiden und Bella waren keine weiteren Leute in der Nähe. Deshalb musste das Protestschild gerade nicht in die Höhe gehalten und unnötig Kraft verschwendet werden.

»Glaubst du wirklich, dass sich der Plünder von deiner One-Man-Show beeindrucken lässt?«

»Hat doch letztes Jahr mit dem Hotel in Ungarn auch ganz gut geklappt.« Ob ich ihm sagen sollte, dass es nicht nur seiner Bürgerinitiative zu verdanken war, dass Maximilian Plünder im Vorjahr seine Pläne hatte aufgeben müssen? Dachs trug eine helle Leinenhose und ein gelbes T-Shirt, dazu einen Strohhut und Birkenstocksandalen. Um den Hals hing eine Kette mit einem kleinen gläsernen Totenschädel, in dessen Augenhöhlen jeweils ein kleiner roter Stein eingesetzt worden war. Ich erinnerte mich mit Schaudern an meinen Besuch bei ihm und seinen, nun ja, *Freunden* im vergangenen Jahr. »Und du machst jetzt den Lakaien für den Plünder, hab ich g'hört?«

Dass ich mit meinem Engagement als Sicherheitsheinzi von Plünders Seeexpedition bei jemandem wie Dachs keine Pluspunkte sammelte, war zu befürchten gewesen.

»Ich tue der Daniela den Gefallen, ja«, rechtfertigte ich mein unmoralisches Tun. Gegenüber Dachs könnte das funktionieren. Anders sah es da schon mit meinem eigenen Gewissen aus.

Während Bella die Gegend erkundete, tauschten Alfred und ich noch ein paar Höflichkeitsfloskeln aus. Dann kam die Prucknerin mit ihrem kleinen Bus vorgefahren, was ein untrügliches Zeichen dafür war, dass in Bälde auch die restlichen

Reisenden von der MS Maximilian anlanden würden – wohl mit Ausnahme von Johann Gludovatz.

Nachdem die weiteren Passagiere am Hafen von Mörbisch ausgekippt worden waren, folgte ein Gruppenfoto für den Eisenstädter Express. Ich hielt mich vornehm zurück und konzentrierte mich darauf, Dachs von den Fotos fernzuhalten. Ein Sicherheitsmann hatte auf einem solchen Bild eh nichts zu suchen. Außerdem galt auch hier, dass ich Vitos Mafiafreunden nicht durch unnötige Aufmerksamkeit auf die Idee bringen wollte, eine erneute Expedition an den Neusiedler See zu unternehmen.

»Da fehlt doch aber der Weinkaiser!«, bemerkte der Fotograf nach den ersten Bildern. Dem konnte man nichts vormachen.

»Der ist seekrank«, nuschelte ich in meinen nicht vorhandenen Bart.

»Seekrank also«, retournierte der Fotoheinzi und zeichnete dazu zwei imaginäre Anführungszeichen in die Luft. Schien so, als ob er mir das nicht ganz abnehmen würde.

Als alle im Bus eingeladen worden waren und auch die alte Prucknerin langsamen Schrittes aus dem Rollstuhl in den Bus gestiegen und dort mittels Gurt auf einem Sitz fixiert worden war, zählte ich die Runde einmal durch. Nachdem uns der Gludovatz temporär abhandengekommen zu sein schien, konnte es nicht schaden, bei den anderen Passagieren auf Nummer sicher zu gehen. Das Ganze hatte etwas von der Atmosphäre einer Klassenfahrt in einem dieser alten »Die Lümmel von der ersten Bank«-Filme mit Pepe Nietnagel. Ich hatte die Gelegenheit genutzt und mich in der ersten Reihe neben Elmar Tinhof, dem Möchtegern-Starautor, platziert. Bella hatte es sich auf dem Zweiersitz neben uns gemütlich gemacht. Die Prucknerin setzte den Bus gekonnt in Bewegung und startete sogleich ihr Touristenprogramm. War nur mir so warm hier drinnen?

»Die Gemeinde Mörbisch wurde im 13. Jahrhundert erstmals urkundlich erwähnt, sie gehörte bis 1921 zu Ungarn. Berühmt ist der Zweitausendzweihundert-Einwohner-Ort für seinen Weinbau und die Seefestspiele, die Jahr für Jahr Tausende Besucherinnen und Besucher anlocken.« Hafen und Seebad von Mörbisch befanden sich, ähnlich wie in Rust, auf einer der Gemeinde vorgelagerten Landzunge, die über eine schnurgerade Straße mit dem Festland verbunden war. Mittlerweile war die Umgebung zum Leben erwacht. Die Straße war, ebenso wie die Hafenanlage, ordentlich befüllt mit Radfahrern, Schwimmlustigen und Segelwütigen. Kein Vergleich zur ausgestorbenen Region, die ich im vergangenen November kennengelernt hatte.

»Wo haben Sie sich denn heute Morgen beim Frühstück versteckt, Herr Tinhof?«, fragte ich meinen Sitznachbarn.

Die Prucknerin war flott unterwegs mit ihrem Landschiff, Hut ab. Meinem Magen gefiel das eher semigut. Der Autor fuhr sich mit der Hand durchs Gesicht und umkurvte anschließend mit den Fingern das Kinn, während er unsicher aus dem Fenster sah. Nichts als Schilf abseits der Straße. So spannend war das doch nicht.

»Wo soll ich schon gewesen sein?«, antwortete er mit einer Gegenfrage, als wir endlich das Schilf hinter uns gelassen hatten und am Mörbischer Hof vorbeigerast waren. Die Prucknerin schien es wirklich eilig zu haben. »Auf der MS Maximilian natürlich. Ich habe recherchiert und an meinem Manuskript gefeilt.«

»Und wo haben Sie recherchiert und am Manuskript gefeilt?«

»In meiner Kabine«, antwortete er.

»Aber die Crew hat Sie dort nicht vorgefunden, als angeklopft wurde, um Ihre Kabine zu reinigen. Und bei meinem späteren Rundgang waren Sie auch nicht da. Wo also, lieber Herr Tinhof, waren Sie?«

All jene von uns, die nicht angeschnallt waren, wurden in diesem Moment recht unsanft nach vorne gedrückt. Die Prucknerin hatte sich an einer Kreuzung recht abrupt eingebremst. Die Straßenschilder wiesen rechter Hand den Weg nach Eisenstadt, links wurde die Staatsgrenze angepriesen. Unsere Fahrerin setzte den Blinker nach links und drückte aufs Gas, als sich eine nur ihr ersichtliche Lücke im entgegenkommenden Kolonnenverkehr auftat. Der an der Kreuzung postierte Polizist winkte uns fröhlich zu. Man kannte sich.

»Vielleicht bin ich da ja gerade eine Runde geschwommen. Ich muss mich doch wohl wirklich nicht dafür rechtfertigen, wo ich heute Morgen war.«

»Wie wollen Sie denn ins – und vor allem aus dem – Wasser gekommen sein?«, hakte ich nach. Soweit ich wusste, verfügte die MS Maximilian nicht über ein Badedeck, von dem aus man entspannt in den See gelangen konnte.

»Am Heck des Schiffes befindet sich eine Leiter. Hat doch einer der beiden Offiziere bei der gestrigen Begrüßung erwähnt. Haben Sie wohl nicht mitbekommen, weil Sie sich gerade irgendwelche Theorien im Kopf zusammengesponnen haben.«

Das sagte der Richtige. Aber etwas anderes interessierte mich gerade eh viel brennender.

»Hier auf unserer linken Seite sehen Sie nun die beiden das Ortsbild prägenden Sakralbauten der Gemeinde Mörbisch«, unterbrach uns die Prucknerin mit ihrer recht professionell daherkommenden Tourifführerin-Stimme. »Da haben wir die prächtige evangelische Christuskirche, in ihrer heutigen Form und Architektur seit 1967 bestehend. Anschließend folgt die unter Denkmalschutz stehende Pfarrkirche der katholischen Gemeinde.«

Fast niemand nahm die Schilderungen der Prucknerin zum Anlass, um Fotos von den beiden Kirchen zu machen. Einzig Sandra Schwarzkopf, die Influencerin drei Sitzreihen hinter uns, richtete ihr Smartphone nach links, wobei nicht ganz ersichtlich war, ob sie tatsächlich Fotos von den Kirchen machte oder nicht doch das siebenundzwanzigste Selfie an diesem Tag.

»Interessiert es Sie gar nicht, warum ich Sie all das frage?«

Am gestrigen Abend schien Elmar Tinhof noch jede Gelegenheit nutzen zu wollen, um sich eine spannende Geschichte für den Plot seines Buches ausdenken zu können. Jetzt hatte er nicht mal ansatzweise hinterfragt, warum ich ihn löcherte.

»Warum fragen Sie denn?«

Ich ließ ihn mit seinem Unwissen allein und nahm das Anhalten des Busses zum Anlass, um unser kurzes Gespräch zu beenden. Sollte er ruhig ein bisschen ins Überlegen und Schwitzen kommen.

Also, schon klar, die Prucknerin kann zur rasenden Gerti werden, das kannte ich ja bereits von ihr. Aber dass sie uns innerhalb von fünf Minuten vom Mörbischer Hafen nach Griechenland chauffieren würde, das hätte ich nun wirklich nicht für möglich gehalten. Denn als wir ausstiegen, fanden wir uns gefühlt ebendort wieder. Ich war nie in Griechenland gewesen, meine Kenntnisse der ortstypischen Architektur beschränkten sich auf das Durchblättern eines Santorin-Reisekatalogs mit meiner ersten großen Liebe in der Restplatzbörse im Generali-Center auf der Mariahilferstraße. Aber diese kleine Gasse hier in Mörbisch mit ihren geduckten weißen Häusern, dem gefakten Kopfsteinpflaster, den zahlreichen Oliven- und Oleanderbäumchen, antiken Säulchen sowie den quietschbunten Blumen sah genau so aus, wie ich mir eine kleine Gasse auf Mykonos oder einer anderen Insel in der Ägäis vorstellte. Vielleicht war auf dem Straßenschild, das die Prucknerin kurz zuvor an der Kreuzung fast umgenietet hatte, ja gar nicht die ungarische Staatsgrenze gemeint gewesen.

Wir begaben uns also auf einen kleinen Spaziergang durch Little Greece, von den Einheimischen auch Mörbischer Hofgassen genannt. Die Prucknerin führte uns durch eine dieser Gassen und erzählte der kleinen Reisegruppe etwas über typisch pannonisches Ambiente, Streckhöfe und Achtelbauern. Ich war währenddessen hauptsächlich damit beschäftigt, die Gruppe im Blick zu behalten und wie ein Schäfer darauf zu achten, dass keines der Schäfchen in einer der verwinkelten Ecken verloren ging. Die meiste Arbeit hatte ich jedoch damit, die als Schäferhund fungierende Bella davon abzuhalten, auf einer der schön gepflegten Rasenflächen oder gar in eines der griechischen Blumenbeete ihre Notdurft zu verrichten. Alles zusammen ein Knochenjob, und ich war froh, als die Prucknerin mit ihrer kleinen Führung fertig war und wir uns an einem Tisch in einer Buschenschank niederlassen konnten.

Gegenüber standen die beiden Kirchen in all ihrer Pracht friedlich nebeneinander. Bella hechelte im Schatten neben uns. Der Kapitän hatte sich zwischenzeitlich gemeldet und berichtet, dass die Tauch- und Suchaktion im Umfeld der MS Maximilian ergebnislos beendet worden war. Keine Wasserleiche. Kein Johann Gludovatz. Ich sollte bei Gelegenheit den Poidl verständigen. Es konnte sicher nicht schaden, wenn die Polizei an Land die Augen offen hielt. Die restlichen Passagiere der MS Maximilian hatten Freigang und durften auf eigene Faust den Ort erkunden. Ich hätte ihnen allen gern einen Peilsender um den Hals gehängt. Aber tja.

»Irgendwas läuft da gerade ganz fürchterlich schief an Bord, oder?«, fragte die Prucknerin. »Ich wollte das nicht so vor den anderen thematisieren, aber wo ist denn der Johann Gludovatz?«

»Den haben wir verloren«, antwortete ich.

Die Bedienung gesellte sich zu uns. Der Uhrzeit entsprechend beließen wir es bei Wasser und einem Verhackertenbrot für mich sowie einem Kümmelbratenbrot mit Gurkerl und Kren für die Prucknerin. Ich liebäugelte noch mit einem Topfenstrudel, aber seitdem mir Luise in meinem früheren Leben beigebracht hatte, Mehlspeisen stets selbst zuzubereiten, verhielt ich mich in Gasthäusern und anderswo fern der eigenen Küche in Bezug auf Süßkram abstinent.

»Was heißt ›verloren‹?«

Während Bella zu unseren Füßen langsam wegdämmerte, fasste ich der Prucknerin die Ereignisse der vergangenen Stunden zusammen. Ich berichtete vom gestrigen Begrüßungsevent im Salon, vom plötzlichen Verschwinden des Weinkaisers, von unserer Suchaktion heute Morgen sowie von meinem Gespräch mit dem vermeintlichen Starautor, der an diesem Morgen ebenfalls kurzzeitig verlustig gegangen war.

»Aber du glaubst nicht ernsthaft, dass der Gludovatz einem Verbrechen zum Opfer gefallen ist?«

»Zum jetzigen Zeitpunkt noch nicht. Aber wir müssen wohl

mit der Möglichkeit rechnen. Wo soll er denn bitte aus freien Stücken abgeblieben sein?«

»Der hatte doch sicher genauso wenig Lust auf die ganze Reise wie du«, antwortete die Prucknerin, während die Kellnerin unsere Brote und eine große Wasserkaraffe mit zwei Gläsern auf unserem Tisch platzierte.

Für Bella gab es einen großen Napf mit frischem Wasser. Doch das bemerkte die vierpfötige Dame nicht. Zu sehr war sie mit Schlafen beschäftigt. Ich bedankte mich in ihrem Namen bei der Kellnerin, und als diese uns im herrlich kühlen Innenhof der Buschenschank wieder allein gelassen hatte, setzte ich unser Gespräch fort.

»Ja eh, kann gut sein. Es bleibt aber trotzdem die Frage, wo er ist.«

»Hast nichts Auffälliges mitbekommen in der Nacht?«, fragte die Prucknerin, während sie auf ihrem Brot herumkaute. »Ich mein, du als Sicherheitschef.« Sie grinste mich an.

»Jaja, lach du nur. Dabei hast du es nur mir zu verdanken, dass die Reise überhaupt stattfindet. Und wer weiß, vielleicht ist der Trip schneller wieder vorbei, als dir lieb ist. Ohne den Weinkaiser als Zugpferd erfüllt die Reise für den Plünder wohl kaum ihren Zweck.«

»Oh, da ist aber jemand heute etwas zwider«, merkte die Prucknerin an.

»Dazu habe ich wohl allen Grund. Nach den entspannten Tagen in der Schilfhütte von Castle wollte ich es mir eigentlich mit Bella im Bahnhofsheiserl gemütlich machen.«

»Du hast es doch eh die ganze Zeit gemütlich«, hielt mir die Prucknerin vor. »Kannst ruhig ein bisserl was hackln.« Wieder dieses Grinsen. »Jaja, hast ja recht«, lenkte sie schließlich ein, als sie merkte, dass mir nicht unbedingt zum Lachen zumute war. »Also hast nix mitbekommen? Nix Verdächtiges an Bord oder so?«

»Das Einzige, was ein bisserl seltsam war, war ein dumpfes Geräusch gestern am späteren Abend. So als ob ein Seesack am Außendeck umgefallen wäre.«

»Oder ein Weinkaiser?«

»Mhmm«, gab ich ihr recht. »Hätte ich geahnt, dass uns der Weinkaiser abhandenkommt, wäre ich noch mal aufgestanden und hätte nachgeschaut. Aber tja.«

»Und ist bei den Passagieren jemand dabei, der sich seither seltsam verhält?«

»Jemand? Du solltest die Frage wohl andersrum stellen, nämlich ob da jemand dabei ist, der sich *nicht* seltsam verhält.«

Ich erzählte ihr vom Mutter-Tochter-Groupie-Gespann, dessen älteres Teammitglied ich in Johann Gludovatz' Kabine überrascht hatte. Von Elmar Tinhof, der schon mit Mord-und-Totschlag-Phantasien an Bord gekommen war und der heute Morgen schwimmen gewesen sein will. Von Joseph Andrássy, der mit seinem Hinkebein und seinem etwas schrulligen Auftreten so wirkte, als ob er in einer Zeitkapsel aus dem Ersten Weltkrieg direkt in die Gegenwart transferiert worden wäre. Und dazu kamen noch die vermeintlichen Prominenten. »Die Normalste von denen ist noch diese Schlagersängerin, Marlis Wendelin. Zumindest ist die bisher noch nicht ungut aufgefallen.«

»Und hoffentlich meine Mutter«, vervollständigte die Prucknerin die Passagierliste.

»Na ja, ein bisserl seltsam ist die doch auch. Aber die darf das, sie ist ja schon alt«, sagte ich.

»Na hör mal, das darfst ihr aber nicht laut ins Gesicht sagen.«

»Hatte ich auch nicht vor, keine Sorge«, beruhigte ich sie. »Und Jennie gibt's natürlich auch noch, aber ich wüsste nicht, was sie mit dem Weinkaiser zu tun haben sollte.«

Wir sprachen noch ein bisschen über Gott und die Welt und machten uns schließlich auf den Weg, um die Passagiere in der Hauptstraße, auf Höhe des Heimathauses, wieder aufzuklauben. Mit dem Bus ging es zurück zum Hafen und von dort mit zwei Booten zur MS Maximilian, wo sich die Passagiere ausruhen konnten, bevor es am Abend erst das Essen geben würde, um anschließend gemeinsam zur Schlagernacht auf der Festspielbühne aufzubrechen. Ich machte innerlich drei Kreuze, als nach dem Tagesausflug alle – mit Ausnahme von Johann Gludovatz und Marlis Wendelin – wohlbehalten wieder an Bord unseres Schiffes waren. Die Prucknerin würden wir erst am nächsten Tag in Illmitz wiedersehen. Und das Fehlen von Marlis Wendelin hatte einen guten Grund.

»Wozu hast du denn deine Kollegin dabei?«, hatte mir die Prucknerin noch mit auf den Weg gegeben. Und sie hatte, wie so oft, recht. Dass ich da nicht von allein drauf gekommen war. Also nahm ich Bella noch vor dem Essen in Gludovatz' Kabine mit, wo sie einen neidischen Blick auf das große Bett warf, das dem Weinkaiser hier zur Verfügung stand. Als ob sie es betttechnisch nicht eh ziemlich gut getroffen hätte! Dann hielt ich ihr ein T-Shirt unter die Nase, das Gludovatz ganz offensichtlich während der Reise getragen hatte.

»Such, Bella, such!«, gab ich ihr schließlich den Einsatzbefehl. Und tja. Der war ihr ziemlich egal. Sie starrte mich mit ihren süßen Murmelaugen an und schien sich zu wundern, warum ich nicht loslegte, wenn ich doch offensichtlich auf der Suche nach etwas war. Da hatte sie natürlich einen Punkt. Auf der anderen Seite konnte sich Bella wahrscheinlich nicht vorstellen, dass die menschliche Nase nicht annähernd so gut funktionierte wie jene eines Hundes, dass ich also wirklich auf ihre Dienste angewiesen war.

Also schnüffelte ich nun selbst an dem Shirt. Lautstark, damit Bella auch wirklich checkte, worum es mir ging. Aufdringliche Schwaden einer Mischung aus Moschusduft und Lemongras, angereichert um eine reichlich intensive Schweißnote, durchströmten meine Nasenflügel und betäubten die dort befindlichen Rezeptoren. Kein Wunder, dass Bella sich das ersparen wollte. Folgerichtig sah sie mich nun wie jemanden an, der sich absichtlich einen Nagel in den Daumen rammte. Man wollte eigentlich nicht hinsehen, war dann aber doch so fasziniert, dass man den Blick einfach nicht abwenden konnte.

Es war mir in weiterer Folge zu blöd, mich auch noch auf allen vieren auf den Boden zu begeben, um meiner begriffsstutzigen Gefährtin das Aufnehmen der Fährte des vermissten Johann Gludovatz bildlicher darzustellen. Und vielleicht war das mit der Spürnasenaktion ja auch einfach eine Schnapsidee. Ich hatte keine Ahnung, ob Bella in ihrem früheren Leben jemals auf der Jagd gewesen war oder gar eine entsprechende Ausbildung genossen hatte.

»Es wäre sehr super g'wesen, wenn du die Spur vom Gludovatz hättest aufnehmen können. Damals, als man mir die Mordwaffe im Schuppen vom Bahnhofsheiserl untergeschoben hat, hast du das doch auch sofort gemerkt und mich aufmerksam gemacht«, sinnierte ich vor mich hin. Und als ob ich unbewusst einen Knopf gedrückt hätte, stellte Bella ihre Ohren plötzlich auf Empfang. Kurz darauf nahm sie eine Prise des Gludovatz'schen Duftes vom T-Shirt auf und rannte aus der Kabine. Die Kommunikation ist ein Hund. Im wahrsten Sinn des Wortes.

Es war gar nicht so einfach, den Anschluss an Bellas Schweinsgalopp durch die Gänge und über die Wendeltreppe zu finden. Aber zum Glück hielt sich die Anzahl der möglichen Routen auf diesem Schiff in ziemlichen Grenzen. Kurz darauf entdeckte ich Bella im Unterdeck bei den Plünders im Andy-Warhol-Design. Wie ein Postament stand sie vor einer Tür, hinter der sich ein kleiner Lagerraum verbarg. Bevor ich jetzt Gernot Piller oder seine Kollegin herunterzitierte, damit mir einer der beiden die Tür aufsperren konnte, nahm ich mir ein Beispiel an Elisabeth Borbely und versuchte, sie mit meiner Bankomatkarte zu öffnen. Das ging wirklich einfacher als gedacht.

Bella stürmte, die Nase knapp über dem Boden als Leitorgan benutzend, in das Innere des Lagerraums und blieb in dessen Mitte an einem Stützpfeiler stehen. Dort verharrte sie einige Sekunden, schnüffelte den Pfeiler entlang bis hinunter zum Holzboden und wieder einige Zentimeter nach oben. Dann ließ sie davon ab, besah sich die daneben gestapelten Konservendosen und blickte treuherzig zwischen Rindsgulasch und mir hin und her. Hatte da jemand Hunger?

Ich schaute mich um, entdeckte neben Konservendosen auch unsere Trinkwasser-Notrationen in Form von Fünf-Liter-Plastikkanistern, übereinandergestapeltes Toilettenpapier in Hülle und Fülle sowie eine Holzpalette mit darauf lagernden Werbeprospekten, die unsere kleine Seekreuzfahrt anpreisen sollten. Würden sich auch gut als Grillanzünder machen, dachte ich, während ich auf der Palette Platz nahm und meinen Blick durch den Lagerraum schweifen ließ.

Bella hockte vor mir und erwartete ihr Belohnungsgutsi. Ich musste sie leider enttäuschen. Als meine treue Begleiterin das realisierte, ließ sie sich enttäuscht vor mir auf den zwar zweckdienlichen, jedoch nicht sehr hübschen grüngrauen Linoleumboden fallen. Gerade als ich es mir bequem gemacht hatte, um mir meine nächsten Schritte auf der Suche nach Johann Gludovatz zu überlegen, wuffelte Bella herum und begann damit, ihre Schnauze immer mehr in Richtung Holzpalette zu bewegen. Ich erhob mich und kniete mich neben Bella, schob ihre Schnauze zur Seite und erspähte unter der Palette zwei glitzernde Pailletten. Was im ersten Moment nach einer schlecht gereimten Deutschrap-Strophe klang, war für mich ein Beweis für den Verbleib von Johann Gludovatz. Denn genau solche Pailletten hatten sich auf jenem glitzernden Gilet befunden, das er während des Begrüßungsabends auf der MS Maximilian getragen hatte. Ich sah Bella in die Murmelaugen und umarmte sie. Ich hatte nun wirklich ein schlechtes Gewissen, weil ich kein Belohnungsgutsi für sie hatte.

Wofür auch immer die im Lagerraum herumliegenden Gulaschkonserven gedacht waren, für das Abendessen an diesem Tag waren sie zum Glück nicht auserkoren worden. Es gab Hühnerbrust mit Reis und Vogerlsalat, der in einer süßen Balsamicocreme ertränkt worden war. Die weiteren Abende versprachen da schon Spektakuläreres, Barbecue und Sushifestival zum Beispiel. Das eigentlich Spektakuläre an diesem Abend sollte mit der großen Schlagernacht aber eh erst im Anschluss an das Abendessen erfolgen. Elisabeth Borbely hatte sich bereits entsprechend ausgestattet, auf ihrem T-Shirt prangte das überdimensionale Konterfei von Marlis Wendelin. Die kleinen Strasssteine im T-Shirt-Gesicht der Sängerin sahen aus wie funkelnde Pickel. Dazu viel Glitzer und viel zu viele Farben.

»Habe ich selbst gemacht«, erklärte die Trägerin mit stolzem Gesichtsausdruck. »Bei uns in der Volkshochschule gab es einen T-Shirt-Design-Kurs. Der war einfach super.«

Na dann.

»Jetzt ist uns neben dem Weinkaiser auch noch die Marlis Wendelin abhandengekommen. Was sagt denn der Sicherheitschef dazu?«, versuchte Elmar Tinhof mich zu frotzeln. Offenbar tuschelten die Passagiere bereits über das Fehlen von Gludovatz.

Nice try. Zwar hatte Kapitän Nicolaysen nach unserer Rückkehr an Bord nicht mit positiven Nachrichten in der Causa Weinkaiser aufwarten können, doch wo Marlis Wendelin steckte, das wusste ich immerhin.

»Aber geh«, erwiderte die diplomierte T-Shirt-Künstlerin, »sie bereitet sich auf ihren großen Auftritt heute Abend vor.« Wie zum Beweis streckte sie ihren Rücken durch und präsentierte nochmals ihr T-Shirt. Das Gesicht von Marlis Wendelin spannte über ihre beeindruckende Oberweite. »Für immer Wendelin« war darunter zu lesen. Wahrscheinlich der Titel eines Songs, den alle Wendelin-Fans in- und auswendig singen konnten. Ich dagegen dachte beim Namen Wendelin unweigerlich an dessen Couch-Potatoe-Partner Wum und kam mir dabei unglaublich alt vor. Good old Loriot. Ganz einig schien sich das dynamische Mutter-Tochter-Duo an diesem Abend nicht zu sein, wem das eigene Herz gehörte. Denn Birgits Oberkörper zierte ein verträumt dreinblickender männlicher Kopf mit wallendem blondem Haar. Dessen ebenfalls auf dem Shirt vermerkter Name war von meiner Perspektive aus jedoch leider nicht zu entziffern.

»Schade«, nahm der Autor die Information enttäuscht zur Kenntnis. Wahrscheinlich spielte sich in seinem Kopf bereits eine Szene ab, in der Johann Gludovatz und Marlis Wendelin im

Rumpf des Schiffes gemeinsam gegen ein übersinnliches Lebewesen mit drei Köpfen kämpften.

»Warum haben Sie heute im Bus auf dem Weg nach Mörbisch eigentlich all diese komischen Sachen von mir wissen wollen?«, fragte der Starautor schließlich in deutlich gedämpfter Stimmlage. Dabei hatte er seinen Oberkörper leicht zu mir herübergebeugt, in der Hoffnung, die mögliche Anzahl ungewollter Mithörer nochmals zu reduzieren.

»Nur so«, erklärte ich.

»Jetzt haben Sie sich doch nicht so, sagen Sie mir, was los ist.«

»Tue ich nicht«, antwortete ich, »aber ich frage Sie, ob Sie mit dem Johann Gludovatz mal etwas zu tun hatten.«

Für den Fall, dass Elmar Tinhof einen größeren IQ besaß als eine einzellige Amöbe, würde er jetzt wissen, dass da was mit dem Weinkaiser im Busch war. Falls er die Sache durchschaute, ließ er es sich jedoch nicht anmerken.

»Sie meinen, abgesehen vom gestrigen Abend?«

Ich nickte.

Er überlegte. »Nicht wirklich«, antwortete er schließlich. »Ich war letztes Jahr auf einer Veranstaltung in einer Buchhandlung, in der er seine Biografie präsentiert hat. Die hat er natürlich nicht selbst geschrieben, sondern ein Ghostwriter. Aber damit befindet er sich in guter Gesellschaft.«

»Und dort waren Sie nur als Zuhörer? Kein anschließendes Gespräch mit dem Weinkaiser? Kein ›Meet-and-greet‹?«

»Nein. Ich war damals lediglich dort, um einem Bekannten einen Gefallen zu tun, der nicht alleine hingehen wollte.«

»Mhmm«, machte ich.

»Darf es noch ein Bier sein?«, unterbrach uns Sylvia Münch. Ich nickte der Zweiten Offizierin freundlich zu, und kurz darauf stand ein frisch gezapftes Golser zu meiner Rechten auf dem weißen Tischtuch. Leider nur ein Seiterl, aber mein Gott, ich war ja nicht hier, um mich zu betrinken. Zumal ich mittlerweile verinnerlicht hatte, dass ich den Sicherheitsjob wohl ein bisschen ernster nehmen sollte.

Tinhof fragte gar nicht nach, warum ich mich nach einem möglichen Kontakt mit Gludovatz erkundigte. Interessant.

»Gehen Sie morgen in der Früh wieder schwimmen?«, fragte ich meinen Nebenmann.

»Selbstverständlich, wenn es das Wetter zulässt«, erklärte der Autor. »Es geht nichts über ein morgendliches Bad im See. Noch besser wäre es bei Sonnenaufgang, doch dafür geht die Sonne im Sommer leider zu früh auf. Ich sitze abends ja immer länger über meinem Manuskript, und das verträgt sich nicht mit einem Wecker, der mich um halb fünf aus dem Bett scheucht.« Immerhin, er hatte ein Bett. Ich blickte zu Bella, die meinem Blick auswich. Da hatte wohl jemand ein schlechtes Gewissen.

»Was fläucht wo im Fett?«, fragte Eleonora Pruckner. Sie saß in ihrem Rollstuhl bedächtig wie eine Elder Stateswoman an unserem Tisch. Eine wahre Grand Old Lady. Sie musterte, was um sie herum geschah, gab nur hin und wieder, wenn sie es wirklich für nötig hielt, einen Kommentar ab. Sie wirkte ganz und gar nicht abwesend, aber man merkte ihr an, dass sie sich akustisch schwertat, unseren Gesprächen zu folgen. Nicht dass sie da wirklich etwas verpasste, aber na ja.

»Der Herr Tinhof erzählt uns gerade, dass er abends immer lange an seinem Buch schreibt«, schrie Jennie ihr daraufhin ins Ohr. »Deshalb kann er morgens nicht so früh aufstehen«, vervollständigte sie ihre Inhaltsangabe. Die alte Dame nickte zustimmend.

»Das ist schon recht g'scheit so!«, fügte die Grand Old Lady hinzu, und alle waren zufrieden.

»Liebe Passagiere der MS Maximilian«, ertönte kurz darauf die bärige Stimme des Kapitäns über die Lautsprecheranlage. Warum er seine Ansagen nicht persönlich machte, war mir ein Rätsel. Wir lagen immer noch vor Mörbisch, es gab wohl nichts, worauf er sich gerade auf der Brücke konzentrieren musste. Keine Eisberge in Sicht, kein uns entgegenkommender Dampfer, dem er bei voller Fahrt ausweichen musste. Warum kam er also nicht persönlich in den Salon, um die zwei Handvoll Gäste zu informieren? »Ich mache Sie darauf aufmerksam, dass die Tender in einer Stunde zum Ablegen nach Mörbisch bereit sind. Es erwartet Sie ein phantastischer Abend auf der Festspielbühne. Nehmen Sie sich also die Zeit, um unser Galadinner entspannt abzuschließen und sich dann auf die Schlagernacht vorzubereiten. Die Crew der MS Maximilian wünscht Ihnen einen unvergesslichen Abend, und wir freuen uns schon jetzt darauf, Sie im Anschluss wieder an Bord begrüßen zu dürfen.«

Während Elisabeth und Birgit Borbely ganz aufgeregt zu klatschen begannen, fragte mich der Autor, was denn ein Tender sei. Ich wusste das leider auch nicht, in meinem Schifffahrtslexikon war ich noch nicht beim Buchstaben T angekommen.

»Damit meint der Kapitän wohl die Boote«, klugscheißerte ich trotzdem.

Der Autor schien von dem Ausflug nicht ganz so begeistert zu sein. Elmar Tinhof wollte sich wohl lieber an Bord weiteres Seemannsgarn ausdenken. Und auch Joseph Andrássy blickte neidisch zu Jennie, als diese schrie: »Wir machen uns heute lieber einen gemütlichen Abend an Bord, nicht wahr, Eleonora?«

Die Grand Old Lady nickte zufrieden und schmatzte an ihrem Nusskipferl herum.

Ich trank das Bier aus und entschuldigte mich.

Ob Jennie und Eleonora sich tatsächlich einen gemütlichen Abend an Bord machten, konnte ich nicht überprüfen. Auch vom Abend auf der Festspielbühne hatte ich nichts. Denn als ich die goldene Wendelstiege hinab auf das Unterdeck stieg, wurde mir plötzlich schwarz vor Augen.

Elmar Tinhof

Elmar mochte diese Buchhandlungen, die bis fast zur Decke hin mit Büchern vollgestellt waren, schon immer sehr. Und diese hier, in der Wiener Porzellangasse, verfügte sogar über eine umlaufende Schiene inklusive daran befestigter Leiter, mit der auch kleinere Personen ganz bequem die oberen Regalfächer errei-

chen konnten. Bücher in Regale stellen und verkaufen konnte man leicht. Aber eine Buchhandlung mit Leben und Charakter zu erfüllen, das war für Elmar die ganz große Kunst.

Die junge Buchhändlerin mit den langen pechschwarzen Haaren war trotz ihrer hohen Schuhe gut zwei Köpfe kleiner als Johann Gludovatz. Die beiden nahmen auf ihren Sesseln in der Mitte der Buchhandlung Platz. Es hatte sich ausgezahlt, dass Elmar bereits eine halbe Stunde vor Beginn der Buchpräsentation hier gewesen war, um sich einen Sitzplatz zu sichern.

Die Zuschauerreihen, die in beiden Flügeln der Buchhandlung bis weit nach hinten reichten, waren bis auf den letzten Sessel gefüllt. Einzelne Leute standen sogar an den Regalen an der hinteren Wand, weil sie keinen Sitzplatz mehr gefunden hatten. Das war für Elmar keine Überraschung, immerhin war hier nicht irgendein zweitklassiger Schauspieler zu Gast, sondern Johann Gludovatz. Ein Charakterdarsteller ersten Ranges. Ein Star, der viel zu oft und – in Elmars Augen – zu Unrecht auf seine Rolle als Hauptdarsteller des Weinkaisers reduziert wurde. Und was hatte Elmar für ein Glück, dass er mit einem solchen Star verwandt war. Zwar nur über fünf Ecken, aber immerhin. Wichtig war, dass sie verwandt waren. Und nicht, ob Gludovatz sein Vater oder lediglich ein entfernter Cousin dritten Grades war.

Die Buchhändlerin schien ihre Hausaufgaben in der Vorbereitung auf die Moderation der Buchpräsentation gemacht zu haben. Gekonnt und charmant führte sie durch das Gespräch, in dessen Verlauf Johann Gludovatz ein ums andere Mal seine Klasse und seinen herausragenden Charakter unter Beweis stellen konnte. Sei es bei seiner Schilderung, wie er sich als junger Mann in die Schauspielschule geschmuggelt hatte, oder als er erzählte, wie er eine junge Frau während Dreharbeiten am Attersee aus akuter Seenot gerettet hatte. Ein echter Pfundskerl war das.

Im Anschluss an das informative Gespräch, in dessen Rahmen er auch zwei Passagen aus seinem Buch vorgetragen hatte, stand Gludovatz den zahlreichen Zuhörern für Fotos und Gespräche zur Verfügung. Und natürlich dauerte es lange, bis er alle Bücher, die ihm entgegengestreckt wurden, mit einer persönlichen Widmung versehen hatte. Die Buchhändlerin kam an der Kasse fast gar nicht mehr hinterher, so groß war der Andrang. Am Ende waren alle Bücher restlos ausverkauft, und Elmar war neben der Buchhändlerin und Johann Gludovatz der letzte verbliebene Gast.

»Erkennst du mich nicht, ich bin's, der Elmar!«, versuchte Elmar die Gunst der Stunde zu nutzen. Gut, wer konnte es Gludovatz verübeln, dass er nicht gleich wusste, wer er war. »Unsere Großtanten waren Cousinen, sie haben damals auf dem Familienanwesen in Sarleinsbach viel Zeit miteinander verbracht.«

»Unsere Großtanten? Wo? In Sarleinsbach?«

»Auf Schloss Sprinzenstein! Sag bloß, du erinnerst dich nicht daran?«

»Und Sie waren noch mal wer?«, fragte er.

Der arme Kerl, dachte Elmar. Wahrscheinlich war er von all den fremden Gesichtern und den ganzen Gesprächen ein bisserl durch den Wind.

»Elmar Tinhof.«

Die Buchhändlerin schien die Szenerie mit einem gewissen Unbehagen zu verfolgen. Ein offenbar verwirrter fremder Mann, der gewartet hatte, bis alle anderen Gäste der Buchpräsentation nach Hause gegangen waren. Das war wohl das Letzte, das sie am Ende eines langen Arbeitstages gebrauchen konnte.

»Na, komm schon, Hansi, ich bin's, der Elmar!«

»Tut mir leid, das muss eine Verwechslung sein. Ich muss jetzt auch los«, erklärte Gludovatz. »Danke für den wunderbaren Abend. Die Organisation, die Gesprächsführung – du hast das wirklich wieder ganz phantastisch gemacht, Nicole«, bedankte sich der Schauspieler und schritt zur Tür.

Elmar Tinhof blieb wie angewurzelt stehen.

»Aber Hansi«, waren die einzigen Worte, die er in diesem Moment herausbekam.

Als sich Elmar schließlich auf dem Gehweg der Porzellangasse wiederfand, war von Gludovatz nichts mehr zu sehen. Vielleicht war er in eine Seitengasse abgebogen. Oder er hatte sich in ein Taxi gesetzt. Aber ganz egal, wohin er verschwunden war: Aus Elmars Plan war nichts geworden. Seine Hoffnung, dass sein Verwandter ihm Türen und Tore in die Verlagswelt öffnen würde, dass er sich ein bisschen in seinem Glanz würde wärmen können, ja vielleicht sogar in diesem erblühen könnte – all das war in diesem Moment vergessen und vorbei.

Sonntag

Storchenkarussell

Alles andere als ein Bandscheibenvorfall wäre eine Sensation gewesen. Mein Rücken fühlte sich an, als ob ein halbes Dutzend Störche auf der Suche nach Regenwürmern permanent die Wirbelsäule entlangpicken würde. Ich öffnete die Augen, was keine gute Idee war, denn nun drehten Storchenbabys in meinem Hirn auf einem Jahrmarktkarussell ihre Runden. Und mein Hirn drehte sich mit ihnen mit, während mein Körper stocksteif auf dem Boden meiner Kabine verharrte. Die drolligen gefiederten Geschöpfe saßen auf den lustigsten Fahrzeugen, Feuerwehrautos, Motorrädern, einer hockte sogar auf einer fliegenden Gans wie einst Nils Holgersson auf seiner Hausgans Martin. Und was hatten sie für einen prächtigen Spaß!

Meine Gehirnzellen fanden das jedoch nicht so spaßig. Die Taxiprucknerin hätte mir anstelle eines Totenkopfkristalls ein paar Schmerztabletten einpacken sollen. Ich musste eine ganze Weile geschlafen haben, denn warmes Sonnenlicht strömte durch das Bullauge herein. Ich blickte auf das kleine Schuhregal, das im praktischen Wandverbau ganz unten war. Es war leer. Unter großer Kraftanstrengung hob ich meinen Kopf und blickte zurück zur Kabinentür. Dort entdeckte ich meine Schuhe. An meinen Füßen. Und überhaupt schien ich es gestern Abend nicht für nötig gehalten zu haben, mich um- oder auszuziehen.

»Ich hoffe, du hattest eine bessere Nacht«, sagte ich. Bella schien schon wach zu sein, denn ihr übliches Schnarchen war nicht zu vernehmen. »Viel schlimmer als meine kann sie jedenfalls nicht gewesen sein«, ächzte ich weiter vor mich hin. Was war nur passiert? Ich erinnerte mich an das Abendessen im Salon. An eine Durchsage vom Kapitän und dann … dann hatte ich mich auf den Weg gemacht. Und war offenbar irgendwie in meiner Kabine angekommen. Aber was war dazwischen passiert? »Weißt du wahrscheinlich auch nicht«, sagte ich zu Bella und drehte mich zum Bett.

Doch Bella war nicht da. Stattdessen starrte ich in die toten Augen von Johann Gludovatz.

Das war jetzt ein bisserl deppert. Aber immerhin hatte der Adrenalinschock dafür gesorgt, dass die Störche auf wundersame Weise aus meinem Kopf geflogen waren. Die wollten wahrscheinlich mit dem ganzen Scheiß, der jetzt auf mich zukam, nichts zu tun haben. Wer konnte es ihnen verübeln? Ich hätte mich auch am liebsten davongemacht. Aber hier lag eine Leiche in der Kabine des Sicherheitschefs. Und eine Flucht desselben würde keinen schlanken Fuß machen. Zumal jeder der auf dem Schiff Anwesenden bestätigen konnte, dass sich mein Elan, Johann Gludovatz nach seinem Verschwinden aufzuspüren, bisher in engen Grenzen gehalten hatte. Dass das nach dem Vorfall mit Sandro Kerstinger im Gasthaus Quell mehr mit meiner Abneigung gegenüber Prominenten zu tun hatte als mit Gludovatz persönlich, ahnte hier ja niemand. Und spielte im Nachhinein natürlich auch gar keine Rolle.

»Wer liegt bei dir in der Kabine?«, hörte ich die ungläubig fragende Stimme vom Poidl am anderen Ende der Leitung.

Der Poidl war der einzige hiesige Polizist, dem ich vertraute. Er war im Vorjahr bei den Ermittlungen im Mordfall Carlotta Woods dabei gewesen und hatte sich im Gegensatz zu seinen Kollegen nicht sofort auf mich als Täter eingeschossen. Es tat gut, seine bluesige Stimme zu hören. Ich sah ihn direkt vor mir, wie er mit all seiner Leibesfülle am Schreibtisch der Polizeiinspektion in Rust saß und sich selbst von einer Leiche an Bord der MS Maximilian nicht aus der Ruhe bringen ließ.

»Der Weinkaiser«, sagte ich kleinlaut.

»Und er ist tot?«

»Sieht so aus.«

Ich hatte gar nicht erst versucht, den Puls des Weinkaisers zu fühlen, um meine Behauptung zu verifizieren. Die tot dreinblickenden Augen und der schon etwas steif anmutende Körper auf dem Bett schienen mir Beweis genug zu sein. Hätten wir so wie beim »Traumschiff« eine Schiffsärztin an Bord gehabt, sie wäre wohl auch zu keinem anderen Ergebnis gekommen.

»Wie ist das passiert?«

»Keine Ahnung«, sagte ich aufrichtig mitgenommen. »Sein Gesicht scheint ziemlich malträtiert worden zu sein, kleinere Hämatome überall. Da war wohl jemand mächtig gefrustet. Gut möglich, dass man an seinem Körper noch mehr findet«, beschrieb ich, was ich sah, und machte während des Telefonierens ein Foto der Leiche. »Und dann gibt's da zwei größere Blutflecke auf seiner Kleidung. Einen im Bauchbereich und einen, nun ja …«

»Nun ja, was?«

»Sagen wir es mal so: Sollte er wider Erwarten doch noch am Leben sein, kann er sich die Familienplanung wohl abschminken. Ich schicke dir gleich ein Foto der Leiche.«

Am anderen Ende der Leitung herrschte einen Augenblick Stille.

»Wo seid ihr?«

Ich schaute aus dem Fenster. Da waren die Aufbauten der Festspielbühne und die Freiheitsstatue zu sehen. »In Mörbisch«, erklärte ich. »Vor Mörbisch, um genau zu sein. Wir liegen auf Reede«, fuhr ich im Kapitänssprech fort, nicht wissend, ob der Fachbegriff tatsächlich zutraf.

»Wie lange noch?«

»Keine Ahnung.« Ich warf einen Blick auf das Tagesprogramm. »Abfahrt ist um neun.«

»Das geht sich noch aus«, erklärte der Poidl. »Du hältst die Füße still und sprichst mit niemandem an Bord. Bleib in der Kabine, bis ich an die Tür klopfe.«

»Du? Bist du jetzt etwa bei der Wasserpolizei?« Ich stellte mir den gemütlichen Poidl vor, wie er in der Anfangsszene einer Wasserpolizeiserie im Vorabendprogramm schneidig an der Reling lehnte, dabei heldenhaft der aufbrausenden Gischt widerstand und cool den Horizont nach einer imaginären Gefahr absuchte.

»Red keinen Schmarrn. Die Reederei und somit die MS Maximilian sind in Rust registriert. Und unser Kommando ist auch für Mörbisch zuständig. Das fällt erst mal in unsere Zuständigkeit. Wobei …«, er überlegte einen Moment, »… bist du dir sicher, dass er wirklich tot ist?«

»Poidl, er ist wirklich tot. Da gibt es keinen Zweifel.«

»Wenn dem so ist, lieber Niko, dann muss ich jetzt schon das LKA verständigen. Willst du das?«

Hmm. »Ich glaube, da hat gerade sein Augenlid gezuckt«, erklärte ich postwendend. Ich wusste, wen das Landeskriminalamt aus Eisenstadt nach Mörbisch entsenden würde. Und darauf hatte ich keine Lust.

»Ich sehe, wir verstehen uns«, antwortete der Poidl und legte auf.

So langsam fing mein Hirn zu arbeiten an. Praktischerweise musste ich mich nicht erst groß ankleiden, bevor ich meine Nachforschungen startete. Ich untersuchte die Kabinentür, keine Einbruchsspuren weit und breit. Wer auch immer mir den Weinkaiser ins Bett gelegt hatte, sie oder er hatte mich entweder dazu gebracht, freiwillig die Tür zu öffnen, oder sie oder er war im Besitz eines Schlüssels zu meiner Kabine gewesen. Wobei ich den weiblichen Artikel gleich wieder streichen konnte. Der Weinkaiser wog gut und gern neunzig Kilogramm, wenn nicht sogar mehr. Jemand wie Marlis Wendelin oder gar Birgit Borbely vom dynamischen Mutter-Tochter-Duo wäre nie im Leben in der Lage gewesen, einen solch massiven Körper herumzuwuchten. Zumindest nicht allein.

Die Leichenstarre hatte bereits eingesetzt, was bedeutete, dass Josef Gludovatz schon mindestens sechs Stunden tot war. Ob er schon genauso lange hier lag? Ob er gar in meiner Kabine ermordet worden war? Ich hatte keine Ahnung. Blutspritzer waren jedenfalls nirgends auszumachen. Es konnte natürlich auch sein, dass jemand im Anschluss die Kabine generalgereinigt hatte. Welchen Sinn aber hätte das gemacht? Dass der Weinkaiser hier bei mir deponiert worden war, hatte ja sicherlich den Zweck, den eigentlichen Tatort zu verschleiern oder mir die ganze Sache anzuhängen. Oder, im Worst Case, beides. Und abgesehen von der Todesursache, dem ungeklärten Tatort und natürlich der Frage nach dem Täter musste auch geklärt werden, wo der Weinkaiser zwischen seinem Verschwinden und dem heutigen Morgen verblieben war. Das waren ja mindestens vierundzwanzig Stunden. Und überhaupt: Wo war verdammt noch mal Bella?

Ich vergewisserte mich mehrmals, dass die Kabinentür fest verschlossen war. Danach fixierte ich einen Faden, den ich dem beim Waschbecken liegenden Nähset entnommen hatte, mit Tixo zwischen Tür und Türstock. Sollte sich in der Zwischenzeit jemand Zutritt zu meiner Kabine verschaffen, würde ich es am abgetrennten Faden bemerken.

Auf dem Gang war außer den beiden Plünder'schen Warhols niemand zu sehen, also schwang ich mich über die Grand Staircase auf das Zwischendeck. Der Salon, oder wie auch immer der Raum an diesem Sonntagmorgen hieß, war verwaist. Also ab aufs Oberdeck.

»Alles okay so weit?«, fragte ich den Kapitän, der auf der Brücke stand und über einer Seekarte brütete.

»Bei uns schon, ja«, antwortete er. Er musterte mich mit strengem Seebärenblick. »Und bei Ihnen?«

»Alles bestens«, erklärte ich und bemühte mich, mein Pokerface aufzusetzen. »Wann legen wir denn ab?«

»Die Crew absolviert gerade die letzten Checks. Ich hoffe, dass sie bald damit fertig sind. Wir wollen den Passagieren schließlich während des Frühstücks auf Deck ein paar schöne Eindrücke vom See und vom Schilfgürtel sowie einen guten Blick auf den BO bieten.«

Ich überlegte fieberhaft, ob mir eine Begründung einfiel, warum sich die MS Maximilian mit dem Ablegen noch ein bisschen Zeit lassen sollte. Doch außer der offensichtlichen, die sich in meiner Kabine befand, wollte mir partout nichts einfallen. Da würde mir der BO, was auch immer das war, auch nicht weiterhelfen.

»Sind denn alle Passagiere an Bord?«, fragte ich.

»Ja«, erklärte der Kapitän. »Bis auf Johann Gludovatz. Wenn er heute nach unserer Ankunft in Illmitz nicht wieder aufgetaucht ist, werden wir wohl oder übel die Polizei verständigen müssen. Immerhin sind dann bereits mehr als sechsunddreißig Stunden vergangen. Oder haben Sie eine Idee, wo sich der Passagier befinden könnte?«

»Ich hab da so eine Vorahnung«, erklärte ich kryptisch.

»Und zwar?«, fragte der alte Haudegen.

»Erkläre ich Ihnen später.«

»Sie waren gestern Abend nicht bei der Schlagernacht. Gab es dafür einen besonderen Grund?«

Den gab es wahrscheinlich, ja. Doch die Tatsache, dass lediglich eine mir nicht bekannte Person über diesen besonderen Grund Bescheid wusste, die mich obendrein fieserweise nicht eingeweiht hatte, machte mir eine aufrichtige Beantwortung dieser Frage nahezu unmöglich.

»Ich habe mich nicht danach gefühlt«, erklärte ich stattdessen und verabschiedete mich.

»Reißen Sie sich zusammen und nehmen Sie Ihren Job endlich ernst, Sie Kasper!«, fuhr er mich an.

Und was soll ich sagen, er hatte recht. Auf dem Weg zum Außendeck, auf dem ich die frühstückenden Passagiere vermutete, kamen mir die beiden Stewards entgegen.

»Alles im Griff?«, fragte ich Gernot Piller. Die Sonne blendete mich. Da konnte man sich schon fast wieder vorstellen, dass es sich bei ihm um den »Traumschiff«-Beau Sascha Hehn handelte.

»Bereit zum Ablegen«, antwortete er im Vorbeigehen.

Verdammt. Irgendwie musste ich es schaffen, dass die MS Maximilian nicht abdampfte, bevor Poidl und seine Leute an Bord waren.

Und wo war Bella?

»Da ist ja unser Langschläfer«, wurde ich auf dem Frühstücksdeck von Elmar Tinhof begrüßt. Er saß, sein Notizbuch aufgeschlagen, an einem Einzeltisch, vor sich ein mit Frühstücksbestandteilen vollgeräumter Teller. Seitens der weiteren auf dem Außendeck versammelten Passagiere der Holzklasse setzte ein großes Hallo ein, während die VIPs an den beiden Promitischen mich nicht wirklich eines Blickes würdigten. Marlis Wendelin war ebenfalls an Bord, das war beruhigend. Und auch sonst schienen alle anwesend zu sein. Kurz darauf vernahm ich ein vertraut klingendes Bellen.

»Wo hast du dich denn die ganze Zeit versteckt?«, fragte ich Bella, als sie mir entgegengelaufen kam und sich ausgiebig herzen ließ. Doch sie blieb mir eine Antwort schuldig.

»Ich hatte doch angeboten, dass wir sie mit zu uns nehmen, während ihr beim Schlagerfestival seid. Damit sie sich nicht so alleine fühlt«, rief Jennie herüber. Sie saß mit der Grand Old Lady an einem der Tische, beide standen unter strenger Beobachtung von zwei Möwen. Die alte Dame nickte zustimmend. Ah ja, da war irgendwas. In meinem Hirn fügten sich Bilder und Töne zu einem unvollständigen Puzzle zusammen, und Jennies Gesicht und ihr Angebot, sich um Bella zu kümmern, waren ein winzig kleines Teilchen davon.

Im nächsten Moment setzten sich die brummenden Schiffsmotoren in Bewegung. Die Vibrationen waren hier auf dem sonnengefluteten Außendeck gut spürbar, da machte sich die Leichtbauweise des Schiffes auf wohl nicht gewünschte Art und Weise bemerkbar. Jetzt war guter und vor allem schneller Rat teuer. Ich blickte mich um, sondierte die möglichen Optionen. Und da kam er wieder, der Gedanke, der uns in der Polizeischule in der Marokkanergasse eingetrichtert worden war. In Gefahrensituationen gab es drei Optionen: Angriff, Flucht, Verwirrung. Ich hätte beim besten Willen nicht gewusst, wen ich hätte angreifen sollen. Und mit der Flucht war das auf einem Schiff auch so eine Sache. Also blieb nur eine Option.

Das Brummen der Motoren wurde kräftiger, das aufschäumende Wasser am Heck sprudelte herum. Die leeren Gläser auf den Tischen begannen, an Ort und Stelle einen kleinen Tanz aufzuführen. Sie bewegten sich jedoch seltsamerweise nicht von der Stelle. Vielleicht waren sie vor Beginn der Reise mit einer speziellen Antirutschbeschichtung imprägniert worden. Viel Zeit hatte ich jedenfalls nicht mehr, um die MS Maximilian im Einflussbereich vom Poidl und seinen Kollegen zu behalten. Wie kooperativ und verständnisvoll würden sich die Polizisten am anderen Ufer zeigen, nachdem ich ihnen die Lage geschildert hätte? Ich schnappte mir also das Notizbuch von Elmar Tinhof und warf es kurzerhand über Bord. Nicht gerade eine nobelpreisverdächtige Idee, ich weiß. Dem dezenten Aufprallplatscher ließ ich ein aufrichtiges »Oupsi« folgen.

»Was soll das denn?«, rief Tinhof aus und starrte mich entgeistert an.

Ich hielt seinem Blick keine Sekunde stand und blickte lieber dem Notizbuch hinterher. Tinhof sprang nun auch auf, helle Panik hatte ihn ergriffen. Er stellte sich neben mich und sah seinem Notizbuch hinterher, das sich Sekunde um Sekunde mehr mit Wasser vollsog. Es würde nicht lange dauern und es würde auf die nicht sehr tiefen Tiefen des Neusiedler Sees hinabsinken.

»Sie Idiot!«, rief Tinhof. »Was haben Sie nur getan?«

In seiner Wehleidigkeit über seine Notizen fing er fast zu weinen an. Er beugte sich dabei weit über die Reling, so als ob er plötzlich seine Fangarme ausfahren und sein Notizbuch aus drei Metern Höhe schnappen wollte. Mittlerweile hatten auch die Möwen ein Auge auf seine Notizen geworfen. Wenn es schon nichts Essbares zu sein schien, eignete es sich vielleicht zumindest als Nistmaterial. Oder Spielzeug für den Möwennachwuchs. Auch die anderen Passagiere hatten von meinem Ungeschick zwischenzeitlich, nun ja, Notiz genommen und betrachteten das herzzerreißende Schauspiel. Und gerade als eine Möwe aus großer Höhe in Manier eines Kampfbombers hinabsauste, was bei Tinhof ein lautes »Neeeeeein« nach sich zog, kam ich aus Versehen am Scharnier an, das jenen Teil der Reling, über den Elmar Tinhof nach wie vor gebeugt hing, davor bewahrte, unkontrolliert aufzuklappen.

Materialermüdung, würde ich in meinen abschließenden Bericht an die Reederei notieren. Tinhofs Körper nahm dieselbe

Flugroute wie zuvor das Notizbuch. Die Möwe drehte kurz vor ihrem Ziel enttäuscht ab.

»Mann über Bord!«, schrie ich, so laut ich nur konnte. »Code Charlie!«, rief ich noch schnell hinterher. Der Kapitän hatte diesen Schiffsinsiderbegriff tags zuvor als Bezeichnung für das Fehlen von Gludovatz verwendet. Passte jetzt sicher genauso gut. Einige Sekunden später verstummten die Motorengeräusche, und die Gläser auf den Tischen verfielen in die ihnen angedachte Starre.

Ich habe wirklich keine Ahnung

Kurz nachdem Elmar Tinhof über die Leiter am Heck der MS Maximilian, von deren Vorhandensein ich mich nun selbst überzeugen konnte, wieder an Bord geklettert und seitens der Crew mit trockener Kleidung versorgt worden war, hörten wir auch schon die Sirene des Polizeischiffes. Oder, besser gesagt, des Polizeibootes. Denn die kleine Nussschale verfügte lediglich über einen kleinen Aufbau, in dem vielleicht ein oder zwei Personen Platz hatten. Das Bötchen hieß genauso wie die Stadt, aus der es kam: Rust.

Poidl hatte sich über Funk beim Kapitän angemeldet, sodass Thees Nicolaysen und sein erster Stewart gemeinsam mit mir das Begrüßungskomitee bildeten. Während Poidls Kollege an Bord der Nussschale verblieb, zogen Nicolaysen, der Poidl und ich uns auf die Brücke zurück.

»Johann Gludovatz ist tot«, erklärte ich, nachdem wir dic Tür hinter uns geschlossen hatten.

»Was?« Zum ersten Mal verlor der Kapitän so richtig seine Fassung. Immerhin. Ansonsten hätte ich ihn für einen gefühlskalten Roboter gehalten. Was die Frage aufwarf, ob es auch gefühlswarme Roboter gab. Aber die Beantwortung dieser Frage musste noch ein bisschen warten.

»Ich habe die Leiche in meiner Kabine zwischengelagert«,

sagte ich, »damit die anderen Passagiere nicht beunruhigt werden.« Musste ja nicht jeder wissen, dass die Deponierung des leblosen Körpers jemand anderer für mich übernommen hatte.

»Zur Beunruhigung hätten die Passagiere allerdings allerhand Anlass. Wie ist das passiert?«, fragte der Kapitän.

»Die Hintergründe sind derzeit noch reichlich unklar. Bis zur Klärung dieser Frage müssen Sie aber in jedem Fall Stillschweigen bewahren«, sagte ich, und der Poidl nickte zustimmend.

»In Illmitz warten bereits das TOP-Team und die Gerichtsmedizin, um die Leiche von Bord zu holen«, fuhr der Poidl fort. »Das wird während des Landgangs, den die Passagiere dort unternehmen, erfolgen. Die Kreuzfahrt wird wie geplant fortgesetzt. Das ist auch schon mit Maximilian Plünder und dem Landeskriminalamt besprochen.«

Ich sah den Poidl überrascht an. Hatte er das alles tatsächlich in die Wege geleitet? Gemeinsam mit einem autokratischen Reeder und einem in sich selbst verliebten Stefan Krammer vom LKA?

»Die Kreuzfahrt wird was? Wie stellen Sie sich das vor?«, platzte es aus dem Kapitän heraus. »Die Leute werden Fragen stellen!«

Da zahlte es sich wohl mal wieder aus, dass Plünder der Polizei regelmäßig unter die Arme griff. Eine gesponserte Weihnachtsfeier hier, ein paar Pokale für den Polizeisportverein dort, et voilà, fand man in den meisten strittigen Fragen eine gütliche Einigung.

»Ach«, entgegnete ich im Brustton der Überzeugung, »das Interesse der Leute am Verbleib von Johann Gludovatz hielt sich doch auch schon bisher in Grenzen. So richtig zu fehlen scheint er niemandem, würde ich meinen. Wir könnten ja sagen, dass ihn eine Sommergrippe erwischt hat und er sich zur Sicherheit an Land durchchecken lässt.«

»Und wenn einer der anderen Passagiere den Medien steckt, dass Johann Gludovatz nicht mehr an Bord ist? Und was sagen wir den Reportern bei den offiziellen Medienterminen?«

Hmm. Da sprach der Kapitän einen richtigen wie wichtigen

Punkt an. Da hatte ich tatsächlich keine Lösung parat. »Dafür werden wir uns bei Gelegenheit etwas einfallen lassen«, erklärte ich also.

»Jedenfalls«, fuhr der Poidl fort, »wird Nikolaus Lauda an Bord die Ermittlungen führen. Das ist der persönliche Wunsch von Maximilian Plünder.«

Nicolaysen willigte ein. Blieb ihm nichts anderes übrig. Und was ich von der ganzen Sache hielt, war wohl nebensächlich. Was aber auch okay war. Schließlich lag da eine Leiche in meiner Kabine. Und bevor sich Stefan Krammer vom LKA einen Reim darauf machte, nahm ich das lieber selbst in die Hand. War ich ja schon von den Ermittlungen im Fall Carlotta Woods im Vorjahr gewohnt.

Der Leichenwagen und das Täter-Opfer-Team des Landeskriminalamtes hatten offenbar unauffällig in größerer Entfernung von der Anlegestelle in Illmitz geparkt, denn es waren weder eine schwarze Zigarrenkiste auf Rädern noch einer der typischen VW-Kleinbusse zu sehen, mit denen die TOP-Teams in der Regel unterwegs waren. Wir hatten erneut auf hoher See in ausreichender Entfernung zum Hafen geankert, was bedeutete, dass die ohnehin überschaubare Überfahrt von Mörbisch nach Illmitz noch mal um eine Minute kürzer ausgefallen war.

Mehrere kleine Motorboote holten unsere Passagiere inklusive Bella, derer sich Jennie angenommen hatte, an der MS Maximilian ab und brachten sie an Land, wo sie standesgemäß in Empfang genommen wurden. Die gesamte Hafenanlage war mit schwarz-grünen Girlanden, Wimpeln und Fahnen geschmückt worden, und Schaulustige, die am Ufer warteten, schienen Luftschlangen in den blauen Himmel zu pusten und ganz aufgeregt herumzujauchzen. Im Hintergrund spielte eine Big Band, und das Kinderprogramm auf dem angrenzenden Spielplatz wurde von einem Jongleur aufgepeppt. Aus der Entfernung war nicht zu erkennen, womit er jonglierte. Vielleicht war es auch nur ein Kellner vom benachbarten Lokal, der mit seinem Job überfordert war.

Ein Empfangskomitee, bestehend aus drei Herren, wartete an der Mole. Dahinter war die Prucknerin auszumachen. All diese Leute würden, genauso wie unsere sich dem Ufer nähernden Passagiere, keine besondere Notiz nehmen von dem kleinen Schiffskonvoi, der sich zeitgleich aus einem kleinen Seitenbecken des Hafens in unsere Richtung auf den Weg machte. Es konnte sich dabei ja auch um die tägliche Essenslieferung oder den Wäscheservice handeln. Dass da gerade ein toter Seriendarsteller abgeholt wurde, darauf wäre wohl nicht mal Krimiautor Elmar Tinhof mit seiner blühenden Phantasie gekommen.

Ich war mit Nicolaysen und dem Poidl an Bord verblieben. Auch Gernot Piller und Sylvia Münch, die beiden Crewmitglieder, waren an Land geschickt worden. Ein paar Stunden Freizeit würden ihnen guttun, hatte der Kapitän seine ungewöhnliche Maßnahme begründet. Sie war von den beiden nicht hinterfragt worden.

»Und du hast das alles wirklich mit dem Plünder und dem Krammer vom LKA so abgesprochen?«, fragte ich den Poidl, als wir die Szenerie von Deck aus beobachteten. Die Boote mit den Passagieren pflügten gerade die letzten Meter hinüber zum Anleger durch das braune Wasser des Sees. Kapitän Nicolaysen weilte außer Hörweite auf der Brücke.

»Natürlich«, antwortete Poidl. »Keine Sorge, der Plünder hat den Krammer im Griff.« Wenn einer das LKA im Griff haben konnte, dann war es tatsächlich ein Westentaschendiktator wie der Plünder. »Die Kollegen berichten erst mal mir persönlich. Wenn ich dann feststelle, dass dem Tod vom Weinkaiser ein Verbrechen zugrunde liegt, muss ich es natürlich dem LKA melden. Aber bis das wirklich feststeht, kann natürlich ein bisschen Zeit vergehen, du verstehst?« Es folgte ein verschwörerisches Augenzwinkern, wie es ein blutiger Anfänger auf einer Schauspielschule nicht besser hinbekommen hätte. »Heute ist Sonntag, da geht ja sowieso erst mal nix weiter.«

»Schon klar«, pflichtete ich ihm bei. Ich hatte nach meiner Begegnung mit dem Krammer im Vorjahr ja ohnehin kein gesteigertes Interesse an Kontakt mit dem Deppen vom LKA. Und das beruhte wohl auf Gegenseitigkeit. Es war zu befürchten, dass er die erstbeste Gelegenheit nutzen würde, um mir eins reinzuwürgen. Und ein toter Weinkaiser in meiner Kabine roch verdammt stark nach erstbester Gelegenheit. Auf der anderen Seite wollte ich auch am Maximilian Plünder möglichst wenig anstreifen – aus Gründen.

Ich führte die drei Mitarbeiter des Täter-Opfer-Teams der Polizei, zwei Frauen und einen Mann, zu meiner Kabine auf dem Unterdeck und berichtete ihnen auch vom Paillettenfund im Lagerraum, der in meinen Augen ein ziemlich deutliches Indiz für den möglichen Tatort war. Der Poidl bespaßte derweil auf der Brücke den Kapitän. Die Grand Staircase war gesperrt worden, damit auch Nicolaysen keine Details zur Auffindesituation des Toten mitbekommen konnte. Wir wollten die Tatortverunreinigung sowie das Aufkommen von Gerüchten so gut wie möglich unterbinden. Schwierig genug war das allemal. Und eine größtmögliche Geheimhaltung erschien uns diesbezüglich das probateste Mittel.

Das TOP-Team machte in aller Ruhe seine Arbeit, während die MS Maximilian in regelmäßigen Abständen die Fahrradfähren, die uns auf ihrer Fahrt zwischen Illmitz und Mörbisch oder Rust passierten, mit einem Tuten begrüßte. Sie waren ein beliebtes Transportmittel für Radfahrer, die sich auf ihrer Tour um den Neusiedler See die Fahrt entlang des ungarischen Ufers sparen wollten. Und einige von ihnen kamen auch beim B0 vorbei, der, wie ich mittlerweile in Erfahrung gebracht hatte, ein betonierter Vermessungspunkt mitten im See war, der die Grenze zwischen Ungarn und Österreich markierte.

Der Poidl hatte mit dem TOP-Team ausgemacht, dass ich während der Sicherung des Fundortes im Salon rumhängen durfte. Meine Zeit bei der deutschen Polizei lag mittlerweile über ein Jahr zurück, und meine Jahre beim Wiener Landeskriminalamt waren noch viel mehr in grauer Urzeit verschwunden. Doch dank des Poidls genoss ich während der Sicherungsarbeiten eine Art halboffiziellen Status. Eine der beiden Beamtinnen kannte ich bereits von den Carlotta-Woods-Ermittlungen im

Vorjahr. Sie war dabei gewesen, als es darum ging, im Bahnhofsheiserl nach einer Tatwaffe zu suchen.

Als das Team seine Arbeit getan hatte, drehte Kapitän Nicolaysen das Schiff mit der Steuerbordseite zum Ufer, sodass uns von dort kein neugieriger Vogelbeobachter mit seinem Fernglas dabei zuschauen konnte, wie der Leichensack auf eines der Motorboote gehievt wurde. Dann setzten sich besagte Kollegin und der Poidl mit mir an einen Tisch im Salon. Ich erzählte wahrheitsgemäß, woran ich mich erinnerte. Und das war nicht viel.

»Und du hast wirklich keine Erklärung dafür, dass dir auf dem Weg in deine Kabine plötzlich schlecht wurde?«, fragte der Poidl.

»Keinen Schimmer«, antwortete ich.

»Weißt du, ob es noch jemand anderem so erging? Haben die anderen Passagiere etwas erzählt?«

»Nicht dass ich wüsste.«

»Könnte jemand hier an Bord Interesse daran haben, dass Johann Gludovatz etwas zustößt?«, fragte die Polizistin. Das irritierte den Poidl sichtlich, der wohl dachte, dass er die Gesprächsführung exklusiv innehatte. Sie war eine zierliche Person, die wohl morgens große Probleme hatte, ihr wallendes dunkles Haar mit einem Pferdeschwanz zu bändigen, den sie an diesem Tag unter ihrem Kapperl trug. »Von Kiel« stand auf ihrem Namensschild. Klang wie aus einem Harry-Potter-Roman. Ich beschloss, mir Polizistin und Namen zu merken. Die scheißte sich nix und machte professionell ihren Job. Solche Leute sollte man in Erinnerung behalten.

»Nicht dass ich wüsste«, wiederholte ich mich. »Elmar Tinhof phantasiert dauernd über Mord und Totschlag für seine Thriller. Joseph Andrássy ist ein verschmähter Möchtegernschauspieler. Elisabeth Borbely habe ich gestern in Johann Gludovatz' Kabine überrascht, deren Tür sie angeblich offen vorgefunden hatte. Aber deswegen sind das noch keine dringend Tatverdächtigen«, erklärte ich. »Und die alte Prucknerin, nun ja, das in Betracht zu ziehen, erübrigt sich wohl von selbst.«

»Dasselbe gilt für die Jennie«, brachte sich der Poidl ein.

Da waren wir einer Meinung. Wobei man ja niemals nie sagen sollte.

»Und die Promis hier an Bord?«, hakte sie nach.

»Zu denen habe ich bisher noch keinen Zugang gefunden. Die schotten sich ziemlich ab und bleiben lieber unter sich«, antwortete ich. Sandra Schwarzkopf, Sebastian Gsertz und Marlis Wendelin – mit denen hatte ich bisher kein einziges Wort gesprochen. »Die Wendelin hat gestern Abend in Mörbisch bei der Schlagernacht gesungen. Die scheidet wohl aus, wenn es darum geht, den Schuldigen an meinem Zustand zu finden. Die anderen kenne ich nur von ihren Auftritten auf dem Catwalk am Abend zuvor.«

»Und wo der Gludovatz die Stunden vor dem Auffinden in deiner Kabine gesteckt hat, weißt du auch nicht?«, setzte nun der Poidl fort. Die Erwähnung eines Catwalks schien ihn nicht sonderlich zu tangieren.

»Vielleicht in dem Lagerraum, in dem Bella und ich die Pailletten gefunden haben? Aber eigentlich habe ich keine Ahnung.«

»Du bist der Sicherheitschef an Bord. Du musst doch nach seinem Verschwinden irgendwie aktiv geworden sein«, schulmeisterte der Poidl.

Sollte ich ihm jetzt wirklich erklären, wie ich an diesen hochtrabenden Posten gekommen war? Wem ich mein Engagement zu verdanken hatte? Wieso ich zu diesem Schas zugesagt hatte? Wie wurscht mir das alles bis zum heutigen Morgen gewesen war?

Ich entschied mich dafür, den beiden den Werdegang meiner angesehenen beruflichen Position auf der MS Maximilian haargenau so zu schildern, wie er sich zugetragen hatte. Dabei würde ich zwar nicht sonderlich als Held aussteigen, doch das war mir lieber, als mich in irgendwelche hanebüchenen Erklärungen zu verstricken, die mich am Ende des Tages in einem verdächtigen Licht erscheinen lassen würden. Wobei die Scheinwerfer ja eh schon alle auf mich gerichtet waren, no doubt about that. Als TOP-Team und Leichenbestatter mit ihrem Tagwerk fertig waren, nahmen sie mich freundlicherweise mit an Land. Der Kapitän verblieb an Bord, einer musste ja auf den Kahn aufpassen.

Was am Hafen in Illmitz sofort auffiel, war, dass nichts auffiel. Hier gab es keinen mondänen Leuchtturm wie in Podersdorf oder gar riesige Festspielaufbauten wie in Mörbisch. Hier gab's nur eine kleine Hafenanlage, ein Strandbad mit den in dieser Region üblichen schilfgedeckten Sonnenschirmen sowie zwei, drei Wirtshäuser. Die einzige Sehenswürdigkeit war die Prucknerin, die schon an den Docks auf mich wartete.

»Was war denn da los?«, fragte sie, als ich aus dem kleinen Motorbötchen gestiegen war. Dass die Mitglieder der Kapelle mittlerweile in einem der Gasthäuser das verdiente Vormittagsachterl genossen und die meisten Schaulustigen meine Ankunft nicht mehr hatten abwarten wollen, nahm ich niemandem persönlich. Im Gegenteil, Aufsehen und Publicity waren ja nicht unbedingt erstrebenswerte Dinge für mich.

»Das darf ich dir nicht sagen«, erklärte ich pflichtschuldig, wohl wissend, dass ich bei der erstbesten Nachfrage der Prucknerin einknicken würde wie ein kleiner Schulbub.

Vielleicht ahnte sie das. Vielleicht wollte sie mich auch nicht in Verlegenheit bringen. Jedenfalls tat sie mir den Gefallen und hakte nicht nach.

»Sag mir bitte nur, ob die Mama irgendwie betroffen ist. Soll ich sie lieber vom Schiff holen?«

Das war eine total faire Nachfrage, sehr verständlich. Darauf konnte ich halbwegs authentisch antworten. »Nein, mit deiner Mama ist alles gut. Die größte Gefahr für sie ist wohl, dass sie es mal nicht mitbekommen würde, wenn Jennie schlafen geht und sie die ganze Nacht alleine im Salon hocken bleibt.«

Die Prucknerin lachte. Das tat nach den mühsamen vergangenen Stunden verdammt gut. »Unterschätz mir mal meine Mama nicht«, sagte sie.

Es fehlte nur die Peitsche

Auch hier am Ostufer mussten wir erst mal dem Schilfgürtel entfliehen, der schließlich nach ein paar Minuten Autofahrt in schier endlos scheinendes Acker- und Weideland überging. Im Gegensatz zum Westufer mit dem Leithagebirge und den Ruster Hügeln war hier drüben wirklich plattes Land. Platt wie eine Flunder.

Der breite Straßenzug, der die Gemeinde Illmitz mit ihrem Seebad verband, erschien mir wie ein sechsspuriger Highway, auf dem wir uns einer US-Metropole näherten. Nur ohne in den Himmel aufragende Skyline am Horizont. Neben jeweils zwei Fahrstreifen für Autos und Fahrräder gab es hier auch eine Extraspur für Pferdefuhrwerke, deren Notwendigkeit sich mir erst im weiteren Verlauf des Tages erschließen sollte. Und dazu existierte eine Spur für Boote, denn es begleitete uns parallel zur Straße ein kleiner Kanal. Dieser führte sogar brav Wasser, im Gegensatz zu der ausgetrockneten Steppenlandschaft auf der anderen Seite der Straße, deren Schilfinseln daran erinnerten, dass sich hier vor nicht allzu langer Zeit mal Wasser des Neusiedler Sees befunden haben musste.

»Für mich ist hier Endstation«, sagte die Prucknerin plötzlich.

Weder von Illmitz noch von unserer Reisegruppe war an dieser Kreuzung mitten in der Wildnis etwas zu sehen. Ich sah sie fragend an.

»Ich darf mit dem Bus nicht ins Nationalparkgelände«, erklärte die Prucknerin. »Ich würd wohl auch net weit kommen.«

»Und wie geht es für mich dann weiter?«

»Hast dir die Antwort schon selbst gegeben«, sagte sie und grinste mich an. Na toll.

»Kommst du die Tage zufällig mal bei deinem Bruder im Laden vorbei? Oder beim Knotzer oder beim Nentwich?«, fragte ich sie durch das offene Seitenfenster, nachdem ich ausgestiegen war.

»Brauchst Lesestoff, weil dir auf der Reise so langweilig ist?«

»Na, das dient eher der Hintergrundrecherche«, antwortete ich und gab meine Buchbestellung bei ihr auf.

Einen rund zwanzigminütigen Fußmarsch später war ich am Sandeck angekommen. Und dieser Flecken Erde trug seinen Namen nicht zu Unrecht. Der Schotterweg hatte sich immer mehr zu einer Sandpiste verwandelt, sodass ich mir kurz vor Erreichen meines Ziels schon fast wie an der Nordsee vorgekommen war. Auch die Vegetation erinnerte mich an nordische Gefilde, ohne zu wissen, was das hier tatsächlich für Pflänzchen waren. Und nicht nur das Wörtchen »Sand« machte Sinn, auch die Bezeichnung »Eck« kam hin, denn ich befand mich im letzten Zipfel vor der ungarischen Grenze. Zumindest war es das, was der Nationalparkranger in seinem Safarioutfit gerade den Passagieren von der MS Maximilian erzählte, als ich diese endlich erreicht hatte.

Am Fuß eines alten Wachturms stand das Grüppchen versammelt, im Hintergrund öffnete die Puszta ihre Steppenlandschaft, wildromantisch grasten Steppenrinder auf einer Weide, und über uns drehte in großer Höhe ein vogelartiges Ungetier seine Runden. Ich tippte auf einen Seeadler, doch der Ranger klärte uns kurz danach auf, dass es sich um eine Rohrweihe handelte.

»Der englische Name dieses Vogels lautet Marsh Harrier, und wer sich ein bisserl mit Militärtechnik auskennt, weiß vielleicht, welches Fluggerät diesem Vogel seinen Namen zu verdanken hat.«

»Der Sea Harrier der britischen Navy«, schoss es aus Joseph Andrássy heraus.

Da schau her, ein Militärexperte. Und so stolz war er nun auf sich, weil er das gewusst hatte. So ein braver Streberbub. Ich würde meinen Nachkommen später am Kamin trotzdem erzählen, dass ich hier einen majestätischen Seeadler gesehen hatte, zumal ich jetzt schon wieder den tatsächlichen Namen des Vogels vergessen hatte.

Bella hatte sich sehr über mein Eintreffen gefreut, schwanzwedelnd war sie auf mich zugelaufen gekommen. Und auch sonst hatte es mit einer Ausnahme von allen ein großes Hallo gegeben. Lediglich Elmar Tinhof war wegen seiner unfreiwilligen Schwimmeinlage wohl ein bisserl nachtragend.

Ich war dafür ziemlich überrascht, als ich sah, was sich neben unserem Grüppchen tat. Da standen rund zwanzig weiße Esel in der Gegend herum. Getrennt von uns waren sie lediglich durch einen niedrigen Elektroviehzaun. Sandra Schwarzkopfs Interesse galt voll und ganz den Eseln, die sie mit aller Kraft anzulocken versuchte. Dass sie damit keinen sonderlich großen Erfolg hatte, überraschte mich nicht. Die Laute, die aus ihrem Mund kamen, hätten eher kleine süße Kätzchen oder Maulwürfe angelockt, aber doch bitte keine stattlichen edlen Esel.

»Das wird net viel bringen«, erklärte schließlich der Bär von einem Mann in seiner Rangeruniform. Er wirkte wie eine muskelbepackte Version von Indiana Jones. Es fehlte nur die Peitsche. »Die Esel kommen nur dann an den Zaun, wenn sie es selbst wollen.«

Und gerade als er die letzten Silben ausgesprochen hatte, setzte sich eines der Tiere in Bewegung, trottete in aller Seelenruhe über die Wiese bis zum Elektrozaun, reckte den Kopf in Richtung der Influencerin, und schon hatte Sandra Schwarzkopf das perfekte Motiv für ihren TikTok-Kanal.

»Mami, ich will das auch!«, schrie die Tochter von Elisabeth Borbely postwendend und rannte auf den Esel zu. Was diesen dazu brachte, wieder das Weite zu suchen. Man konnte es ihm nicht verübeln.

»Von den Weißen Eseln gibt es weltweit nur noch zweihundert Stück«, erklärte der Indiana-Jones-Ranger, der zu seinem Safarioutfit einen passenden Hut trug. »Gezüchtet wurden die ersten Weißen Esel in der Barockzeit, weil sich die Menschen damals an hellen Tieren mehr erfreuten als an dunklen«, fuhr er fort. »Etwas Gemeinsames teilen unsere Weißen Esel übrigens mit ihren grauen Artgenossen. Sie gehen nicht gern übers Wasser, woher auch der Begriff Eselsbrücke stammt. Denn wenn man mit einem Esel übers Wasser will, sollte man ihm schon eine Brücke bauen.«

Klatschen setzte ein, und der Ranger freute sich sichtlich über den Zuspruch. Davon angespornt, begann einer der Esel, der etwas weiter weg stand, wie ein brunftiger Hirsch zu röhren. Keine Spur vom freundlichen Iah, das man Kindern als typischen Eselslaut beibrachte. Der Ranger wusste dann noch von Wildpferden, Wasserbüffeln und anderen in Mitteleuropa rar gewordenen Tieren zu berichten, die man in diesem Landstrich, zum Beispiel während einer Fahrradtour, antreffen konnte.

Sandra Schwarzkopf fuhr damit fort, die Esel, die Landschaft und den Ranger in jeder Lebenslage zu fotografieren und zu filmen – mit ihr selbst im Mittelpunkt eines jeden Fotos und Videos, inklusive Victory-Zeichen. Elmar Tinhof schickte währenddessen weiterhin seine Blicke in Form von tödlichen Laserstrahlen in meine Richtung. Doch ich ignorierte sie gekonnt, und somit verendeten sie irgendwo in der Puszta, hoffentlich weit entfernt von Eseln, Büffeln und anderem Getier.

Während ich die zahlreichen weißen Kondensstreifen am klatschblauen Himmel sowie ein direkt über uns gen Süden fliegendes Flugzeug betrachtete, erzählte der Ranger noch ein paar Details zum sechzehn Meter hohen Aussichtsturm, der ehemals vom ungarischen Militär als Wachposten errichtet worden war. Nicht hier, sondern ein paar hundert Meter weiter auf ungarischem Gebiet. Nach dem Fall des Eisernen Vorhangs hatten ihn findige Österreicher hierhertransferiert und zu einer Aussichtswarte umfunktioniert. Ich sah zu Bella, die sich weitaus weniger mit dem Turm als vielmehr mit den Eseln auseinandersetzte. Jegliche Jagd- oder Schäferhundphantasien wurden bei ihr jedoch wohl durch den Elektrozaun sowie die Größe der Tiere im Keim erstickt.

»Das ist die OS 5745«, sagte Sebastian Gsertz. Er stand mit seinem Handy neben mir und schien sich nicht sehr für den Vortrag des Rangers zu interessieren. »Ist vor sechs Minuten in Schwechat gestartet und wird in vierundvierzig Minuten in Split landen«, fuhr er fort. Er hatte da so einen hellen Haarstreifen in seiner Augenbraue. Interessant. War das ein modisches Accessoire oder natürlichen Ursprungs?

Er schien auf Lob oder ein interessiertes »Aha« meinerseits zu warten. So wie es kurz zuvor noch Joseph Andrássy erhalten hatte. Doch ich fragte mich nur stumm, warum man wohl von Wien nach Split flog, wenn man dieses Paradies hier direkt vor der Haustür hatte.

»Jetzt geht's zum Mittagessen!«, rief auf einmal ein älterer Kerl zu uns herüber und zeigte auf zwei braune Pferdchen, die an eine Kutsche gespannt waren. Hatte ich bisher gar nicht bemerkt, dass die da waren. Kein Wunder, gab ja auch so viel anderes hier zu sehen. Und irgendwie wollte ich auch noch gar nicht weg. Das war ein wunderschöner Flecken Erde. Ob Luise diesen Ort auch besucht hatte, damals, als sie als junges Mädchen noch am Neusiedler See gewohnt hatte? Ob sie mit ihrer Mutter Ausflüge hierher gemacht hatte? Ob sie mir das Sandeck gezeigt hätte, wenn wir gemeinsam in jene Region gefahren wären, in der sie aufgewachsen war? Ich sah uns vor meinem inneren Auge hier entlangspazieren. Sie erklärte mir die Umgebung, während unser Kind um uns herumtobte. Seltsamerweise konnte ich das Gesicht des Kindes nicht erkennen, sah nicht, ob es ein Mädel oder ein Bub war. Aber es lachte. Dann beschloss Luise, dass es an der Zeit war, mit den Fahrrädern weiterzufahren.

»Hopp, hopp!«, rief Luise, doch das Kind hörte nicht.

»Hopp, hopp!« Der Kutscher riss mich aus meinem Tagtraum mit meiner verstorbenen Frau. Er kannte keine Gnade. Ich hatte nach der Ermordung Luises durch Vito Violinos Mafiaclan lange Zeit Alpträume gehabt, in denen ich immer und immer wieder jenen Moment durchmachen musste, in dem ich von Luises Tod erfahren hatte. Sie hatten erst aufgehört, als ich im Vorjahr hierher an den Neusiedler See gekommen war. Ein solcher Tagtraum wie gerade eben, der war neu. Das kannte ich noch nicht. Er war grausam und schön zugleich. Hitze und Kälte. Süß und sauer. Alles vereint in einem Moment.

»Keine Müdigkeit vortäuschen«, verlieh der Kutscher seiner

Aufforderung den nötigen Nachdruck. Ich war ihm dankbar. Zu verwirrend waren die Gedanken, die in den Sekunden zuvor durch meinen Kopf gerast waren.

Die Kutsche bestand aus einem länglichen Holzwagen mit Holzbänken und einer beigefarbenen Plane, die die Kutschierten vor Sonne und Wind schützen sollte. Ungefähr so stellte ich mir auch einen dieser Planwagen vor, die zweihundert Jahre zuvor durch den Mittleren Westen gen Pazifikküste gezogen waren. Ich hoffte, dass wir auf unserer Kutschenfahrt keine indigenen Völker antreffen würden, die uns unsere Anwesenheit übel nehmen würden. Meine Lust, in meiner Funktion als Sicherheitsmensch die restliche Gruppe gegen den Angriff von bis an die Haarspitzen bewaffneten burgenländischen Einsiedlern zu verteidigen, hielt sich in engen Grenzen.

Auf dem Wagen hatten locker zwanzig Leute Platz. Während ich die Pferde ob der Hitze und der zu erwarteten Schwerstarbeit bemitleidete, sprang Sandra Schwarzkopf bereits auf den Wagen und nutzte die exklusive Gelegenheit, Fotos von sich zu machen. Birgit Borbely wollte es ihr gleichtun, doch sie wurde jäh gestoppt.

»Du wartest gefälligst«, wurde sie von Sandra Schwarzkopf gemaßregelt. »Nicht dass du mir wieder was ruinierst wie gerade bei den Eseln. Und für deinen Amateurcontent interessiert sich eh niemand«, zischelte sie in Richtung der Tochter von Elisabeth Borbely, um eine halbe Sekunde später der Kamera ihres Handys ein Duckface zu spendieren. Danach sprang sie hinunter und nahm zwischen den beiden Pferden Aufstellung, während die restlichen Gruppenmitglieder den Kutschwagen bestiegen. Sie setzte erneut ihr schönstes Duckface auf. Eine Aktion, die einer der Galopper mit einem ausgewachsenen Pferdeapfel quittierte, der ihm aus dem Hintern fiel. Mehr hatte es nicht gebraucht, um die Influencerin zurück auf den Planwagen zu bekommen.

Die folgende Fahrt führte uns, übrigens nicht nur sprichwörtlich, über Stock und Stein vom Sandeck hinein nach Illmitz. Der sanfte Wind sorgte während der Fahrt für eine willkommene

Abkühlung, und wir konnten Vogelschwärme und Rinderherden beobachten. Doch nicht diesen Geschöpfen der malerischen Natur gehörte meine Aufmerksamkeit, sondern dem Gespräch, das sich nun neben mir zwischen Mutter und Tochter Borbely entspann. Sie sprachen nicht sehr laut, und insbesondere Elisabeth Borbely war um eine dezente Lautstärke bemüht, aber ein Satz ihrer Tochter war doch sehr gut zu verstehen.

»Diese blöde rothaarige Bitch soll sich bloß nichts darauf einbilden, dass sie sich mal mit dem Gludovatz aufg'führt hat.«

Soso.

Unsere Kutschfahrt endete schließlich vor dem Gowerl-Haus, einem traditionellen burgenländischen Streckhof, in dem eine Buschenschank untergebracht war. Das Gowerl-Haus war ein schmales quietschgelbes Gebäude mit zwei niedlichen Fenstern im ersten Stock. Aus einem der beiden ragte der Buschen weit hinaus über den Gehsteig. Das Gebäude wurde von den beiden Nachbarhäusern fast erdrückt. Insbesondere das Elektrogeschäft zu seiner Rechten verfügte über eine fast schon bedrohlich wirkende Architektur im typischen Pusztastyle, Säulenvorbau inklusive.

Im lang gestreckten Innenhof warteten bereits zwei Tische unter dem von rankenden Grünpflanzen gebildeten Dach, wodurch uns die nach wie vor vom Himmel brutzelnde Sonne nichts anhaben konnte. Wir nahmen auf den Heurigenbänken Platz. Als Spezialität hatte uns der Ranger bereits im Sandeck das Leberkäsbrot vom Mangalitzaschwein wärmstens ans Herz gelegt. Doch ein Blick auf die Speisekarte verriet, dass es mit einer einfachen Empfehlung nicht getan war. Da standen nämlich wesentlich mehr verlockende Dinge drauf. Mein Blick fiel zum Beispiel auf das Wasserbüffelwurstbrot.

Auch hier im Gowerl-Haus herrschte eine klare Tischtrennung zwischen Prominenten und Fußvolk. Nachdem die VIPs in Person von Johann Gludovatz einen aus ihrem Team bereits verloren hatten, gesellte ich mich kurzerhand zu ihnen an den Nebentisch, was vom vermeintlichen Starautor Elmar Tinhof mit »Der hält sich wohl für was Besseres« quittiert wurde.

Als das Essen kam, nutzte Sandra Schwarzkopf sofort die Gelegenheit, um mit Marlis Wendelin ein Video aufzunehmen, das die beiden beim Bewundern und Verspeisen des Essens zeigte.

»Und was ist das jetzt?«, fragte die Schlagersängerin, nachdem die Videoproduktion abgeschlossen und offensichtlich alles zur Zufriedenheit der Follower auf Instagram, TikTok und sonstigen Kanälen gepostet worden war. Sie deutete auf ihren Teller und beäugte misstrauisch das Brot mit dem dunklen Aufstrich, während Sandra Schwarzkopf den Teller hochhob, um daran zu riechen. Sie schnüffelte wie der Esel kurz zuvor an ihrer Hand. Was mich daran erinnerte, dass ich sie nicht dabei beobachtet hatte, wie sie sich nach der Eselei die Hände gewaschen hatte. G'schmackig.

»Was hast denn bestellt?«, fragte Sebastian Gsertz, der Ex-Kicker.

»Ein Lequabrot«, antwortete Wendelin. Das klang bei ihr so wie bei einem bundesdeutschen Touristen, dem eine Speise besonders gut schmeckte.

»Dann würde ich auf ein Marmeladenbrot tippen«, antwortete Gsertz. »Der Begriff kommt aus dem Hianzischen«, fügte er hinzu, und ich wünschte mir den Bruder der Prucknerin herbei. Johannes Pruckner war nicht nur ein Buchhändler, der seine Ware direkt am Ruster Rathausplatz verkaufte, er war auch ein ausgewiesener Heimatkundler, der sich insbesondere mit der hianzischen Mundart beschäftigte. Aber fürs Erste tat es auch die Expertise von Sebastian Gsertz. Hätte ich ihm nicht zugetraut.

Nebenan gab gerade einer der Besitzer des Gowerl-Hauses etwas zur Geschichte des Streckhofes zum Besten. Ein stattlicher Kerl mit einem gepflegten Ankerbart. Die Besitzer hatten das Gebäude zwanzig Jahre zuvor gemeinsam saniert und zu einem Heurigen umgestaltet, in dem nicht nur Weine aus eigenem Anbau, sondern auch alles rund ums Mangalitzaschwein als Spezialität feilgeboten wurde. »Vor fünfzig Jahren hätte die Globalisierung dem Mangalitzaschwein in Ungarn fast den Garaus gemacht, weil andere Schweinearten höhere Fleischanteile und weniger Fett haben«, mischte sich schließlich Joseph Andrássy ein, was für mich der perfekte Zeitpunkt war, um mich wieder auf mein Leberkäsebrot sowie die an meinem Tisch Anwesenden zu konzentrieren.

»Hat denn jemand von Ihnen eine Idee, wo der Johann Gludovatz abgeblieben sein könnte?«, fragte ich in die Runde. Mal abtesten, wie die Reaktionen so ausfallen. Das G'schichterl mit der Sommergrippe konnte man ja immer noch nachschießen.

»Sollten Sie das denn nicht als Sicherheitsbeauftragter wissen?«, fragte Marlis Wendelin, die sich kurz zuvor endlich getraut hatte, in ihr Marmeladenbrot zu beißen.

»Ich versuche ja gerade, es zu ergründen«, erwiderte ich.

»Er ist Freitagabend der Letzte von uns gewesen, der im Salon am Tisch gesessen ist«, ließ sich immerhin Sebastian Gsertz zu einer Antwort hinreißen. »Am anderen Tisch waren noch zwei Personen, ich glaube, die beiden Männer«, fuhr er fort. »Oder, Marlis?«

Die Schlagersängerin mit dem Cindy-Crawford-Muttermal pflichtete ihm bei, während sie den dritten oder bereits vierten Bissen hinunterschlang. Da schien es jemandem zu schmecken. Sandra Schwarzkopf war währenddessen damit beschäftigt, sich möglichst viel Marmelade um ihren Mund zu schmieren. So langsam sehnte ich mich nach dem Tisch mit dem gemeinen Fußvolk zurück.

»Also ist Johann Gludovatz alleine am Tisch verblieben, während am anderen Tisch noch Elmar Tinhof und Joseph Andrássy saßen?«

»Keine Ahnung, wie die beiden Vögel heißen«, sagte Gsertz. »Der sensationsgeile Kerl, dessen Notizbuch Sie heute versenkt haben, und der fade Zipf mit dem Steck'n im Arsch.«

»Können Sie sich noch daran erinnern, ob Sie im Salon jemanden von der Crew gesehen haben, als Sie gegangen sind?«

»Da war noch der männliche Steward«, brachte sich nun Marlis Wendelin ins Gespräch ein. »Der stand ein bisserl gelangweilt hinter seinem Pult am Eingang zum Salon und wartete auf etwaige Essens- oder Getränkebestellungen. Aber soweit ich das überschauen konnte, waren alle schon ziemlich bedient. Ich glaube nicht, dass da noch viel getrunken wurde.«

»War Johann Gludovatz zu diesem Zeitpunkt auch schon *ziemlich bedient*?«

Sandra Schwarzkopf hatte den Teller mit dem lediglich einmal abgebissenen Marmeladenbrot zwischenzeitlich zurückgehen lassen.

»Hat schon so ausgesehen, ja«, sagte Wendelin. »Aber wenn ich mich richtig erinnere, ist einer der beiden Männer vom anderen Tisch gerade aufgestanden, als ich gegangen bin. Vielleicht hat er sich ja dann zum Weinkaiser rübergesetzt.«

»Und welcher der beiden Herren war das?«

»Der da«, sagte Wendelin und zeigte auf den Nachbartisch.

Eigentlich wollte ich ja noch Sandra Schwarzkopf zu ihrer angeblichen Aufführung mit Johann Gludovatz befragen. Aber das konnte warten.

Sie sind ja nur ein kleines Licht

Mit der Kutsche ging es nach der Jause weiter auf der Hauptstraße. Vorbei an einer aufgelassenen Tankstelle, die in den 1950ern mit ziemlicher Sicherheit das gesellschaftliche Zentrum des motorisierten Seewinkels gebildet hatte, sowie Hinweisschildern zu einem Disco-Etablissement namens Kathi's World, auf das Sandra Schwarzkopf sehnsüchtige Blicke warf. Doch das spielte es heute nicht für sie, denn unser nächstes Ziel folgte gleich hinter der eindrucksvollen Pusztascheune am Illmitzer Hauptplatz.

»Bitte alle aussteigen«, sagte der Kutscher, nachdem die meisten von uns es sich gerade erst wieder gemütlich gemacht hatten. »Ihre Fahrt mit mir endet hier. Dort drüben wartet ihr Busshuttle, das sie zurück zur MS Maximilian bringt«, verabschiedete er sich und zeigte in Richtung eines Parkplatzes, auf dessen drei Stellplätzen die Prucknerin mit ihrem quer geparkten Kleinbus stand. Mit ein bisschen Verspätung trudelten auch Jennie und Eleonora Pruckner ein, die die kurze Strecke vom Gowerl-Haus zu Fuß beziehungsweise auf Rollen hinter sich gebracht hatten.

Die Prucknerin übernahm die bereits gewohnte Rolle der Fremdenführerin und führte uns zu einem achteckigen Pavillon, der sich mitten auf dem Hauptplatz befand und sich dort trotz des Trubels drum herum etwas zu langweilen schien. Am Eingang warnte ein Hinweisschild die Eintretenden, dass das Oktogon videoüberwacht wurde. Das sollte wohl die Heilwassermafia davor abschrecken, hier kanisterweise kostbares Nass abzuzapfen. Aber diesen Gedanken verwarf ich gleich wieder. Ein Tagtraum mit meiner von der Mafia ermordeten Frau reichte mir voll und ganz. Wobei es schon verdächtig war, dass ich von Vito und seinen Jungs nichts mehr gehört hatte, nachdem sein Zwei-Mann-Kommando im Vorjahr erfolglos versucht hatte, mich einzukassieren.

»Willkommen bei der St.-Bartholomäus-Quelle«, holte mich die Prucknerin zurück ins Hier und Jetzt. Das Eiscafé gegenüber erfreute sich großen Zuspruchs, fast alle Tischchen auf dem Platz vor dem Lokal waren besetzt. Die zu den Eisgenießern gehörenden Fahrräder säumten die Abstellplätze und Geländer der näheren Umgebung. Bei der Hitze hätte ich auch lieber eine Coupe Dänemark über mich ergehen und Bella das Schlagobers aufschlabbern lassen, anstatt mich abzustrampeln. Wobei die Eis essenden Fahrradfahrer eher so wirkten, als ob sie sich per Elektroantrieb über den Neusiedler-See-Radwanderweg kutschieren ließen.

»Leicht salzig und mineralisch kommt unser Heilwasser daher«, erzählte die Prucknerin, ehe sie von ihrer Mamschki jäh unterbrochen wurde.

»Geh, Madel, stell dich doch nicht immer so in den Mittelpunkt«, fuhr sie ihre Tochter an, was Jennie sichtlich erheiterte.

»Mama, lass mich, die Leut interessiert das doch.«

»So ein Schmarrn, wen interessiert denn das bisserl Wasser,

was da rauskommt? Das ist doch alles nur a Schmäh für die Touristen, wie in der Piefke-Saga«, ließ sich die Lady nicht beirren. »Und wo ist eigentlich der Weinkaiser, den du mir versprochen hast? Nimma aufgetaucht ist er, schon seit vorgestern Abend!«

Die Prucknerin warf einen hilfesuchenden Blick zu Jennie, die das Signal sofort verstand und die Grand Old Lady in ihrem Rolli in Richtung Eisdiele schob.

»Vor fast hundert Jahren wurde hier ein artesischer Brunnen gebohrt«, fuhr die Prucknerin – sichtlich erleichtert über das Wegrollen der Störquelle – fort. »Aus einer Tiefe von rund zweihundert Metern sprudelt Wasser mit einer Temperatur von exakt fünfzehn Komma sechs Grad Celsius. Mit der Bohrung wurde jene Mineralwasserlagerstätte angezapft, die sich auf einer Fläche von zweihundertfünfzig Quadratkilometern unterhalb des Neusiedler Sees befindet und damit als größte in ganz Europa gilt. Die Quelle ist bei Einheimischen wie Touristen gleichermaßen beliebt, teilweise bilden sich lange Schlangen, und manche kommen sogar mit einem ganzen Kanister, den sie sich hier vollfüllen.«

Also doch Heilwassermafia, aber offenbar mit Genehmigung. Wie zum Beweis kam nun ein junger Kerl in den Pavillon geschlendert, der mit seinen weiten Hosen und seinem Hoodie ein bisserl zu cool für den Illmitzer Hauptplatz aussah. Er betätigte mit einer gewissen Lässigkeit den schwarzen Hebel bei der Pappbecherausgabe. Man merkte sofort, dass er das nicht zum ersten Mal machte. Den Becher in der Hand und mit einem »Servus« auf den Lippen schlenderte er zur Tränke, füllte das Gefäß und leerte es. Ließ es wieder volllaufen und trank den Becher erneut auf einen Satz aus. Das wiederholte er mehrere Male, bis sein Salzwasserbauch gefüllt war. Mit einem »Griaß eich«, dessen gekonnte Aussprache vielleicht besser ins Tiroler Tannheimertal gepasst hätte, hieß er uns offiziell in Illmitz willkommen. »Ihr müssts dann unbedingt zum Karlo auf eine Esterházy-Schnitt'n schauen«, gab er uns anschließend ungefragt einen Insidertipp mit auf den Weg. »When in Illmitz, dann zum

Karlo«, verlieh er seiner Empfehlung den nötigen Nachdruck und verabschiedete sich wieder aus dem Pavillon.

»Ihr habt gesehen, wie es funktioniert, jetzt seid ihr an der Reihe«, munterte die Prucknerin ihre Reisegruppe zur Nachahmung auf. Der Reihe nach zog sich nun jeder von uns einen Becher und befüllte diesen mit dem heiligen Wasser. Die Social-Media-Stars unserer Gruppe ließen sich die Gelegenheit natürlich nicht entgehen, sich entsprechend in Szene zu setzen. Ob Sandra Schwarzkopf ihr verzerrtes Gesicht jedoch tatsächlich posten würde, das sie nach dem Genuss des »leicht salzig und mineralisch« daherkommenden Heilwassers aufsetzte – man wusste es zu diesem Zeitpunkt noch nicht. Auch Bella, die am Trog der Tränke geschnuppert hatte, schien nicht zum Fan der Quelle zu werden.

»Auf ein Wort«, nutzte ich die allgemeine Aufregung um das g'schmackige Wasser und führte Joseph Andrássy mit sanftem Druck unter einen großen, schattenspendenden Baum. Es war Zeit für ein Privatissimum.

»Wie lange waren Sie denn Freitagabend noch im Salon?«, fragte ich. Die alte Prucknerin schien im Eiscafé mittlerweile ruhiggestellt worden zu sein, denn sie schenkte uns keinerlei Aufmerksamkeit mehr. Aus dem Inneren des Pavillons waren wohlige »Oh«- und »Ah«-Geräusche zu vernehmen. Das Heilwasser schien dann doch einigen zu munden. Der Gesichtsausdruck von Andrássy ließ mich vermuten, dass er sich gerade sehr viel lieber im Eissalon oder im Pavillon befunden hätte. »Man erzählt sich, dass Sie Freitagabend der Letzte waren, der mit Johann Gludovatz im Salon der MS Maximilian beisammen gewesen ist.«

»Man erzählt sich auch, dass Jesus das Gotteskind ist. Ist es deshalb zutreffender, als wenn man es sich nicht erzählen würde?« Ein interessanter Vergleich. Darüber musste ich mal nachdenken, wenn ich das nächste Mal mit Bella eine ruhige Minute hatte.

»In welcher Verfassung war Gludovatz denn zu dem Zeitpunkt?«

»Er hat, so kann man es wohl sagen, seiner Rolle als Weinkaiser alle Ehre gemacht. Wenn man bedenkt, dass er ziemlich geeicht sein müsste, weil er sich auf seiner Promotour für den Weinkaiser ja ständig am Neusiedler See durch die Weingärten säuft, muss er am ersten Abend auf dem Schiff allerhand zu sich genommen haben. Es war wirklich kein schöner Anblick.«

»Worüber haben Sie gesprochen?«

Ich wusste natürlich nicht, ob die beiden sich miteinander unterhalten hatten. Es war ein Testballon.

»Wissen Sie, jemand wie ich, der seit Jahren versucht, im Schauspielbereich beruflich Fuß zu fassen, lässt sich eine Gelegenheit für ein Gespräch natürlich nicht entgehen.« Mein Testballon stieg langsam den Himmel empor. »Ich bin auch schon mal bei DopplerTV, der Produktionsfirma vom Weinkaiser, vorstellig geworden. Hatte mich beworben. Nichts Großes, eine kleine Nebenrolle.«

»Sie sind Schauspieler?«

»War Jahrgangsbester auf der Wenzel-Hofstätter-Schauspielschule am Traunsee.«

Mir sagte der Name Wenzel Hofstätter genauso wenig wie besagte Schauspielschule. Aber ich war wohl auch nicht die Zielgruppe.

»Wissen Sie, was die Leute bei DopplerTV mir dann angeboten haben?«

»Sie werden es mir verraten.«

Wieder dieses Glucksen aus dem Pavillon, gefolgt von »Ohs« und »Ahs«. Vielleicht sollte ich dort drinnen doch mal nach dem Rechten sehen.

»Eine Rolle als Statist haben sie mir angeboten. Ich habe einen Gast im Heurigen gespielt.«

»Ist doch nicht so schlecht für den Anfang«, sagte ich.

Andrássy schien anderer Meinung zu sein.

»Haben Sie eine Vorstellung davon, was sechs Semester auf der Wenzel-Hofstätter-Schauspielschule kosten?« Hatte ich natürlich nicht. Wenn es aber so teuer war und man es als Absolvent dann lediglich zu einem Komparsenauftritt, noch dazu beim Weinkaiser, schaffte, dann sollte man sich fragen, ob das Studium eine lohnende Investition gewesen war. Das hätte ich jetzt eigentlich gern zu Andrássy gesagt und nicht nur leise in mich hineingedacht. Erschien mir aber nicht angebracht, immerhin ging es hier nicht um die Ahndung von Betrugsfällen in der Schauspielschulbranche.

»Wahrscheinlich nicht«, fuhr er mit seiner noblen Adelsstimme fort. »Woher auch, Sie sind ja nur ein kleines Licht.«

Klar, ich war nicht so eine helle Leuchte am Statistenhimmel wie Andrássy.

»Und haben Sie das Angebot angenommen?«

»Natürlich, man muss jede Gelegenheit ergreifen, sei sie auch noch so mickrig.«

»Und Sie haben sich dann am Freitagabend mit ihm über alte gemeinsame Zeiten am Set ausgetauscht?«

»I wo, der Gludovatz hat mich damals nicht mal mit dem Hintern ang'schaut.« Das klang jetzt schon nicht mehr so adelig nobel. Aber immerhin, er hätte auch »Arsch« sagen können. »Ich war mit drei anderen Statisten dafür eingeteilt worden, an einem Tisch ganz hinten im Eck zu schnapsen. Keiner von uns hatte eine Ahnung, wie man das spielt. Aber als wirklich guter Schauspieler kann und muss man sich auf so eine Szene einlassen. Das Drehbuch sah vor, dass die Kellnerin mit einem Bier zu mir kommt und mich nach meinem Essenswunsch befragt. Verstehen Sie? Ich hatte also sogar eine kleine Sprechrolle!« Aha. »Wir hatten vor unserem Einsatz einige Stunden Zeit. Wissen Sie, Komparsen und Statisten verbringen die meiste Zeit des Tages mit Warten. Dann, im entscheidenden Moment, wenn der Regieassistent einen ruft, muss man auf den Punkt da sein. Ich hatte also Zeit, mich professionell vorzubereiten. Habe während des Wartens im Gastgarten YouTube-Tutorials studiert und mir Gestik und Mimik von Kartenspielern eingeprägt.« Meine Spannung war so unglaublich groß, wie seine Erzählung weitergehen könnte, dass ich fast versäumt hätte, dass die Prucknerin damit begann, die Reisegruppe langsam wieder einzufangen. »Als wir dann endlich in der Szene waren, legte ich meinen gesamten Fokus ausschließlich auf mein inneres Ich. Wissen Sie, ich habe in diesem Moment nicht nur so getan, als ob ich ein Kartenspieler an einem Stammtisch wäre. Ich *war* in dieser Situation der Kartenspieler. Ich bin vollkommen aufgegangen in meiner Szene.«

»Bitte kommt dann langsam auch ihr zum Bus«, rief uns die Prucknerin zu.

Ich winkte ihr, um zu signalisieren, dass wir das Signal zum Aufbruch vernommen hatten.

»Und dann?«, fragte ich.

»Nach dem ersten Take hat mich die Regieassistentin aus der Szene genommen. Ich hätte zu theatralisch gespielt, lautete ihre profane Begründung. Können Sie sich das vorstellen?« Irgendwie nicht. Aber irgendwie auch wieder schon. »Ich war zwar für den gesamten Drehtag gebucht worden, kam dann aber nicht mehr zum Einsatz.«

»Das muss eine ziemliche Enttäuschung gewesen sein«, erklärte ich und versuchte dabei, so viel Mitgefühl wie möglich in meiner Stimme unterzubringen. »Und darüber haben Sie sich mit dem Johann Gludovatz am Freitag unterhalten?«, fragte ich, während wir erste Schritte in Richtung Kleinbus unternahmen.

Hinter dem Bus der Prucknerin versuchte sich bereits der nächste Reisebus mit Trinkwilligen einzuparken. Elisabeth Borbely kippte im Pavillon immer noch Trinkbecher um Trinkbecher mit dem kostbaren Nass aus der Heilquelle in sich hinein. Wenn die es mal bis zur Toilette auf dem Schiff schaffte.

»Das ist Scheiße«, sagte Andrássy.

»So schlimm?«, hakte ich nach.

»Nein, ich wollte Sie nur warnen, damit Sie nicht in die Hinterlassenschaften des Hundes steigen.« Ich schaute nach unten. Zu spät.

Ich besah mir die Sohle meines linken Schuhs, auf der sich tatsächlich braune Rückstände befanden.

»Entschuldigen Sie mich bitte kurz.«

»Ich lauf schon nicht davon«, antwortete Andrássy.

Ich marschierte in den Pavillon, drängte mich an Elisabeth

Borbely vorbei zur Quelle und benetzte einige Taschentücher mit dem heiligen Wasser.

»Hier stinkt's«, stellte sie pikiert fest.

»Bin gleich fertig«, sagte ich und machte wieder kehrt.

»Was für eine Herablassung gegenüber der Heilkraft dieser Quelle«, nuschelte sie entrüstet, während sie anschließend an mir und Andrássy vorbei zum Bus marschierte.

»Wo waren wir stehen geblieben?«, fragte ich Andrássy.

»Bei meinem Gespräch mit Johann Gludovatz am Freitagabend.«

»Ah ja.«

»Die Schmach, mit ihm über meinen verpatzten Statisteneinsatz beim Weinkaiser zu sprechen, habe ich mir erspart«, antwortete Andrássy. »Wie gesagt, Gludovatz hat mich damals sicherlich nicht mal wahrgenommen.«

»Worum ging es denn dann zwischen Ihnen beiden?«

»Wir haben ganz allgemein über den Weinkaiser und die Schauspielerei gesprochen.«

»Und Sie haben nicht die Gelegenheit genutzt, ihn zu bitten, er möge Ihnen eine Rolle verschaffen? Vielleicht dieses Mal einen bedeutenderen Auftritt und nicht nur als Komparse?«

»Ich war kein Komparse, ich war Statist!«, fuhr Andrássy mich an.

»Was ist denn da der Unterschied«?

»Komparsen haben keine Sprechrolle.«

Ich schenkte ihm ein »Aha«.

»Natürlich habe ich ihn, kurz bevor er aufgestanden ist, gefragt, ob er sich vielleicht für mich einsetzen könnte.«

»Und? Konnte er?«

»Ich glaube nicht, dass er meine Frage wirklich verstanden hat, so viel Wein, wie er bereits intus hatte.«

»Das heißt, Sie sind noch im Salon verblieben, während Johann Gludovatz zu seiner Kabine gegangen ist?«, fragte ich ihn, kurz bevor wir in den Bus einstiegen.

»Er ist dann aufgestanden und hat sich mit dem Steward unterhalten«, antwortete Andrássy.

»Und Sie?«
»Ich bin in meine Kabine gegangen.«
»Also waren der Steward und Johann Gludovatz alleine, als Sie die beiden im Salon zurückgelassen haben?«
Nicken.

Joseph Andrássy

Es war offensichtlich, dass Gludovatz reichlich über den Durst getrunken hatte. In vino veritas heißt es nicht umsonst, dachte Joseph. Da kam der wahre Charakter des ach so tollen Schauspielers zum Vorschein.

Er hatte die Gerüchte über das unwürdige und beschämende Verhalten des Weinkaisers nach Drehschluss in den Ruster Buschenschanken und Weinbars natürlich auch vernommen. Nicht nur einmal war es dabei auch zu Übergriffen auf weibliches Servicepersonal gekommen. Gerüchte über Zahlungen an Frauen, die sich von ihm belästigt gefühlt haben sollen, machten die Runde. Auch Einheimische sollen darunter gewesen sein, nicht nur die typischen weiblichen Groupies, die es ja auch immer ein kleines bisschen darauf anlegten, wie Andrássy überzeugt war. Der ganze Ort wusste darüber Bescheid, auch in der Filmbranche war das allgemein bekannt. Wieso die Produzenten und vor allem die Agentin von Gludovatz es zulassen konnten, dass ausgerechnet ein ausgewiesener Alkoholiker die Hauptrolle in einer weinseligen Serie wie dem Weinkaiser erhielt, konnte sich niemand erklären.

Und jetzt hockte der Johann Gludovatz, der in seiner Rolle als charmanter Weinkaiser immer und immer wieder für das Gute in Rust kämpfte, volltrunken am Tisch der Prominenten auf der MS Maximilian. Welch Schande für den gesamten Berufsstand dieser Mann war. Und doch bot sich hier für Joseph Andrássy eine Gelegenheit, wie er sie so schnell wahrscheinlich nicht wieder bekommen würde.

»Darf ich?«, fragte er höflich.

Man sah Gludovatz an, dass er sichtlich Mühe hatte, den Kopf in eine aufrechte Position zu bewegen. Zuvor hatte es fast so ausgesehen, als wäre er eingenickt. Doch stattdessen hatte er wohl einfach dem Hochprozentigen Tribut zollen müssen. Gludovatz neigte den Kopf mechanisch nach links und rechts, ohne Andrássy dabei auch nur eines Blickes zu würdigen.

»Wenn's sein muss«, lallte er.

Stünde Gludovatz an Deck eines Ozeandampfers, der gerade mitten auf dem Atlantik durch ein Islandtief pflügte, man hätte seine Fahne noch drei Meter gegen den Sturm gerochen.

»Mal so von Kollege zu Kollege, wissen Sie bereits, wann die Dreharbeiten zur vierten Staffel starten?«

Nun sah ihn Gludovatz erstmals an.

»Vierte Staffel von was? Star versus Loser?« Er lachte das Lachen eines arroganten Fieslings aus einem Mafiafilm. »Inwiefern sollen wir denn Kollegen sein? Ich kenn dich ja noch net mal, du Parodie eines Waldschrats.«

Offenbar hatte sich Gludovatz sein Gesicht damals während des Prozesses nicht eingeprägt. Oder all der Alkohol hatte sein Gedächtnis in Mitleidenschaft gezogen. Doch das sollte ihn nicht von seinem Vorhaben abbringen. Im Gegenteil.

»Wir haben in der dritten Staffel die Szene beim Schandl gemeinsam gespielt. Ich war der Hauptdarsteller der Dreierpartie, die an einem der Tische Bauernschnapsen gespielt hat.«

»Da hat wer Bauernschnapsen g'spüt?«

»Freilich«, antwortete Andrássy. »Und wie wir gespielt haben! Der Regieassistent ist extra an unseren Tisch gekommen, um uns zu der überzeugenden Szene zu gratulieren.«

»Der Bertl?«, fragte Gludovatz ungläubig, um anschließend in schallendes Gelächter zu verfallen. »Da muss er aber schon ordentlich einen sitzen g'habt haben, wenn er das wirklich zu euch g'sagt haben soll.«

Dieses Arschloch konnte sich also nicht an Josephs überzeugende Darbietung in der Szene erinnern, meinte aber, besser zu wissen, wie das Urteil des Regieassistenten ausgefallen war? Andrássy spürte dieses Zittern in seinen Lippen.

»Was ich eigentlich fragen wollte –«

»… interessiert mich net, das kann ich jetzt schon sagen«, vervollständigte Gludovatz den Satz, griff zu dem vor ihm stehenden, noch gut gefüllten Weinglas und ließ die leicht gelbliche Flüssigkeit in seinem Rachen verschwinden.

»Es hätte ja sein können …«, startete Andrássy einen weiteren Versuch.

»Na, kann es net. Du nervst, du Würschtl, checkst des wirklich net? Alles, was ich will, ist, hier in Ruhe meinen Wein zu trinken und nach all dem Bahö ein bisserl Ruhe zu haben. Hält ja sonst keiner aus, diesen Almauftrieb auf diesem Kahn. Also verzupf di', verstehst das endlich?«

Joseph merkte deutlich, dass er das Zittern nicht mehr unter Kontrolle hatte. Seine Unterlippe fühlte sich an wie die Lefzen eines Bernhardiners, die während eines wilden Galopps hin- und herschwangen. Welch peinliche Erniedrigung, die er sich hier bieten lassen musste.

»Ich wollte ja nur …«

»Heast, Oida, du gehst mir grad irrsinnig auf den Zeiger, weißt du des? Und egal, was du komischer Vogel von mir willst, du wirst es eher net bekommen, wenn du mir dermaßen auf die Nerven gehst – host mi?«

Da war damals dieser Komparse, der ebenfalls in der Szene mit dem Bauernschnapsen dabei gewesen war. Er hatte direkt gegenüber von Joseph Andrássy gesessen, war von der Requisite mit einem altmodischen karierten Hemd ausgestattet worden, mit dem er aussah wie frisch aus den 1970ern. Ein nichtssagendes Gesicht von einem Kerl, ein gnadenloses Antitalent. Joseph hatte genau beobachtet, dass ausgerechnet diese Null ihn ausgelacht hatte, nachdem ihn der Regieassistent aus der Szene geholt hatte, weil er seine Statistenrolle angeblich zu dramatisch angelegt hatte. Joseph hatte sich damals erst beruhigt, als er diese Null mit blutüberströmtem Gesicht und gebrochener Nase auf der Skateboardbahn unten beim Schilfgürtel zurückgelassen hatte. Damals war es auch die zitternde Unterlippe gewesen, die das drohende Unheil angekündigt hatte. Johann Gludovatz schien diese Vorzeichen nicht sehen zu wollen. Selber schuld, dachte Andrássy. Wenn er mit dem Feuer spielen wollte, sollte er das tun.

»Wünschen die Herren noch etwas?«

Andrássy sah sich erschrocken um, hinter ihnen stand Gernot Piller, diese lächerliche Kopie eines Schiffsoffiziers. Schlechtes Timing. Andrássy verneinte die Frage, erhob sich und ging in seine Kabine. Gludovatz würde ihm schon nicht auskommen, da machte er sich keine Sorgen.

Mühsame G'schicht

»Witwer, Tod, Hofburg, Weltkrieg«, las Eleonora Pruckner laut vor, und alle anderen Passagiere strengten deutlich sichtbar ihre grauen Gehirnzellen an. Die Mutter derPrucknerin saß mit Jennie an einem der Tische im Salon. Sie hatten die vier Hinweise für diese Runde zuvor gemeinsam ausgeknobelt. Jetzt waren die anderen an der Reihe, die gesuchte Person zu erraten. Autor Elmar Tinhof, Schauspieler Joseph Andrássy und die beiden Borbelys saßen an weiteren Tischen. Am Prominententisch hockten Sebastian Gsertz und Marlis Wendelin. Gsertz blätterte in einem Buch, das er sich kurz zuvor aus einem der drei Bücherregale geholt hatte – der Salon trug also wahrscheinlich gerade die offizielle Bezeichnung Bibliothek –, die Schlagersängerin schien sich zu langweilen und ließ ihren Blick zwischen dem Abendhimmel über dem Neusiedler See sowie den spielenden Gästen der Holzklasse hin und her wandern. Die blaue Stunde breitete sich draußen aus und läutete das Ende des Illmitz-Tages ein.

»Wollen Sie nicht mitspielen?«, rief Elmar Tinhof zu ihr rüber.

»Das ist wirklich amüsant«, pflichtete Andrássy ihm bei. Ich konnte mir nicht vorstellen, warum ausgerechnet er bei der Spielerunde mitmachte. Er schien sich sonst auf diesem Schiff eher für etwas Besseres zu halten, ähnlich wie auch Tinhof. Doch vielleicht wollte er den Kontakt zum Schlagersternchen intensivieren, um über sie im Showbusiness andocken zu können. Keine Ahnung. Menschen und ihre Motive und Handlungen sind mitunter unergründlich.

»Ich unterhalte mich gerade«, wiegelte sie ab und sah nachdrücklich zu Sebastian Gsertz. Der ließ sich davon jedoch nicht beeindrucken und blickte nicht einmal alibihalber zu ihr. Das wirkte irgendwie seltsam. Marlis Wendelin musterte angestrengt ihren Tischnachbarn, prüfte zwischendurch immer wieder mal, ob wir sie dabei noch beobachteten, und Gsertz nahm einfach null Notiz von ihr. Ihm war das komplett egal. Schien fast so, als ob er das extra machte, damit niemand auch nur auf den Gedanken kommen konnte, er hätte etwas mit ihr zu tun.

»Noch zwei Minuten«, wies Jennie darauf hin, dass die Zeit bereits weit vorangeschritten war und die Teilnehmer sich weniger auf Marlis Wendelin, sondern auf das Lösen des Rätsels konzentrieren sollten.

»King Charles«, rief Birgit Borbely.

»Falsch«, gab die alte Prucknerin zu Protokoll, und man sah ihr die Freude darüber regelrecht an.

Wertvolle Sekunden verstrichen, in denen das Mutter-Tochter-Gespann sich angeregt unterhielt und Joseph Andrássy die Schlagersängerin am anderen Tisch fixierte.

»Kaiser Franz Joseph«, sagte er schließlich, kurz bevor die Zeit abgelaufen war.

»Richtig!«, schrie die Grand Old Lady. »Der Herr Andrássy hat auch diese Runde gewonnen.«

Jennie verzeichnete Andrássys Erfolg in einer Liste, die sie auf Geheiß der alten Prucknerin seit der ersten Spielrunde am Freitag führte. Überschaubarer Applaus setzte ein, auch die Wendelin klatschte am Nachbartisch gelangweilt mit.

Anschließend betraten der Kapitän und seine beiden Helferlein den Salon, dicht gefolgt von Sandra Schwarzkopf, die sich sofort an den Tisch von ihresgleichen setzte.

»Darf ich um Ihre Aufmerksamkeit bitten?«, ergriff Thees

Nicolaysen das Wort, noch bevor die Grand Old Lady die nächste Spielrunde einläuten konnte. »Wie Ihnen bestimmt bereits aufgefallen ist«, fuhr der Kapitän fort, »sind wir in Mörbisch mit einem Passagier weniger losgefahren als am Tag zuvor in Rust. Johann Gludovatz hat sich aufgrund einer plötzlichen Sommergrippe in ärztliche Behandlung begeben und die Reederei zu meinem Bedauern nicht sofort darüber informiert, dass er sich mit einem privaten Bootstaxi in einer Nacht-und-Nebel-Aktion an Land hat bringen lassen.« Sofort setzte Getuschel unter den Passagieren ein.

»Die Schnapsdrossel hat wohl wieder mal ein bisserl zu tief ins Glas geschaut«, feixte Elmar Tinhof und schob spöttisch hinterher: »Von wegen Sommergrippe …«

»Die Reederei und ich halten es für angemessen, dies nicht in der Öffentlichkeit zu thematisieren«, fuhr Nicolaysen fort. »Wir danken Ihnen, dass auch Sie bisher darüber Stillschweigen bewahrt haben, und bitten Sie, mit Verweis auf den von Ihnen unterzeichneten Teilnahmevertrag, dass Sie sich weiterhin daran halten.« Ein dezenter Hinweis darauf, dass die Passagiere gemäß dem unterzeichneten Papier eine Strafe von mehreren tausend Euro ausfassen würden, wenn sie zum Beispiel auf Social Media über Details der Geschehnisse hier an Bord berichten würden, die über die gewünschte Werbung für die Kreuzfahrt hinausgingen. What happens on board, stays on board. Und vierstellige Eurobeträge sind eine Sprache, die selbst so mitteilungsbedürftige Passagiere wie Sandra Schwarzkopf dazu brachten, lieber zweimal zu überlegen, bevor sie etwas auf Instagram posteten.

»Glauben Sie, dass es dem Johann Gludovatz gut geht?«, fragte Elisabeth Borbely besorgt, während Sebastian Gsertz weiterhin in seinem Buch las. Es schien eine Biografie zu sein, ein großer männlicher Kopf war auf dem Cover abgebildet. Wahrscheinlich eine Sportlerbiografie, anderen Lesestoff traute ich einem Ex-Fußballer in meiner wunderbar unvoreingenommenen Art nicht zu.

»Davon gehe ich aus, ja«, log Thees Nicolaysen die Passagiere an. Dass Johann Gludovatz heute Vormittag in der Waagrechten vom Schiff getragen worden war, musste man ja nicht an die große Glocke hängen.

»Mühsame G'schicht«, sagte ich zu Gernot Piller, dem Ersten Offizier, nachdem Nicolaysen seine Fragerunde mit den Passagieren beendet hatte und wieder auf die Brücke zurückgekehrt war.

»Das können Sie laut sagen«, antwortete der Soprano. »So hatten wir uns die Reise nicht vorgestellt.« Anscheinend hatte er sich heute nicht rasiert, es kroch kein arktisches Aftershave in meine Nase.

»Wer ist hier an Bord für das Essen zuständig?«

Irgendwer hatte mich gestern Abend ausgeknockt, um in aller Seelenruhe die Leiche von Johann Gludovatz in meiner Kabine zu platzieren. Würde ich diese Person finden, wären wir einen großen Schritt weiter.

»Das macht Sylvia. Sie nimmt das Essen von den Caterern in Empfang, bereitet es auf und kümmert sich um alles Weitere. Mein Metier sind nur die Süßspeisen, das lasse ich mir nicht nehmen.«

Ein Süßer also.

»Laut Joseph Andrássy waren Sie gemeinsam mit Johann Gludovatz am Freitagabend die Letzten hier im Salon. Stimmt das?«

»Verdächtigen Sie mich?«

»Momentan verdächtige ich alle Personen hier an Bord«, erklärte ich. Wusste Piller etwa, dass Gludovatz tot war?

»Auch Eleonora Pruckner?«

»Man sollte sich niemals davon täuschen lassen, wie eine Person sich nach außen hin gibt«, erwiderte ich im Wissen, dass die Grand Old Lady wahrscheinlich noch die unschuldigste Person an Bord war. Zumindest mit Blick auf den Tod von Johann Gludovatz.

»Ja«, sagte er schließlich, »die beiden genannten Passagiere und ich waren am Freitag die letzten Personen im Salon.«

»Darf ich?«, unterbrach uns plötzlich Elisabeth Borbely. Sie hatte offenbar genug vom heiteren Personenraten im Salon und wollte in ihre Kabine. Oder auf die Toilette. Verständlich, nachdem sie die halbe Heilquelle in Illmitz geleert hatte.

»Ist Johann Gludovatz danach in seine Kabine gegangen?«

»Ja«, erklärte Piller.

»Ist Ihnen sonst etwas aufgefallen an dem Abend?«

»Sie meinen, in Bezug auf Johann Gludovatz?«

»Zum Beispiel. Haben Sie mitbekommen, worüber er und Andrássy sich zuvor unterhalten haben?«

»Nein.«

»Und sonst? Irgendwas anderes Auffälliges?«, fragte ich.

»Ich habe Stimmen gehört.«

»Was für Stimmen?«

»Ich glaube, Herr Gludovatz hat sich mit jemandem unterhalten, als er auf dem Weg in seine Kabine war.«

»Sie meinen, er hat telefoniert?«

»Nein, da war eine zweite Person. Ich habe zwei Stimmen gehört.«

»Ein anderer Mann?«

»Nein, es war eine Frau.«

Ich sah mich im Salon um. Mit der Grand Old Lady, Marlis Wendelin, Sandra Schwarzkopf, Jennie und Birgit Borbely waren fünf Frauen im Salon, dazu kam noch Mama Borbely. Und natürlich die Offizierin Sylvia Münch. Zog man Eleonora Pruckner ab, blieben also sechs Frauen übrig. Und eine davon war gerade eben an mir vorbei in Richtung Kabine marschiert. Eine gute Gelegenheit also, Elisabeth Borbely kurz ins Gebet zu nehmen.

Ich verließ den Salon und wollte gerade an die Kabinentür besagter Dame klopfen, als ich ein dumpfes Geräusch aus dem Oberdeck vernahm. Es klang wie der berühmte Reissack, der in China umfällt. Nur dass sich der Sack nicht in China, sondern auf der MS Maximilian befand. So ähnlich wie das Geräusch, das ich in jener Nacht vernommen hatte, in der uns Johann Gludovatz abhandengekommen war. Wäre ich damals nur nicht zu faul gewesen, um nach dem Rechten zu sehen! Ich änderte meinen Plan und erklomm die goldene Grand Staircase.

Der Flur im Oberdeck lag wie ausgestorben vor mir, lediglich aus Richtung der Brücke drangen Geräusche zu mir. Da unterhielten sich zwei Personen miteinander, wahrscheinlich der Kapitän und Piller, der kurz zuvor den Salon verlassen hatte. Ich ging den Flur entlang und wunderte mich. Die Kabine von Johann Gludovatz war eigentlich verschlossen worden. Jetzt stand die Tür einen Spaltbreit offen. Ich hatte ein Déjà-vu.

Montag

Du har rätt

»Simmering gegen Kapfenberg, das ist Brutalität.« Diesen Spruch hatte unser Turnlehrer in der Kleinen Sperlgasse stets dann zum Besten gegeben, wenn er am Ende der Turnstunde zum abschließenden Kickerl gebeten hatte. Mein Team gegen jenes von Gregor Eghdamian. Diese zwanzig Minuten hatten nur so vor Testosteron gestrotzt, auch weil wir wussten, dass nebenan die Mädchen Volleyball spielten. Je derber es bei uns zuging, desto mehr Aufmerksamkeit schenkten sie uns. Und wer sich im derben Spiel am Ende durchsetzte, ging natürlich auch bei den Mädels als Sieger vom Platz. Erst später hatte ich erfahren, dass es nicht unser Turnlehrer gewesen war, der diesen Spruch in einer stillen, philosophischen Minute im Turnkammerl erfunden hatte.

»Simmering gegen Kapfenberg« bedeutete an diesem Montagmorgen, an dem wir in Podersdorf angelandet waren, Leuchtturm gegen Windmühle. Beides waren Highlights im Podersdorfer Sightseeingprogramm, doch der Leuchtturm hatte natürlich aufgrund seiner Lage und seiner, wie Sandra Schwarzkopf sich ausdrückte, Instagramability die Nase meilenweit vorne. Die Organisatoren hatten sich im Vorfeld offenbar nicht einigen können, welche der beiden Landmarken zu Beginn unseres Tagesausflugs auf dem Programm stehen sollte. Elmar Tinhofs These, dass das doch eigentlich wurscht sei, weil ohnehin beide an die Reihe kommen würden, half bei der Deeskalation nicht weiter. Zumal sich ein ORF-Team sowie eine Redakteurin des Express für diesen Morgen angesagt hatten und es klar war, dass die Umgebung des Interviews schön ins Bild gerückt werden sollte, wenn der Beitrag am Abend in der Sendung »Burgenland Heute« ausgestrahlt werden würde.

Wieso das Pendel schließlich in Richtung Windmühle ausgeschlagen war, wusste allein Maximilian Plünder. Was der Oligarch vom Neusiedler See in seiner Zentrale in Parndorf entschied, war Gesetz. Plünder wollte die Windmühle im Hintergrund des Fernsehberichts sehen, also sollte er sie bekommen.

Wir fügten uns in unser Schicksal, was nicht weiter schlimm war, denn wir würden ja nichts verpassen. Den Guide vom Leuchtturm und die dank einer ausreichend tiefen Fahrrinne ausnahmsweise direkt am Anleger liegende MS Maximilian ließen wir zurück. Alfred Dachs leistete ihnen Gesellschaft, denn er hatte auch an diesem Morgen den weiten Landweg von Rust auf sich genommen und war mit seinem Anti-Kreuzfahrt-Protestschild auch zum Leuchtturm von Podersdorf gekommen. Quasi als Begrüßungskomitee. Seine Anwesenheit mochte zur Entscheidung im Hause Plünder beigetragen haben, das Fernsehinterview dann doch lieber bei der Windmühle durchzuführen. Der Leuchtturm würde also erst nach unserer Rückkehr am Abend eingehender unter die Lupe genommen werden.

Wir fuhren im Schritttempo mit der Prucknerin zur Mühle. Die Ausflugsradler vor uns hatten es nicht gerade eilig. Hätten die vier Herrschaften in ihren eng anliegenden Radtrikots vorgehabt, im September beim Austria Triathlon in Podersdorf an den Start zu gehen, sie hätten beim Training noch einen Zahn zulegen müssen. So hatten wir aber immerhin ausreichend Zeit, im Vorbeifahren einen Blick auf Coiffeur Michael zu werfen.

»Unter anderem dort wurde vor genau fünfzig Jahren die legendäre Episode von ›Ein echter Wiener geht nicht unter‹ gedreht, in der der Mundl Sackbauer mit seiner Toni Urlaub am Neusiedler See macht«, wusste die Prucknerin zu berichten. Einen Kreisverkehr und zwei Abbiegungen später hatten wir unser Ziel erreicht.

Die weiße Farbe der Windmühle reflektierte das gleißende Licht der Sonne auf ziemlich unangenehme Art und Weise, weswegen das Kamerateam und das Schlagersternchen mehrere Male die Position jeweils nur um Millimeter veränderten, damit weder Kamera noch Interviewer und schon gar nicht Marlis Wendelin geblendet wurden.

»Marlis, zwei Tage haben Sie nun schon auf der MS Maximilian verbracht. Schildern Sie uns ein paar Ihrer Highlights«, legte der Reporter sofort los. Die Diskussionen rund um den Aufnahmeort hatten nicht nur Zeit gekostet, sondern auch seinen Stresslevel um einiges erhöht.

»Das Schiff ist in einem wunderbaren Zustand«, begann sie zu schwadronieren. »Die Crew umsorgt uns bestens, das Barbecue gestern Abend war ein Genuss für unsere Gaumen. Auch an dieser Stelle noch mal ein Extralob an den Küchenchef«, erklärte sie und grinste den Fernsehheinzi mit diesem ganz speziellen Lächeln an, bei dem man nicht wusste, ob es aufgesetzt oder ernst gemeint war.

Den anderen Passagieren ging die Warterei währenddessen ein bisserl auf die Nerven, denn natürlich konnte die Führung durch die Mühle nicht ohne Marlis Wendelin beginnen. Also war nicht nur der Reporter unter Zeitdruck.

»Gestern waren Sie in Illmitz unterwegs. Waren Sie zuvor schon mal in der weltberühmten Nationalparkgemeinde im Seewinkel?«

»Ja, aber am gestrigen Tag konnte ich den Ort dank des Kutschenservices Rieger sowie des Taxiunternehmens Pruckner aus einer ganz neuen Perspektive erleben«, baute sie brav ein bisschen Werbung mit ein. »Jeder sollte die imposanten Weißen Esel und diese fabelhafte Landschaft, für die das Sandeck berühmt ist, mindestens einmal in seinem Leben gesehen haben.«

Ihre imposanten und fabelhaften Locken wurden vom leichten Wind gerade ausreichend in Schwung gebracht, sodass ihr eine Strähne ins Gesicht fiel, die sie nun mit einer eleganten Bewegung zurück an Ort und Stelle bugsieren konnte.

»Heute sind Sie in Podersdorf, Frauenkirchen und Halbturn zu Gast. Mit welchen Erwartungen sind Sie angereist?«

Den Mörder von Johann Gludovatz zu finden, hätte ich sagen können. Herauszubekommen, wer die Frau war, mit der sich der Weinkaiser kurz vor seinem Verschwinden am Freitagabend unterhalten hat. Solche Dinge halt.

»Ich bin schon gespannt, welch interessante Details wir über die heutigen Sehenswürdigkeiten erfahren werden. Und natürlich freue ich mich auf einen weiteren Tag der Kameradschaft mit den Mitreisenden. Wir sind mittlerweile zu einer eingeschworenen Truppe geworden, die durch dick und dünn geht«, sagte sie stattdessen und schnappte sich wie zum Beweis Joseph Andrássy, der ihr gerade – oft hast a Pech – am nächsten stand. »Wir haben auf dieser Fahrt so liebe Menschen kennenlernen dürfen, wie zum Beispiel den Johann hier.«

»Äh, Joseph«, besserte Andrássy sie konsterniert aus. Sein Gesichtsausdruck hätte auch gut in eine Sendung à la »Die versteckte Kamera« gepasst.

»Danke und noch einen schönen Tag«, verabschiedete der Reporter die Zuseherinnen und Zuseher. Kein Wort über Johann Gludovatz. Da war wohl jemand von der Plünder'schen PR-Maschine gebrieft worden.

Während Wendelin noch schnell einer Express-Redakteurin ein exklusives Interview gab, nahm Andrássy die Beine in die Hand und flüchtete sich zur Eingangstür der Windmühle. Dort stand er nun wie ein eingeschüchtertes Eichkatzl. Wollte er tatsächlich mal auf den professionellen Bühnen dieser Welt als Darsteller stehen, sollte er noch ein bisserl an Spontanität und Ausdruck arbeiten.

»Haben Sie schon eine Idee, wo sich Johann Gludovatz aufhalten könnte?«, fragte der Reporter nun plötzlich mich, nachdem alle Mikrofone, Kameras und Ohrenzeugen eingepackt oder verschwunden waren.

Ich war einigermaßen überrascht. Warum quatschte er ausgerechnet mich an? Ich trug keinen Ausweis vor mir her, der mich als Securityheinzi auswies.

»Patrik Andersson«, stellte er sich vor, »Landesstudio Burgenland.« Er reichte mir seine Visitenkarte.

»Ihr Name klingt nicht so, als ob Sie hier ums Eck geboren worden wären«, sagte ich, um etwas Zeit zu gewinnen. Ich hasste

Leute, die andere Menschen aufgrund ihres Dialekts oder ihres Namens gleich mal als Erstes fragten, wo sie denn eigentlich herkamen. Für mich wurde damit auch immer auf rhetorische Art und Weise das eigene Revier markiert. Du gehörst nicht zu uns, du bist nicht von hier, lautete der unausgesprochene Subtext. Aber in diesem Moment war ich darauf angewiesen, um ihn von der Frage nach dem Verbleib von Johann Gludovatz wegzulotsen.

»Du har rätt«, antwortete er und lächelte ein blitzsauberes Zahnpastawerbung-Lächeln. »Ich bin in Bjärred geboren. Es schaut dort nicht viel anders aus als hier am Neusiedler See, nur dass die Ostsee dann doch ein bisserl größer ist.«

»Und was hat Sie hierher verschlagen?«

Bella begann sich zu langweilen. Sie trottete in den langen Schatten, den die Mühle warf, und klatschte sich hin. Den Kopf legte sie auf die Wiese, zum Erschrecken der dort versammelten Gänseblümchen.

»Wie so oft im Leben die Liebe«, sagte er. »Sie sind überrascht, dass ich davon weiß, oder? Ich mein, vom Gludovatz.«

Offenbar wusste der Reporter zwar, dass der Weinkaiser verschwunden war. Sein unfreiwilliges Ableben schien sich aber noch nicht durchgesprochen zu haben, sonst hätte er mich nicht so spitzbübisch angeschaut. Dann wäre das Gespräch mit mehr Tragik umhüllt gewesen.

»Wir sind guter Dinge, ihn bald wieder an Bord zu haben«, erklärte ich schmallippig. »Weit kann er ja nicht sein«, lehnte ich mich nicht sehr aus dem Fenster.

»Gab es Probleme an Bord?«, hakte er nach.

»Dazu kann ich Ihnen leider nichts sagen«, schlüpfte ich unversehens in die Rolle des Ermittlers, der nun selbst ausgefragt wurde.

»Verstehe«, murmelte er vor sich hin, und seine Enttäuschung war ihm anzumerken. »Ich würde mich freuen, wenn Sie mich auf dem Laufenden halten würden, falls sich etwas tut«, erklärte er. »Meine Visitenkarte haben Sie ja.«

Ich gesellte mich zu den anderen Passagieren, die sich mittlerweile gemeinsam am Fuß der majestätischen Windmühle eingefunden hatten.

»Die Windmühle Podersdorf ist eine von nur noch zwei verbliebenen betriebsbereiten Windmühlen in Österreich«, begann die Prucknerin ihren Vortrag. Ich wusste gar nicht, dass sie eine so gute Figur als Fremdenführerin abgeben konnte. Lag bei ihnen wohl in der Familie, nachdem ihr Bruder im Steinbruch von St. Margarethen ebenfalls Führungen anbot. »Ursprünglich gab es in Österreich rund vierhundert Windmühlen«, fuhr Daniela fort. »Die zweite Mühle, die heute noch einsatzbereit ist, befindet sich rund einhundertfünfzig Kilometer nordwestlich von uns, in Retz im Weinviertel. Mangels Wasserläufen haben die Menschen hier am östlichen Ufer des Sees früh damit begonnen, die nötige Energie für den Betrieb einer Getreidemühle durch Wind zu erzeugen. Früher gab es mal sieben Mühlen im Seewinkel, diese hier, vor der wir jetzt gerade stehen, wurde 1849 errichtet. Sie war bis 1926 in Betrieb …«

Bei Jahreszahlen verliert man mich immer. Das war schon im Geschichtsunterricht so, und das war jetzt beim Vortrag der Prucknerin nicht anders. Die gehen bei mir links rein und rechts wieder raus, und wenn innerhalb weniger Worte mehr als zwei Jahreszahlen vorkommen, gibt es einen automatisierten Mechanismus in meinem Hirn, der einfach abschaltet.

Ich nutzte die Gelegenheit, um einen Blick in die Runde zu werfen. Da waren der enttäuschte Hobbyschauspieler Joseph Andrássy, der von literarischen Dramen phantasierende Elmar Tinhof, die stets um die beste Perspektive bemühte Sandra Schwarzkopf, der auf größtmögliche Unauffälligkeit bedachte Sebastian Gsertz sowie die etwas gelangweilt dreinblickende Marlis Wendelin. Ich hatte trotzdem schon die begeisterten Worte im Ohr, in denen sie beim nächsten Fernsehinterview von dem Besuch der Windmühle schwärmen würde. Neben ihr standen die Grand Old Lady in ihrem Rollstuhl samt Pflegerin Jennie. Und schließlich Birgit Borbely mit ihrer Mutter Elisabeth. Letzte war ein ganz besonderer Fall.

Bereits zum zweiten Mal hatte ich sie gestern in der Kabine

von Johann Gludovatz erwischt. Dort hatte sie, mich erst gar nicht wahrnehmend, eine seltsame Kür aufgeführt. Nicht jene Art von Kür, der man in einem Eislaufstadion zuschaute und die man im Anschluss begeistert beklatschte, bei der man »Zugabe« rief und auf die Punktrichter schimpfte, die eine viel zu schlechte Note vergeben hatten. Nein, eine Art Kür, die ich noch nie zuvor in meinem gar nicht mehr so jungen Leben gesehen hatte. Sie tänzelte federleicht von einem Fuß auf den anderen und schüttelte dabei eine Wasserflasche hin und her, die sie in der rechten Hand hielt. Mit ihrem Daumen bedeckte sie gerade so viel von der Öffnung, dass bei jedem Move ein paar kleine Tropfen Wasser herausspritzten. Dazu gab es Gesumme, wie es wahrscheinlich bei einem burgenländischen Eingeborenenstamm am Lagerfeuer nicht schöner geklungen hätte. Kurzum, sie wirkte wie ein Pfarrer auf LSD, der eine Kabine mit Weihwasser segnen wollte.

Anschließend ließ sie vor lauter Schreck die Flasche fallen. Sie hatte mich entdeckt und blickte mich entsetzt an. Das geschüttelte Nass hatte sich über den roten Teppich ergossen und einen unschönen Fleck ergeben. Sollte aber trocknen, war ja offensichtlich kein Rotwein.

»Oha«, sagte sie.

»Oha«, gab ich ihr recht. Denn das war mir erst jetzt aufgefallen, ich hatte keinen so schönen und weichen Teppich in meiner Kabine. So eine Gemeinheit.

Dann begann sie herumzudrucksen. »Ähm, ja, das schaut jetzt vielleicht ein bisserl komisch aus ... Sie werden sicher sonst was von mir denken ... Bitte rufen Sie nicht sofort die Polizei.« So deppertes Zeug halt, wenn man bei etwas erwischt wurde und entweder Zeit gewinnen wollte oder tatsächlich nicht wusste, was man da gerade trieb. Bei Elisabeth Borbely war ich mir gestern Abend aber verdammt sicher, dass sie ziemlich genau wusste, was sie da veranstaltete. Ich dagegen hatte beim besten Willen keinen Schimmer.

»Der Weinkaiser ist ja immer noch verschwunden«, legte sie los. »Und ich wollte einfach etwas tun. Damit er wieder auftaucht. Oder zumindest, damit es ihm gut geht. Also habe ich im artesischen Brunnen in Illmitz heiliges Wasser in eine Flasche abgefüllt, um es hier in der Kabine zu verteilen.«

»Und was ist das da?«, hatte ich gefragt und auf das weiße Polster gezeigt.

»Das ist ... nun ja ... eine Unterhose von Herrn Gludovatz.«

Ich hätte an dieser Stelle fragen können, wie sie in den Besitz einer Unterhose des toten Weinkaisers gekommen war. Warum sie ernsthaft glaubte, dass sie mit ein bisserl Wasser aus einem Brunnen jemanden ins Hier und Jetzt zurückbefördern konnte. Oder an welchem Laternenpfahl sie eigentlich ang'rennt war. Sie hatte die Unterhose, eine gepunktete Boxershort, tatsächlich bei ihrem ersten illegalen Besuch in Johann Gludovatz' Kabine mitgehen lassen, quasi als Andenken. »Als Unterstützung für die heilige Kraft des Wassers aus der artesischen Quelle ist es förderlich, dass ein Kleidungsstück oder etwas anderes aus dem Besitz der Person, für die man sich einsetzt, ebenfalls mit Wasser benetzt wird.« Und so als ob das die Glaubwürdigkeit ihrer Aussage auch nur einen Nanometer steigern würde, hatte sie hinzugefügt: »Das hab ich im Internet gelesen.« Auf meine Frage, wie sie denn die abgesperrte Tür aufbekommen hatte, hatte sie ihre Kreditkarte gezückt und mir ein gewinnendes Lächeln geschenkt. »So ein Schloss ist nicht sehr widerstandsfähig«, hatte sie erklärend hinzugefügt. »Hab ich auch im Internet gesehen, wie man das macht.« Wo sonst?

Bist du Moped!

Bei guter Witterung und guten Verkehrsverhältnissen – also weder Surf-Worldcup noch Badetag in Podersdorf – benötigt man wohl keine zwei Minuten, um die schnurgerade Straße nach Frauenkirchen zurückzulegen. Vorbei an voll im Saft stehenden Feldern, sattgrünen Weinreben und einem kleinen verlassenen Marterl. Das war mir nicht unrecht, denn zwei Minuten geradeaus fahren überstand mein zur Reiseübelkeit neigender Magen in der ersten Reihe eines Kleinbusses problemlos. Den frisch am Straßenrand gesetzten Jungbäumen war deutlich anzusehen, aus welcher Richtung hier der Wind kam. Sie krümmten sich alle miteinander gen Osten.

Gerade als ich auf der linken Seite einen riesigen asphaltierten Platz entdeckte und mir ausmalte, wie Fahrschüler diesen als Übungsplatz benutzten, klärte uns unsere Reiseführerin via Mikrofon über dessen Hintergrund auf. Die heute als Rübenplatz genutzte Fläche hatte im Ersten Weltkrieg zu einem recht großen Kriegsgefangenen- und Internierungslager mit bis zu dreißigtausend Insassen gehört, in dem unter anderem serbische und italienische Gefangene interniert worden waren, von denen nicht wenige einer bösen Flecktyphus-Epidemie zum Opfer gefallen waren.

Und dann enterten wir schon Frauenkirchen, die »Stadt mit weitem Horizont«, wie wir einem Schriftzug auf einer Hausfassade entnehmen konnten. Die Prucknerin stellte die Stadt zudem als Heimat des Tomatenkaisers vor und verwies daneben auf eine Therme, die seit fast fünfzehn Jahren den Ort und die ganze Region belebte. Mit Wasser hatten sie es hier. Früher war Frauenkirchen laut unserer Reiseführerin aufgrund seines großen jüdischen Bevölkerungsanteils eine der sogenannten Siebengemeinden. Ich nahm mir vor, das bei Gelegenheit mal nachzuschlagen. Mit diesem Status war es jedoch in den 1930ern vorbei gewesen. Da war in Frauenkirchen ein Anhaltelager eingerichtet worden, um Juden möglichst schnell über die Grenze nach Ungarn schaffen zu können.

Unser eigentliches Ziel war die Basilika, die wir nun ansteuerten. Die Architektur auf dem Weg dorthin glich jener in den anderen Orten, die wir zuvor hier im Seewinkel durchfahren hatten. Einstöckige Gebäude, die meisten davon wahrscheinlich mit gestreckten Höfen hinter der Fassade, duckten sich in die Landschaft.

An der nächstgrößeren Kreuzung hätten wir die Möglichkeit gehabt, uns für die von der Prucknerin erwähnte Therme zu entscheiden, was so manchem hier im Bus wahrscheinlich gelegen gekommen wäre. Sandra Schwarzkopf hätte sicherlich gern die Gelegenheit genutzt, um sich vor einem künstlichen Wasserfall für ihre Follower in Szene zu setzen. Unsere Buschauffeurin entschied sich jedoch für die andere Richtung, in der uns Hinweisschilder nicht nur die Basilika ankündigten, sondern auch etwas namens Fuzo. »Links ist das Tempelviertel, in dem sich früher die Synagoge befand«, erzählte sie, während sie sich auf den mäßig starken Mittagsverkehr in Downtown Frauenkirchen zu konzentrieren versuchte.

Kurz hinter Erikas Bastelwelt kam schließlich die mächtige Basilika in unser Blickfeld. »Sagen Sie niemals Kirche zu einer Basilika«, erklärte die Prucknerin. »Eine Basilika ist durch Säulenreihen in mehrere längliche Längsschiffe unterteilt, das mittlere fällt dabei am höchsten aus«, fuhr sie fort, »das ist der entscheidende Unterschied zu einer herkömmlichen Kirche.« Aha.

Unser Grüppchen sammelte sich vor dem Kleinbus, und ich betrieb erst mal ein bisschen Ortserkundung. Was mir gleich auffiel, war das Nichtvorhandensein der Heiligen Dreifaltigkeit. Kirche und Wirtshaus standen hier zwar direkt in der Mitte vom Ort, doch es fehlte die Filiale der Pannonia Bank. Die Straße schlängelte sich an der in einem sanften Gelbton gehaltenen Basilika vorbei und hielt dabei einen ziemlichen Respektabstand ein. Auf dem Zwischenareal hatte sich eine Rasenfläche breitgemacht, auf die Bella nun schwanzwedelnd zusteuerte.

Die Prucknerin begann mit ihrem Referat, die Passagiere dankten es ihr mit »Ahs« und »Ohs«.

»Die Dani hat schon als kleines Mädel immer im Mittelpunkt stehen müssen«, wiederholte plötzlich die Grand Old Lady ihren bereits zuvor vorgetragenen Vorwurf, als sich die Prucknerin mit den äußeren Begebenheiten der Basilika zu beschäftigen begann. »Ich weiß noch, wie sie uns Erwachsenen immer genau erzählen musste, wie ihr Kacka auf der Toilette ausg'schaut hat. Eine rechte Freude hat sie damit g'habt, jaja, die Dani.«

Schlagartig schien sich niemand mehr für die jeweils dreiundfünfzig Meter hohen Türme, die steinerne Madonna über dem Portal und die über dem Fassadengiebel thronenden Engel zu interessieren. Die Prucknerin versuchte den Moment zu retten, indem sie uns eiligst in die Kirche – pardon, Basilika –, führte. Die kühlen Temperaturen, die uns dort erwarteten, standen im Kontrast zu dem warmen Licht. Die Sonne sorgte dafür, dass hier drinnen alles glänzte und leuchtete, was die Ausstatter an glänzenden Materialien beim Bau der Basilika verwendet hatten. Und das war vor allem Gold. Oder Blattgold, ein Banause wie ich erkannte den Unterschied natürlich nicht.

Wir nahmen auf den Holzbänken Platz, auf denen sonst die Gläubigen während der Gottesdienste saßen. Die Prucknerin stand im Mittelgang und ließ uns an Details der Innengestaltung teilhaben. Meine einzigen Berührungspunkte mit einer Kirche waren die Weihnachtsgottesdienste in meiner Kindheit, während denen sich meine Mutter jedes Jahr in Grund und Boden geniert hatte, weil mein Vater mit voller Inbrunst und Freude laut und falsch mitgesungen hatte. Aber wer hätte es ihm verübeln können, immerhin waren dies die einzigen Gelegenheiten für ihn gewesen, seiner Sangeskunst nachzugehen, ohne von meiner Mutter dafür zurechtgewiesen zu werden. Ich war als musikalische Schweiz stets zwischen ihnen platziert worden, eine Schutzmaßnahme, auf die mein Vater bestanden hatte, um den taktischen Ellbogenangriffen meiner Mutter zu entgehen. Nun, wie das so war mit neutralen Ländern – man frage in Belgien oder den Niederlanden nach –, auch sie sahen sich trotz aller Neutralität immer wieder mit Angriffen konfrontiert.

Mit einer Ausnahme hatte ich seither nie wieder eine Kirche von innen gesehen: Luises Beerdigung auf dem Essener Südwestfriedhof. Meine Frau hatte zeit ihres Lebens nur wenig gute Worte über ihre Familie und ihr Aufwachsen in Rust erzählt, weswegen ich es für eine gute Idee gehalten hatte, sie in Essen beerdigen zu lassen. Immerhin war das unser gemeinsamer Lebensmittelpunkt gewesen. Jetzt war ich hier, und sie war dort. Fühlte sich seltsam an. Fühlte sich nicht gut an.

Ich saß allein in der letzten Reihe und bestaunte die reich verzierte Decke, als ich plötzlich die gesammelte Aufmerksamkeit unserer Reisegruppe bekam. Genervte Gesichter blickten mich an, allein die Grand Old Lady schien den Klingelton meines Handys nicht zu hören und starrte weiter auf den vergoldeten Hochaltar.

»Sorry«, sagte ich und verzog mich in den hinteren Teil des Kirchenschiffes. Als ich mich weit genug entfernt fühlte, nahm ich das Gespräch an. »Was gibt's?«, flüsterte ich.

»Alles in Ordnung bei dir?«, fragte der Poidl. »Du klingst so … so geheimnisvoll.«

»Jaja, alles gut«, antwortete ich. »Wir sind gerade in der Kirche in Frauenkirchen.«

»Du meinst die Basilika?«

»Ja eh.« Grummel. »Habt ihr schon etwas von der Gerichtsmedizin gehört?«

»Ja, deshalb rufe ich ja an. Johann Gludovatz starb zwölf bis vierundzwanzig Stunden vor dem Auffinden der Leiche, also irgendwann in der Nacht von Freitag auf Samstag oder am Samstag. Genauer ging es leider nicht.«

»Mhmm.«

»Seine Handgelenke tragen eindeutige Merkmale einer Fixierung, wahrscheinlich Kabelbinder, sagt der Doc.«

»Klingt so, als ob er vor seinem Tod irgendwo festgehalten worden wäre. Das muss dann ja auch an Bord geschehen sein. Der Mörder wird ihn ja nicht vom Schiff entführt und anschließend als Leiche wieder retourniert haben. Was ist denn mit dem Lagerraum, in dem Bella und ich die Pailletten von Gludovatz' Gilet gefunden haben?«

»Genau, die Kollegen haben dort Blutspuren gefunden. Jemand hat zwar den Boden anschließend ziemlich professionell gereinigt. Aber das grobe Holz einer Europalette kannst du noch so gut reinigen, da find' ma immer was«, erklärte der Poidl. »Der Tod ist in Folge mehrerer Stiche in die Bauchgegend eingetreten. Der Doc meint, dass diese von einer Schere stammen könnten. Dazu ist sein Körper überhäuft mit violetten

Hämatomen, sieben Stück an der Zahl. Scheint so, als ob es eine längere Auseinandersetzung gegeben hat.«

»Also hat er sich gegen seinen Angreifer gewehrt«, erklärte ich, immer noch im Flüstermodus.

»Oder Angreiferin«, korrigierte mich der Poidl.

»Gibt es Anzeichen dafür, dass es eine Frau gewesen sein könnte?«

»Das kann man so meinen, ja.«

»Was soll das heißen, ›Das kann man so meinen‹?« Entweder es gab Anzeichen, oder es gab keine Anzeichen. Was gab es da zu meinen? Schließlich rückte der Poidl mit der Sprache raus.

Und obwohl ich ohnehin schon weit weg von meiner Gruppe stand, sorgte meine Reaktion dafür, dass alle Blicke wieder auf mich gerichtet waren. Das war halt der Nachteil an einem recht hallig gebauten Gebäude wie einer Basilika. Da reichte mein relativ normal ausgesprochenes »Bist du Moped!« schon aus, um für Bahö zu sorgen. Ein Chor, bestehend aus neun Mündern, stimmte in der Folge ein »Pssssst« an. Nur die Grand Old Lady, die war die Ruhe selbst. Die hätte aber wahrscheinlich auch die Info, die mir der Poidl gerade mitgeteilt hatte, nicht aus der Ruhe gebracht.

Ein solcher Ausdruck geziemt sich nicht

Ich kam mir vor wie eine Sardine in einer dazugehörigen Dose. Nur ohne natives Olivenöl. Entweder die Leute waren zu Zeiten der Errichtung dieses Beichtstuhls eine Nummer kleiner gewesen als der Mensch der Gegenwart, oder die Enge gehörte zum perfiden Plan der katholischen Kirche, jenen, die Absolution suchten, von vornherein ein beengendes Gefühl der Schuld zu geben. Jedenfalls fühlte ich mich in diesem Beichtstuhl reichlich unbehaglich. Doch es war der einzige Ort in der Basilika, in den ich mich kurzerhand flüchten konnte, um in Ruhe mit dem Poidl zu sprechen.

»Wiederhole das bitte noch mal«, sagte ich zu ihm.

»Man hat den Johann Gludovatz entmannt. Ihm den Penis abgeschnitten.« Ah ja, das war dann wohl die Blutlache, die sich auf seiner Hose abgezeichnet hatte. »Nenne es, wie du willst, aber es war eine ganz schöne Schweinerei, hat der Pathologe gesagt.«

»Aber wie? Oder mit was? Und vor allem warum?«

»Das ungezahnte Schnittmuster lässt ebenfalls auf eine Schere schließen, sagt der Pathologe.« Sich über die Todesursache eines Menschen zu unterhalten, war nie sonderlich schön. In diesem speziellen Fall aber, so aus der rein männlichen Perspektive, war der Schmerz quasi zum Greifen nah. »Es ist halt alles sehr kompliziert«, fuhr der Poidl seufzend fort. »Die Sache mit seinem Glied ist post mortem erfolgt. Der Mörder …«

»Oder die Mörderin«, verbesserte ich ihn.

»Ja eh, hast recht. Ich wüsste nicht, warum ein Mann einem anderen Kerl den Penis abschneiden sollte, nachdem er ihn umgebracht hat. Die Klinge dürfte jedenfalls eine Länge von mindestens fünfzehn Zentimetern gehabt haben«, sagte der Poidl. »Und wer weiß? Das Preisausschreiben mit der Jungfernfahrt der MS Maximilian wurde lange genug beworben. Dass Johann Gludovatz als einer der Stargäste mit von der Partie sein würde, war auch bekannt. Wenn die Täterin also jemanden beim Eisenstädter Express kennt und dort ein bisserl nachgeholfen wurde, kann das Ganze durchaus eine von Langem vorbereitete Aktion gewesen sein.«

»Aber Johann Gludovatz ist in Rust ein bekannter Hund. Jeder, der die Societysendungen im ORF verfolgt, weiß, dass er sich abseits der Dreharbeiten ausschließlich in den Buschenschanken und Heurigen der Region aufhält. Ihm aufzulauern und im betrunkenen Zustand zu verzahn, wäre doch viel leichter gewesen.«

»Ich weiß es doch auch nicht, Niko«, wiederholte sich der Poidl. »Wie gesagt, alles sehr kompliziert. Seine Agentin ist bereits informiert, sie wird aufgrund der besonderen Umstände erst mal Stillschweigen bewahren.«

»Was ist mit Gludovatz' Angehörigen?«, fragte ich.

»Net viel. Wir versuchen gerade ohne Erfolg, seine Ex-Frau zu erreichen, viel mehr Verwandtschaft gibt's da aber net.«

»Das soll uns in diesem Fall nur recht sein«, sagte ich. »Der Kapitän hat die Passagiere darüber informiert, dass Gludovatz wegen einer Sommergrippe von Bord ist.«

»Das haben die ihm abgenommen?«, fragte der Poidl ungläubig.

Ich zuckte mit den Schultern. »Scheint so. Überprüft die weibliche Offizierin vom Schiff, die Sylvia Münch. Vielleicht sind da einschlägige Vorstrafen bekannt.«

Am anderen Ende der Leitung folgte ein grummelnder Ton, den ich als Zustimmung wertete.

»Und habt ihr die Taucher schon in Marsch gesetzt?«

»Du meinst, um in der Bucht vor Mörbisch nach einer Schere zu suchen?«

»Nein, um sich für die Wasserballett-Europameisterschaft am Balaton vorzubereiten«, motzte ich. »Natürlich um nach dieser g'schissenen Schere zu suchen, Poidl! Die haben nach dem Verschwinden vom Gludovatz zwar den Seegrund nach einer Leiche abgesucht, nicht jedoch nach einer Schere. Mach mich net schwach!«

Man merkte ihm einen gewissen Unwillen an, denn er ließ sich mit seiner Antwort Zeit.

»Mein Sohn, ein solcher Ausdruck geziemt sich nicht, vor allem nicht in einem Gotteshaus.«

»Sag, willst du mich verarschen?«, brüllte ich ins Telefon, sodass die Reisegruppe draußen wahrscheinlich wieder entrüstet zu mir blickte. Bis natürlich auf die Grand Old Lady.

Dass da etwas gerade mächtig schiefgelaufen war, dämmerte mir erst, als der Poidl plötzlich mit zwei Stimmen auf mich einredete. Eine kam aus dem Lautsprecher meines Handys und faselte etwas von schlammigem Untergrund im See, einer Sichtweite von unter drei Zentimetern und der Unmöglichkeit, dort auch nur irgendwas zu finden. Die andere Stimme klang sehr viel ernster und voluminöser. Fast schon so, als ob sie aus dem Beichtstuhl käme.

»Und da ist noch etwas, was ich dir sagen wollte«, hörte ich den Poidl ins Telefon schnaufen.

»Ich rufe dich gleich zurück«, antwortete ich und beendete das Gespräch. Erst mal galt es, die Situation hier im Beichtstuhl zu klären.

Durch das engmaschige Gitter hindurch war schemenhaft eine Person auf der anderen Seite des Beichtstuhls zu erkennen. Ich konnte mir an einem Finger abzählen, um wen es sich dabei handelte.

»Ich wusste nicht, dass Sie hier sind und mir zuhören«, entschuldigte ich mich.

»Gott hört dich überall, mein Sohn, nicht nur hier im Beichtstuhl.«

Ähm. Okay. Und dann rettete mich Marlis Wendelin. Hätte ich auch nicht gedacht, dass ich das eines Tages sagen würde. Denn gleich nachdem der Pfarrer seine Worte gesprochen hatte, erklang aus der Kirche eine engelsgleiche Stimme, die ein »Ave Maria« anstimmte. So schnell konnte ich gar nicht schauen, wie der Pfarrer aus dem Beichtstuhl getreten war. Ich tat es ihm gleich. Und wir beide sahen das Schlagersternchen, wie es auf der goldenen Kanzel stand und vor sich hin trällerte. Sehr zum Leidwesen der Prucknerin, die mit Gesten und Worten das kleine Ständchen zu beenden versuchte. Sandra Schwarzkopf war neben der Prucknerin und – no na net – filmte die Szenerie mit ihrem Handy. Die Grand Old Lady klatschte im Takt dazu, wobei ich bis dato nicht gewusst hatte, dass das »Ave Maria« überhaupt einen Takt aufzuweisen hatte.

Der Pfarrer bereitete dem Spuk ein Ende, untersagte erst der Influencerin das Filmen mit Verweis auf die Hausordnung und holte dann Marlis Wendelin von der Kanzel. Es dauerte keine fünf Minuten, und wir wurden aus der Basilika hinauskomplimentiert.

Nachdem ich den Poidl zurückgerufen hatte, ging das Einsteigen in den Bus irgendwie schneller vonstatten als das Aussteigen kurz zuvor. Die Prucknerin konnte es wohl kaum erwarten, den

Ort des sündigen Geschehens zu verlassen. Und ich konnte es ihr nicht verdenken. Zum Glück saß ich wieder schräg versetzt hinter ihr in der ersten Reihe, sodass mir ihr rasanter Fahrstil nicht so viel ausmachte. Bella sah mich mit ihren gutmütigen Murmelaugen vom Doppelsitz gegenüber an. In die Basilika hatte sie nicht mitkommen dürfen, also hatte sie auf der Wiese rumgestromert.

Wir verließen Frauenkirchen in nordöstlicher Richtung, auf einer Landstraße, die genauso aussah wie jene, auf der wir kurz zuvor von Podersdorf nach Frauenkirchen gelangt waren. Am Horizont bemerkte ich die hektischen Bewegungen des Windradballetts. Wir fuhren und fuhren und kamen an einer kleinen Kreuzung vorbei, an der zwei Schotterwege in die Prärie abbogen. Da standen drei recht stattliche Bäume herum, in deren Mitte eine kleine Gedenkstele angebracht war. Und da war auch eine kleine Bank. Und eine kleine Frau. Und als wir da so vorbeifuhren, dachte ich, ich kenn die Frau doch irgendwoher. War das nicht jene Alte, die beim Start unserer Tour in Rust am Ufer gestanden war und mit dem Finger an ihrem Hals ein Zeichen gemacht hatte, das unmissverständlich auf Tod und Verderben hingedeutet hatte?

»Hast du die gesehen?«, fragte ich die Prucknerin.

»Wen?«

»Na, die Frau, die da gerade an der Kreuzung stand?«

»Da war eine Frau?«, fragte sie verdutzt.

»Ja, ganz eindeutig. Nicht gesehen?«

Die Prucknerin wackelte mit dem Kopf. »Ich muss mich auf den Verkehr konzentrieren.«

»Da ist doch kein Verkehr, worauf musst du dich denn konzentrieren?«

»Das sind mir ja die liebsten Beifahrer«, erklärte die Prucknerin angesäuert. »Aber wennst meinst, dann war da halt eine Frau.« Das war nicht die Antwort, die ich mir erhofft hatte oder die mich jetzt irgendwie weiterbrachte. War da wirklich eine Frau? Oder halluzinierte ich? Wie auch immer, wir fuhren weiter übers platte Land. Das Meer der Wiener in unserem

Rücken. »Ich hab dir übrigens dein Buch besorgt«, sagte die Prucknerin dann noch, kramte entspannt mit einer Hand hinter ihrem Fahrersitz herum und reichte mir ein kleines Papiersackerl.

»Danke«, sagte ich. »Das ging ja fix.«

»Sie wünschen, wir spielen«, antwortete die Prucknerin und richtete ihre Konzentration wieder auf das Kutschieren unseres Busses.

Kurz darauf passierten wir das Ortseingangsschild von Halbturn, das sich als Partnergemeinde der Therme sowie als Dorferneuerungsgemeinde bezeichnete. Beides interessierte uns in diesem Moment jedoch nur am Rande. Unser Ziel war das Schloss. Dass die Halbturner nicht nur einen Sinn für eine gepflegte Ortschaft, sondern auch für gepflegten Humor hatten, kam mir in den Sinn, als wir kurz danach an der Feuerwehr vorbeifuhren. Denn gegenüber dem roten Gebäude stand ein Wegweiser, der nicht nur einen Hinweis auf das Schloss enthielt – immer geradeaus –, sondern auch den offensichtlichen Marketingslogan der Gemeinde: »Halbturn – *ganz* schön«.

Des einen Leid, des anderen Freud

Von den restlichen Erzählungen, die uns die Prucknerin bis hierhin über das Schloss nähergebracht hatte, hatte ich mir eigentlich nur die Info gemerkt, dass eine Erzherzogin hier anno dazumal den ersten Tennisplatz der österreichischen Monarchie hatte errichten lassen. Ob sie auch selbst dort gespielt hatte oder einfach mit einem derart exotischen rotsandigen Ensemble die barocke Gartenanlage verschönern wollte, konnte mir die Prucknerin auf Nachfrage nicht sagen. Also stellte ich meine Ohren wieder auf Durchzug, bis wir uns im Inneren des Schlosses befanden, wo eine Ausstellung über den Kinderalltag in der Kaiserzeit zu sehen war.

Und dann ging es in den Freskensaal, laut Prucknerin das

Herzstück des Barockschlosses. Warum der Saal diesen Namen trug, war selbst einem Kunstbanausen wie mir ersichtlich. Fresken in hellen Cremetönen umschnörkelten Wände und Decke, jedes Fenster und jeder Türrahmen wurde von aufgepinselten Blumen, stilisierten Säulen und anderen Mustern begleitet. Im Saal herrschte reges Treiben, da schienen gerade die Vorbereitungen für ein Konzert auf Hochtouren zu laufen. Vor der verspiegelten Flügeltür, die hinaus auf die Terrasse führte, wartete ein Klavier auf einem niedrigen Podest darauf, von einem Pianisten bedient zu werden. Moderne Designersessel wurden emsig, aber ziemlich würdevoll herbeigetragen und zu kerzengeraden Reihen geformt.

Beeindruckend war auch die Höhe des Saals. Man hätte den Nikolaus Lauda wohl fünfmal übereinanderstapeln können und wäre noch immer nicht oben angekommen. Ebendort prangte ein Deckenfresko, das Kaiserin Maria Theresia ihrer Lieblingstochter Maria Christina zur Hochzeit mit einem gewissen Herzog Albert geschenkt hatte. War es heutzutage – je nach Größe des Geldbeutels – eine Hochzeitsreise auf die Malediven oder ein schmuckes Teeservice, das die Eltern den heiratenden Sprösslingen spendierten, durfte es am Hofe des 18. Jahrhunderts schon mal ein Deckenfresko sein.

Ich hätte Genaueres von der Prucknerin erfahren können, doch ich war abgelenkt. Denn unsere Parade-Influencerin hatte mittlerweile vor dem großen Kamin Aufstellung genommen und versuchte, ihren Teleskop-Handyhalter in Stellung zu bringen. Sie war so auf ihr spontanes Acting fokussiert, dass sie gar nicht mitbekam, dass sich von der Seite die Grand Old Lady in ihrem Rollstuhl näherte. Mit einer Geschwindigkeit, die man so einem trägen Ding auf vier Rädern gar nicht zutrauen würde. Offensichtlich hatte auch Sandra Schwarzkopf den Aktionsradius und das Tempo der Grand Old Lady unterschätzt, die sich ein Beispiel am Fahrstil ihrer Tochter zu nehmen schien.

»Was steckt mir das depperte Trutscherl auch ihre Angel in den Weg«, kommentierte Eleonora Pruckner fluchend den folgenden Verkehrsunfall. Sie würdigte Sandra Schwarzkopf keines

Blickes und fuhr einfach weiter, straight away durch die Tür in den benachbarten Raum, in dem die Ausstellung ihre Fortsetzung nahm. Jennie, die die ganze Szenerie aus einiger Entfernung mitangesehen hatte, spurtete hinterher. Die Prucknerin wurde für einen kurzen Moment aus ihrem Vortrag gerissen, in dem sie gerade erörtert hatte, dass besagter Herzog Albert ja auch für die Albertina in Wien verantwortlich zeichnete. Aha.

»Ist Ihnen etwas passiert?«, fragte ich die Influencerin, ganz der fürsorgliche Sicherheitsbeauftragte.

»Nein, zum Glück nicht«, antwortete sie. »Aber diese alte Funzn hat meinen Handystick ruiniert.« Mit großem Entsetzen besah sie sich den abgeknickten Stab und schob ein gezischtes »Fuck!« hinterher. Im nächsten Augenblick stellte sie fest, dass sich durch den Vorfall das Smartphone aus der Halterung des Handysticks gelöst hatte und wie vom Erdboden verschluckt war. Wie um den dramatischen Moment zu unterstreichen, setzte nun am Klavier einer der Arbeiter dazu an, eine packend klingende Melodie zu spielen. Der Kerl hatte echt was drauf. Sah man ihm in seiner Arbeitshose und seinem Kapuzenpullover gar nicht an.

War aber der guten Sandra Schwarzkopf ziemlich egal. »Ich könnte ausrasten. Wie ist meine Agentin nur auf die Idee gekommen, mich auf diesen Todestrip zu schicken?«

Wenn die wüsste.

»Ich hole Ihnen Ihr Handy zurück«, versprach ich und lief los. Denn ich hatte da so eine Vermutung, wo das Smartphone abgeblieben sein könnte.

Jennie hatte die Grand Old Lady im Nachbarraum eingeholt und zum Stehen gebracht. Hier war vom Trubel im Freskensaal nebenan nichts zu spüren. Ausstellungsbesucher schlenderten zwischen den Exponaten umher, betrachteten Bilder und warfen unter anderem einen Blick auf eine – laut Beschreibung – Uniform des vierten Infanterieregiments in Kindergröße. Seltsame Zeiten waren das früher.

»Das können Sie doch nicht machen!«, rief Jennie der Grand Old Lady ins Ohr. Das war nicht böse gemeint, sie war nicht wütend oder so. Sie hatte einfach nur jene Lautstärke gewählt, die die alte Prucknerin mit ein bisserl Glück verstehen konnte.

»Ist ja nix passiert«, erklärte ich beschwichtigend. »Unser Celebrity-Sternchen hält das schon aus.«

»Da wäre ich mir nicht so sicher«, kommentierte Jennie flapsig.

»Hat die Dame auf ihrem rasanten Ritt vielleicht das Handy mitgehen lassen?«, fragte ich Jennie in normaler Lautstärke. Die Grand Old Lady musste ja nicht mitbekommen, dass ich ihr einen dreisten Handydiebstahl unterstellte.

»Hier ist es«, sagte Jennie und kramte es aus dem Schoß von Mama Pruckner hervor.

»Was soll denn das!«, schrie diese empört. »Beklauen Sie mich etwa?«

Sie sah aus, als ob sie gleich empört »Zu Hilfe!« schreien würde.

»Können Sie mir sagen, was das ist?«, fragte Jennie die alte Dame und hielt ihr das Smartphone vor die Nase. Sie wusste offensichtlich, wie man mit ihr umgehen musste.

»Aber natürlich«, entgegnete Eleonora Pruckner empört.

»Und zwar?«

Jennie ließ das Handy mit ihren Fingern durch die Luft wippen, drehte und wendete es, damit die Grand Old Lady es genau betrachten konnte.

»Die Fernbedienung von meinem Fernseher!«, rief die Grand Old Lady mit einem gewinnenden Lächeln aus.

»Dann zeigen Sie mir doch mal, wie man die Fernbedienung in Betrieb nehmen kann«, forderte Jennie sie heraus und reichte ihr das Smartphone. Die Grand Old Lady griff mit ihren zittrigen und von prägnanten Adern durchlaufenen Händen nach dem Smartphone und drückte einige Male darauf rum.

»Sehen Sie«, erklärte Jennie und zeigte auf eines der Fenster, durch das man einen Teil der barocken Gartenanlage sowie den himmlisch blauen Himmel sehen konnte. »Das Programm ändert sich nicht, obwohl Sie draufdrücken. Es läuft weiterhin Ihre geliebte Gartensendung.« Sie bedachte mich mit einem verwegenen Blick, und ich drückte ihr innerlich die Daumen, dass ihr Plan aufgehen würde. »Der Mann hier ist vom Reparaturservice, der kümmert sich jetzt um Ihre Fernbedienung. Ist das in Ordnung für Sie?«

Die Grand Old Lady sah mich an, als ob sie mich nie zuvor gesehen hätte. »Sie haben sich aber Zeit gelassen! Mein Mann hat doch schon vor zwei Tagen bei Ihnen angerufen!«

»Es gibt momentan recht viel zu tun«, sagte ich pflichtschuldig. »Aber dafür verspreche ich Ihnen, dass wir uns mit der Reparatur besonders beeilen.« Ich streckte ihr meine Hand entgegen, sie überreichte mir dankbar die kaputte Fernbedienung. »Trinkgeld werden S' aber keines von mir bekommen, das sag ich Ihnen jetzt schon!«

»Hier ist es!«, rief ich, als ich zurück im Freskensaal war.

»Das hat aber lange gedauert«, kommentierte die Influencerin trocken. Kein Trinkgeld von der Grand Old Lady, keine Freude bei Sandra Schwarzkopf. Das war bisher irgendwie nicht mein Tag.

»Wir gehen jetzt weiter und werfen einen kurzen Blick in die ebenfalls hier befindliche Weinkellerei«, sagte diePrucknerin und begann, ihre Schützlinge einzusammeln. Den Überblick zu behalten, wer zu den umherwuselnden Arbeitern, den normalen Ausstellungsbesuchern und zur MS Maximilian gehörte, war dabei gar nicht so einfach.

»Ich war aber noch nicht fertig!«, erklärte Sandra Schwarzkopf.

»Wir sind leider schon in Verzug«, entgegnete die Prucknerin. »Und es kommen noch genug schöne Ecken hier auf Schloss Halbturn, in denen Sie Fotos machen können.«

»Aber ich brauche diesen Kamin!«

Es fehlte nur noch, dass sie aufstampfte wie ein kleines bockiges Kind, dem man nach einem halben Tag vor der Playstation eine weitere Stunde verwehrte.

»Geht ihr schon mal vor«, sagte ich zur Prucknerin, »wir kommen dann nach. Ich kenne ja den Weg«, log ich.

»Woher kennst du denn den Weg?«

»Ich hab deine Handynummer. Wenn wir euch nicht finden, rufe ich an.«

»Ich hab aber die Verantwortung für die Passagiere«, blieb die Prucknerin stur, während Sandra neben uns stand und darauf hoffte, dass sich der Papi gegen die Mami durchsetzen würde.

»Und ich bin hier der Securityheinzi. Außerdem bist du mir einen Gefallen schuldig, weil ich diese ganze Tour nur wegen dir mache. Und das, obwohl mir beim Busfahren immer schlecht wird«, zischelte ich die Prucknerin an. »Vertrau mir, ich weiß schon, was ich tue.«

Den letzten Satz hätte ich mir sparen können. Sie vertraute mir natürlich. Dachte ich. Hoffte ich.

»Gut«, erklärte sie schließlich, was Sandra zu einem kleinen Freudenschrei verleitete.

Die Influencerin nahm sofort wieder Position vor dem Kamin ein, während die Pruckner'sche Karawane weiterzog.

»Sie müssen mir jetzt aber ein bisserl helfen«, sagte Sandra und tippte eilig auf ihrem Handy herum. »Dadurch, dass Sie den Handystick zerstört haben und mein Ersatzstick im Bus ist, müssen Sie die Videos machen. Sie müssen hier auf den runden weißen Punkt drücken und Ihren Finger dort belassen, bis der startende Kreis um den weißen Punkt ganz vollendet ist. Erst dann dürfen Sie loslassen. Haben Sie das verstanden?«

Ich wusste gerade nicht, worüber ich mich mehr echauffieren sollte. Über die Tatsache, dass dieses junge Trutscherl mich für ähnlich senil wie die Grand Old Lady hielt, wenn es darum ging, ein stinknormales Video mit einer Handykamera aufzunehmen. Über die haltlose Anschuldigung, ich sei für den Bruch ihres Handysticks verantwortlich. Oder aber über die Tatsache, dass diese Person tatsächlich einen Ersatzhandystick mit sich spazieren führte.

»Das bekomme ich schon hin«, sagte ich und ging leicht in die Knie, um der ganzen Angelegenheit eine dynamischere Perspektive zu verleihen.

»Haben Sie den Johann Gludovatz eigentlich schon vor der Kreuzfahrt mit der MS Maximilian gekannt?«, fragte ich, nachdem wir das erste Video im Kasten hatten und sie sich für die nächste Pose in Position brachte. Sie stellte sich in gebückter Stellung vor dem Kamin auf.

»Nicht wirklich«, antwortete sie. »Und los!«

Ich betätigte erneut den Button, und das Handy nahm Sandra Schwarzkopf dabei auf, wie sie lasziv in die Kamera blickte und schließlich mit einem Zeigefinger ihren Hintern berührte. Anschließend verzog sie das Gesicht so, als ob ihr bei ihrem Po etwas wehtun würde, und ließ mit ihrer Hand von ihrem Hintern ab.

»Was war das denn jetzt?«, fragte ich einigermaßen verdutzt.

»Im Video werde ich ein GIF von einem Feuer in den Kamin projizieren, und natürlich ist mein Popscherl dann ziemlich heiß, da kann man sich leicht verbrennen. Verstehen Sie?«

Verstand ich nicht. War für mein Anliegen aber auch nicht weiter von Bedeutung.

»Wie kommt es dann, dass meine Kollegen von der Polizei Videos auf der Facebookseite von Johann Gludovatz gefunden haben, auf denen Sie beide in einem Lokal in Weiden recht vertraut miteinander zu sehen sind?«

Das war die zweite Information gewesen, die mir der Poidl während unseres Telefonats in der Basilika gesteckt hatte.

»Keine Ahnung, was der Johnny alles auf seiner Facebookseite veröffentlicht. Heutzutage kann man ja alles faken. Deep Fake heißt das, haben Sie vielleicht schon mal gehört.«

»Und unter Deep-Fake-Videos von Ihnen auf Facebook bedanken Sie sich dann in einem Kommentar für den schönen Abend? Zusammen mit drei Herzchen?«

»So, jetzt bitte wieder dieselbe Stellung. Dieses Mal werde ich mich aber nicht so viel bewegen. Achten Sie also einfach darauf, dass Sie mich und meine unmittelbare Umgebung gut im Fokus haben. Und dieses Mal können Sie ruhig quatschen währenddessen, ich lege dann eh Musik drüber.«

Ich tat, wie mir geheißen, und wiederholte einfach noch mal meine Frage. Sandra nahm Aufstellung und gab mir mittels Augenzwinkern das Zeichen, den Aufnahmeknopf zu drücken. Ihre folgenden Dancemoves beschränkten sich darauf, im Stehen mit der Hüfte zu wackeln und mit dem Zeigefinger der rechten Hand imaginäre Punkte in der Luft abzutippen. Insgesamt sechs Mal tippte sie irgendwohin, dann war sie zufrieden. Und wohl nicht nur sie, denn einer der beiden Arbeiter pfiff im Hintergrund anerkennend. Ich drehte mich um, um zu eruieren, welcher es war. Ganz instinktiv, obwohl es mir ja eigentlich egal sein konnte.

»Ganz ruhig, Sugardaddy, die Lady gehört eh dir«, quittierte er meinen fürsorglichen Blick und widmete sich wieder dem Sesselturm vor sich.

»Brauchts net neidisch sein, Burschen, ihr könntets euch mich eh nie leisten«, übernahm Sandra das Antworten für mich. Schlagfertig war sie ja, das musste man ihr lassen.

»Sie bekommen die Antwort auf Ihre Frage, wenn Sie im letzten Video mit mir vor der Kamera tanzen. Dafür brauche ich nämlich einen Tanzbuddy«, fuhr sie schließlich fort.

Ich war mir nicht sicher, ob sich auf meine Stirn ein Pickerl mit der Aufschrift »Idiot« verirrt hatte. Anders konnte ich mir nicht erklären, wie sie auf die lächerliche Idee gekommen war, mich in ihre Tanzeinheiten einzubauen. Zumal sie ja nicht wissen konnte, dass sie in mir einen Bewegungsepileptiker an ihrer Seite hatte, der mit seiner unbeholfenen Art alle Blicke auf sich ziehen würde.

»Nein«, sagte ich kurz und knapp.

»Wenn ich keinen Tanzpartner habe, bekommen Sie keine Antwort«, erklärte sie ebenso kurz und knapp. Da wusste jemand um seine gute Verhandlungsposition.

»Warum tun Sie sich das ganze Influencer-Ding eigentlich an?«, wechselte ich das Thema.

»Ich studiere Jus. Wie so viele andere auch arbeite ich nebenbei, um mir das Studieren leisten zu können. Manche gehen kellnern, andere jobben als Messehostess, ich verdiene mein Geld auf TikTok und Instagram. Und es ist gutes Geld, das man auf diesen Plattformen verdienen kann. Wenn man weiß, wie man es anstellen muss.« Sandra Schwarzkopf vermittelte den Eindruck, es zu wissen.

»Und Sie befürchten nicht, dass Sie damit Ihrer zukünftigen Karriere als Staatsanwältin oder Richterin schaden könnten? In puncto Image? Das Internet vergisst ja nichts.«

»Ich werde mich als Anwältin später mal auf Persönlichkeitsrecht spezialisieren. Da kann es nicht schaden, wenn man einem Mandanten glaubwürdig vermitteln kann, dass man weiß, wie unangenehm es ist, wenn plötzlich irgendwo peinliche Fotos auftauchen.« Da hatte jemand einen Plan. Wer weiß, wo ich mit meinen dreiundvierzig Jahren stehen würde, wenn ich mit Ende zwanzig so konsequent ein Ziel vor Augen gehabt – und vor allem verfolgt – hätte? »Was ist jetzt? Zeit ist Geld«, wurde sie langsam ungeduldig.

Es war zwar nicht ganz das, was sie sich vorgestellt hatte, aber als wir mit dem Bus den Parkplatz von Schloss Halbturn verließen, hatten wir beide bekommen, was wir wollten.

Sandra Schwarzkopf

Der Kunde hatte sie für neunzehn Uhr im Das Fritz gebucht. Ihr Outfit sollte sexy, aber nicht zu aufreizend sein. Sie sollte an seiner Seite auffallen, ihm aber nicht die Show stehlen. Der Ort des Treffens war kein Zufall. Im Oberdeck des Lokals in Weiden, direkt am See gelegen, fand eine Veranstaltung statt, allerlei Polit- und Societyprominenz hatte sich angesagt. Dadurch war gewährleistet, dass sie hier mit ihm gesehen werden würde. Der eine oder andere Reporter würde sicherlich im Lokal vorbeischauen, heimlich Fotos von den beiden machen oder sie gar um ein kleines Interview bitten. Wenn Johann Gludovatz sich inmitten des Trubels um die Belästigungsvorwürfe mit einer neuen Frau an seiner Seite zeigte, würde das wie eine Bombe einschlagen.

Die Abmachung, die das Management des Kunden mit ihrer Agentur geschlossen hatte, war klar ausformuliert. Vereinbart waren fünf öffentlichkeitswirksame Treffen innerhalb von zwei

Wochen. Der Kunde konnte Ort und Zeit der Treffen frei wählen, musste diese jedoch mindestens drei Tage zuvor an Sandras Agentur kommunizieren.

Jede Zusammenkunft war auf zwei Stunden anberaumt. Dauerten die Treffen aus unvorhersehbaren Gründen länger, wurde die zusätzliche Zeit minutengenau abgerechnet. Der Kunde erhielt im Gegenzug einen optischen Aufputz und gepflegte Kommunikation für die Dauer des jeweiligen Treffens. Sandra würde nach zwei Wochen wieder von der Bildfläche verschwinden. Und wie immer die goldene Regel: kein Austausch von privaten Kontaktdaten, die Kommunikation lief ausschließlich über das Management und die Agentur. Was darüber hinaus zwischen den beiden passierte, blieb ihnen überlassen. Doch für Sandra war bereits vor dem Treffen klar, dass da nichts passieren würde. Zumindest nichts, was sie nicht von vornherein geplant gehabt hätte.

»Hätte ich geahnt, dass eine derart fesche Frau mir heute Gesellschaft leisten wird, ich hätt mich glatt rasiert«, sagte er zur Begrüßung. Er saß an einem Tisch an der Wand, das gesamte Lokal war gut gefüllt, es herrschte eine angenehme Geräuschkulisse, die Hintergrundmusik drang nur ansatzweise zu ihren Ohren durch. Der Blick auf die Weiten des Sees, der sich ihr von hier aus bot, war sensationell.

Der Kerl entsprach ganz den Beschreibungen, die Sandra in den Wochen zuvor in den Zeitungen über ihn gelesen hatte. Ein aalglatter Typ, mit reichlich Selbstbewusstsein ausgestattet, von dem trotz der unschönen öffentlichen Debatte über seine Verfehlungen noch reichlich da zu sein schien.

Der Wein, ein roter Josef vom Weingut Vollath, stand schon auf dem Tisch. Die roten Tropfen in seinem bauchigen Glas ließen darauf schließen, dass er bereits getrunken hatte. Er bestellte das Ragout vom Leithaberg-Hirsch, Sandra die Zanderschnitte mit dem Grillgemüse und den Rosmarinerdäpfeln.

Immer wieder winkte er Leuten in ihrem Rücken zu, sein Plan, mit ihr gesehen zu werden, schien aufzugehen. Ihr Plan, von möglichst wenigen Menschen gesehen oder gar fotografiert zu werden, ebenso. Bis nach rund einer Stunde plötzlich jemand neben ihnen stand.

»Ja, Dietmar, was für ein Zufall«, rief Gludovatz aus, stand auf und umarmte hinter ihr jemanden. Sandra drehte sich um. Ihr Kunde herzte einen hageren Mann mit Brille und dünner Statur, einen unscheinbaren Kerl. Aber offenbar wichtig genug, um begrüßt und umarmt zu werden. Die beiden Silberrücken tauschten ein paar Worte miteinander aus, gerade dezent genug, damit Sandra nicht hören konnte, worum es dabei ging. Dann verabschiedeten sie sich voneinander, und Gludovatz nahm wieder Platz.

»Hattest du schon mal einen so besonderen Kunden wie mich?«, fragte er, nachdem die Teller abserviert worden waren. Die Zanderschnitte war wirklich hervorragend gewesen. Die meistens ausgezeichnete Kulinarik bei Treffen dieser Art war definitiv einer der positiven Aspekte ihres Nebenjobs, der ihr neben ihrem geringen Einkommen als Influencerin den Lebensunterhalt während des Studiums finanzierte.

»Sie meinen jemanden, der in der Öffentlichkeit als Vergewaltiger dasteht? Nein, ist mein erstes Mal«, reagierte Sandra kühl. Und natürlich gehörte sich das gegenüber einem zahlenden Kunden nicht. Es galt, die professionelle Distanz zu wahren. Aber wenn jemand so selbstverliebt auftrat, konnte sie sich einfach nicht zurückhalten.

»Du bist ja ein richtiges Wildkatzerl«, kommentierte Gludovatz ihre Antwort und setzte ein süffisantes Grinsen auf. »Du fährst sicher auch gerne mal deine Krallen aus.«

»Darauf können Sie sich verlassen«, antwortete Sandra. »Meistens grinst mein Gegenüber danach aber nicht mehr so glückselig.«

Neutrale Beobachter, die nichts von ihrem Gespräch mitbekamen, konnten den Eindruck erhalten, dass hier ein turtelndes Pärchen einen schönen Abend miteinander verbrachte. Die Mimik der beiden ließ keine Sekunde darauf schließen, welch rhetorisches Gefecht hier gerade vonstattenging. Zumindest in dieser Hinsicht agierte Sandra weiterhin höchst professionell.

Und was den Inhalt ihres Gesprächs betraf, so hatte sie das Gefühl, dass es Johann Gludovatz sogar Spaß machte, von ihr derart direkt angegangen zu werden. Was für ein kranker Kerl!

Sie setzten sich nach dem Essen in sein Auto, und er ließ sie beim Parkplatz vor Thüringers Heurigen raus. Keine Zwischenfälle, alles lief für ihn wie vereinbart. Dieses Mal.

Robin Hood

Kaan und Timea waren am 15. Oktober 2021 hier gewesen. Hami und Karan hatten es ein Jahr zuvor geschafft, und selbst Franz und Dorli hatten es sich nicht nehmen lassen, dem Leuchtturm in Podersdorf einen Besuch abzustatten – und sich mittels Kritzeleien auf der Außenwand desselben auch gleich noch zu verewigen. Derart öffentlich zur Schau gestellte Liebesbekundungen rangierten in der Beliebtheitsskala bei öffentlichen Verwaltungen wohl gleich hinter Vorhängeschlössern, die Liebespaare an Brücken und Geländern befestigten.

In meinem Kopfkino hatte Franz für seine Dorli gerade das Herz mit seinem schwarzen Filzstift fertig gemalt, als er von einem lokalen Ordnungshüter auf frischer Tat ertappt wurde. Ich sah ihn direkt vor mir, wie er seiner Dorli ein letztes Mal in die Augen blickte und sich sodann mit einem waghalsigen Sprung in das vielleicht maximal fünfzig Zentimeter tiefe Wasser flüchtete. Niemand hatte je erfahren, ob er jemals auf der anderen Seite des Sees angekommen oder mit einem verstauchten Genick ins nächstbeste Krankenhaus eingeliefert worden war.

Dafür erfuhren nun wir Passagiere der MS Maximilian, dass auch dieses hübsche Bauwerk bereits Bestandteil des Weinkaisers gewesen war. Denn so wie es in Rust guter Brauch war, hing auch hier an einem Geländer eine Tafel, die den Leuchtturm als Drehort auswies. Für die Serie hatte sich der Podersdorfer Leuchtturm wahrscheinlich in den Ruster Leuchtturm verwandelt, aber wer – außer vielleicht der Podersdorfer Marketingabteilung – wollte da schon so genau sein?

Das Tuten unseres Schiffes machte mich darauf aufmerksam, dass wir bald ablegen und in See stechen würden, um von dort den malerischen Sonnenuntergang zu bestaunen. Ich ließ Sandra Schwarzkopf den Vortritt, die Influencerin bedankte sich und betrat das Schiff über die Gangway. Sie war zufrieden gewesen mit unserem Tauschgeschäft, das wir auf Schloss Halbturn abgeschlossen hatten. Ich hatte ihr in Person des Arbeiters einen Tanzpartner verschafft, im Gegenzug hatte sie mich mit jenen Informationen versorgt, die ich von ihr haben wollte. Der Mitarbeiter des Konzertveranstalters war schnell überredet gewesen. Bereitwillig hatte er mit Sandra Schwarzkopf auf sehr neumodische Art und Weise das Tanzbein geschwungen.

Anschließend hatte Sandra ihr Versprechen eingelöst und mir freimütig erzählt, wie es zu den herzerwärmenden Fotos von ihr und Johann Gludovatz gekommen war, auf die der Poidl und seine Kollegen bei ihren Recherchen auf Facebook gestoßen waren. Es sei ein banaler Tauschhandel gewesen, hatte Sandra glaubhaft gemacht. Im Gegenzug für eine hübsche Stange Geld hatte Sandra für einige Wochen in der Öffentlichkeit die Neue an Johann Gludovatz' Seite gespielt. Der hatte kurz zuvor einige Anschuldigungen aus früheren Schauspieljahren über sich ergehen lassen müssen. Immer mal wieder hatte er wohl am Set seine Finger nicht bei sich behalten können. Die vorgetäuschte Liaison mit Sandra hatte diese Vorwürfe zwar nicht aus der Welt räumen können, aber den Boulevardblättern zumindest ausreichend Material für eine alternative Berichterstattung gegeben.

Sylvia Münch, die Zweite Offizierin an Bord, nahm uns an der Gangway in Empfang. Kapitän Nicolaysen betätigte ein letztes Mal das Schiffshorn, was das ultimative Signal an alle war, nun aber wirklich an Bord zu kommen. Kurz darauf brachten die Elektromotoren das ganze Schiff zum Vibrieren. Ich hatte ja immer gedacht, dass ein Elektroantrieb wesentlich leiser und unauffälliger wäre, aber vielleicht war jener der MS Maximilian aufgepimpt worden, um den Passagieren das richtige Schiffsfeeling zu verschaffen.

»Haben wir niemanden vergessen?«, fragte ich Münch, die gerade damit beschäftigt war, ihre Unterlagen auf dem Begrüßungspult zusammenzuräumen.

»Wir würden nicht ablegen, wenn noch jemand fehlen würde«, erklärte sie mit einem Lächeln. Ganz die professionelle Schiffsbegleiterin. »Erst recht nicht, nachdem uns mit dem Johann Gludovatz bereits ein Passagier abhandengekommen ist.« Nun lächelte sie nicht mehr, sondern sah eher besorgt drein. »Gibt es denn mittlerweile eine Spur von ihm?« Wirkte nicht so, als ob sie achtundvierzig Stunden zuvor besagten Weinkaiser malträtiert und ihm anschließend das Gemächt abgeschnitten hätte. Und auch nicht so, als ob sie uns die Geschichte mit der Sommergrippe abgekauft hätte.

»Wir haben durchaus eine Ahnung, wo sich Johann Gludovatz aufhalten könnte«, erklärte ich kryptisch.

»Geht es ihm denn gut?«, fragte sie.

Kapitän Nicolaysen manövrierte uns hinaus auf den offenen See. Auf den Holzstegen rund um den Leuchtturm standen einige Schaulustige, die uns zuwinkten. Ich hielt Ausschau nach einer verrückten Alten, die mit ihrem Finger eine Geste des Halsabschneidens ausführte. Als ich keine entdeckte, entspannte ich mich.

»Ich glaube, er kann nicht klagen«, antwortete ich. Und das war nicht gelogen, klagen konnte er ja nun wirklich nicht.

»Sind Sie hier vom Neusiedler See?«, fragte ich, während sich das Schiff immer mehr vom Ufer entfernte. Die Umgebung war bereits in ein warmes orangefarbenes Licht getaucht. Die untergehende Sonne machte sich daran, ihr am Neusiedler See so häufig gebotenes romantisches Schauspiel aufzuführen. Man wurde hier sonnentechnisch schon sehr verwöhnt.

»Aus Jois, ja«, antwortete sie.

»Und Sie wollten schon immer zur See fahren?«, übte ich mich im maritimen Sprech.

»Na«, sagte sie bestimmt. Fast ein bisschen zu bestimmt,

dann machte sie sich auf den Weg zum Heck des Schiffes. Ich wertete das mal ganz ungeniert als Einladung, sie zu begleiten.

»Bootsverleih, Restaurant, Heurigen, Ausschank am Dorffest, Bank – ich hab so ziemlich alles durch, was man hier in der Gegend machen kann.« Sie stützte sich mit den Händen auf der Reling auf. »Ist schon nicht der schlechteste Job, denke ich dann oft.« Sie sah in die Ferne. Die braungraue schlammige Weite des Neusiedler Sees hatte uns ganz umschlossen. Der Wind schenkte uns eine freundliche und angenehme Brise, die die immer noch recht sommerlichen Temperaturen sehr viel angenehmer machte. Auf der Reling hatten es sich zwei Möwen bequem gemacht, die uns nicht aus den Augen ließen.

»Warum machen Sie denn Ihren Job?«, fragte sie mich, weil ich nicht schnell genug mit meiner nächsten Frage am Start war. Anfängerfehler.

»Ich empfand es schon in der Schule als unfair, wenn die größeren Burschen den kleineren eine auflegten oder ihnen das mickrige Taschengeld wegnahmen.«

»Oh, ein Robin Hood der benachteiligten Schüler. Gab es zu dieser Story auch eine Marian, der Sie damit imponieren wollten?«

»Robin Hood tat nicht, was er tat, um Marian zu beeindrucken. Er tat es aus purem Gerechtigkeitswillen.«

Bildete ich mir zumindest ein.

»Aber er hatte nichts dagegen einzuwenden, damit auch eine hübsche Frau zu beeindrucken.«

»Bei mir gab es damals keine Marian, die ich beeindrucken wollte.« Es hatte nur eine Frau in meinem Leben gegeben, die ich beeindrucken wollte. Und die hatte ich erst lange nach meiner Schulkarriere kennengelernt. Und viel zu früh wieder verloren. »Ich fand das damals einfach unfair.« Vor lauter Geplänkel hatte ich ganz vergessen, worauf ich in diesem Gespräch mit Sylvia Münch eigentlich hinauswollte.

»Und was machen Sie sonst so? Wenn Sie nicht gerade für Sicherheit auf der MS Maximilian sorgen, was Ihnen, by the way, nur semigut zu gelingen scheint?«

»Was heißt denn ›semigut‹?«, fühlte ich mich in meiner Schiffssecurity-Ehre gekränkt.

Sie drehte sich um und zeigte hinauf zum Zwischendeck. »Wenn ich mir die beiden Passagiere dort oben so anschaue, halte ich es für gut möglich, dass einer von beiden gleich im Neusiedler See landet. Die scheinen sich nicht so gut zu verstehen.«

Sie hatte recht. Vollkommen unbemerkt von mir hatten sich Sebastian Gsertz und Joseph Andrássy in die Haare bekommen. Der Motor war hier hinten so laut, dass ich nicht alles verstehen konnte, was sie sich so an den Kopf warfen. Sollten Elektromotoren nicht eigentlich still und leise ihren Job machen? Die beiden hatten sich definitiv ordentlich aufmunitioniert. Ich konnte mir lebhaft vorstellen, wie Starautor Elmar Tinhof das Spektakel ebenfalls beobachtete und sich ein blutiges Finale zwischen beiden Kontrahenten ausmalte.

»Hey, ihr zwei Streithansln!«, schrie ich nach oben. »Gebts eine Ruh!«

Doch die beiden hörten mich nicht. So wie ich sie aufgrund des dröhnenden Motorengeräusches nicht verstehen konnte, schien es ihnen umgekehrt recht ähnlich zu gehen. Ich musste schleunigst nach oben, um die beiden voneinander zu trennen. Doch gerade als ich lossprinten wollte, sah ich, wie Kapitän Nicolaysen sich zwischen die beiden Alphagockel schob und somit schlagartig für Ruhe und Ordnung sorgte. Was mir wohl erst nach einem Faustkampf gelungen wäre, schaffte der Mann mit der weißen Kapitänsmütze qua seiner Autorität innerhalb einer Sekunde.

»Ihr Kapitän hat es ziemlich drauf«, erklärte ich anerkennend.

»Ja, auf den kann man sich echt verlassen.«

»Sie sagen das so, als ob es jemanden geben würde, auf den man sich nicht so gut verlassen könnte.«

»Ach, der Piller Gernot ist ein bisserl schwierig, wenn es darum geht, sich von einer Frau etwas sagen zu lassen. Da herrscht noch ein sehr traditionelles Rollenbild vor.«

»Wie ist hier eigentlich die Aufteilung? Wer kümmert sich um welche Bereiche auf dem Schiff?«

So ungefähr wusste ich das ja schon von Piller, aber für die Gesprächsführung mit Sylvia Münch war es nicht von Nachteil, wenn sie den Eindruck hatte, dass ich unvoreingenommen an ihrer Einschätzung interessiert war.

»Das ist eigentlich recht simpel.«

»Ach ja?«

»Ja. Der Gernot macht die feinen Sachen. Und ich mache alles andere.«

»Das ist ja dann wirklich recht einfach.«

»Sag ich ja.«

»Fällt das Essen unter feine Sachen oder eher nicht?«

»Er kümmert sich nur um die Süßspeisen, die bereitet er in der Regel auch frisch an Bord zu. Alles andere kommt vom Catering, und um die Aufbereitung kümmere ich mich.« Ah ja, das deckte sich mit dem, was Piller mir erzählt hatte. »Glauben Sie etwa, der Johann Gludovatz hat sich an unserer Gulaschnotreserve unten im Lager überessen oder sich in einem der leeren Essensbehälter rausschmuggeln lassen?«, fragte sie.

Sie lachte. Es war ein hübsches Lachen. Warum nur kamen mir jetzt all jene Krimis in den Sinn, in denen der Ermittler sich mit einer Zeugin einließ, die sich dann am Ende der Handlung als Täterin entpuppte?

»Das glaube ich nicht.« Ich wollte lediglich in Erfahrung bringen, wer Gelegenheit gehabt haben könnte, mir Freitagabend etwas ins Essen zu tun, sodass sie oder er ganz in Ruhe die Leiche von Johann Gludovatz neben mir in der Kabine ablegen konnte. Da ich erst gar nicht bis zur Süßspeise gekommen war, konnte das ja nur Sylvia Münch gewesen sein. »Das Essen wird fix und fertig vom Caterer an Bord geliefert, oder?«

»Ja, ich sorge dann nur noch für die richtige Portionierung und Drapierung«, antwortete sie.

»Wäre es möglich, dass einer der Passagiere mit dem Essen in Kontakt kommt? Also bevor es auf den Tischen im Salon landet?«

»Sie fragen wirklich sehr seltsame Dinge«, stellte sie fest. »Theoretisch wäre das natürlich möglich. Aber es ist eher unwahrscheinlich, weil die Passagiere in der Messe nichts zu suchen haben, und auf dem Weg in den Salon wäre mir auch noch niemand aufgefallen, der sich im Vorbeigehen an einem der Teller zu schaffen gemacht hätte«, fuhr sie fort. Das war wohl als Witz gemeint gewesen. Da sie jedoch den Hintergrund meiner Frage nicht so wirklich einschätzen konnte, vermied sie es zu lachen.

»Und das Essen kommt je nach Liegeplatz der MS Maximilian von unterschiedlichen Caterern rund um den See? Oder ist das ein Anbieter?«

»Schmeckt es Ihnen nicht, oder warum fragen Sie mich das alles?«

»Als Sicherheitsbeauftragter an Bord muss ich natürlich auch sicherstellen, dass die Qualität des Essens passt«, antwortete ich.

»Da kommen Sie erst am vierten Tag der Reise drauf? Sie rufe ich nicht an, wenn ich mal einen Security brauche«, sagte sie und lachte wieder dieses hübsche Lachen mit den Grübchen und überhaupt. »Die Mahlzeiten kommen von PC, das ist ein Caterer hier aus der Region.«

»Wissen Sie, wofür die Abkürzung steht?«, hakte ich nach.

»PC?«

»Ja.«

»Ja klar, das ist Plünder Catering. Die Firma g'hört wie eigentlich eh fast alles hier rund um den See dem Maximilian …«

»… Plünder.«

Frohen Mutes

Ich hatte Bella nach dem Abendessen in unsere Kabine gebracht. Der heutige Landausflug schien sie ziemlich müde gemacht zu haben. Mit einem Sprung war sie auf mein Bett gehüpft, hatte sich zweimal im Kreis gedreht und war dann zufrieden eingeschlafen, noch bevor ich die Kabinentür hinter mir wieder geschlossen hatte.

Die meisten Passagiere hatten es sich im Salon gemütlich gemacht, darunter auch Elmar Tinhof. Ich nutzte die Gelegenheit und ließ mir von ihm das Exemplar von »Auf der Alm, da gibt's koan Mord« signieren, das mir die Prucknerin in der Buchhandlung organisiert hatte. Er zeigte sich ziemlich überrascht, dass ich sein Erstlingswerk erstanden hatte. Fühlte sich gebauchpinselt. Spätestens jetzt hatte er mir seinen unfreiwilligen Badeausflug, den ich ihm vor Mörbisch verschafft hatte, wohl verziehen. Danach begab ich mich zwecks Klausur auf das Außendeck.

Die Nacht hatte das Schiff mittlerweile komplett umhüllt. Nach Westen hin ließ die Dämmerung letzte Spuren des Tages erkennen. Im Osten blinkten am Horizont die roten Signalleuchten jener Windräder, die wir tagsüber auf unserer Fahrt nach Halbturn gesehen hatten. Immer wenn sich ein Rotorblatt vor eine Lampe schwang, war das rote Licht für den Bruchteil einer Sekunde nicht zu entdecken, lag im Dunkeln. Und da alle Rotoren im Gleichklang zu laufen schienen, verschwanden alle Positionslichter immer im selben Moment. Für eine Sekunde waren die Lampen zu sehen. Und im nächsten Moment herrschte komplette Dunkelheit.

Mir ging es mit den Passagieren und mit der Suche nach dem Täter ähnlich. In einem Moment waren die potenziellen Täter zu sehen. Und im nächsten Moment waren sie wieder wie vom Erdboden verschluckt. Sandra Schwarzkopf mit ihrem angeblich nur geschäftlichen Gspusi, das sie mit dem Mordopfer hatte. Andrássy, dessen Schauspieler-Ego vielleicht von Gludovatz gekränkt worden war. Elisabeth Borbely, deren stalkinghafte Zuneigung vom Weinkaiser offenbar nicht erwidert worden war. Am neutralsten unter den Passagieren schien Elmar Tinhof gegenüber Johann Gludovatz eingestellt zu sein – zumindest hatte er sich mir gegenüber bisher alle Mühe gegeben, diesen Anschein zu erwecken. Dafür hätten seine schriftstellerischen

Gewaltphantasien ausgereicht, um die gesamte Schiffsbesatzung niederzumetzeln. Die Verdächtigen blitzten auf wie die roten Positionsleuchten in der Nacht, nur um kurz darauf wieder zu verschwinden. Ich trat auf der Stelle.

Von den anwesenden Personen ließen sich mit der Grand Old Lady und Birgit Borbely lediglich zwei Personen von vornherein aus dem Täterkreis ausschließen. Die eine, weil sie großteils im Rollstuhl saß und körperlich wohl nicht in der Lage war, einen g'standenen Mann wie Johann Gludovatz umzubringen, ihm das Gemächt abzuschneiden und ihn in meiner Kabine zu deponieren. Und, eh klar, die Jugendlichen von heute durfte man nie unterschätzen, aber Birgit Borbely traute ich eine solche Tat auch nicht zu. Sie entsprach nicht jener Sorte Teenager, die sich zum Beispiel seit dem neunten Lebensjahr Egoshooter reinzog und deshalb im Lauf der Zeit Probleme damit bekam, die Trennlinie zwischen Realität und Computerspielen auseinanderzuhalten.

Und auch Jennie schied auf Seite der Verdächtigen aus. Das war einfach so. Ich kannte sie seit dem vergangenen November, und etwas in mir sagte mir, dass sie dem Weinkaiser keins übergezogen hatte. Verblieben inklusive Schiffscrew neun Personen hier an Bord, die man, hätte sich Agatha Christie den Stoff für diese Reise ausgedacht, am letzten Abend der Reise im Salon versammeln könnte, um dort vor allen Beteiligten den Mörder zu entlarven. Das Kopfkino begann in meinem Hirn zu laufen.

»Hatten Sie einen schönen Landausflug?«

Ich blickte zur Seite und sah in die tiefblauen Augen von Thees Nicolaysen.

»Ich glaube, es gab keine Beschwerden bei der Reiseleitung«, sagte ich.

»So soll das sein. Sind Sie und die Kollegen von der Polizei weitergekommen?«, fragte Nicolaysen.

»Die Polizei ist dabei, die Passagiere und Johann Gludovatz auf mögliche Verbindungen hin auszuleuchten. Ich versuche, das Ganze im Vier-Augen-Kontakt zu ergänzen beziehungsweise zu verifizieren. Gleicht einer Sisyphusarbeit, weil man glaubt, einen Schritt vorwärtszukommen, um dann wieder zwei Schritte zurückzumachen. Aber es wird schon.«

»Werden Sie den Mörder gefunden haben, bevor wir am Freitag wieder in Rust anlegen?«

»Ich bin frohen Mutes, dass wir das schaffen«, erklärte ich, ohne auch nur einen Anhaltspunkt für diese optimistische Aussage zu haben. Und dann war da ja noch der abgetrennte Penis, der nicht zwingend auf das Konto des Mörders oder der Mörderin gehen musste. Und überhaupt, wo war der eigentlich abgeblieben?

»Die Reederei verlässt sich auf Sie«, erklärte Nicolaysen. »Am liebsten wäre es dem Chef, wenn der Fall schon vor dem morgigen Ausflug zu ihm in die Zentrale geklärt wäre.«

Ach ja, der morgige Besuch in der Unternehmenszentrale vom Plünder. Hätte er mich mal nur nicht daran erinnert. Gehörte die gesamte Reise schon nicht unbedingt zu den Highlights in meinem Leben, lag mir der Zwischenstopp beim Plünder am morgigen Tag ganz besonders im Magen. Nicht nur, dass der Westentaschen-Napoleon ein Ungustl der ganz besonderen Art war, nein, er war auch ein Verbrecher und Sexualstraftäter, der jedoch nie für sein Handeln zur Rechenschaft gezogen worden war. Ich hatte noch eine ganz persönliche Rechnung mit ihm zu begleichen. Doch das musste warten. Ich konnte es der Prucknerin unmöglich antun, im Rahmen dieser Schiffsreise für einen Eklat zu sorgen und den endgültigen Zusammenbruch des Reiseunternehmens zu provozieren. Aufgrund des Todes von Johann Gludovatz hing ohnehin schon alles am seidenen Faden. Würde die Prucknerin den Reiseauftrag verlieren, wäre ihr in Zeiten astronomischer Energiepreise und galoppierender Inflation mit Sicherheit nicht geholfen. Er würde mir schon nicht auskommen, der Plünder.

»Hat die Polizei keine Spuren am Toten gefunden, die man mit dem potenziellen Täter abgleichen könnte?«, fragte der Kapitän. »Wenn es einer der Passagiere war, müsste es doch ein Leichtes sein, mit Hilfe dieser Spuren den Täter oder die Täterin zu identifizieren.«

Es war in der Tat Fremd-DNA auf der Leiche von Johann Gludovatz gefunden worden. Doch angesichts des feuchtfröhlichen Miteinanders am Freitagabend war das auch kein Wunder. Elisabeth Borbely hatte unbedingt ein Selfie mit dem Weinkaiser aufnehmen wollen, gut möglich also, dass man ein fremdes Haar beim Gludovatz entdeckt hat. Er ist den ganzen Abend über neben Sandra Schwarzkopf und Marlis Wendelin gesessen, hat mehreren Leuten die Hand gegeben. Das Einsammeln von DNA hier an Bord würde uns also nicht viel helfen. Im Gegenteil, es würde lediglich zu weiterer Unruhe unter den Passagieren führen.

»Bisher nicht«, log ich den Kapitän an. »Aber es stehen sicher noch Detailanalysen aus. Die Leiche ist ja erst gestern nach Eisenstadt in die Pathologie gekommen.«

Wir verbrachten einen schweigsamen Moment auf dem Deck. Die Wellen schlugen sanft gegen den Rumpf des Schiffes. Die Windräder verharrten weiterhin an Ort und Stelle, auch wenn sie immer wieder mal in der Dunkelheit verschwanden. Hin und wieder sorgte ein Fisch auf der Jagd nach Beute für ein Plätschern im Wasser.

»Ich muss wieder auf die Brücke«, leitete der Kapitän schließlich das Ende unserer Zweisamkeit ein.

»Ist viel zu tun?«, fragte ich. Nach meinem Dafürhalten gab es nur wenig, was auf der Brücke nun noch an Arbeit anfiel.

»Nein, eigentlich nicht. Aber ich bin gerne auch mal für mich.«

Ehrliche Haut, der Kapitän. Aber für mich auch ein Buch mit sieben Siegeln. So richtig schlau war ich bisher nicht aus ihm geworden. Das gehörte aber wohl zum Job eines Kapitäns. Wenn es hart auf hart ging, musste jeder auf ihn hören und seinen Befehlen Folge leisten. Da konnte er nicht der nette Kumpel von nebenan sein.

»Mir ist übrigens noch etwas eingefallen«, sagte Sylvia Münch, als ich mich gerade auf der Grand Staircase auf den Weg zu Bella ins Unterdeck machen wollte. »Weil Sie mich doch gefragt haben, ob mir Samstagabend noch irgendwas aufgefallen ist.«

»Ja genau«, erklärte ich.

»Einer der Passagiere kam zu mir in die Messe, als ich gerade das Essen aufbereitete. Er klagte über Kopfschmerzen. Also habe ich ihm aus der Bordapotheke ein Kopfschmerzmittel geholt.«

»Und weiter?«

»Na ja, dadurch war er für einen kurzen Moment alleine mit dem Essen«, antwortete sie und sah mich mit ihren großen Augen an. »Sie hatten doch vorhin gefragt, ob theoretisch einer der Passagiere mit dem Essen in Kontakt gekommen sein könnte.«

»Um wen handelte es sich?«

»Joseph Andrássy.«

Das war an diesem Abend die erste Entwicklung, die ich nicht kommen sehen hatte. Die zweite war Poidls Kurznachricht, die ich kurz darauf auf meinem Handy vorfand. Daniela Pruckner hatte einen Unfall mit dem Bus gehabt. Kurz vor dem Kreisverkehr bei der Autobahnauffahrt bei Gols war sie von der Fahrbahn abgekommen. Auf schnurgerader Strecke. Poidl wusste noch nicht, wie das hatte passieren können. Und wie es ihr ging.

Diesen Weg müssen alle gehen

Der Bootsführer wird wohl irgendwas mit mir gesprochen haben, während wir in der Dunkelheit über den See bretterten. Es war plötzlich Wind aufgekommen, der Bug des Boots setzte immer wieder auf dem aufgewühlten Nass auf. Erstmals nahm ich den See nicht als stilles und einladendes Gewässer wahr, sondern als von der Natur beherrschte Umgebung, die wie alles Natürliche auch eine schroffe Seite präsentieren konnte. Die Scheinwerfer stur nach vorne gerichtet, zeigten sie uns den Weg, während die Gischt gegen die Windschutzscheibe spritzte. Der Wind trieb immer wieder dichte Wolken über den Himmel, nur hin und wieder blitzte der Halbmond noch durch ein Wolkenfenster.

Auch die Polizistin, die mich am Hafen in Podersdorf abholte, versuchte, eine Unterhaltung mit mir zu führen. Wortfetzen drangen zu mir durch, einzelne Silben schwirrten durch meinen Kopf, prallten von einer unsichtbaren Mauer ab und wurden wieder zurückgeworfen, hinaus aus meinem Hirn. Ich hätte die Frau nur zu gern darum gebeten, das Blaulicht und die Sirene einzuschalten, damit wir die acht Kilometer bis zur Unfallstelle noch schneller vorankommen würden. Doch ich brachte kein Wort heraus. Hätte wahrscheinlich auch nichts gebracht. Dies war kein Polizeieinsatz. Es war lediglich ein Entgegenkommen vom Poidl, dass mich seine Podersdorfer Kollegen sofort nach Erhalt seiner Kurznachricht zur Unfallstelle brachten.

Erst hatte er es für einen Scherz gehalten, als ich ihn am Telefon angebrüllt hatte, mich sofort abholen zu lassen. Dass ich sofort von diesem Schiff runtermusste. Sofort an Land gebracht werden wollte. Sofort zur Prucknerin gefahren werden wollte. »Was ist denn los mit dir, so kenn ich dich ja gar nicht?«, hatte er am Telefon verwundert reagiert. Erst als ich weiterhin darauf bestanden und ihn durch die Leitung hindurch angeschrien hatte, hatte er mir sein Wort gegeben, dass er jemanden losschicken würde. Sylvia Münch hatte versucht herauszufinden, was geschehen war. Auch Kapitän Nicolaysen war herbeigeeilt, hatte sich nach dem Grund für den Trubel erkundigt und versucht, mich zu beruhigen.

Die durch die Gegend schwirrenden Blaulichter waren bereits von Weitem sichtbar. Schon oft hatte ich diesen nächtlichen Lichtertanz bei Einsätzen erlebt. Das war nichts Neues für mich, früher war das mal Alltag gewesen. Doch bei diesem Einsatz ging es nicht um irgendeinen Polizeizugriff im kriminellen Milieu. Das besonders Verwirrende war, dass ich gerade selbst nicht so genau wusste, worum es ging.

Hatte der Poidl mit seiner Kurznachricht einen seit Luises Tod in mir schlummernden Panikknopf aktiviert, der innerhalb von Sekunden die Geschehnisse von vor drei Jahren erleb- und spürbar machte? Oder ging es um die Prucknerin? War sie mir in dem knappen Jahr stärker ans Herz gewachsen, als ich es mir selbst eingestehen wollte? Als meine Trauer um Luises Tod es zulassen wollte? Was auch immer diese panikartige Unruhe in mir ausgelöst hatte, ich wollte das nicht. Aber was ich gerade wollte, schien meinem Unterbewusstsein herzlich egal zu sein. Ich war hier lediglich der Passagier.

Je mehr wir uns der Unfallstelle näherten, desto deutlicher wurde das Geschehen ersichtlich. Danielas Kleinbus lag neben der Fahrbahn in einem Feld, auf dem Dach. Die Räder standen wie die Beinchen bei einem hilflosen Käfer in der Luft. Mehrere Meter musste er fliegend zurückgelegt haben, auch der Straßengraben hatte ihn nicht aufhalten können. Der Bus hatte sich offenbar überschlagen, das Rückfenster war geborsten. Die Warnblinkanlage versuchte nach wie vor, Aufmerksamkeit für die missliche Lage zu erzeugen. Erfolglos. Auf der Gegenfahrbahn stand die Zugmaschine eines Lkws, auch hier leuchtete die Warnblinkanlage. Doch im Gegensatz zum Bus schien dem Fahrzeug und seinem Fahrer nur wenig passiert zu sein. Vorne rechts waren zwar deutliche Schäden an der Karosserie zu erkennen, ansonsten war der Lkw aber glimpflich davongekommen. Ein Sanitäter unterhielt sich mit einem Mann am Heck des dahinterparkenden ersten Rettungswagens. Das war wohl der Fahrer. Er wirkte gefasst, vielleicht stand er unter Schock. In der Entfernung war ein Abschleppwagen zu sehen, der sich von der Szenerie entfernte.

Als ich aus dem Streifenwagen ausstieg, knarzten unendlich viele Glassplitter unter meinen Schuhen. Da musste deutlich mehr Glas zu Bruch gegangen sein als nur die Heckscheibe vom Bus. Kreidespuren zeichneten das Geschehen auf dem Asphalt nach. Es war ein wildes Hin und Her, das da aufgemalt worden war.

Ich durchschritt das Absperrband, ein Polizist kam auf mich zu, faselte irgendein belangloses Zeug. Ich rannte ihn fast über den Haufen, wollte schnurstracks zum Bus, stieg den Straßengraben hinab, lief die paar Meter über das Feld. Und in der Tat, fast alle Fenster waren gesplittert, die Karosserie total verbeult, der Taxi-Pruckner-Schriftzug war nur mehr mit viel Phantasie zu entziffern. Ich wollte nicht nach vorne gehen, nicht den Führerstand sehen, nicht mit eigenen Augen sehen, was der Unfall mit der Front des Busses angerichtet hatte. Und das musste ich auch gar nicht. Denn genau in diesem Moment kam ein Mann hinter dem vorderen Teil des Busses hervor. Er trug einen dunkelgrauen Anzug und eine Tellerkappe in derselben Farbe.

»Sind Sie der Mann von der Kripo?«, fragte er mich. Ich war nach wie vor nicht in der Lage, auch nur ein gerades Wort rauszubringen. »Die Leich hamma bereits in unserem Wagen. Hätt ma des etwa no net machen solln?«

Ich sah ihn fassungslos an.

»War des leicht falsch?«

In der Hand hielt er eine bauchige Handtasche, deren Besitzerin für mich sehr schnell identifizierbar war. Es war die braune Tasche von Daniela. Eine dieser riesigen Taschen, in denen Frauen immer ihren ganzen Hausrat unterbrachten, immer ewig brauchten, bis sie fanden, was sie darin vermutet hatten. Die Tasche hatte sie dabeigehabt, als wir uns auf der Fahrt von Eisenstadt nach Rust im vergangenen November kennengelernt hatten. Aus dieser Tasche hatte sie ihrer Tochter Desiree einen Chupa-Chups-Lolli gereicht, als ich die beiden bei der Demonstration im Steinbruch in St. Margarethen getroffen hatte. Diese Tasche hatte sie dabei, als wir uns damals vor dem Spritzenhaus geküsst hatten. Diese Tasche war nun alles, was mir von Daniela geblieben war. Von jener Person, die mir, wie mir erst jetzt bewusst wurde, seit Luises Tod am meisten bedeutet hatte.

»Fein, dass Sie sie gefunden haben!«, rief auf einmal eine Stimme. »Und hey, Niko, was machst denn du hier?«

Ich drehte mich um. Und sah eine Person am Straßenrand stehen, deren Umrisse eins zu eins mit jener der Taxiprucknerin übereinstimmten. Mehr als die Silhouette war nicht von ihr zu erkennen, denn hinter ihr standen zwei Einsatzfahrzeuge, deren Scheinwerfer direkt auf mich gerichtet waren.

»Niko, verdammt noch mal, was machst du hier?«, rief die Stimme erneut. »Komm halt amal her zu mir und steh dort net so deppert in der Gegend herum!«

Jetzt war ich mir sicher. Das war Daniela. Quietschlebendig. Es war keine Entscheidung, in diesem Moment auf die Knie zu sinken und meinen Tränen freien Lauf zu lassen. Das passierte einfach. Ich war hier nach wie vor nur Passagier.

Daniela hatte die Kontrolle über ihren Bus verloren, als zwischen Podersdorf und Gols plötzlich die Bremsen versagt hatten. Sie hatte mehrfach in die Eisen getreten, versucht, den Bus abzubremsen, indem sie ihn über den Grünstreifen am Straßenrand fahren ließ. Alles ohne Erfolg. Als dann plötzlich vor ihr eine Unfallstelle, bestehend aus einem Lkw und einem Auto, in Sichtweite gekommen war, hatte sie Panik bekommen und das Steuer herumgerissen. Dank Airbag und Sicherheitsgurt hatte sie den Überschlag relativ glimpflich überstanden, lediglich ein paar Kratzer im Gesicht und eine Schürfwunde am Arm hatte sie davongetragen. Wie sich im Lauf des Abends herausgestellt hatte, hatte der Fahrer des in den Unfall vor ihr verwickelten Pkws einen Herzinfarkt erlitten, sein Wagen hatte daraufhin den entgegenkommenden Lkw touchiert. Sofort tot. Es war entsetzlich. Die Prucknerin war nur knapp dem gleichen Schicksal entgangen. Der Tod eines Menschen ist immer eine schlimme Sache. Und doch ertappte ich mich dabei, erleichtert zu sein. Das fühlte sich, wenn ich so darüber nachdachte, nicht richtig an. Immerhin war ein Mensch zu Tode gekommen, seine Angehörigen hatten einen Vater oder Sohn, vielleicht einen Bruder verloren. Sie würden um ihn trauern. So wie auch ich damals um Luise getrauert hatte. Doch in dieser Nacht war ich einfach nur froh, nicht erneut um einen mir lieben Menschen trauern zu müssen. Für Mitgefühl war da irgendwie kein Platz. Machte mich das zu einem schlechten Menschen? Ich wusste es nicht.

Die genauen Umstände des Unfalls hätte mir der Poidl vielleicht auch am Telefon sagen können, wenn er es denn schon gewusst hätte. Doch er hatte zu jenem Zeitpunkt, als er mir die

Kurznachricht geschickt hatte, lediglich die Information erhalten, dass ein Bus des Taxiunternehmens Pruckner mit einer Frau am Steuer in einen Unfall bei Gols verwickelt worden war. Da es nur eine weibliche Fahrerin in ihrem Unternehmen gab, war klar, dass es sich um Daniela handeln musste. Als ich am Unfallort eingetroffen war, hatte sie sich gerade zum Abschlusscheck im zweiten Rettungswagen befunden. Daniela hatte sich beim Mitarbeiter des Bestattungsunternehmens für den Taschenservice bedankt und sich optimistisch gezeigt, die Tour am kommenden Tag mit uns absolvieren zu können. Nachdem sie sich ausgiebig über meinen Auftritt gewundert hatte, war sie schließlich von einem Kollegen abgeholt und nach Rust gefahren worden. Mich hatte jene Polizistin, mit der ich hergekommen war, eingesammelt und retour nach Podersdorf gebracht. Zum Glück hatte sie darauf verzichtet, mit mir eine Konversation führen zu wollen.

Diesen Weg müssen alle gehen. Dieser Satz stand in einem Bogen über dem Eingang zum Friedhof, der direkt gegenüber der Podersdorfer Polizeiinspektion lag. Dort hatte mich die Polizistin abgesetzt. Dann war sie gleich weiter zu einem Einsatz gefahren. Ich wusste nicht, bei wem ich mich dafür erkenntlich zeigen musste, dass die Prucknerin besagten Weg noch nicht hatte gehen müssen. Aber ich war ihm oder ihr verdammt dankbar.

Dienstag

Bombenidee

Wir landeten mit unseren kleinen Booten in Neusiedl direkt neben der Mole West an, einem Lokal, in dem es sich bei Sonnenuntergang bei köstlichem Essen und einem guten Glas Bier sicher fein gustieren ließ. Dann marschierten wir zwischen See und dem schon gut besuchten Strandbad entlang, vorbei an Alfred Dachs, der sich beim kleinen Pavillon des Neusiedler-See-Stores gerade angeregt mit einer Frau unterhielt. Fast hätte er vergessen, sein Protestschild mit dem Slogan gegen die touristische Ausbeutung des Neusiedler Sees in die Höhe zu halten, als wir an ihm vorbeigingen. Auf dem Parkplatz hinter einem verlassen wirkenden Restaurantkomplex hatten wir unser Ziel erreicht.

»Ist der andere Bus kaputt?«, fragte Sandra Schwarzkopf verwundert. »Wir waren doch die letzten Tage mit einem ganz anderen …?«

»Der musste zum Service«, unterbrach sie die Prucknerin abgebrüht und wechselte rasch das Thema. »Unser heutiger Landgang führt uns zuerst zur Tabor-Ruine«, sagte sie anschließend voller Begeisterung. Als ob nichts passiert wäre. Die Frau hatte Eier. Sie hatte sich im Mittelgang eines baugleichen Kleinbusses positioniert und strahlte mit der Sonne um die Wette. Hätte ich am gestrigen Abend nicht mit eigenen Augen gesehen, was sich auf der Landstraße zwischen Podersdorf und Gols abgespielt hatte, ich hätte es nicht für möglich gehalten. Der eine oder andere unter den Passagieren dagegen hatte sehr wohl noch mit den Auswirkungen des gestrigen Abends zu kämpfen.

Es war spät geworden und nicht bei nur einem Glas Sekt geblieben. Als ich völlig abgekämpft mit einem Boot zurück zur MS Maximilian gebracht worden war, war die Party noch in vollem Gange gewesen. Auch ich hätte in meinem Zustand wohl das ein oder andere hochprozentige Getränk vertragen. Nicht jedoch in Gesellschaft. Nicht in dieser jedenfalls. Also war ich auf direktem Wege in meiner Kabine verschwunden. Ich hatte mich auf den Boden gesetzt und eine Hand auf Bellas warmen Bauch gelegt, die nichts ahnend von alldem Drama im Bett geschlafen hatte. Die gleichmäßigen Bewegungen ihrer Atmung, die Wärme, die ihr Körper ausstrahlte, all das hatte eine irrsinnig beruhigende Wirkung entfaltet, der reinste Therapiehund. Irgendwann muss ich dann in dieser Position eingeschlafen sein.

Sandra, Sebastian, Marlis, Elisabeth sowie Elmar und Joseph sahen an diesem Morgen im Bus reichlich derangiert aus. Am schlimmsten hatte es jedoch die kleine Borbely erwischt. Sie lehnte ihren Kopf an den Vordersitz und hielt die Augen geschlossen. Wie um alles in der Welt hatte ihre Mutter zulassen können, dass die Kleine bei einem Saufgelage mitmachen durfte?

»Was schauen Sie denn so?«, bluffte mich ihre Mutter auf einmal an. »Das liebe Kind steckt mitten im Wachstum, da kann man schon mal Probleme mit dem Kreislauf haben.«

Dass die junge Dame Probleme mit dem Kreislauf hatte, nahm ich ihr sogar ab. Zumal es bereits am Vormittag knackige dreißig Grad hatte. Der Anlass für ihr bescheidenes Befinden lag in meinen Augen jedoch nicht in ihrem Wachstum begründet.

Gegenüber von den Gerbgruben lenkte die Prucknerin den Kleinbus recht rasant und abrupt in eine Seitengasse, was dazu führte, dass Birgit Borbelys Kopf den Halt verlor und mitsamt ihres Oberkörpers gefährlich nach links in den Gang schwenkte. Dank meiner geistesgegenwärtigen Reaktion konnte ich sie davor bewahren, in voller Gänze aus dem Sitz zu fallen. Auch Bella schien nachhaltig empört zu sein ob des ungemütlichen Pruckner'schen Fahrstils.

»Der Kreislauf, ich weiß«, kam ich Elisabeth Borbely zuvor, die erneut zu einer beschwichtigenden Aussage über den Zustand ihrer Tochter ansetzen wollte.

Kurz darauf, nachdem wir an drei frisch herausgeputzten Kellerfassaden entlanggefahren waren, parkte sich die Prucknerin ein.

»Wie geht es dir?«, fragte ich sie, während die anderen Passagiere gemächlich aus dem Bus krochen.

»Der Schädel brummt noch ein bisserl, aber sonst passt alles.«

»Und du fühlst dich wirklich fit genug, hier heute wieder den Gute-Laune-Bär zu spielen?«

»The show must go on«, erklärte die Prucknerin. »Und weißt eh, wenn man sein eigener Chef ist, muss man auch mal in den sauren Apfel beißen.«

»Weiß man schon mehr, warum bei deinem Bus die Bremsen versagt haben?«

»Nein, der Poidl wollte sich melden, sobald er etwas darüber erfahren hat. »Ich werfe aber in den nächsten Tagen ein ganz genaues Auge auf meinen Bus, bevor ich einsteige«, sagte die Prucknerin grimmig. »Das heute Nacht war kein Unfall. Der Bus war erst kürzlich bei der Inspektion, da war noch alles in Ordnung.«

»Pass bloß auf! Kennst du dich da aus?«, fragte ich.

Die Prucknerin nickte. »Man kann ja immer mal liegen bleiben … ich habe mich da genauer einweisen lassen.«

Bella hatte sich in der Zwischenzeit neben mich in den Schatten gelegt. Sie hechelte fröhlich vor sich hin und sah zu, wie die auf dem Parkplatz versammelte Gruppe immer größer wurde.

»Hast dir gestern Sorgen um mich g'macht, gell?«

»Ich bin für den ordnungsgemäßen Ablauf der Seekreuzfahrt verantwortlich, da muss man natürlich sicherstellen, dass beim für die Landgänge zuständigen Taxiunternehmen alles seine Ordnung hat«, erklärte ich und merkte bei jeder einzelnen Silbe, wie lächerlich das klang.

»Is' schon recht, Herr Lauda, red dich nur raus«, durchschaute sie mich und wechselte zum Glück gleich in ihren Touristenführermodus. »Hier befand sich fast zwanzig Jahre lang eine angesagte Fortgehlocation«, erzählte sie, nachdem alle Passagiere auf dem Parkplatz Aufstellung genommen hatten. Na ja, fast alle. Die Grand Old Lady hockte gemütlich in ihrem Rollstuhl. Birgit, die wahrscheinlich lieber nichts vom Fortgehen und Trinken hören wollte, hatte sich bei ihrer Mutter untergehakt. Die hinter dem Parkplatz liegende Holzwand wurde von fetten schwarzen Buchstaben dominiert, die zusammen das Wörtchen »Bergwerk« ergaben. »Die Älteren von euch werden sich vielleicht noch daran erinnern. Da sind auch Bands aufgetreten, die später richtig berühmt geworden sind, von ›Ja Panik‹ über ›Bilderbuch‹ bis hin zu ›Russkaja‹.«

»Echt?«, fragte Sandra.

»Ja, ›Mondscheiner‹ waren auch da«, fügte die Prucknerin hinzu.

»Die kenn ich nicht«, sagte Sandra, während sie den Handystick ausfuhr und sich für eine kleine Fotosession bereit machte.

Wir marschierten los und erreichten nach hundert Metern einen mit einem braunen Schild markierten Treppenaufgang zur Tabor-Ruine.

»Oje«, sagte Jennie, als sie die Grand Old Lady vor den Stufen abgestellt hatte.

»Ach, das ist doch sicher kein Problem für unsere starken Herren«, lieferte die Prucknerin sogleich die Lösung.

»Au, verdammt«, hörten wir plötzlich jemanden laut fluchen. Joseph Andrássy schien sich irgendwas eingetreten zu haben, jedenfalls krümmte er sich auf einmal und hielt sich den Fuß. »Ich habe mir wohl eine Zerrung zugezogen.«

So ein Pech aber auch. Ausgerechnet jetzt, wo wir ein paar starke helfende Hände benötigten. Sein Gesicht war gekennzeichnet von Schmerzen. Oder dem, was Andrássy sich darunter vorstellte. Es wirkte eher so, als ob ein Stinktier seine Duftdrüsen vor ihm aktiviert hätte. Das konnte auch schmerzhaft sein, eh klar. Aber doch auf andere Art und Weise.

Sebastian Gsertz nahm sich mit Verweis auf eine kaputte Hüfte vorsorglich selbst aus dem Spiel.

Also tauschte ich einen kurzen Blick mit Elmar Tinhof aus, und nachdem er sich ausreichend über die Einlage des Möchtegernschauspielers amüsiert hatte, packten wir an. Er links, ich rechts, hinter uns im Schlepptau die sehr dankbare Jennie, vor uns die Prucknerin. Es verstand sich von selbst, dass uns die Grand Old Lady, oben angekommen, mit keinem Wort des Dankes bedachte, sondern sich über den schaukeligen Aufstieg beschwerte. Und zwar lauthals.

Von hier oben sah man ganz Neusiedl, die angrenzenden Felder und Schilflandschaften und natürlich einen Teil vom See. Zu unserer Rechten erhoben sich die Hügel des Leithagebirges. Alles in allem eine sehr feine Aussicht.«

»Lange Zeit glaubte man, dass diese Ruine römischen Ursprungs wäre. Doch die neuere Forschung datiert das Gemäuer auf das 14. beziehungsweise 15. Jahrhundert«, fuhr die Prucknerin fort. Als sie mit ihrem Geschichtsvortrag fertig war, folgte etwas, das noch weniger nach meinem Geschmack war als aneinandergereihte historische Jahreszahlen. »Wie Sie ja vielleicht bereits wissen, gibt es rund um den Neusiedler See eine Reihe von Rätselrallyes und Escapegames, und so was Ähnliches werden wir jetzt auch machen«, fuhr sie fort. Hurra und so.

»Ja super, Bombenidee«, entfuhr es Sandra.

»Zu wos brauch ma so einen Schas?«, fragte Joseph Andrássy.

»Wer hat einen Kas?«, rief die Grand Old Lady.

»Ich werde Sie natürlich nicht irgendwo einsperren, und Sie müssen auch nicht auf der Jagd nach Hinweisen mit dem Rad den ganzen Neusiedler See umrunden. Aber ich habe mir erlaubt, im Vorfeld einige Hinweise in Form von Zettelchen, die sich in durchsichtigen Kugeln befinden, rund um die Tabor-Ruine zu verstecken. Die Kugeln schauen so aus wie die, die Sie von der Lottoziehung im Fernsehen kennen. Jeweils vier dieser Hinweise muss jedes Team entdecken, um das Rätsel der Tabor-Ruine lösen zu können. Niko, du bist mit dem Sebastian Gsertz in einem Team«, hatte mich die Prucknerin bereits eingeteilt, während ich noch in Gedanken damit beschäftigt war, mögliche Ausreden zu sondieren. Na toll.

Dass ich am Ende mit einem blauen Auge davonkam, zeigte ein Blick auf die restliche Teameinteilung. Sandra musste mit Joseph Andrássy auf die Suche gehen und Marlis Wendelin mit dem Groupie unserer Reisegruppe, Elisabeth Borbely. Elmar Tinhof begab sich mit Birgit Borbely auf Spurensuche. Der jungen Dame hatte der kleine Spaziergang zur Tabor-Ruine zwar neues Leben eingehaucht, vom Vollbesitz ihrer Kräfte war sie aber nach wie vor weit entfernt. Da hatte ich es mit dem Ex-Fußballer Gsertz doch ganz gut getroffen, zumal ich die Gelegenheit nutzen und ihn ein bisschen ausfragen konnte. Ganz unauffällig natürlich.

Im Gegensatz zu mir entwickelte Gsertz gleich einen ziemlich unguten Ehrgeiz darin, diese blöden auf dem Areal versteckten Kugeln zu finden. Ich sah sehnsüchtig zu Jennie, die es sich mit Bella, der Grand Old Lady und der Prucknerin am Fuß der Ruine auf einer Bank gemütlich gemacht hatte. Jennie merkte mir meine Unlust offenbar an, denn sie warf mir einen aufmunternden Blick zu und streckte mir den Daumen entgegen.

»Wir gehen zuerst in die Ruine«, gab Gsertz die Marschroute vor. In der Mitte der östlichen Wand befand sich eine steinerne Treppe, über die das Innere erreicht werden konnte. Die Balkenlöcher in der Fassade ließen darauf schließen, dass es früher mal einen Umlauf aus Holz gegeben haben musste. Sie verliehen der Ostseite der Ruine den Look eines Schweizer Käses. Gsertz hetzte die Stiege hinauf.

Bevor wir den Innenraum betraten, schaute ich mich noch mal nach unseren Konkurrenten um. Nicht dass es mich wirklich interessierte. Aber wenn Gsertz hier schon Gas gab, wollte ich wenigstens wissen, ob sich der Aufwand und die körperlichen Anstrengungen auch lohnten. Und so wie es aussah, waren wir auf einem guten Weg. Andrássy und Sandra standen neben einer Parkbank und diskutierten. Elmar Tinhof und die Nachwuchs-Schnapsdrossel waren auch noch nicht gestartet, Birgit schien gewisse Koordinationsprobleme zu haben. Das einzige Team, das uns gefährlich werden konnte, war das dynamische Frauenduo, bestehend aus Schlagersternchen Marlis und Groupie Elisabeth. Sie hatten bei einem Laternenpfahl anscheinend bereits eine Kugel gefunden.

»Lauda, geben S' ein bisserl mehr Gas!«, hörte ich Gsertz aus der Ruine rufen.

Endlich mal wieder ein Gag mit Motorsportkontext. Wie sehr hatte ich das vermisst.

Das überwucherte Innere kam wenig einladend daher. Mir schien, es war ein perfekter Ort für Jugendliche, um in einer lauen Sommernacht ein paar Joints zu rauchen und das eine oder andere Bier zu trinken. Oder um zu tun, was Jugendliche heutzutage halt so taten. Auch wenn kein Dach mehr da war, schluckten die gut zwei Meter dicken Mauern wahrscheinlich ziemlich viel von dem Gegröle, das Volltrunkene hier von sich geben konnten.

»Da ist was!«, rief Sebastian aus. Und noch während er das sagte, dimmte er seine Stimme um zwei Stufen nach unten. Er hatte wohl Angst, dass sein Freudenschrei die anderen Teams aufmerksam machen könnte. Als ich näher trat, erblickte auch ich den Anlass seiner Freude: vier durchsichtige Lottokugeln, wie von der Prucknerin beschrieben, jeweils mit einem weißen Zettel befüllt. Eine der Kugeln hatte Gsertz bereits in der Hand. Er schraubte sie auf und nahm das kleine Stück Papier heraus. »Eine Eins«, sagte er und gab mir den Zettel.

»Aha«, erwiderte ich. Wir wussten beide nichts damit anzufangen, aber der Kontext ergab sich wahrscheinlich erst, wenn man alle Kugeln beisammenhatte. Doch anstatt sich auf die Suche nach den weiteren Kugeln zu machen, tat Gsertz etwas, das mich in diesem Moment doch sehr überraschte. Und was wohl mehr über ihn aussagte als jede Frage, die ich ihm hätte stellen können. Er schnappte sich die anderen drei Kugeln, in denen sich die Einser für die anderen Teams verbargen, und warf sie in einen der Mauervorsprünge, die sich in gut zwei Metern Höhe befanden. Und somit hoch genug, damit keines der anderen Teams jemals eine Chance haben würde, sie dort zu entdecken. Es sei denn, sie würden sich eine Leiter organisieren. Was unwahrscheinlich war.

»Scheißen S' sich net an, Lauda. Ich bin damals auch net Meister g'worden, weil ich mich immer an die Spielregeln g'halten hab.« Dann machte er sich auf den Weg zur Metalltreppe, die sich entlang der Nord- und Ostfassade nach oben schlängelte und über die man eine kleine Aussichtsplattform auf der Mauerkrone erreichen konnte. Naheliegend, dass die Prucknerin – oder wer auch immer – dort ein weiteres Kugelnest deponiert hatte. Ich folgte ihm, und in der Tat fanden sich auch dort oben vier Kugeln. Gsertz drückte mir eine in die Hand. Dann sah er sich verschwörerisch um, und als er sich ausreichend unbeobachtet fühlte, warf er die anderen drei Kugeln im hohen Bogen in Richtung Neusiedl. Dort kamen sie natürlich nicht an, weil die nächsten Gebäude doch ein bisserl arg weit weg waren. Aber auch in der Gstättn davor würde keines der anderen Teams eine Kugel entdecken. Als er sein Werk vollendet hatte, öffnete ich die Kugel, entnahm ihr den Zettel und las laut vor.

»Eine Neun.«

»Vielleicht eine Rechenaufgabe«, orakelte Gsertz und machte sich an den Abstieg.

Wozu er diese Eile an den Tag legte, war mir nicht ganz klar, schließlich hatten die anderen drei Teams dank seiner Sabotageakte – und sofern sie es überhaupt ernsthaft versuchten – ohnehin keine Chance. Als wir unten angekommen waren, stießen wir auf Sandra und Andrássy, die ohne nennenswerte Kommunikation jeden Grashalm umzudrehen schienen. Wobei der Plural in diesem Fall nicht ganz korrekt war. Andrássy stand gelangweilt angelehnt an einer bröckelnden Fassade und sah seiner Teamgefährtin dabei zu, wie diese, stets mitgefilmt von ihrer Handykamera, sich einen Ast absuchte.

Gsertz beachtete die beiden nicht weiter und war schon durch den Mauerdurchlass ins Freie geschlüpft.

»Wir haben zwei Kugeln entdeckt, draußen bei der Laterne und bei unserer Reiseführerin«, sagte Sandra stolz. Sie schien im Gegensatz zu Gsertz eine Teamplayerin zu sein. »Habts ihr hier drinnen was gefunden?«

»Hier müsst ihr nicht suchen«, erklärte ich. Dann machte ich einige Schritte auf sie zu, kramte in meiner Hosentasche und überreichte ihr jene beiden Zettel, die wir bereits aufgespürt hatten. Ich gewann durchaus gern, so ist's nicht. Aber bevor ich auf unfaire Weise an der Seite von Sebastian Gsertz den Sieg holte, unterstützte ich lieber Sandra Schwarzkopf.

»Lauda, wo bleiben Sie denn schon wieder? Sie finden wohl den ersten Gang nicht?«

Puh, was für ein erbärmliches Witzeniveau.

»Ich muss los«, sagte ich und machte kehrt. »Jetzt muss ich nur noch die Zahlen in die richtige Reihenfolge bringen«, hörte ich Sandra Schwarzkopf vor sich hin murmeln.

Gsertz hatte draußen bei der Laterne bereits das dritte Kugelversteck entdeckt. »So ein Shit, da waren schon zwei andere Teams vor uns«, sagte er und drückte mir die Kugel in die Hand.

Die noch im Gras liegende vierte Kugel zu eliminieren, traute er sich nicht, denn wir befanden uns im direkten Sichtfeld der Schiedsrichterin in Person von Daniela Pruckner. Ich öffnete die Kugel. »Eine Null«, erklärte ich kurz darauf.

»Jetzt fehlt uns nur noch eine Kugel«, sagte Gsertz und aktivierte sein Radar. »Was ist denn das?«, fragte er kurz darauf und marschierte in Richtung Prucknerin. Ich ihm also nach.

»Wir haben uns gedacht, dass wir es nicht zu schwer machen«, sagte die Prucknerin, nachdem Gsertz neben ihr das vierte Versteck identifiziert hatte. Auch hier fehlte bereits eine Kugel. Bella lag nach wie vor gemütlich im Schatten, den die Prucknerin, Jennie und Mama Pruckner in die Wiese warfen.

Gsertz fischte den Zettel aus der Kugel. »Noch eine Neun«, stellte er schließlich fest, um kurz darauf alle vier Zahlen laut aufzusagen. »Könnte eine Jahreszahl sein«, schloss er seine Überlegungen ab.

»Nicht schlecht, Herr Specht«, sagte die Prucknerin anerkennend.

Hinter uns ging Sandra Schwarzkopf eiligen Schrittes um die Ruine herum. Die zweite Hälfte ihres Teams war zwar weit und breit nicht zu sehen, aber sie schien auch allein ausreichend Freude an der Herausforderung zu haben. Wobei sie so allein nun auch nicht war, denn sie führte in der linken Hand ihr Smartphone auf Augenhöhe spazieren. Wahrscheinlich machte sie gerade eine Liveübertragung für ihre Follower.

»Worum ging es eigentlich bei Ihrem Streit mit Joseph Andrássy?«, brachte ich Gsertz zwischendurch mal auf andere Gedanken. »Gestern Abend am Außendeck der MS Maximilian?«

»Können wir das nicht später besprechen?«, fragte Gsertz verdutzt. »Wir stehen so kurz vor der Lösung des Rätsels. Irgendwo hier muss wohl eine Jahreszahl stehen.«

»Wir liegen doch eh vorne und dank Ihres, nun ja, Einfallsreichtums wohl sogar uneinholbar.« Dass ich Sandra einen Vorteil bei der Suche verschafft hatte, musste ich ihm ja nicht auf die Nase binden.

Das schien Gsertz einzuleuchten. Doch ihm war es sichtlich unangenehm, in Hörweite der anderen darüber zu reden. Also entfernte er sich einige Schritte, und ich folgte ihm recht auffällig.

»Dieser Andrássy ist wohl ein großer Verehrer von diesem Trottel Gludovatz«, begann er schließlich zu erzählen. »Man hätte fast den Eindruck haben können, dass die beiden was miteinander g'habt haben. Jedenfalls schwadronierte er vor den anderen Passagieren darüber, wie oft er den Gludovatz schon getroffen und mit ihm gedreht habe. Er prahlte geradezu damit. Mir ging das irgendwann auf die Nerven, und da habe ich ihn gebeten, er möge uns damit verschonen. Ich hatte auch bei den anderen nicht den Eindruck, dass sie sich für die zehnte – wahrscheinlich ohnehin erfundene – Geschichte über seine Erlebnisse mit dem Weinkaiser interessierten.«

»Das hat ihm aber nicht gepasst?«

»Genau«, pflichtete mir Gsertz bei. »Der Herr scheint nicht sehr gut mit Kritik umgehen zu können. Er fing an, mich zu beschimpfen. Das lasse ich halt nicht auf mir sitzen, und somit habe ich ihn höflich, wie es meine Art ist, aufgefordert, mit mir nach draußen zu gehen. Ich wollte nicht die anderen Passagiere belästigen. Bevor es dann aber eskalieren konnte, ist jemand von der Crew dazwischengegangen.«

»Sie mögen Johann Gludovatz nicht sonderlich?«

»Ich hab's gefunden!«, hörten wir auf einmal Sandra. Sie musste irgendwo auf der Südseite der Ruine stehen, denn wir konnten sie nicht sehen. »Dort oben in der Fassade!«, jubilierte sie. »Eins, neun, null, neun«, zählte sie noch mal alle Gewinnzahlen auf. »Das passt genau, denn der Mauerstein unterhalb der Öffnung wurde laut meinen super Followern im Jahr 1909 eingefügt!«, rief sie.

»Na super, wie hat sie das denn jetzt geschafft?«, fragte Gsertz verblüfft.

»Ist mir genauso ein Rätsel wie Ihnen«, erklärte ich so rechtschaffen wie möglich. »Aber zurück zu Johann Gludovatz. Haben Sie ihn näher gekannt?«

»Sie reden so, als ob er tot wäre«, erwiderte Gsertz und sah mich prüfend an.

Oups.

»Macht der Gewohnheit«, versuchte ich mich rauszureden. »Also, haben Sie ihn persönlich gekannt?«

»Nein, nicht wirklich.«

»Was haben Sie dann gegen ihn?«

»Wissen Sie, Fußballer und generell Sportler haben nur einen begrenzten Zeitraum, in dem sie mit ihrem Sport Geld verdienen können. Wir alle müssen uns sehr genau überlegen, was wir nach unserer aktiven Karriere tun und was wir mit dem verdienten Geld machen. Denn wenn es schlecht läuft, kann man im Anschluss seinen Lebensstandard nicht mehr halten. Immobilien sind da eigentlich immer eine sichere Bank«, gab mir Gsertz gleich auch noch einen Anlagetipp mit auf den Weg. Ich war gespannt, wie er in diese Geschichte nun Johann Gludovatz einzubauen gedachte. »Ich hab das Pech g'habt, dass ich aufgrund einer schweren Hüftverletzung ziemlich früh die Fußballschuhe an den Nagel hängen musste. Das merk ich selbst heut noch, wenn ich versuche, etwas Schweres zu heben. Keine Chance. Ich hab dann damals unter anderem in ein Bauprojekt in Eisenstadt investiert. Gute Lage, gut angebunden, eigentlich kein Risiko.«

»Aber?«

»Aber der Bauträger war nicht gar so gut wie die Lage und die Anbindung. Hat Pleite gemacht, und der Geschäftsführer hat sich mit dem Rest des Geldes abgesetzt. Nach Südamerika.

»Und dieser Geschäftsführer hieß Johann Gludovatz?«

»Nein. Aber er war mit diesem Pleitegeier gut befreundet und hat Werbung für das Bauprojekt gemacht. Dadurch bin ich ja erst darauf aufmerksam geworden. Und ich hab mir gedacht, wenn jemand wie Johann Gludovatz für solch ein Projekt Werbung macht, ist das eine sichere Sache.«

»Falsch gedacht?«

»Ganz genau. Mein Investment war futsch. Unter anderem deshalb muss ich ja so depperte Einladungsreisen wie diese Kreuzfahrt unternehmen.«

Mittlerweile waren auch die restlichen Teams wieder zurückgekehrt. Sandra ließ sich von ihren Followern feiern und tänzelte aufgeregt vor der Kulisse der Ruine hin und her.

Den Siegerpokal in der Rätselrallye der Prucknerin hatten Gsertz und ich zwar nicht geholt, aber dafür hatte ich nun immerhin ein Motiv für den Mord an Johann Gludovatz gewonnen. Das erklärte zwar noch nicht den abgeschnittenen Phallus. Aber eins nach dem anderen.

Sebastian Gsertz

Das g'schmackige Essen, die Livemusik von der Original-Sautanz-Musi, der Jungwein – das alles kümmerte Sebastian nicht an diesem ersten Samstag im November. Es war einer dieser warmen Tage, die eigentlich in den September, vielleicht sogar in den August gehörten. Aber ganz sicher nicht in den November. Doch auch das war Sebastian egal. Der ehemalige Fußballstar, der viermal die Wahl zu Burgenlands Fußballer des Jahres gewonnen und sogar einmal die Torjägerkanone in der Bundesliga geholt hatte, war nicht wegen der – zugegeben – kulinarischen Köstlichkeiten und der feinen Atmosphäre in die Halle des Weinguts Reichardt nach Donnerskirchen gekommen.

»Servus, die Madln«, hörte er hinter sich die Begrüßungsworte jenes Mannes, der Anlass seines Besuches bei diesem Sau-

tanz-Event war. Die Musik hatte extra ausgesetzt, die Töne von Akkordeon, Tenorsaxofon und Geige hallten aber noch in Sebastians Gehörgang nach. Wenn der Schauspielstar eintrifft, hat die Musik natürlich zu pausieren. Johann Gludovatz unternahm eine Runde durch die Halle, er mäanderte zwischen den Bierbänken hindurch, gab Autogramme, schüttelte Hände und ließ Selfies mit sich machen. Er war ganz in seinem Element. Das Publikum liebte ihn.

Sebastian wusste, dass Gludovatz früher oder später an seinem Tisch, der extra für die besonderen Gäste freigehalten worden war, landen würde. Er hatte nur darauf achten müssen, dass sich der einzig freie Platz auf der Bierbankgarnitur neben ihm befand.

»Wenn ich g'wusst hätt, dass ich hier neben so einem Loser sitzen werd, hätt ich mich zum gemeinen Pöbel an den Tisch gesetzt«, sagte Gludovatz in einer unüberhörbaren Lautstärke. »Grüß dich, Basti, schaust überraschend gut aus.« Gludovatz hatte es nicht für nötig befunden, ihm die Hand zu reichen. »Ist ja nicht selbstverständlich, wenn man gerade seine ganzen Ersparnisse verjuxt hat.« Und dann kroch dieses eklige Lachen aus Gludovatz' Mund.

»Woran du nicht gerade unbeteiligt warst«, erwiderte Sebastian, während das Fest wieder an Fahrt aufnahm. Blunzn, Krenfleisch, Grammeln und belegte Brote wurden kredenzt, die Gordon Highlanders, der Donnerskirchner Schottenverein, hatten alle Hände voll zu tun, die Gäste mit Wein, Whiskey und allerlei anderen Getränken zu versorgen. Die Sautanz-Musi geigte wieder auf, und die Stimmung war prächtig.

»Jetzt könn' ma endlich auch mit dem Gelben Muskateller anstoßen und uns zuprosten«, sagte eine ihm unbekannte Frau mit langen dunklen Haaren, die ihm schräg gegenüber saß. Es war guter Brauch, dass man sich erst nach der Weintaufe des Jungweins zuprostete. Vor der Taufe durch den Donnerskirchner Pfarrer beließ man es bei einem schlichten »Mahlzeit« oder »Krixikraxi« und trank, ohne sich dabei zuzuprosten. So wollte es die Tradition.

»Weißt, Basti, man kann ein Loser sein. Da kann man ja mitunter gar nichts dafür, manche kommen schon als Loser zur Welt«, hielt ihm Gludovatz entgegen. »Aber weißt, was mich dann wirklich stört?« Sebastian sah ihn an, sprach kein Wort, zeigte nicht einmal eine winzige Regung, die sein Gegenüber als Antwort hätte deuten können. Die Blicke der Tischnachbarn ruhten auf Gludovatz und Gsertz. »Mich stört jene Sorte Loser, die dann anderen die Schuld für ihr eigenes Versagen gibt. Leut, die net checken, dass sie selbst verantwortlich für ihr Losertum sind. Und jetzt sauf ma mal g'scheit was!«, rief Gludovatz nach seiner Litanei aus.

»Hier wird 'trunken und net g'soffen«, korrigierte ihn die Frau von schräg gegenüber. Sie wirkte nicht so, als ob sie sonderlich angetan wäre von der Anwesenheit des bekannten Schauspielers.

»Ich hätt ein Anliegen an dich«, überwand sich Sebastian schließlich, den Weinkaiser anzusprechen. Er hatte bewusst leise gesprochen und hoffte, dass Gludovatz ihn trotz des allgemeinen Trubels verstanden hatte.

»Was hast an mich, Silberlockerl?«, polterte Gludovatz.

Wie Sebastian Witze über seine Poliosis hasste. Was konnte er denn für die Pigmentstörung, die dafür sorgte, das sich einzelne Haare seiner Augenbrauen weiß verfärbten?

»Ein Anliegen also? Schau an, da bin ich jetzt aber gespannt, worum so ein Loser wie du jemanden wie mich bittet. Ein Autogramm wird's ja wohl net sein.«

Sebastian hätte am liebsten eine der Servietten genommen und sie Gludovatz in sein Maul gestopft. Auf dass er an seinem dreckigen Lachen erstickt wäre. Aber das konnte er sich nicht leisten. Er musste diesen einen letzten Versuch unternehmen. Das war er sich und seinen beiden Töchtern schuldig. Er musste es einfach versuchen. Wenn sie das in das Immobilienprojekt gesteckte Geld nicht wiedersahen, war er samt seiner Familie finanziell endgültig am Ende.

»Du hast doch den Wolf Christian ganz gut gekannt, bevor er nach Südamerika abboscht ist. Hast du vielleicht doch noch

Kontakt zu ihm?« Offiziell hatte Gludovatz stets bestritten, den Pleite-Investor nach dessen Verschwinden gesehen oder gehört zu haben. Aber was, wenn es sich dabei nur um eine Schutzbehauptung gegenüber den heimischen Behörden gehandelt hatte? Schließlich nahm auch Johann Gludovatz für sich in Anspruch, von Wolf getäuscht und geschädigt worden zu sein. »Vielleicht gibt es ja doch noch einen nicht ganz offiziellen Weg, von dem verlorenen Geld zumindest ein bisserl was zurückzubekommen?«

»Du bist mir ja ein Würstel«, antwortete Gludovatz, erneut in einer Lautstärke, die jedem am Tisch ein problemloses Zuhören ermöglichte. »Schau gefälligst, dass du deine Probleme selbst löst und net andere Leut belästigst und vollsuderst. Schon gar net bei einem solch feinen Sautanz-Event, das gibt's ja net«, echauffierte er sich. »Ich sag's ja, ein Loser bist, ein ganz erbärmlicher!«

Na bumsti!

Als die ganze Rasselbande wieder im Bus versammelt war, ging es weiter in Richtung Parndorf. Die für ihr Shopping-Outletcenter in Österreich, Ungarn und der Slowakei weltberühmte Gemeinde lag zwar – streng genommen – nicht direkt am Neusiedler See. Aber wenn der Chef der Reederei zu einem Besuch in seiner Zentrale lädt, kann sich die Reiseleitung dem schlecht widersetzen. Es ging vorbei an Weinkellern, schmucken Häuschen und der Tierklinik der Gemeinde Neusiedl am See. Obwohl ich nicht annahm, dass Bella jemals als Patientin hier gewesen war, fiepste sie etwas unruhig herum, als unser Bus vor dem breiten Flachbau halten und warten musste, bis sich die Prucknerin in den Verkehr der Hauptstraße einfädeln konnte.

Nach zwei oder auch sechs weiteren Kreisverkehren, so genau hatte ich nicht mitgezählt, erschien am Horizont das zweite und letzte Ziel unseres heutigen Landgangs: der – für burgenländische Verhältnisse wolkenkratzermäßige – Plünder-Tower.

Der Besuch in Plünders Firmenreich war vergleichbar mit einem Termin bei einem Sponsor, den eine Sportmannschaft über sich ergehen lassen musste. Musste man machen, gehörte dazu, weil von irgendwoher musste ja das Geld für das eigene Gehalt kommen. Aber wirklich gern absolvierte niemand solche Termine. Der Einzige, der in sich eine gewisse Spannung verspürte, war wohl ich. Das hatte aber nichts mit den im Programm genannten Highlights des Besuches in Parndorf zu tun – Firmenmuseum, Videovortrag, Sektempfang in der Tower Lounge –, sondern mit dieser speziellen Beziehung, die mich mit Maximilian Plünder verband.

Plünder war nicht nur der Inhaber der Reederei, die uns zu Werbezwecken diesen wunderbaren Ausflug spendierte, er war neben der mächtigen Fürstenfamilie in Eisenstadt auch der bedeutendste Wirtschaftsmagnat der Region rund um den Neusiedler See, wenn nicht gar des gesamten Bundeslandes. Manche nannten ihn auch den »Oligarchen aus Parndorf«, weil sich sein Firmennetzwerk über die unterschiedlichsten Branchen erstreckte. Ich war gespannt, ob er sich dazu herablassen würde, uns heute zu begrüßen, oder ob er das einem seiner Lakaien überlassen würde. Ich musste nicht lange überlegen, was mir lieber gewesen wäre.

Bevor wir ins Gebäude vorgelassen wurden, mussten wir einen Sicherheitscheck über uns ergehen lassen. Neu war im Vergleich zu meinem ersten Besuch hier im vergangenen November, dass man sich nicht nur bei einem Securityheinzi anmelden, sondern auch allfälliges Gepäck durch eine Röntgenstraße schicken musste. Da schien sich jemand zu fürchten. Gut so.

Den Sicherheitscheck passierten wir ohne gröbere Schwierigkeiten. Lediglich Jennie sorgte für einen gewissen Aufruhr. Nicht weil sie etwas Gefährliches durch die Kontrolle hätte schleusen wollen, ganz im Gegenteil. Anlässlich der Taschenkontrolle fiel ihr auf, dass ihr Taschenmesser fehlte. Es handelte sich dabei wohl um traditionelle österreichische Handarbeit, weswegen es für sie besonderen Wert hatte. Es war nicht nur ein einzelnes »Fuck!«, das ihr in diesem Moment auskam.

Anschließend musste selbst Bella durch die Schleuse marschieren, absolvierte diese Herausforderung aber mit Bravour, so als hätte sie in ihrem bisherigen Leben nichts anderes getan. Wobei, wer wusste das schon so genau. Ich hatte ja nach wie vor keine Ahnung, was sie in ihrem früheren Leben getrieben hatte, bevor sie im letzten Herbst auf einmal im Hof des Bahnhofsheiserls neben mir gestanden war. Vielleicht war sie ja als Drogenhund am Flughafen Schwechat im Einsatz gewesen.

Das auf gefühlte Minusgrade herunterklimatisierte Firmenmuseum entpuppte sich als multimediale Erlebniswelt, in der die Geschichte des Maximilian Plünder von seiner Geburt bis zur Gegenwart erzählt wurde.

In einem kleinen Saal konnte man zum Beispiel auf jener Schulbank Platz nehmen, auf der Maximilian Plünder während seiner Volksschulzeit gesessen war. Der Kerl schien dafür das gesamte Klassenzimmer der Volksschule am Hauptplatz in Bruck an der Leitha originalgetreu hierherverfrachtet zu haben. Der Legende am Saaleingang war zu entnehmen, dass die Schule Ende der 1990er generalsaniert und bei dieser Gelegenheit das alte Interieur von Maximilian Plünder erworben worden war. Damals hatte wohl noch keine Rede davon sein können, dass eines Tages ein Museum Einblicke in sein Leben geben würde. Und trotzdem hatte er sich vor bereits fünfundzwanzig Jahren sein altes Klassenzimmer unter den Nagel gerissen.

An mehreren Rätselstationen konnte man Fragen rund um das Leben von Maximilian Plünder beantworten. Welches seine Lieblingseissorte war, welches Fabrikat sein erstes Auto gewesen war oder wie seine Mutter mit Vornamen hieß. Dazu kamen Zeitzeugen zu Wort, die über ihre Begegnungen mit Maximilian Plünder berichteten. Müßig zu erwähnen, dass es sich dabei ausnahmslos um Weggefährten handelte, die etwas Positives über den Hausherrn zu sagen hatten. Das Interview mit einem Zeugen, der davon berichtete, wie Maximilian Plünder im Sommer 1989 nahe der ungarisch-österreichischen Grenze die Mutter meiner verstorbenen Frau Luise vergewaltigt hatte, was ihn nach strenger familienarchitektonischer Lesart zu meinem Schwiegervater machte, würde ich hier vergebens suchen.

Elisabeth und Birgit Borbely bestaunten das überdimensionale Deckenfresko, das Maximilian Plünder in einer weißen Phantasieuniform zeigte. Der kleine, schmächtige Mann wirkte dort oben recht groß, was ein wohl nicht unbeabsichtigter Effekt des Künstlers gewesen war. Die langen Beine und der muskulöse Oberkörper entsprachen dabei jedoch definitiv nicht dem realistischen Ebenbild, und auch die fehlenden Plateauschuhe waren ein Hinweis darauf, dass der Künstler es mit der Wahrheit nicht ganz so ernst genommen hatte. Die Grand Old Lady vergnügte sich mit Jennie bei einem Mensch-ärgere-dich-nicht-Spiel, dessen Spielfiguren der Optik von Maximilian Plünder nachempfunden waren. Sebastian Gsertz unterhielt sich angeregt mit Elmar Tinhof vor einer riesigen Landkarte, auf der alle Unternehmensstandorte Plünders verzeichnet worden waren. Einer Weltkarte wohlgemerkt. Das Vibrieren meines Handys holte mich aus meiner Beobachtungsrunde. Ich kramte es umständlich aus der Tasche meiner Jeans und hob ab.

»Servus, wo steckts ihr gerade?«

Es war der Poidl.

»Beim Plünder im Museum«, antwortete ich wahrheitsgemäß.

»Auweia«, entgegnete der Poidl. »Setz dich bloß nicht auf das Kinderbett, das da irgendwo von ihm rumsteht. Das ist damals unter mir zusammengekracht. Hat keinen guten Eindruck gemacht.«

Ich blickte mich um, entdeckte aber kein Kinderbett. Vielleicht hatten sie es nach dem Poidl'schen Malheur nicht wieder aufgebaut.

»Habts ihr was rausgefunden?«, fragte ich ins Mikrofon meines Handys und bemerkte in diesem Moment Joseph Andrássy, wie er gerade in einen Automaten marschierte, der mich entfernt an eine Fotokabine erinnerte.

»Am Bus von der Daniela ist was manipuliert worden«, platzte es aus dem Poidl heraus. »Für Details ist es noch zu früh, aber ich wollte, dass du schon mal Bescheid weißt, damit du ein Auge auf sie werfen kannst.«

Entwicklungen und Ereignisse, die man zwar in der Theorie bereits befürchtet hatte, wurden nicht weniger furchteinflößend, wenn sie dann Realität wurden. Mir wurde ganz schwarz vor Augen. »Du hältst mich auf dem Laufenden, wenn ihr mehr dazu habt!«, sagte ich nachdrücklich. Das war jetzt bewusst nicht als Frage formuliert gewesen.

»Na klar!«, erklärte der Poidl. »Die G'schicht vom Sebastian Gsertz, die du mir heut Morgen per Kurznachricht g'schickt hast, hab ich übrigens auf dem kurzen Dienstweg verifizieren können«, fuhr der Poidl fort. »Die Pleite von dem Bauprojekt ist damals durch alle Medien gegangen und auch, dass der Johann Gludovatz damals keine allzu rühmliche Rolle gespielt hat.«

»Das war nicht zufällig ein Bauprojekt, das irgendwie in Zusammenhang mit dem Plünder stand?«

»Naaa«, sagte der Poidl und lachte, »dann wäre das Ding nicht pleitegegangen.« Na dann. »Da laufen noch Schadensersatzprozesse, aber weißt eh, wie das ist, das kann sich ziehen.«

»Also hätten wir damit zumindest mal ein Motiv für den Mord am Johann Gludovatz.«

»In der Theorie schon«, entgegnete der Poidl. »Aber wäre es nicht logischer, wenn sich der Gsertz an jemandem rächen würde, der wirklich für die Pleite verantwortlich gewesen ist? Also an dem Investor, der sich dann nach Südamerika abgesetzt hat? Der Gludovatz hat damals ja nur den Werbekasperl gegeben.«

»Aber der Gludovatz war an Bord der MS Maximilian, nicht der Bau-Tycoon. Gelegenheit macht Diebe. Und vielleicht auch Mörder.«

»Ich weiß net, Niko. Und warum hat er ihm dann den Penis abgeschnitten?«

»Vielleicht zur Tarnung«, versuchte ich meiner Theorie Nachdruck zu verleihen. »Oder wir suchen zwei Täter. Einen Mörder und eine Person, die die Gelegenheit genutzt hat, um sich an Johann Gludovatz zu vergehen.«

»Du meinst, Gelegenheit macht nicht nur Diebe und Mörder, sondern auch Kastrateure?«

»Gibt's das Wort wirklich?«

»Keine Ahnung«, gab der Poidl zu. »Übrigens«, fuhr er fort, »wir haben Fortschritte gemacht, was die anderen Passagiere bei euch an Bord betrifft. »Vielleicht hilft dir das, ein bisserl vom Sebastian Gsertz abzulassen.«

»Schieß los«, erklärte ich und blickte mich um. Nicht dass jemand von den anderen mir zu nahe kam und mein Gespräch mit Poidl Rainprecht belauschte. Doch weit und breit war niemand zu sehen. Die Ernährungstipps, die Maximilian Plünder hinter mir an der Schautafel gab, schienen niemanden vor den kulinarischen Vorhang zu holen.

»Dein Joseph Andrássy ist vorbestraft«, sagte der Poidl.

»Das ist nicht *mein* Joseph Andrássy«, gab ich retour.

»Wie auch immer. Er ist vorbestraft, und das nicht einfach nur so wegen irgendeiner Lappalie.«

»Sehr geehrte Besucherinnen und Besucher«, tönte auf einmal eine männliche Stimme aus den Lautsprechern im Museum. Ich war mir ziemlich sicher, dass es sich dabei um Maximilian Plünders Stimme höchstpersönlich handelte. »Jedes aufregende Museumserlebnis geht irgendwann zu Ende. Aber seien Sie nicht traurig, in einer Viertelstunde beginnt die Filmvorführung im angrenzenden Dolby-Surround-Ultra-HD-Ultimative-Kinosaal.«

»Niko, hast mich verstanden?«, quakte der Poidl am anderen Ende der Leitung. Erst jetzt, nach der Lautsprecherdurchsage, hatte ich seine Stimme wieder im Ohr.

»Nein, Poidl, was hast g'sagt?« Vielleicht war der Handyempfang im Museum eingeschränkt worden, damit jede und jeder der Stimme des allmächtigen Maximilian Plünder lauschen musste.

»Der Andrássy ist vorbestraft«, wiederholte der Poidl jenen Teil, den ich bereits verstanden hatte. »Und du wirst nicht erraten, wer ihn damals angezeigt hat und vor allem, warum.« Ich hatte im Museum schon bei den Rätselfragen zu Maximilian

Plünders Leben ganz schlecht abgeschnitten, deswegen drängte ich den Poidl zur Eile. Zumal man auch jederzeit mit einer neuen Lautsprecherdurchsage rechnen musste. »Johann Gludovatz hat ihn angezeigt. Wegen Stalking und übler Nachrede. Und es kam sogar zu einer Verurteilung.«

»Wen hat der Andrássy gestalkt?«, flüsterte ich ins Mikrofon meines Smartphones. Bella sah mich kritisch an. Sie meinte wohl, dass ich ihr etwas verheimlichte.

»Den Johann Gludovatz.«

»Bist dir sicher, dass du das jetzt nicht mit der Elisabeth Borbely verwechselst?«

»Na, so ein Schmarrn. Er hat den Andrássy angezeigt, ich habe es ja schwarz auf weiß gesehen!«

»Na bumsti«, sagte ich. »Und warum seid ihr da erst jetzt draufgekommen?«

»Frag mich nicht, ich hab noch andere Dinge zu erledigen. Wir haben erst heute Morgen wieder einen Autofahrer geschnappt, der auf der B 52 einen Storch z'sammg'führt hat und einfach weitergefahren ist.«

Meine Liebe zu Störchen war grenzenlos, keine Frage. Aber wenn es darum ging, den Tod an einem Menschen aufzuklären, war ich der – vielleicht veralteten – Auffassung, dass die lokalen Behörden diesem Aspekt mehr Raum und Zeit einräumen sollten.

»Okay, und wie lief das damals ab?«

»Der Andrássy hat sich offenbar für den besseren Schauspieler g'halten. Er hat deshalb alle Regisseure und Produzenten, die mit Johann Gludovatz zusammengearbeitet haben, kontaktiert und diese beflegelt und beschimpft. Er hat immer wieder Auto und Haus vom Gludovatz mit wüsten Beschimpfungen beschmiert. Das waren keine Kleinigkeiten. Und er hat sich nicht nur einmal ans Drehset geschmuggelt, um dort die Rolle von Gludovatz einzunehmen. Das musst du dir einmal vorstellen, er stürmte einfach eine Szene, in der gerade gedreht wurde, und verlangte, anstelle von Gludovatz den Part zu spielen. Von der Mitarbeiterin der Maske hat er verlangt, dass sie ihn herrichten soll wie den Johann Gludovatz. Das war erst heuer im Frühjahr.«

»Und da hat er kein Betretungs- oder Annäherungsverbot aufgebrummt bekommen oder Ähnliches?«

»Doch, natürlich. Er hat auch vom Gericht die Auflage bekommen, sich nicht näher als fünfzig Meter an Johann Gludovatz ranwanzen zu dürfen.«

»Und wie konnte es dann passieren, dass Joseph Andrássy und Johann Gludovatz gemeinsam auf der MS Maximilian landeten? Für einen einwöchigen Bootstrip über den Neusiedler See?« Ich musste mich jetzt wirklich zusammenreißen, um nicht zu laut zu werden. Behördenfehler waren einfach immer wieder die Ursache für massive Verbrechen. Schlampiges Verhalten und menschliches Versagen von Beamten standen dem in nichts nach. Wie oft hatte ich es erlebt, dass ein Beamter, der seinen Job nicht ernst genug nahm, indirekt für ein Verbrechen verantwortlich gewesen war. »Das kann doch echt nicht sein, Poidl!«, zischelte ich ins Mikrofon.

»Das musst du jenen Mann fragen, der für die Sicherheit an Bord der MS Maximilian zuständig ist.«

Oups.

»Ich werde ihn mir gleich mal vorknöpfen«, sagte ich nach einer kurzen Denkpause. »Und, Poidl, du hast vorhin g'meint, dass du die Infos zum Gsertz und dieser Baupleite *auf dem kurzen Dienstweg* bekommen hast. Was hast du damit g'meint?«

»Es gibt im Stadtpolizeikommando in Eisenstadt einen Kollegen, der damals auch einiges an Geld verloren hat. Ich mein, ich würd mein sauer verdientes Gehalt ja nie in so was investieren, aber das sehen manche Kollegen halt anders.«

»Wer war's denn?«, fragte ich rein interessehalber und hoffte auf eine Antwort, die mir der Poidl auch kurz darauf gab.

»Der Stefan Krammer vom LKA.«

Sehr schön.

Dealing like a Plünder

Ich bedankte mich beim Poidl für die Infos, schlenderte zu jenem Automaten, in dem kurz zuvor Joseph Andrássy verschwunden war, und hielt mein Ohr an den Vorhang, um zu lauschen, ob sich Andrássy nach wie vor im Inneren aufhielt. Mit einem Ruck wurde dieser jedoch plötzlich weggezogen, und Andrássy betrachtete mich misstrauisch. Bella schreckte zurück. Schöner Schutzhund war das.

»Kann ich Ihnen helfen?«, fragte er.

Er konnte. Aber auf eine andere Art und Weise, als er es sich jetzt gerade wohl vorstellte.

»Ich hab mich nur dafür interessiert, was hier drin vor sich geht«, antwortete ich.

»Ist ja Ihr Job als Sicherheitsbeauftragter«, kommentierte Andrássy. »Kommen Sie rein, es ist eh Platz für zwei Personen.« Er schob den Vorhang zur Seite, und ich hatte gerade auf der schmalen Bank neben Andrássy Platz genommen, als Bella ihren braunschwarzen Schädel unter dem Vorhang hindurchsteckte. Ich blickte zu Andrássy.

»Kein Problem, Sie beide scheint es ja eh nur im Doppelpack zu geben.«

Das ließ sich meine vierbeinige Kollegin nicht zweimal sagen, und schon lag sie zwischen Bildschirm und unserer Bank auf dem Boden.

»Ist das ein Computerspiel?«, fragte ich Andrássy.

Vor uns auf dem Bildschirm war das virtuelle Ebenbild von Maximilian Plünder zu sehen, der uns mit einer einladenden Bewegung dazu aufforderte, einen roten Button zu drücken, auf dem die beiden Wörter »Nächste Challenge« standen.

»Das ist *Dealing like a Plünder*«, sagte Andrássy, »saudepperter Name, wenn Sie mich fragen.«

Ich hatte ihn nicht gefragt, ahnte aber auch so, dass sich da mal wieder ein Marketinggenie bei der Namenswahl verausgabt hatte.

»Und worum geht's?«

»Es gibt mehrere Runden, in denen Sie mit Maximilian Plünder verhandeln müssen. Eine Challenge habe ich noch vor mir«, sagte Andrássy.

»Wie oft haben Sie schon gewonnen?«, fragte ich höflichkeitshalber. In der Ecke unten rechts auf dem Bildschirm war sein Punktestand nach neun von zehn Runden eingeblendet.

»Fragen Sie lieber nicht«, antwortete Andrássy und drückte auf den Touchscreen.

Die Null unten rechts sagte eh mehr als tausend Worte.

Der virtuelle Plünder rückte in die obere rechte Ecke. Vor uns erschien nun ein einleitender Text, in dem eine Geschäftssituation beschrieben wurde. Nach langen Verhandlungen stünde unser Gesprächspartner plötzlich vom Verhandlungstisch auf und drohte mit dem Abbruch der Verhandlungen. Was würden wir tun? Wir hatten zehn Sekunden Zeit für unsere Antwort, ein Countdown in Form eines roten Balkens wurde immer schmaler. Neun Sekunden. Drei mögliche Handlungsoptionen wurden uns auf dem Touchscreen angeboten. Sechs Sekunden. Nachgeben lautete die erste Option. Nichts tun die zweite. Verhandlungen abbrechen die dritte und letzte. Drei Sekunden. Ich sah zu Andrássy. Der schien nicht sehr entscheidungsfreudig. Zwei Sekunden. Auf dem Display rieb sich der virtuelle Plünder schon freudig die Hände. Eine Sekunde. Ich schnellte mit meiner Hand vor und drückte auf »Verhandlungen abbrechen«.

Nun erschien Plünder wieder im Großformat vor uns und applaudierte mit seinen verpixelten Händen.

»You are a dealmaker«, tönte es reichlich metallisch aus den Lautsprechern der Kabine.

»War doch nicht so schwer«, erklärte ich. »Einfach immer einen auf Donald Trump machen.«

»Hat man in den USA ja gesehen, wo das hinführt«, kommentierte Andrássy schmallippig.

»Ich hätte da noch ein paar Fragen an Sie«, sagte ich, als in den Museumsräumlichkeiten zeitgleich erneut die alles übertönende Lautsprecherstimme einsetzte.

»Ihr Film beginnt in zwei Minuten. Bitte begeben Sie sich unverzüglich zum angrenzenden Dolby-Surround-Ultra-HD-Ultimative-Kinosaal.

»Wir müssen dann wohl mal los«, sagte Andrássy, der es plötzlich sehr eilig hatte, aus der Kabine hinauszukommen. Nur mit Mühe schaffte er es, bei seiner Kabinenflucht nicht auf Bella zu steigen, die sich bei ihrem Kurzzeitschläfchen nicht von der Lautsprecherdurchsage hatte stören lassen. Es war wirklich auffallend, wie viel Schlaf sie benötigte.

»Komm mit, alte Dame«, sagte ich und strich ihr mit der Hand übers Fell. Mir fiel ein, dass ich gar nicht wusste, wie alt Bella war. Vielleicht war sie ja wirklich schon eine alte Dame, der einfach nur die Hitze zu schaffen machte.

Nebenan befand sich ein kleiner, aber feiner Kinosaal, der alle Stückerln zu spielen schien. Das Auditorium beherbergte in ansteigender Höhe rund fünfzig rote Clubsessel. Jede Reihe war so angeordnet, dass einem kein Sessel der vorderen Reihe den Blick zur Leinwand versperrte.

Jeder Platz war mit einem Getränkehalter ausgestattet, und wie ich anhand eines Sitzes erkennen konnte, auf dem bereits Birgit Borbely Platz genommen hatte, ließ sich die Rückenlehne bequem nach hinten stellen, während aus dem Sockel des Sessels eine Beinstütze nach vorne klappte. Da konnte man also auch ein bequemes Schläfchen zwischendurch einlegen. Sehr schön.

Andrássy hatte sich in der vierten Reihe am Gang platziert. Das machten Leute meistens, wenn sie entweder groß waren und während der Vorstellung ihre Beine ausklappen wollten oder wenn sie eine nervöse Blase hatten. Ich wählte den Sitzplatz neben ihm. Als er deshalb seine Beine einen halben Zentimeter zurückziehen musste, präsentierte er ein genervtes Schnoferl. Zwar hatte ich ihn nun gut im Blick, eine Fortführung unseres Gesprächs würde aufgrund der großzügigen Entfernung zwischen den Sesseln jedoch nicht möglich sein. Bella legte sich vor meine Füße, wodurch sich mein Sitzkomfort deutlich einschränkte. War ihr aber egal.

Kurz darauf betrat zu meiner Überraschung die Prucknerin

den Saal, und sie war nicht mit leeren Händen gekommen. Aus einem weißen Stoffsackerl kramte sie schwarze In-Ear-Kopfhörer heraus und verteilte diese an alle Kinogäste.

»Wieso das denn?«, fragte ich sie, als sie bei uns angekommen war.

»Der Plünder hat Angst, dass seine Mitarbeiter durch den Lärm im Kino von der Arbeit abgehalten werden. Die Filme im Kino dürfen nur dann in voller Lautstärke laufen, wenn er selbst in der Vorstellung sitzt«, antwortete die Prucknerin und drückte Andrássy seinen Kopfhörer in die Hand.

»Und wenn der Plünder selbst im Kino hockt, werden seine Angestellten vom lauten Surroundsound nicht abgelenkt, hä?«

»Frag mich nicht, war nicht meine Idee«, sagte die Prucknerin.

Nachdem sie mit ihrer Kopfhörerrunde fertig war, wurde es dunkel. Und dann geschah erst mal lange … nichts. Erst als sich schon ein bisschen Getuschel ausbreitete, öffnete sich wie von Zauberhand der Vorhang, und kurz darauf nahm der Projektor in der Wand hinter uns seine Tätigkeit auf. Ich stöpselte meine Kopfhörer in der Armlehne ein und lehnte mich zurück.

Pompöse Musik setzte ein, die gut zu einem dieser bombastischen Sandalenfilme aus den 1920ern gepasst hätte. »Ben Hur«. Oder »Odysseus«. Oder wie auch immer diese Dinger geheißen hatten, für die man Trillionen von Statisten engagiert hatte, die dann in gefakten Schlachten aufeinander losgingen. Doch dieser Film hier hieß, ganz bescheiden, »Das wunderbare Leben des Maximilian P.«. Ich dachte unweigerlich an Oli P., diesen deutschen Soapdarsteller und Schmusesänger, von dem ich nicht wusste, was in den vergangenen zwanzig Jahren aus ihm geworden war. Marlis Wendelin wusste da vielleicht mehr.

Man glaubte es kaum, aber der Kinostreifen war ein waschechter Spielfilm. Da waren echte Schauspieler oder zumindest solche, die sich dafür hielten, engagiert worden, um die verschiedenen Lebensphasen des Maximilian Plünder nachzuspielen. Folgerichtig begann das Geschehen mit einer Krankenhausszene in Schwarz-Weiß, in der Mama Plünder den kleinen Maxi in einem Kreißsaal in die Hand gedrückt bekam. Weiter ging's mit einer Szene, in der die glückliche Familie nach Hause kam und dort schon von Freunden und Verwandten begrüßt wurde. Heile Welt à la Maximilian Plünder im Österreich der 1960er Jahre.

Nahm man den Neigungswinkel des Kopfes als Maßstab, war die Grand Old Lady, die in der ersten Reihe fußfrei in ihrem Rollstuhl saß, bereits weggenickt. Ich konnte es ihr nicht verübeln. Sandra, die sich in der Reihe vor mir niedergelassen hatte, drückte hektisch, fast schon panisch auf ihrem Handy herum, um es kurz danach auszuschalten. Plünder, der alte Fuchs, wusste wohl auch im Kinosaal Handyempfang und WLAN zu unterbinden.

Auch Andrássy schien es bereits zu reichen, er stöpselte seine Kopfhörer aus, erhob sich und marschierte mit seinem Hinkebein die Stufen hinunter zum Ausgang. Dort angekommen, drückte er die Türklinke runter. Einmal. Zweimal. Dreimal. Und schließlich sehr, sehr häufig hintereinander, in einer Intensität, die darauf schließen ließ, dass er nicht damit einverstanden war, dass die Tür offensichtlich von außen versperrt worden war. Auch da war wohl jemand auf Nummer sicher gegangen, um die Aufmerksamkeit für den Film nicht durch etwas Nebensächliches wie einen Gang zur Toilette abschweifen zu lassen. Als Sicherheitsbeauftragter hätte ich mir zum Beispiel in puncto feuerpolizeilicher Sicherheit wohl spätestens jetzt Gedanken machen müssen. Das enttäuschte wie entnervte Gesicht von Andrássy, der sich nun wieder neben mich setzte, war mir jedoch eine zu große Freude, als dass ich mir diesen Moment mit Eigeninitiative hätte ruinieren wollen.

»Auf Alcatraz ist eine Flucht wohl leichter als aus diesem Kinosaal«, kommentierte ich sein Scheitern.

»Freiheitsberaubung ist das!«, echauffierte sich Andrássy nicht zu Unrecht. »Können Sie da nichts machen?«

Ich bildete mir ein, dass das Türschloss, mit dem das Tor zu unser aller Freiheit gesichert war, keine allzu große Herausforderung für uns darstellen würde. Sollte also wirklich ein Notfall eintreten, wäre es für uns alle nicht so schwer, hier halbwegs unversehrt rauszukommen. Aber wo keine Not, da auch kein Notfall.

»Mit Gesetzesübertretungen kennen Sie sich ja aus«, antwortete ich. Andrássy sah mich überrascht an. Die anderen Kinogäste folgten brav dem Geschehen auf der Leinwand und bekamen von unserer kleinen Unterhaltung nichts mit. Auch Bella ließ sich nicht von uns aus der Ruhe bringen. »Haben Sie ernsthaft angenommen, dass Ihr Hass auf Johann Gludovatz nicht rauskommen würde, wenn selbiger plötzlich von einem Schiff verschwindet, auf dem Sie zufälligerweise mit an Bord sind?«

»Ich dachte, Gludovatz ist mit einer Sommergrippe im Krankenhaus?«

Oupsi. »Eh ... eh ...«, stammelte ich. Bella schien sich mit den Pfoten die Ohren zuhalten zu wollen. War ihr wohl peinlich, wie ich mich hier um Kopf und Kragen redete. »Aber wenn ich einmal am Ermitteln bin ... eh ... lasse ich mich von nichts und niemandem aufhalten. Wer weiß, auf was für Ideen Sie noch kommen!«

»Das haben Sie sich ja schön zurechtgelegt«, reagierte er schnippisch. Dann sah er sich um, wohl um sich zu vergewissern, dass uns keiner von den anderen Passagieren belauschte. »Eh klar, wenn man nicht weiterweiß, sucht man sich den erstbesten Verdächtigen, und auf den schießt man sich dann ein.«

»Na ja, also zur Verteidigung Ihrer Ehre muss ich festhalten, dass Sie nicht unser erster Verdächtiger sind.« Im Gegenteil, es wurde ja eh schon fast jede Passagiersau durchs Verdächtigendorf getrieben. »Aber selbst Sie müssen sich eingestehen, dass da ein gewisser Zusammenhang nicht ganz unwahrscheinlich erscheint, oder?«

»Der Johann Gludovatz ist ein verdammter Blender«, versuchte sich Andrássy zu rechtfertigen. »Er hat kein Recht darauf, dieser gefeierte Schauspieler zu sein. Seine ganze Vita, der angebliche Abschluss an der Ernst Busch in Berlin, alles Lug und Trug. Ich war selbst vor Ort, ich habe es überprüft. Im dortigen Archiv taucht sein Name nicht ein einziges Mal auf. Er hatte diesen Erfolg nicht verdient.« Er sah mich nachdrücklich an, was im Zusammenspiel mit den durch den Plünder-Film hervorgerufenen wechselnden Lichtverhältnissen ein surreales, fast schon künstlerisch wertvolles Bild ergab. »Er hatte es einfach wirklich nicht verdient«, wiederholte er sich. Fast schon so, als würde er sichergehen wollen, dass seine Message bei mir angekommen und für alle Beteiligten auch wirklich klar war, dass er der arme Tropf in dieser ganzen Geschichte war.

Und vielleicht hätte ich seinen Aktionismus, seine Eifersucht auf Johann Gludovatz zwar nicht billigen, aber nachvollziehen können, wenn es sich bei Johann Gludovatz um einen Schauspieler der Preisklasse Christoph Waltz gehandelt hätte. Oder meinetwegen Claus Theo Gärtner. Aber Johann Gludovatz? Außer einer »Tatort«-Episode und der Hauptrolle im Weinkaiser stand da nicht viel auf seiner Wikipedia-Seite.

»Aber auch ein Blender hat ein Recht auf ein Privat- sowie ein ungestörtes Berufsleben«, erklärte ich, was seine Hoffnung darauf, dass ich im Team Andrássy spielen würde, enttäuscht haben dürfte.

»Warum haben Sie denn beim Preisausschreiben im Express mitgemacht? Sie wussten doch, dass auf die Gewinnerinnen und Gewinner diese Reise mit Johann Gludovatz wartete. Wenn er Ihnen so sehr gegen den Strich geht, war das doch keine verlockende Aussicht.«

»Ich hab doch nicht damit gerechnet, dass ich wirklich den Hauptpreis gewinne. Ich hatte es auf die Trostpreise abgesehen, da gab es ganz nette dreistellige Beträge zu gewinnen, gutes Geld, das ich hätte gut gebrauchen können.«

»Sie hätten den Gewinn ja auch einfach ablehnen oder an jemand anderen abtreten können«, blieb ich am Ball. So leicht kam er mir nicht aus.

»Sie werden lachen, als ich von meinem Gewinn erfahren habe, wollte ich den Preis tatsächlich zuerst ablehnen. Aber dann habe ich mir gedacht, dass die Reise trotz der Anwesenheit vom Gludovatz eine gute Gelegenheit sei, um andere wichtige

Leute kennenzulernen, die mir in meiner Karriere vielleicht noch behilflich sein könnten. Also hab ich die Krot geschluckt«, antwortete er. »Und Sie können sich sicher sein, dass mich seine jetzige Abwesenheit alles andere als stört.«

»Was wollten Sie Samstagabend eigentlich in der Messe auf der MS Maximilian?« Versuchen wir es halt mit einem anderen Thema, vielleicht kam ich da weiter.

»Wie bitte? Ich war in keinem Gottesdienst am Samstagabend, sondern mit den anderen bei der Schlagernacht auf der Festspielbühne in Mörbisch.«

»Stellen Sie sich doch nicht so blöd, Herr Andrássy. Sie wurden gesehen, wie Sie Samstagabend in der Messe im Oberdeck waren, also dort, wo die Speisen hergerichtet werden.«

»Ach so, das meinen Sie. Ich wusste nicht, dass der Aufenthaltsraum der Crew die Messe ist.« Das konnte man ihm glauben oder auch nicht. War aber auch egal. »Ich hatte schreckliches Schädelweh und hab nach einer Kopfschmerztablette gefragt, die ich nach dem Essen einnehmen wollte. Damit ich doch noch mit zur Schlagernacht gehen konnte. Den Auftritt von Marlis wollte ich mir nicht entgehen lassen.«

»Und, haben Sie eine Pille bekommen?«

»Ja, die Stewardess war so nett und hat mir eine Tablette aus der Bordapotheke geholt.« Konnte man die Crewmitglieder eines Schiffes wirklich so nennen wie jene hoch oben in einem Flugzeug?

»Und was haben Sie getan, während die Mitarbeiterin für Sie die Tablette geholt hat?«

»Was soll ich da schon groß getan haben? Gewartet habe ich«, erklärte er.

»Sie haben nicht zufällig die Zeit genutzt, um mir ein Schlafmittel oder etwas Ähnliches ins Essen zu mischen?«

Jetzt lachte er. »Also hören Sie mal, das klingt ja wie in einem schlechten Krimi«, erklärte er. »Warum hätte ich das tun sollen?«

Um mir anschließend den leblosen Körper von Johann Gludovatz in die Kabine zu legen.

»Die Kollegen von der Polizei erwarten Sie unten vor dem Bus, um Ihre Fingerabdrücke sowie eine DNA-Probe zu nehmen«, ging ich nicht weiter auf seine Frage ein. Das hatte ich mit dem Poidl noch während unseres Telefonats ausgemacht, daran führte nun kein Weg mehr vorbei. Unruhe an Bord hin, Nachrichtensperre vom Plünder her. »Dann werden wir ja sehen, ob Sie die Wahrheit gesagt haben oder nicht.« Das war gar nicht so klar. Es waren so viele unterschiedliche DNA-Spuren bei Gludovatz gefunden worden, dass man daraus allein niemals einen einzelnen Täter hätte bestimmen können. Aber es konnte nicht schaden, ihm ein bisserl die Rute ins Fenster zu stellen.

»Warum das denn?«

»Betrachten Sie es als Vorsichtsmaßnahme. Und ich würde Ihnen sehr ans Herz legen, dieser Vorsichtsmaßnahme zuzustimmen.«

»So ein Schmarrn! Warum sollte ich?«

»Sie müssen laut richterlichem Beschluss mindestens fünfzig Meter Abstand zum Gludovatz halten. Das dürfte sich am ersten Abend auf der MS Maximilian nicht ganz ausgegangen sein. Wenn Ihnen das lieber ist, kann ich das den Richter gerne wissen lassen. Ich an Ihrer Stelle würde mich also ein bisserl kooperativer zeigen.«

»Machen Sie doch, was Sie wollen«, sagte er bockig. »Seit diesem unfairen Prozess im letzten Jahr erwarte ich mir ohnehin keine faire Behandlung mehr.«

Eine gefühlte Ewigkeit später erschien auf der Leinwand der Abspann, der all die verdienten Schauspieler und Akteure würdigte, die diese großartige Biografie produziert hatten. Allgemeines Kopfhörer-aus-dem-Ohr-Pulen setzte ein, und Jennie machte sich daran, die Grand Old Lady aus ihrem Dämmerschlaf aufzuwecken. Dann ging das Licht an. Auf wundersame Weise wurde die Tür geöffnet. Und der Vater von Luise betrat die Bühne.

Den Schweinsbraten bitte!

Ich hatte zuvor im Kinosaal gar nicht bemerkt, dass da noch eine andere Tür war. Durch diese trat nun Maximilian Plünder ein, begrüßte uns und führte uns schließlich in jenen großen Saal, in dem uns belegte Brötchen, Saft und andere Kaltgetränke sowie Kaffee und Tee erwarteten. Plünder ließ es sich also nicht nehmen, die Promotion-Reisegruppe der MS Maximilian persönlich zu begrüßen. Mit dabei waren natürlich auch zwei Kamerateams und weitere Herr- und Frauschaften, die verdammt stark nach Journalisten und PR-Heinzis aussahen. Zum Glück war Patrik Andersson vom ORF-Landesstudio nicht dabei, der bereits in Podersdorf den Gludovatz'schen Braten gerochen hatte.

Plünders Erscheinung war die gleiche wie auch im letzten Herbst, als ich ihn das erste Mal zu Gesicht bekommen hatte. Er trug einen weißen Anzug, dazu ein orangefarbenes Einstecktuch, einen orangefarbenen Gürtel sowie Schuhe in – erraten! – Dunkelgrün. Die Plateaustiefel aus Krokodilleder, die den Kerl um mindestens fünf Zentimeter größer machten, schimmerten im Scheinwerferlicht. Ich wusste nicht, ob es noch andere Tiere mit einer grünen Außenhaut gab, aus denen man derartiges Lederschuhwerk fabrizieren konnte. Ziemlich sicher war ich mir dagegen, dass Plünder – oder wer auch immer für ihn shoppen ging – niemals zu billigerem Lederimitat gegriffen hätte.

»Es ist mir wirklich eine große Freude, Sie alle hier in meiner bescheidenen Heimat, dem Plünder-Tower, begrüßen zu dürfen. Ich hoffe, Sie haben sich bisher sehr wohlgefühlt und genießen natürlich auch die Seereise in vollen Zügen.«

Er gefiel sich da vorne in seiner Gastgeberrolle, mit allen Augen sowie den Kameraobjektiven auf ihn gerichtet. Das war seine Bühne, das war sein Leben. Ich wusste nicht, ob er mich hier hinten am Stehtisch in der allerletzten Ecke des Saals bereits entdeckt hatte.

»Und ich freue mich auch, dass Sie alle so gut behütet werden von dem von mir persönlich sehr geschätzten Nikolaus Lauda. Uns ist zwar schon jemand abhandengekommen, wie mir zu

Ohren gekommen ist, aber das war sicher nicht Ihr Fehler, gönns?«, sprach er in sein Mikrofon und blickte zu mir nach hinten. Da war etwas Spöttisches in seinen Augen.

Ich schenkte ihm mein Sonnenscheinlächeln und war froh, als er sich wieder anderen Themen widmete. Seinen großen Plänen mit der Reederei Plünder, den Hotels und Ressorts, die er allerorten plante oder schon besaß und so weiter und so fort. Die anwesende Journaille war definitiv aus der Reisebranche, sonst hätte er sich wohl nicht so auf dieses Thema konzentriert. Als er endlich fertig war, wurde der rote Vorhang hinter ihm zur Seite geschoben, und zum Vorschein kam ein Büfett, das alle Stückerln zu spielen schien. Auf Servietten, Menükarten und sogar den silbernen Essenswannen, die von darunter befindlichen Teelichtern warm gehalten wurden, waren die Buchstaben »PC« eingraviert worden. Plünder Catering. Dieselbe Firma, die sich auch um die Bewirtung auf der MS Maximilian kümmerte.

»Na, wie hat Ihnen meine kleine Rede gefallen?«, fragte er mich, als die meisten anderen Passagiere bereits über Schnitzel, Lammkoteletts und Mehlspeisen herfielen und er auf mich zukam.

»Sie haben sich selbst übertroffen«, antwortete ich.

Es war viel passiert, seitdem wir uns das letzte Mal gesehen hatten. Ich hatte einen wesentlichen Beitrag dazu geleistet, dass er sich aus dem wahnwitzigen Hotelprojekt am ungarischen Ufer des Neusiedler Sees hatte zurückziehen müssen. Seine Oligarchenfreunde hatten daraufhin das gesamte Projekt gestoppt. Ob es doch noch jemals realisiert werden würde, war nicht absehbar.

Auch dass er den Steinbruch in St. Margarethen losgeworden war, konnte wohl ich mir auf die Fahnen heften. Nach unserem damaligen Zusammentreffen in seinem Büro hatte ich zudem das Tagebuch im Bahnhofsheiserl gefunden. Jenes Tagebuch, das der Mutter meiner ermordeten Frau Luise gehört hatte, dem sie ihre Vergewaltigung durch Maximilian Plünder anvertraut hatte. Nun stand er mir zum ersten Mal seit besagter

Tagebuchlektüre persönlich gegenüber und lachte mir mit seiner arroganten Fratze ins Gesicht.

Was machte man mit so einem Mann? Was machte man mit so einer Situation? Was hätte Luise von mir erwartet?

»Ich hoffe, Sie sind in der Angelegenheit Gludovatz bereits entscheidende Schritte weitergekommen. Wir können seinen Tod nicht länger als bis zum Ende der Schiffsreise unter dem Tisch halten. Das ist so mit dem Krammer-Bub vom LKA ausgemacht. Ihnen bleiben also nur noch drei Tage.«

»Dessen bin ich mir bewusst«, erklärte ich. »Seine Ex-Frau ist bereits informiert, sie scheint nur wenig betrübt zu sein über sein Ableben, hat aber gleichzeitig ein gutes Alibi. Sie befindet sich nämlich gerade ihrerseits auf einer Schiffsreise rund um Kap Hoorn. Seine Agentin weiß auch Bescheid, behält die Information aber hoffentlich erst mal für sich. Und der Rest der Welt denkt, dass ihn eine Sommergrippe erwischt hat. Vertrauen Sie mir, ich weiß schon, was ich tue.«

»Ihnen vertrauen, Sie sind lustig«, sagte er etwas unwirsch.

»Sie sehen mich nicht lachen.«

»Wenn Sie das verhauen, werde ich das tun, was ich schon im letzten Jahr mit Ihnen hätte machen sollen.«

»Ach so?«, fragte ich und hielt seinem Blick stand. Da waren viel Kälte und Skrupellosigkeit in seinen Augen. Ich wusste sicher nicht einmal fünf Prozent aller Schweinereien, die sich Maximilian Plünder in seinem bisherigen Leben geleistet hatte. Aber das, was ich wusste, reichte aus, um ihn nicht zu unterschätzen. Maximilian Plünder war nicht nur ein skrupelloser Dealmaker in einem Computerspiel. Dieses Bild, das er da von sich zeichnen ließ, entsprach durchaus der Realität. Aber da war viel mehr, das es zu bedenken, und wohl auch einiges, das es zu fürchten galt. Er blickte sich um, beugte sich anschließend vor.

»Ich werde Sie zerquetschen wie eine Made und Sie dann in einem meiner Recyclingunternehmen entsorgen lassen«, flüsterte er in mein rechtes Ohr. Trotz seiner Plateauschuhe musste er sich ziemlich strecken, damit er auch nur annähernd heranreichte.

»Sie wissen, dass ich Vorkehrungen getroffen habe für den Fall, dass ich mich von Ihnen bedroht fühle? Sie sind sicher nicht so blöd zu glauben, dass ich Ihnen hier bei freier Schussbahn einfach vor die Flinte laufe, ohne mich abzusichern.«

Natürlich hatte ich nichts dergleichen getan. Keine Vorkehrungen, keine geheimen Briefe, die im Falle meines Ablebens irgendwo geöffnet werden würden. Sicher, es gab die Unterlagen zu seinen illegalen Müllablagerungen, die ich im vergangenen November aufgespürt hatte. Und das Tagebuch von Luises Mutter, aus dem die Vergewaltigung hervorging. Plünder wusste bis dato jedoch gar nicht, dass ich im Besitz dieses Tagebuchs und dieser Dokumente war. Womit hätte ich mich in seinen Augen also absichern können? Ich setzte darauf, dass Plünder mich nicht einschätzen konnte und mir prinzipiell alles zutraute. Kurz darauf begann unser Stehtisch zu knurren. Zumindest konnte man diesen Eindruck gewinnen, wenn man nicht wusste, dass Bella darunter am Boden hockte.

»Liefern Sie mir den Mörder von Johann Gludovatz und liefern Sie ihn mir vor allem bald. Sonst kann ich für nichts garantieren«, sagte Plünder. »Und dann könnte es passieren, dass auch bei Ihnen mal die Bremsen versagen.«

Ich galt gemeinhin als verträglicher und besonnener Kerl. Vielleicht manchmal ein bisserl mürrisch oder eigenbrötlerisch, aber es war nicht so, dass ich grundsätzlich etwas gegen Menschen hatte oder so. Das hätte wohl jeder bestätigt, der mich halbwegs kannte. Lediglich zwei Menschen hatten mich bisher auch von einer anderen Seite kennenlernen dürfen. Martin Schoiswohl vom Wiener LKA und der Bruder von Vito Violino, wobei der Zweitgenannte dank meines Zutuns mittlerweile nicht mehr unter uns weilte. Beide hatten mich an einer Stelle getroffen, an der es mir nicht mehr möglich gewesen war, rational zu reagieren. Sie trugen wahrscheinlich gar keine Schuld daran, sie hatten ja nicht ahnen können, dass sie unbewusst diesen einen speziellen Knopf bei mir gedrückt hatten. Jenen Knopf, den nun auch Maximilian Plünder betätigt hatte.

Ich schnappte ihn mir am Kragen, drängte ihn an die nächstbeste Wand, musste darauf achten, dass er nicht hinfiel. Ich wollte ihn nicht am Boden haben. Ich wollte ihn an der Wand hängen, seine depperten Stiefel in der Luft baumeln, sein Gesicht um Verzeihung flehen sehen. Er wusste nicht, wie ihm geschah. So wie Luises Mutter, die nicht gewusst hatte, wie ihr geschah, als Plünder sich im Sommer '89 an ihr verging. So wie Luise, die nicht gewusst hatte, wie ihr geschah, als Vito Violinos Schergen sie ermordeten. So wie die Prucknerin, die nicht gewusst hatte, wie ihr geschah, nachdem sich jemand an ihrem Auto zu schaffen gemacht hatte.

Er röchelte unverständliches Zeug, seine Gesichtsfarbe nahm hellrote Züge an, auf seinen Schläfen traten einzelne Adern hervor. Mit seinen Händen trachtete er danach, den Griff meiner Hände zu lockern. Was für ein kläglicher Versuch. Was für ein Würschtel. Meine Hände drückten zu, nicht am Kragen, vielmehr am Hals. Mir ekelte davor, diesen Kerl auf seiner Haut berühren zu müssen. Doch das war mir in diesem Moment egal. Was getan werden musste, musste getan werden. Ich konnte mich nicht von so was Nebensächlichem wie meinem persönlichen Ekelgefühl abhalten lassen. Auch nicht von den Stimmen, die um mich herum immer lauter und wirrer wurden. Auch nicht von den Händen, die mich nun von allen Seiten zu packen und meinen Griff um den Plünder'schen Hals zu lösen versuchten. Ich war mit Plünder im Tunnel und in diesem einen Moment zutiefst überzeugt davon, dass nur einer von uns beiden diesen Tunnel lebend wieder verlassen würde.

»Das hätt die Luise nicht woll'n!«

Und dann war da plötzlich eine Ausfahrt aus dem Tunnel. Und am Ende der Ausfahrt sah ich in das Gesicht der Prucknerin mit ihren braunen Augen und ihrem warmen und herzensguten Lächeln, das mir das Gefühl gab, dass es in diesem Moment keinen einzigen Grund auf der ganzen Welt gab, Maximilian Plünder oder irgendjemand anderem auf diesem Planeten Gewalt antun zu müssen. Sie legte ihre Hand auf meinen Arm. Vollkommen ohne Druck, ich spürte nicht einmal so richtig, ob sie mich tatsächlich berührte. Und doch ließ ich, wie ferngesteuert, meine Arme langsam sinken, ich löste den engen Griff meiner Hände. Maximilian Plünder bekam wieder Luft. Erst jetzt realisierte ich, welchen Aufruhr ich ausgelöst hatte. Einer von Plünders Sicherheitsmännern zerrte an mir. Elmar Tinhof und Sebastian Gsertz versuchten, mich von Plünder wegzureißen, doch gegen meinen Zorn kamen sie nicht an. Marlis Wendelin schrie panisch herum und rief nach der Polizei.

»Wiederholen Sie, was Sie gerade eben gesagt haben«, raunte ich mit einer nur drei Sekunden zuvor nicht für möglich gehaltenen Ruhe in der Stimme, nachdem ich Plünder losgelassen hatte und er wieder festen Boden unter seinen Krokodillederschuhen hatte. Die Hand der Prucknerin schwebte immer noch über meinem Arm.

»Ich weiß nicht, wovon Sie sprechen«, röchelte es aus Maximilian Plünder heraus. »Aber eines kann ich Ihnen versichern: Das wird Konsequenzen haben!«

»Schieben Sie sich Ihre Konsequenzen in Ihren Arsch«, lautete die Antwort. Nicht von mir. Sondern von der Prucknerin. »Mein Taxiunternehmen ist das einzige hier in der Region. Wenn der Niko seinen Job als Sicherheitsbeauftragter verliert, verlieren Sie Ihren Transport- und Touristenführerdienst. Dann können Sie sich jemand anderen suchen, der Ihre Passagiere gleich von hier zurück zum Schiff bringt.«

Ich bin mir nicht sicher, aber ich glaube, es bereits einmal erwähnt zu haben: Diese Frau hat Eier.

Als der Trubel sich gelegt und der reichlich wortkarge Maximilian Plünder mit seiner Entourage den Ort des Geschehens verlassen hatte, nutzte ich die Gelegenheit und stellte mich hinter Jennie am Büfett an. Daniela bemühte sich derweil, Sandra Schwarzkopf davon zu überzeugen, den soeben von ihr mitgefilmten Gewaltausbruch ihren Followern auf Instagram und TikTok vorzuenthalten.

»Das ging ja gerade richtig ab, hätte ich einem Oppa wie Ihnen gar nicht zugetraut«, fand Jennie lobende Worte.

»Man soll die Leut halt nicht nur nach dem ersten Eindruck

bewerten«, antwortete ich und tätschelte Bella liebevoll übers Kopferl. »Du lässt dich nicht so leicht aus der Ruhe bringen, gell?«

»Heißsporn ist sie wahrlich keiner«, sagte Jennie. »Der Plünder wird sie aber wohl trotzdem nicht gerade ins Herz geschlossen haben.«

»Wie meinen Sie das?«, fragte ich verdutzt.

»Haben Sie das nicht mitbekommen? Gerade als Sie den Plünder wieder geerdet hatten, hat sich Bella neben ihn gestellt und ihm auf die Krokodillederbock gepinkelt.«

»Sie hat was?«

»Ist in aller Ruhe hinmarschiert und hat ihr kleines Geschäft erledigt.«

Ein Hund mit Charakter, auf den man sich selbst in Extremsituationen verlassen konnte. Ich hatte Bellas Support tatsächlich nicht mitbekommen. Wahnsinn, wie sehr so ein kleiner Testosteronausbruch das Wahrnehmungsvermögen einschränkte. »Schon was G'schmackiges entdeckt?«, versuchte ich, das Thema zu wechseln. Auch um meinen Blutdruck und meinen Adrenalinspiegel wieder in annähernd normale Regionen zu befördern.

»Sie meinen, abgesehen von all den toten Tieren?«

Jennie war die Einzige in ganz Rust, die mich bis heute siezte. Das fand ich irgendwie recht amüsant. Ich wusste nicht, warum sie das tat. Genauso wenig, wie ich bisher wusste, dass sie Vegetarierin war.

»Verstehe«, sagte ich und traute mich jetzt nicht, beim Lammkotelett zuzugreifen. Ich mein, Lamm und so. Babytiere zu verspeisen, rangierte in der nach unten offenen Sympathieskala ja sicher noch unterhalb jener Menschen, die einen Atomkrieg starteten oder mit dem Auto in den Urlaub fuhren. »Ich nehme was von dem gebackenen Karfiol und ein bisserl was vom Erdäpfelsalat«, sagte ich zu dem Menschen im Kochoutfit, der hinter den Büfetttischen seinen Dienst versah.

Er blickte mich misstrauisch an, hatte wohl Angst, dass ich ihm bei einer falschen Bewegung auch an die Gurgel gehen würde. Dabei hatte ich in diesem Moment nur lüsterne Augen für das Lammkotelett. Der Knochen von so einem Teil wäre sicher auch was für Bella gewesen, die, so bildete ich es mir zumindest ein, ebenfalls ihre Aufmerksamkeit auf das tote Tier gerichtet hatte. Umso erfreuter war sie kurz darauf, als Jennie neben uns plötzlich doch eine Bestellung für das Lammkotelett aufgab.

»Bella soll uns ja nicht verhungern«, sagte sie und tätschelte der vierpfotigen Dame gütig den Kopf.

»Ich dachte, Sie essen keine toten Tiere?«, stellte ich erstaunt fest, nachdem man mir den gebackenen Karfiol überreicht hatte.

»Hab ich nie behauptet«, sagte sie und verließ das Büfett mit Bella, der elendigen Verräterin, im schwänzelnden Schlepptau.

Während ich noch Ausschau nach einem Add-on hielt, mit dem ich mir den Karfiol schönessen hätte können, stellte sich Joseph Andrássy neben mich.

»Einmal den Schweinsbraten bitte«, gab er seine Bestellung beim Koch auf.

Während dieser einen großen Schöpfer Sauerkraut auf Andrássys Teller hievte, bedachte mich der vermeintliche Starschauspieler mit einem abschätzigen Blick.

»Schauen Sie nicht so, ich tue Ihnen schon nichts«, sagte ich zu ihm.

»Das wäre ja auch noch schöner!«, erklärte er. »Erst mir irgendwas mit dem Johann Gludovatz in die Schuhe schieben und dann selbst gewalttätig werden.«

Zu dem Sauerkraut gesellten sich drei Scheiben vom köstlich aussehenden und duftenden Semmelknödel.

»Seien Sie froh, dass ich Ihnen nicht gleich einen Mord angelastet habe«, fuhr ich den Provokationsregler ein bisserl nach oben.

»Ich habe Johann Gludovatz nicht getötet!«, rief Joseph Andrássy jetzt so laut, dass es wohl der gesamte Saal mitbekam.

Alle Augen waren nun auf ihn gerichtet. Und so ein bisserl auch auf mich. Mal wieder. Nur Jennie, die Grand Old Lady und Bella kauten gemütlich weiter an ihren Lammkoteletts.

Und leider war auch der Koch von seiner eigentlichen Aufgabe etwas abgelenkt, denn anstatt den Schweinsbraten in hauchdünne Scheiben zu schneiden, tat er nun Selbiges mit seinem Zeigefinger.

Es folgte ein Aufschrei, was dazu führte, dass die Aufmerksamkeit der versammelten Gesellschaft nun der blutenden Dramaqueen mit der Kochhaube gehörte. Selbst Bella war abgelenkt, wohl in der Hoffnung, dass da noch ein zusätzliches Stückerl Fleisch für sie herausspringen würde. Was, zumindest theoretisch, ja auch möglich war.

»Schnell, einen Arzt!«, rief jemand.

»Und noch einen Arzt«, rief ich hinterher. Denn neben mir kippte nun Joseph Andrássy vornüber auf den Parkettboden. Das köstliche Sauerkraut und die drei Scheiben vom Semmelknödel lagen um ihn herum verteilt. Was für eine Verschwendung.

Mittwoch

Ich bin kein Chirurg

Am nächsten Tag lagen wir vor Breitenbrunn vor Anker, und siehe da, auch dort gab es einen Leuchtturm. Nicht so kitschig, nicht so eindrucksvoll wie sein Poser-Kollege in Podersdorf, aber ganz zweifellos trotzdem ein Leuchtturm.

Das Tagesprogramm lockte diesmal mit Ruhe und Erholung. Zwei Dinge, die wir alle gut gebrauchen konnten. Am Vormittag war die Besichtigung eines Künstlerhofes geplant, und nach einem zünftigen Mittagessen in der – welch passender Name – Prangerschenke würden wir am Nachmittag die Besichtigung des historischen Wehrturms in Angriff nehmen, seines Zeichens Wahrzeichen der Gemeinde Breitenbrunn. Und wenn ich mich recht entsann, war mir bei meinen bisherigen Fahrten durch Breitenbrunn tatsächlich stets dieses kleine fesche Türmchen aufgefallen, das da mutterseelenallein, ohne dazugehörige Burg, im Zentrum von Breitenbrunn herumstand. Ich sah aus dem Fenster und entdeckte eine Möwe, die sich auf dem schlammigen Wasser niedergelassen hatte und mich provozierend zu fokussieren schien. Diese ständige präpotente Anwesenheit dieser Vögel würde ich ganz sicher nicht vermissen, wenn unsere kleine Seereise übermorgen in Rust endete.

Nicht vermissen würde ich auch mein Nachtlager auf dem Fußboden der Kabine sowie die meisten der Passagiere, die mit Bella und mir auf der MS Maximilian unterwegs waren. War es bei konventionellen Ermittlungen oder in der Polizeiarbeit so, dass man zumindest nachts mal vom Ermittlungsgeschehen abschalten konnte, fühlte ich mich hier wie in einem 24/7-Dauereinsatz, der vom Kamerateam eines Privatsenders begleitet wurde. Hätte der ganze Einsatz noch wesentlich länger gedauert, ich wäre wohl Gefahr gelaufen, managerkrank zu werden. So hatte das meine Mutter genannt, wenn man zu viel Stress in seinem Leben hatte. Ich bin mir nicht sicher, ob sie als Volksschullehrerin jemals einen echten Manager zu Gesicht bekommen hatte.

Auf dem Sonnendeck herrschte reger Betrieb. Fast alle Passagiere waren beim Frühstück. Auch Joseph Andrássy, der, als er Bella und mich entdeckte, schnell seinen Kopf wegdrehte und irgendwas im Wasser zu suchen schien. Ich blieb noch ein bisschen so stehen, um zu schauen, wer von uns beiden länger durchhalten würde. Als er aber partout nicht wieder seinen Blick vom Nass des Neusiedler Sees nehmen wollte, wurde es mir irgendwann zu fad.

»Dürfen wir uns zu euch setzen?«, fragte ich Jennie.

»Hetzen Sie uns bloß nicht!«, rief mir die Grand Old Lady entgegen, was ich als Bejahung verstand. Bella legte sich Jennie vor die Füße. Sie wusste schon, wie und wo sie am meisten abstauben konnte.

»Hat sich die Aufregung wieder gelegt?«, fragte Jennie, die heute mal wieder ganz in Schwarz gekleidet war. Sie bekam die volle Ladung Sonne ab, die gerade hoch über dem Ufer der anderen Seeseite stand. Mit ihrer voluminösen Sonnenbrille, die mich an Bono Vox im Video zu »The Fly« erinnerte, hatte sie zumindest einigermaßen Schutz für ihre Augen.

»Oberflächlich betrachtet schon, ja«, antwortete ich. »Aber der Koch von Plünder Catering wird sich noch sehr lange an diesen Nachmittag erinnern, an dem er sich selbst die Fingerkuppe vom Zeigefinger amputiert hat.«

»Angesichts Ihres Auftritts werden wir alle uns wohl lange an diesen Besuch im Plünder-Museum erinnern«, erwiderte sie. »Kann man so einen Finger nicht wieder annähen?«, fragte sie, während Eleonora Pruckner in aller Seelenruhe auf ihrer Extrawurstsemmel herumkaute.

»Wenn sie das Stück Finger vom Bratensaft gereinigt haben, wahrscheinlich schon. Aber ich bin kein Chirurg.«

Ich nahm mir einen Kornspitz aus dem Brotkorb, schnitt ihn auf und platzierte neben ein paar Scheiben Gouda auch eine Gurkenscheibe fürs gute Gewissen hinein.

»Wollen Sie einen Kaffee?«, fragte Sylvia Münch, und nachdem ich ihre Frage bejaht hatte, goss sie das schwarze Gold in die Tasse, die neben meinem Teller auf dem Tisch stand. Es war fast windstill heute. Nichts Neues.

»Was ist denn jetzt mit dem Andrássy?«, fragte Jennie, als Sylvia Münch wieder außer Hörweite war. »Und ist der Johann Gludovatz wirklich tot? Wurde er ermordet? Ich mein, das mit der angeblichen Sommergrippe ist ja schon eine seltsame Geschichte. Auch dass er auf seinen Social-Media-Kanälen nichts mehr von sich hören lässt.«

»Seit wann interessieren Sie sich für Social-Media-Kanäle?«, fragte ich erstaunt. Mit ihrer ganzen Wurschtigkeit gegenüber allem, was die Mainstreamgesellschaft im Leben so veranstaltete, konnte ich mir beim besten Willen nicht vorstellen, dass Jennie mit einem eigenen Account auf zum Beispiel TikTok vertreten war.

»Tue ich eh nicht«, antwortete sie und sah zum dynamischen Borbely-Mutter-Tochter-Duo hinüber. Gleich dahinter saß Sandra. Es gab also genug Informationsquellen an Bord der MS Maximilian, wenn es darum ging, Neuigkeiten über die Schönen und Reichen – oder über Johann Gludovatz – aus dem Internet zu bekommen. »Also, warum hat der Andrássy gestern Abend erzählt, dass Sie ihm den Mord am Gludovatz in die Schuhe schieben wollen?«

»Das weiß wohl nur er selbst«, hielt ich mich vage. »Fakt ist, Johann Gludovatz ist nicht mehr an Bord. Und genauso Fakt ist es, dass wir keine Leiche an Bord haben.« Beides war nicht gelogen.

»Jaja«, brachte sich die Grand Old Lady ein. »Im Hort von der Daniela war eine Eiche im Garten, sehr fesch!«, rief sie.

Aha.

»Soso«, sagte Jennie vielsagend und ließ eine Wurstscheibe unauffällig unter den Tisch wandern. »Und gestern haben Sie den Andrássy einfach nur mal so befragt, und deswegen ist er so außer sich gewesen?«

Sie ließ nicht locker. Sie witterte, dass da mehr war. Weibliche Intuition.

»Ja, ich habe mich kurz zuvor mit ihm unterhalten. Aber das Gespräch unterschied sich nicht sonderlich von anderen. An der Tabor-Ruine in Neusiedl habe ich mich genauso mit Sebastian Gsertz unterhalten, der hat sich deshalb auch nicht so echauffiert«, fuhr ich fort. Und während ich das so sagte, kam ich mir vor wie jemand, der sich verteidigen musste.

»Und mit uns wollen Sie sich in dieser Sache nicht unterhalten?«, fragte Jennie.

»Wenn ich das Gefühl habe, dass ich von Ihnen und der Frau Pruckner etwas erfahren könnte, werde ich auf Sie beide zukommen, keine Sorge.«

Wir saßen noch eine Weile so beisammen und genossen die Wärme der Sonne, die zu diesem Zeitpunkt noch nicht in Hitze übergegangen war. Man konnte sich hier wirklich vorkommen wie in der Toskana oder am Lago Maggiore. Wenn ich mir noch die Oliven- und Oleanderbäume sowie den Wein versinnbildlichte, die man im Sommer rund um den Neusiedler See zuhauf zu Gesicht bekam, war das echt schon sehr okay hier. Wenn nur nicht dauernd jemand ums Leben kommen würde. Erst Carlotta Woods im Vorjahr, jetzt Johann Gludovatz. Das trübte die Urlaubsstimmung ein wenig.

»Wir sollten uns langsam fertig machen«, sagte Elmar Tinhof hinter mir. »Unser Shuttle kommt schon.«

Ich sah hinüber nach Breitenbrunn und entdeckte die beiden Zillen, die zu uns übersetzten und bereits ein gutes Stück des Weges zurückgelegt hatten. Und erst jetzt bemerkte ich, dass unser Tisch neben jenem des verhinderten Starautors der einzige war, der noch besetzt war. Alle anderen hatten in der Zwischenzeit das Sonnendeck verlassen.

»Bella!«, aktivierte ich meine treue Gefährtin und erhob mich. »Auf geht's!«

Keine zehn Minuten später hatten sich alle Passagiere am Zwischendeck versammelt, um sich von den Zillen ans Festland gondeln zu lassen. Alle sahen sie aus wie Touristen. Kein Wunder, waren wir ja auch. Andrássy, der sich extra weit weg von mir und Bella positioniert hatte, wirkte gar so, als ob er auf

Safari gehen würde. Selbst sein Hut glich einem Tropenhelm. Nur die weißen Socken, die er in seinen Sandalen spazieren führte, erinnerten eher an einen bundesdeutschen Touristen in Thailand oder auf Mallorca.

Die erste Zille dockte bei uns an. Vom Oberdeck aus beobachtete Kapitän Nicolaysen das Geschehen. Die ersten Passagiere stiegen ein, allen voran natürlich Andrássy. Das war wirklich ein seltsamer Kerl. Und ein bisserl ein Würschtel. Jemand, der auf der einen Seite total von sich selbst überzeugt war und sich auch nicht zu blöd dafür war, sich vor anderen Leuten mit seinen Stalkingaktionen lächerlich zu machen. Auf der anderen Seite wird er ohnmächtig, wenn er nur einen Tropfen Blut zu Gesicht bekommt. Was natürlich die Frage aufwirft, wie er Johann Gludovatz den Penis abgeschnitten haben soll, wenn er beim Anblick von Blut sofort umkippte. Oder war das Ausdruck seiner großartigen Schauspielkunst gewesen, um gleichzeitig von dem Verdacht abzulenken, er könnte Johann Gludovatz etwas angetan haben? Ich fischte mein Smartphone aus der Hose und schickte dem Poidl eine Nachricht. Vielleicht konnte er ja irgendwie verifizieren, ob das mit der Blutphobie nur ein G'schichterl vom Andrássy war.

Die erste Zille hatte gerade in Richtung Breitenbrunn abgelegt, da tippte mich jemand von hinten an. Thees Nicolaysen. Der Kapitän. Der war aber schnell von der Brücke heruntergekommen. Er sah mich mit finsterem Gesichtsausdruck an. Ich ließ meine Zille Zille sein und folgte ihm.

»Das hier haben wir in einer Kabine gefunden«, sagte er, als wir auf der Brücke angekommen waren. In seiner staatstragenden Stimme war die Last von Millionen von Menschen zu spüren, deren Leben von ihm abhängig war.

»Wo?«, fragte ich. »Also in welcher Kabine?«

»Marlis Wendelin.«

Eh klar. Anstatt dass sich die Hinweise langsam auf eine verdächtige Person konzentrierten, kam jetzt die nächste an die Reihe. Wäre ja auch zu schön gewesen, wenn man die Segelmacherschere in der Kabine vom Andrássy oder vom Gsertz gefunden hätte. Ich besah mir das Teil näher. Selbst an den beiden grünen Griffen klebte noch eine rötlich braune Farbe.

»Sieht verdammt stark nach Blut aus«, ließ ich meinem feinen detektivischen Spürsinn freien Lauf.

»Da bin ich ganz bei Ihnen«, gab er mir recht.

»Wer hat die Schere entdeckt?«

»Sylvia Münch, beim Reinigen der Kabinen.«

»Haben Sie ihr gegenüber angedeutet, was es mit der Schere auf sich haben könnte?«

»Meine Crew ist nicht blöd. Die zählen eins und eins zusammen. Selbst wenn ich ihnen sagen würde, dass das drei ergibt, würden sie wissen, dass es eigentlich eine Zwei sein müsste.« Nicolaysen, der Mathematikphilosoph. »Aber offiziell wissen sie natürlich nichts. Zumindest nicht von mir.«

»Von mir auch nicht«, erklärte ich. Hatte er vielleicht gesehen, wie ich mich nach dem Ablegen in Podersdorf längere Zeit mit Sylvia Münch unterhalten hatte?

»Wie gehen wir jetzt vor?«, fragte er.

Ich warf einen Blick aus dem Seitenfenster. Die erste Zille, in der sich auch Marlis Wendelin befand, hatte bereits fast den Anlegesteg von Breitenbrunn erreicht.

»Haben Sie ein verschließbares Plastiksackerl oder etwas Ähnliches?« Er verschwand in der Messe nebenan und kehrte eine halbe Minute später mit einem dieser kleinen Sackerln mit Zippverschluss zurück, in denen man Lebensmittel frisch halten oder einfrieren konnte. Ich verfrachtete die Schere in das Sackerl. »Kein Wort zu niemandem«, erklärte ich und griff mir die leere Bauchtasche, die da auf einer Kommode lag.

»Nehmen Sie sie ruhig, ist ein Werbegeschenk«, sagte Nicolaysen.

Die Buchstaben P und C prangten in silberner Farbe auf der Vorderseite des schwarzen Täschchens. Sehr schön, jetzt war ich also auch noch als Werbeträger für die Cateringfirma vom Plünder unterwegs. Aber egal. Ich stopfte das Sackerl mit der Schere möglichst behutsam hinein. Dann tippte ich eine Kurznachricht an den Poidl und machte mich auf in Richtung

Zwischendeck. Die bereits in der zweiten Zille wartenden Passagiere quittierten meine Verspätung mit strafenden Blicken. Selbst Bella sah mich an, als ob ich ihr mal wieder drei Tage nichts zu essen gegeben hätte. Dann stachen wir in See, stets den Leuchtturm von Breitenbrunn als Ziel vor Augen.

Lange G'schicht

Nach meiner zusätzlichen kleinen Sicherheitsinspektion am Bus, man wusste ja nie, ging es für unsere Reisegruppe an Land weiter. Die Prucknerin hatte einigermaßen entsetzt reagiert, als ich ihr am Vortag nach unserem Besuch im Plünder-Tower erzählt hatte, dass Poidls Kollegen Beweise für eine Manipulation der Bremsen gefunden hatten. Geradezu gefasst hatte sie dagegen anschließend aufgenommen, was der Auslöser dafür gewesen war, dass ich Plünder am gestrigen Tag an den Hals gegangen war. Ob ich mir sicher sei, dass er mich mit der Warnung, meine Bremsen könnten auch mal manipuliert werden, nicht einfach nur provozieren wollte? Sie hatte es für nicht unwahrscheinlich gehalten, dass er bereits direkt von der Polizei über die manipulierten Bremsen informiert worden war. Und überhaupt, welche Bremsen hätte Plünder bei mir auch manipulieren wollen, schließlich sei ich ja maximal mit dem Fahrrad unterwegs?

Die Fahrt mit dem Kleinbus der Taxiprucknerin vom Seeufer hinein nach Breitenbrunn fühlte sich fast schon nach Heimat an. Nicht nur dass uns auch hier Alfred Dachs mit seinem Protestschild begrüßt hatte, wir mussten, um in den Ort zu gelangen, eine schnurgerade Straße entlangfahren, bei der es links und rechts nichts anderes gab als Schilf. Schilf, so weit das Auge reichte. Da fühlte man sich gleich wieder wie daheim in Rust, das nur zwanzig Kilometer in südlicher Richtung von hier entfernt lag.

Bella und ich waren wieder ganz vorne im Bus, jeweils auf

einem Doppelsitz. Die coolen Leute saßen zwar in der Regel immer ganz hinten, dafür hatte ich mit Bella definitiv das feschste Mädel neben und mit der Prucknerin das lässigste Mädel schräg vor mir. Ich war froh, die beiden bei mir zu haben. Sehr froh.

Auf die endlosen Schilfweiten folgten Weingärten und Ackerflächen. Das einzige Highlight bis zum Ortsbeginn war ein Kunstkonstrukt aus Metall, das aussah wie ein aus Fahrrädern bestehender Turmbau zu Babel. Die Prucknerin raste daran vorbei, genauso wie am Tempo-fünfzig-Verkehrsschild, an dem ein Surfboard angelehnt stand, sowie an einer Pension namens Romantikchalet. Erst dann bremste sich die Taxiprucknerin ordentlich ein. Bella wurde in die Rücklehne des Fahrersitzes gedrückt. Das gefiel ihr nicht, da war sie ein bisserl eigen. Bei der Kirche bogen wir rechts ab, fuhren die Kirchengasse hinauf und waren auch schon beim Wehrturm angekommen. Ich wusste natürlich nicht wirklich, dass es die Kirchengasse war, die wir da soeben mit deutlich mehr als den erlaubten dreißig Stundenkilometern hinaufgejagt waren. Aber, seien wir uns ehrlich, es war die Gasse, an der die Kirche lag. Sie konnte gar nicht anders heißen.

Wir verließen den Kleinbus am Fuß des Turms, und Bella warf sich sofort in den Schatten. Die sechs Minuten im Bus schienen ihr an Hitze für den heutigen Tag gereicht zu haben. So langsam begann ich mir wirklich Sorgen zu machen. Ob alles in Ordnung mit ihr war? Sie legte sich unter das Blätterwerk eines stattlichen Baumes und wartete darauf, dass jemand vom benachbarten Turmhof rauskommen und ihr Wasser bringen würde. Oder ein riesengroßes Steak, denn Bella war nicht wählerisch.

»Willkommen in Breitenbrunn«, begrüßte uns die Prucknerin noch mal offiziell, nachdem wir uns im Halbkreis vor ihr positioniert hatten. »Den Turm heben wir uns noch ein bisserl auf. Stattdessen gehen wir ein paar Meter zu einem beeindruckenden Künstlerhaus. Ich bitte Sie alle, mir zu folgen!«

Im Gänsemarsch ging es die Bundesstraße entlang, vorbei

an einem schnuckeligen rosafarbenen Haus, einem schnuckeligen grünen Haus sowie einer Bäckerei in einem schnuckeligen lachsrosafarbenen Haus. Und schon standen wir vor der weißen Fassade des von der Prucknerin angekündigten Künstlerhauses. Erneut stellten sich die Passagiere der MS Maximilian im Halbkreis um unseren Tourguide auf. »Wir betreten nun ein privates Anwesen. Ich bitte Sie alle daher um größtmöglichen Respekt«, sagte die Prucknerin und sah dabei eindringlich zu mir. Warum bloß?

Marlis Wendelin unterhielt sich angeregt mit Sandra, beide schienen die Ermahnung der Prucknerin nicht auf sich zu beziehen. Dabei hatte unsere Führerin mit dem Ordnungsruf wohl auch bezwecken wollen, dass Sandra sich und ihre Posen ein bisschen sparsamer in Szene setzte, während wir unseren Besuch absolvierten.

»Die Dame wird heute nicht anwesend sein, sie lässt sich entschuldigen«, fuhr die Prucknerin fort, und schon kurz darauf öffnete sie die hinter ihr wartende braune Doppelflügeltür mit einem großen massiven Schlüssel, der wohl ursprünglich für ein Verlies in einer herrschaftlichen Burg angefertigt worden war.

Wir fanden uns in einem lang gestreckten Hof wieder, der mich an das Anwesen von Alfred Dachs in Rust erinnerte. Mit einem Schlag war die Bundesstraße auf der anderen Seite der Tür vergessen. Nicht unbedingt im akustischen Sinn. Aber die Aura dieses Hofes ließ einen die komplette Umgebung ausblenden. Alles in diesem Streckhof stand in prächtigster Blüte. Erinnerte mich fast an Little Greece in Mörbisch. Die beiden Gebäudeteile, die nur durch den schmalen und lang gezogenen Hof getrennt waren, waren über drei Torbögen im hinteren Bereich des Hofes miteinander verbunden. Am Fuß der weißen Wände standen Blumenkübel und Tröge, in denen die prächtigsten Oleander und Hortensien wie eitle Gockel um die Wette blühten. Einige von ihnen rankten die Wände hinauf, auch aus den Fugen des Kopfsteinpflasters wuchs und gedieh es allerorten. In unregelmäßigen Abständen öffneten sich braune

Holztüren, die die hinter den Wänden liegenden Räumlichkeiten zeigten. Durch eine dieser Türen betrat unser Grüppchen einen Ausstellungsraum.

Joseph Andrássy war immer noch peinlich darauf bedacht, möglichst viel Abstand zu mir zu halten. Ich fürchtete, der Ärmste konnte sich gar nicht so richtig auf das Sightseeingprogramm konzentrieren, denn all seine Energie verwendete er darauf, stets meine aktuelle Position und in der Folge die größtmögliche Distanz zu mir zu bestimmen. Während die Prucknerin uns im ersten Raum etwas über die Genese des Gebäudes erzählte, erlaubte ich mir den Spaß und wanzte mich immer wieder an Andrássy heran. Was der prompt bemerkte und danach trachtete, wieder den alten Abstand zu mir herzustellen. Wir hätten uns auf diese Art und Weise mehrfach im Kreis bewegen können. Doch ich war ja nicht zum Spielen hier.

Was ich zwischendurch von den Erzählungen der Prucknerin mitbekam, war jedenfalls beeindruckend. Wir befanden uns im ältesten Haus der Gemeinde Breitenbrunn. Hier widmete man sich seit den 1960ern der experimentellen Kunst. Die Einrichtung hatte die bedeutendsten Künstlerinnen und Künstler ihrer Zeit angezogen, von Valie Export über Peter Weibel bis hin zu Elfriede Gerstl. Die Namen sagten mir alle nichts, aber alle anderen nickten beeindruckt, was für mich als Bestätigung der Berühmtheit vollkommen ausreichend war.

Der Vortrag der Prucknerin war zu Ende, und sie gab uns ein paar Minuten Zeit, um die Ausstellung in Eigenregie zu entdecken. Während Bella es sich draußen im schattigen Hof mit ihrem Wassernapf gemütlich machte, hatte ich also nun ein bisschen Zeit, um mit Marlis Wendelin zu plaudern.

»Schon toll, was sich hier alles abgespielt hat. Und das mitten am Land.«

»So was kann auch nur jemand sagen, der aus Wien kommt«, antwortete die Sängerin.

»Sie haben mich ertappt«, hisste ich die weiße Fahne.

»War nicht sehr schwer«, erklärte Wendelin und lächelte.

Es war kein freundliches Lächeln, eher mehr so diese Ätschibätschi-Variante, die man von Schulkindern kannte. Oder von Kollegen bei der Polizei, die sich über dich lustig machten, weil sie den Fall vor dir gelöst hatten. Durch das Lächeln kam ihr Cindy-Crawford-Muttermal besonders gut zur Geltung, das sie neben ihrem linken Mundwinkel spazieren führte. In mir regte sich der Drang, es ihr aus dem Gesicht zu wischen. Doch das würde wohl als etwas übergriffig wahrgenommen werden. »Wenn Sie sich ein bisschen mit der Gegend vertraut gemacht hätten, wüssten Sie, dass speziell die Region um den Neusiedler See sehr reich an Kultur und kulturellen Initiativen ist. Denken Sie nur an das Bildhauersymposion in St. Margarethen. Oder die Konzerte auf Schloss Halbturn.«

»Und ist nicht auch die Kommune von Otto Muehl hier irgendwo gewesen?«, warf ich den einzigen Namen in den Ring, den ich in petto hatte. Weniger aufgrund seiner herausragenden künstlerischen Qualitäten, mehr wegen seiner kriminellen Machenschaften.

»Ja«, sagte die Wendelin, »das war auf dem Friedrichshof. Ihn würde ich aber nicht unbedingt als erstes Beispiel für den fruchtbaren künstlerischen Austausch rund um den Neusiedler See nennen.«

»Und woher sind Sie?«

»Ich bin im Weinviertel geboren, in Dietersdorf, wenn Sie es genau wissen wollen. Das ist bei …«

»… Hollabrunn«, unterbrach ich sie. »Ich weiß.«

»Woher wissen Sie das?«, fragte sie mich erstaunt. Nun hatte ich tatsächlich ihre volle Aufmerksamkeit.

»Lange G'schicht«, erwiderte ich. »Wie kam es eigentlich dazu, dass Sie auf der MS Maximilian gelandet sind?«

»Meine Agentin hat mir die Reise verschafft. Da ich sowieso für die Schlagernacht in Mörbisch gebucht war, hat sich das ganz gut ergeben. Ich mag die Gegend hier, und es ist natürlich gutes Geld.«

»Haben Sie die Mitreisenden schon vor dem Start in Rust gekannt?«

»Den Johann habe ich natürlich schon oft gesehen. Das Showbusiness ist in Österreich relativ überschaubar, da läuft man sich zwangsläufig über den Weg.«

»Läuft man sich nur über den Weg, oder hat man auch ein bisserl mehr mit dem einen oder anderen zu tun? Zum Beispiel mit ›dem Johann‹?«

»Wollen Sie von mir wissen, ob ich etwas mit seiner Sommergrippe zu tun habe?« Dass sie das nicht ganz ernst nahm, signalisierte mir ihre Betonung des Wörtchens »Sommergrippe«.

»Haben Sie?«

»Habe ich nicht.«

»Haben Sie nicht, gut.«

»Aber wenn wir schon mal über den Johann reden, können Sie mir vielleicht verraten, wo er ist? Es machen Gerüchte die Runde. Und es ist ja bekannt, dass er ein massives Alkoholproblem hat.«

»Die Reederei hat mich gebeten, Stillschweigen zu bewahren«, erklärte ich. »Aber Sie brauchen sich keine Sorgen zu machen«, log ich sie an.

Sie drehte sich demonstrativ von mir weg und besah sich ein aufgeschlagenes Heft, in dem auf der rechten Seite achtmal untereinander das Wort »Ich« geschrieben war. Auf die linke Hälfte der Doppelseite hatten es nur zwei »Ichs« geschafft, eines oben rechts und eines unten links. Ich trat neben sie. »Und den Sebastian Gsertz haben Sie auch schon vor der Reise gekannt?«

»Selbstverständlich, den kenne ich schon seit seiner aktiven Fußballkarriere.«

Ich sah ihren Gesichtsausdruck nicht, weil sie immer noch das äußerst ichbezogene Buch bestaunte. Aber ich hätte schwören können, dass die gut zehn Jahre jüngere Marlis Wendelin glänzende Augen hatte, als sie sich an den nach einem Tor jubelnden Sebastian Gsertz zurückerinnerte.

»Haben Sie vorab gewusst, wer an Bord der MS Maximilian sein wird?«

Sie drehte sich nun wieder zu mir um.

»Natürlich, meine Agentin hat das vorab gecheckt. Ich sage nicht für eine solche Reise zu, um dann zum Beispiel eine Woche mit Andrea Schober verbringen zu müssen.«

»Andrea Schober?«

»Sie haben nichts verpasst, wenn Sie diese unmusikalische Trutschn nicht kennen.«

Gut, jetzt wusste ich schon mal, dass die kleine Marlis den Sebastian Gsertz angehimmelt hat und dass die große Marlis eine unmusikalische Andrea Schober nicht leiden konnte. Genug Vorgeplänkel also, es war Zeit, um in medias res zu gehen. Die Schlagersängerin machte einen Schritt zur Seite und ließ ihren Blick auf einem – nun ja – ziemlich bunten Bild ruhen.

»Segeln Sie gerne?«

Sie sah mich etwas verstört an.

»Ich kann nicht segeln, wenn Sie das meinen.«

»Das müssen Sie auch gar nicht können, um zu wissen, wie man eine Segelmacherschere benutzt.«

»Kommen Sie zum Punkt, Mann«, wurde sie etwas unwirsch.

»Es würd erklären, warum man in Ihrer Kabine eine Segelmacherschere gefunden hat. Eine Segelmacherschere, an deren Klingen das Blut von Johann Gludovatz klebt.«

Natürlich wusste ich noch nicht, ob die rötlich braune Farbe an der Schere tatsächlich ursprünglich aus des Weinkaisers Körper stammte. Aber ein bisschen gamblen schadete nie. Und außerdem wollte ich immer schon mal jemandem in einer Mordermittlung quasi ins Gesicht sagen, dass an seinen oder ihren Händen Blut klebte.

»Bitte was?«, fragte sie und sah mich entsetzt an. Jetzt hatte ich zumindest ihre ungeteilte Aufmerksamkeit. Und wenn man mal ganz ehrlich war, die Geschichte mit der Sommergrippe war nicht gerade hilfreich, wenn es darum ging, den Passagieren ordentlich auf den Zahn zu fühlen. Zumal weder Marlis Wendelin noch die anderen so richtig daran glaubten.

»Beantworten Sie einfach meine Frage. Wie kommt die Schere in Ihre Kabine?«

»Ich habe damit nichts zu tun«, erklärte mir die Wendelin

in sehr nachdrücklichem Tonfall. Das fand sie jetzt alles andere als witzig.

Wir hatten uns auf zwei Sessel gesetzt, die sonst wohl jenen Ausstellungsbesucherinnen und -besuchern vorbehalten waren, die nicht mehr so gut zu Fuß waren. Wir sprachen in einem sehr gedämpften Ton miteinander, denn solch alte Gemäuer hatten die ungute Angewohnheit, etwas hallig und hellhörig daherzukommen. Beobachtet von Joseph Andrássy und Sebastian Gsertz, unterhielten wir uns also über das kleine Fundstück, das Sylvia Münch beim Saubermachen in der Kabine von Marlis Wendelin gefunden hatte. »Ich kann mir das wirklich nicht erklären. Ich habe diese Schere noch nie zuvor gesehen.«

Ich hatte ihr ein Foto der Schere auf meinem Handy gezeigt. Dass das Beweisstück in meinem Bauchtascherl darauf wartete, dem Poidl übergeben zu werden, wollte ich ihr nicht auf die Nase binden. Nicht dass sie noch auf blöde Ideen kam.

»Und wie gelangt das gute Stück dann in Ihre Kabine?«

»Vielleicht hat es das Zimmermädchen dort hingelegt!«

»Das ist schon ein bisserl weit hergeholt, finden Sie nicht? Ich würde eher vermuten, dass Sie eines Nachts den Weinkaiser mit der Schere hingelegt haben.« Ich unterschlug die Information, dass mit dem Ding auch noch etwas anderes geschehen war.

»Was reden Sie da für einen Unsinn? Nachts hab ich nun wirklich Besseres zu tun, als jemanden mit einer Segeltuchschere umzubringen.«

»Segelmacherschere«, besserte ich sie aus.

»Ganz egal, wie das Ding heißt, ich habe damit niemanden getötet«, zischelte sie. »Und nachts schon gleich gar net.«

»Wieso sind Sie sich denn so sicher, dass Sie ihm ausgerechnet *nachts* nicht angetan haben?«

»Weil das nicht sein kann. Ich habe die Nächte auf dem Schiff mit dem Basti verbracht, in seiner Kabine.«

Mit dem Basti. Den sie seit seiner aktiven Fußballerkarriere kannte.

»Ob der Basti das bestätigen wird, wenn ich ihn darauf anspreche?«

»Glauben Sie mir, die Nächte mit mir hat er fix net vergessen.«

Das hatte sie jetzt mit noch mehr Nachdruck in der Stimme von sich gegeben als ihre Beteuerungen, mit dem Verschwinden von Johann Gludovatz nichts zu tun zu haben. Selbstbewusstsein hatte die Dame also schon mal. So ganz wollte ich sie aber noch nicht damit davonkommen lassen.

»Frau Wendelin, die Untersuchung der Spuren auf der Schere wird auch jene Fingerabdrücke zutage fördern, die vom Täter oder der Täterin auf dem Griff hinterlassen worden sind. Ich denke wirklich, dass es das Beste wäre, wenn Sie einfach erzählen würden, was passiert ist. Glauben Sie mir, das kann sich am Ende des Tages als strafmildernd erweisen.«

»Ich habe nichts damit zu tun. Wirklich!«, wiederholte sie mantraartig. »Fragen S' halt den Basti. Oder schauen S' nach Spuren in seiner Kabine, da werden Sie genug von mir finden. Aber sicher nichts, was mit dem Gludovatz, diesem armen Kerl, zu tun hat.«

»Mittagessen!«

Der Ruf der Prucknerin kam für Marlis Wendelin ziemlich gelegen, denn wie von der Tarantel gestochen sprang sie plötzlich auf und lief los. Zwar nicht in jene Richtung, aus der die Prucknerin uns zusammentrommelte. Aber weg war sie. Hatte Sie Mitleid mit dem Gludovatz, oder warum hatte sie ihn als armen Kerl bezeichnet?

Während wir uns im Hof versammelten, erreichte mich der Anruf vom Poidl. Er wartete nebenan im Tuningshop. »Dauert nur fünf Minuten«, entschuldigte ich mich bei der Prucknerin, schnappte mir Bella und drückte die Türklinke der braunen Holztür nach unten – vergeblich. Das Klimpern hinter mir signalisierte mir, dass die Prucknerin die Tür wohl erst aufsperren musste.

Kurz danach stand ich vor einem Laden namens Turbo Tuning, aus dessen Innerem der Poidl herausgestapft kam. Es gab wohl viele geeignete Orte für einen Tuningladen, Breitenbrunn hätte ich per se nicht dazugezählt. Aber why not?

»Das ist die Schere«, sagte ich zum Poidl und überreichte ihm die Bauchtasche samt darin befindlichem Corpus Delicti. »Marlis Wendelin will nichts von dem Ding in ihrer Kabine gewusst haben. Kann man glauben oder auch nicht. Wenn ihr wisst, ob Fingerabdrücke drauf sind, sag Bescheid, dann kann ich schauen, ob ich von unseren Passagieren auch abseits des offiziellen Dienstweges eine Probe bekomme.«

»Danke«, sagte Poidl und streichelte Bella nachträglich zur Begrüßung. Sie legte sich auf den warmen Asphalt und ließ uns unseren Menschenquatsch besprechen. »Von wem auch immer Fingerabdrücke auf der Schere sein werden, einen Passagier können wir wohl schon mal ausschließen.«

»Wen denn?«, fragte ich neugierig. »Also außer natürlich meiner Wenigkeit.« Bella bellte. »Und natürlich außer Bella.«

»Den Andrássy.«

»Wieso?«

»Wir haben seine Angaben hinsichtlich der Blutphobie überprüft. Das dürfte wirklich stimmen, er ist deswegen sogar ums Bundesheer herumgekommen.«

»Wirklich?«

»Ja, er wurde nachträglich als untauglich eingestuft, weil er drei Tage nachdem er in die Karlskaserne in Wien eingezogen wurde, umgekippt ist. Ein Kamerad hatte sich aus Versehen in den Fuß geschossen, Andrássy wollte ihm zu Hilfe eilen und ist umgekippt. Er selbst hat wohl bis zu diesem Vorfall damals selbst nichts von seiner Angststörung gewusst.«

»Mhmm«, machte ich. »Dann hat er den Gludovatz weder erstochen noch ihm dessen Penis abgeschnitten. Beides dürfte ja schon eher stark geblutet haben.«

»Kommt drauf an, wie lange der Gludovatz bereits tot war«, sagte Poidl. Laut Gerichtsmedizin zirkuliert das Blut nach dem Tod eines Menschen nicht mehr sehr lange im Körper. Es staut sich noch eine Zeit lang an den am tiefsten liegenden Stellen, vielleicht auch mal in einer Vene. Wenn du Pech hast und solch eine Vene triffst, kann es selbst ein paar Stunden nach dem Tod noch bluten. Aber das ist örtlich begrenzt, keine große Schweinerei.«

»Und doch wäre es Blut«, fasste ich die Lage zusammen. »Und es war ja auch Blut auf der Leiche zu sehen.«

»Ja, wahrscheinlich ausreichend, um einen Blutphobiker zur Strecke zu bringen«, fuhr der Poidl fort. »Aber ganz unabhängig davon, wie der Andrássy auf das Blut reagiert hätte: Es erscheint mir doch sehr unwahrscheinlich, dass er sich überhaupt in eine solche Situation bringen würde. Er weiß, dass er beim kleinsten Tropfen Blut umkippt. Dann schnippel ich doch nicht mit einer Schere oder was auch immer an einem Menschen herum.«

Wenn es also nicht zwei Täter waren, die sich das ganze Vorhaben je nach Neigungen und Fähigkeiten aufgeteilt hatten, fiel Andrássy als potenzieller Täter weg.

»Hält der Krammer die Füße noch still?«, fragte ich nach einer kleinen Nachdenkpause, in der zwei Traktoren im Konvoi an uns vorbei in Richtung Donnerskirchen gebrettert waren. Zwei Häuser weiter enterte eine Touristengruppe die Bäckerei.

»Es gilt das Wort des Maximilian Plünder«, antwortete der Poidl. »Auch wennst dir mit dem Angriff auf ihn sicher keinen Gefallen getan hast. Aber der Krammer hält sich bis zur Ankunft der MS Maximilian in Rust am Freitag zurück. Wenn es bis dahin keine Ergebnisse gibt, legt er los. Und er fängt wohl zuerst bei dir an, so geladen, wie er mittlerweile ist. Und der Plünder wird ihn davon sicher nicht abhalten, wohl eher im Gegenteil.«

»Aber ich habe doch niemanden umgebracht«, erklärte ich im Wissen um meine halbwegs saubere Weste.

»Das spielt keine Rolle. Der Krammer ist ang'fressen, weil er sich gegen den Plünder nicht zur Wehr setzen kann. Also wirst du es büßen müssen.«

»Na, sehr schön«, kommentierte ich. »Habt ihr schon Näheres zum Unfall von der Prucknerin herausgefunden? Können eure Techniker mittlerweile sagen, womit die Schläuche bearbeitet worden sind?«

»Glatte Klinge, vom Taschenmesser an aufwärts ist alles möglich.«

Taschenmesser. Warum dachte ich nun als Erstes an Jennies

Taschenmesser, das ihr irgendwann vor der Taschenkontrolle in Parndorf abhandengekommen war? Und als Zweites an die fiese Visage vom Plünder, als er mir beim Empfang in seinem Tower damit gedroht hatte, dass auch bei mir mal die Bremsen versagen könnten? Wie passte das alles zusammen? Das wäre jetzt wohl mal wieder ein guter Zeitpunkt gewesen, um die Reise abzubrechen. Aber ich fürchtete, dafür steckten wir mittlerweile zu tief im Schlamassel drin.

»Niko!«, hörte ich die Prucknerin plötzlich rufen.

»Müssen wir schon los?«, fragte ich hoffentlich laut genug, sodass sie mich auf die Distanz hören konnte. »Wir sind eh gleich fertig!«

»Die Marlis Wendelin ist verschwunden!«, schrie die Prucknerin.

Okay. Dann waren wir wohl doch noch nicht fertig.

Marlis Wendelin

Er lag da in ihren Armen, wie das eigene Baby, das Marlis Wendelin so gern in ihren Armen gehalten hätte. Bitterlich weinend, zitternd. Nicht vor Kälte, das wäre in der sechzig Grad heißen Softsauna, von der aus man einen feschen Blick auf den acht Hektar großen Naturbadesee hatte, reichlich verwunderlich gewesen. Nein, zitternd vor Angst. Diese Naturangst, die einen überkam, wenn einem etwas Schauerliches passierte; etwas, das man nicht überwinden konnte, weil es einfach zu mächtig war, zu großen Einfluss auf einen hatte.

Marlis Wendelin wusste aus eigener Erfahrung, wie sich das anfühlte. Wusste, wie es war, einer fremden Macht, in diesem Fall ihrem Vater, ausgesetzt zu sein, die in unregelmäßigen Abständen die Familie tyrannisierte. Das eigene Zuhause in ein Gefängnis verwandelte. Ein Gefängnis, aus dem es für ein Kind kein Entrinnen gab. Ihre Liebe zur Schlagermusik war ihre Flucht aus diesem Gefängnis gewesen. Die unzählige Male besungene heile Welt hatte sie damals gerettet, und wann immer sie an ihre Kindheit und an ihre tote Mutter zurückdachte, rettete sie sie auch heute. Mit jeder Liedzeile, mit jedem Song, mit jedem Konzert. Immer wieder aufs Neue.

»Das ist mir jetzt wirklich unangenehm, ich weiß auch nicht, was da über mich gekommen ist«, schluchzte der Mann, der ihr zuvor ganz unbekümmert in der Sauna gegenübergesessen war. Marlis hatte so eine Idee davon, was über ihn gekommen sein konnte. Aber es war nicht an ihr, ihn darauf anzusprechen oder ihn gar zu therapieren. Marlis wusste aus eigener Erfahrung, wie es sich anfühlte, wenn das Dunkle auf einmal über einen kam, und wie schutzlos man dieser Angst ausgesetzt war. Eine Schulter zum Anlehnen war das Beste, was man in einer solchen Situation anbieten konnte.

»Muss es nicht sein«, sagte Marlis. Sie unterließ es, Dinge zu sagen wie »Das wird schon wieder« oder »Alles ist gut«. Sie wusste, dass das nicht stimmte. Es gab Situationen, in denen einfach nichts gut war, nichts gut werden konnte.

Sie verharrten noch eine Weile so auf der Holzbank in der Sauna. Sie saß aufrecht, nur mit einem Handtuch bedeckt, er kauerte wie ein nacktes Neugeborenes neben ihr, den Kopf auf ihrem Schoß. Sie streichelte ihm über das volle Haar und sagte nichts weiter.

Er war ihr gestern schon beim Silambam aufgefallen. Seine Bewegungen, die er mit den Bambusstöcken ausgeführt hatte, waren ausgesprochen geschmeidig ausgefallen. So als ob er diese traditionelle indische Kampfkunst, von der sie vor ihrem Thermenaufenthalt noch nie etwas gehört hatte, schon seit Jahrzehnten ausüben würde. Tat er jedoch gar nicht, wie sie anschließend in der Darwin's Bar festgestellt hatte. Er war auf einem der Hochstühle an dem lang gezogenen, geschwungenen Bartresen gesessen, nicht weit weg von dem Tisch, an dem sie ihren Caffè Latte getrunken hatte, und hatte jemandem am Handy von seinen Erlebnissen in der St. Martins Therme erzählt. Am gestrigen Tag war da nichts von diesem ängstlichen Mann zu sehen gewesen. Selbstbewusst, laut, ja geradezu dominant war er aufgetreten.

»Es ist wohl grad alles ein bisserl viel«, sagte er schließlich. »Die Scheidung von meiner Frau. Die Prozesse vor Gericht. Die Produzenten der Serie wollen mich rauswerfen. Ich weiß nimma weiter.«

»Mhmm«, machte Marlis und ließ einfach weiter ihre Finger über seine Haare gleiten. So lange, bis er irgendwann aufstand und, ohne sich zu verabschieden, die Sauna verließ.

Was für eine einsame Seele.

Windener Höhlenbär

Das Mittagessen in der Prangerschenke – es war ein Genuss. Erst die Fischsuppe mit Zander aus dem Neusiedler See und Paprika, anschließend Geschmortes vom Grauen Steppenrind – mit leichter Wehmut kostete ich das zarte Fleisch, während meine Gedanken bei den Weißen Eseln waren, die wir zu Beginn unserer Reise in Illmitz bewundert hatten. Aber Esel zählten meines begrenzten Wissens nicht zu den Rindviechern, daher musste ich eigentlich kein schlechtes Gewissen haben. Schon gar nicht, wenn dieser ganze Gaumenschmaus auf die Rechnung von Maximilian Plünder ging. Da ließ es sich herrlich gustieren und genießen. Allein die Somlauer Nockerln sahen mir ein bisserl zu bissfest aus.

Zu alldem wurde in diesem urigen Kellergewölbe – wir waren in der Kaminstube platziert worden – erst ein Gemischter Satz vom Siegel kredenzt, anschließend machte eine Beerenauslese vom Weingut Humer die Runde. Ich blieb, wie übrigens auch die alte Prucknerin, bei meinem Bier, das rund achtzehn Kilometer entfernt in Gols gebraut wurde. Birgit Borbely war die Einzige, die sich mit Traubensaft begnügte. Die weinselige Runde von Montagabend lag ihr wohl noch im Magen.

Wir brachten unser Essen und den Aufenthalt in der Prangerschenke unbeschadet hinter uns, was in der Vergangenheit nicht jedem Gast gelungen war. Denn, so erzählte es die Legende, die

Breitenbrunner Prangerschenke soll jenes Etablissement gewesen sein, in dem sich die reale Vorlage für die Wirtshausrauferei aus dem Roman »Die Abenteuer des braven Soldaten Schwejk« abgespielt hat, kopfüber aus dem Fenster hängende ungarische Soldaten inklusive. Ein solches Schicksal blieb uns zum Glück erspart, und so fanden wir uns nach einem aus einem Hupfer über die Straße bestehenden kurzen Verdauungsspaziergang wenig später bei strahlendem Sonnenschein vor dem Wehrturm ein. Bella verzog sich wieder in den Schatten, den der rund dreißig Meter hohe, frei stehende Turm und der danebenstehende Baum warfen.

Unbeschadet hatte zuvor schließlich auch noch Marlis Wendelin den Weg in die Prangerschenke gefunden. Während die Prucknerin mit dem Rest der Passagiere bereits zum Mittagessen vorgegangen war, hatten der Poidl und ich den Künstlerhof auf der Suche nach der Schlagersängerin durchkämmt und sie schließlich in einem alten Geheimgang entdeckt, der die beiden Gebäudeteile unterirdisch miteinander verband. Dieser war wohl zur Zeit der Türkenkriege als Fluchtort angelegt worden. Marlis Wendelins Begegnung mit besagtem Gang war jedoch keiner Flucht geschuldet gewesen, sondern hatte einen wesentlich profaneren Grund gehabt: Sie hatte sich schlicht und einfach verlaufen.

Noch bevor die Prucknerin mit ihrem Vortrag über den Wehrturm beginnen konnte, war das erste Highlight für Sandra Schwarzkopf und Birgit Borbely rasch ausgemacht – zum Leidwesen von Sebastian Gsertz. Denn diesem wurde, nachdem sich seine Freude über das Wiederauftauchen von Marlis Wendelin gelegt hatte, die zweifelhafte Ehre zuteil, den neben dem Wehrturm stehenden Pranger ausprobieren zu dürfen. Weil Gsertz' Hals zu dick – in seinen Worten »ausdefiniert« – war, konnten die beiden Damen das obere Brett nicht wieder ganz verschließen.

Das trübte den Spaß aber natürlich nicht. Hauptsache, sie hatten ein williges Opfer für die Produktion eines total spaßigen TikTok-Videos gefunden. Als die beiden mit ihm fertig waren, nutzte ich die örtliche Fixiertheit von Gsertz für ein kurzes Interview. Wegrennen konnte er ja nicht. Dafür bestätigte er mir, dass er die Nächte mit Marlis Wendelin verbracht hatte. Zur Sicherheit fügte er aber noch hinzu, dass er natürlich keine Garantie dafür abgeben könne, dass Wendelin auch jeweils die ganze Nacht neben ihm gelegen habe, schließlich habe er auch irgendwann geschlafen. No na net.

Auf die Frage, warum ich das so genau wissen wollte, erzählte ich Gsertz, was ich zuvor auch Marlis Wendelin anvertraut hatte, bat jedoch darum, dass er diese Information erst mal für sich behielt. Er wirkte nicht sehr überrascht, dass Johann Gludovatz nicht mehr unter uns weilte. Seine Reaktion unterschied sich deutlich von jener von Marlis Wendelin. Hatte sie ihn bereits informiert?

Als alle Passagiere die Prangershow ausreichend gewürdigt hatten, führte uns die Prucknerin zu einem überdachten Laubengang am Fuß des Turms. Seit 1688 stand der Turm nun schon so da, wie er halt so dastand. Dazu brauchte man keine Prucknerin, das sagte uns die Tafel am Gemäuer, die uns darüber hinaus mit dreiunddreißig Metern auch die exakte Höhe des Turms nannte. Dass das Gebäude ganz nebenbei auch noch ein guter Schutz gegen die Aufstände der Ungarn gewesen war, hatte übrigens an der Bezeichnung Türkenturm nichts ausrichten können. Im Keller des Turms hatte sich in früheren Zeiten der Gemeindekotter befunden. Wenn ich also im Rahmen des Turmbesuches den Mörder von Johann Gludovatz ausforschen sollte, könnte ich ihn praktischerweise im ehemaligen Gefängnis zwischenparken.

Ich nutzte die Gelegenheit und scannte die Umgebung ab. Da trieb sich niemand herum, der nicht an einen touristisch bevölkerten Ort wie diesen zu gehören schien. Da die Prucknerin den Bus außerhalb des Ortes abgestellt hatte, würde ich auf diesen vor Fahrtantritt aber noch mal ein genaues Auge werfen.

Anschließend ging es über eine steinerne Treppe in den Turm hinein, drinnen über rote Metallstiegen weiter hinauf. Ich bildete die Nachhut, was dazu führte, dass Andrássy gleich nach der Prucknerin als Zweiter den Aufstieg begann. Ich war gespannt, ob ich ihn noch mal aus der Nähe zu Gesicht bekommen würde. Sollten wider Erwarten seine Fingerabdrücke auf der Schere auftauchen, würde sich das wohl nicht vermeiden lassen.

Auf dem Weg nach oben warteten unter anderem mit Totenköpfen verzierte Friedhofsteine, historische Karten sowie Kanonenkugeln darauf, von den anwesenden Passagieren der MS Maximilian bestaunt zu werden. Doch die größte Attraktion war definitiv das Skelett eines ziemlich unförmigen, auf vier Pfoten laufenden Tieres, dessen Wirbelsäule seltsam nach oben gedehnt war. Das Hintergeläuf war so angewinkelt, dass man das Gefühl haben konnte, dass das Tier jeden Moment zum Sprung ansetzen würde. Es wäre interessant gewesen, wie Bella auf das Ding reagiert hätte. Man konnte gar nicht so schnell schauen, da hatte sich Sandra vor den Schädel der Bestie gekniet, den Handystick gezückt und ihr Gesicht in Pose gesetzt. Die ganze Aktion wäre wahrscheinlich reißerischer ausgefallen, wenn Unter- und Oberkiefer der Bestie geöffnet gewesen wären. Aber auch so würden die Follower ihrer Social-Media-Kanäle ausreichend Gefallen daran finden.

»Das ist der berühmte Windener Höhlenbär«, informierte die Prucknerin die Reisegruppe darüber, in wessen Fänge sich Sandra da gerade begeben hatte. »Seine sterblichen Überreste wurden gemeinsam mit vielen weiteren Fundstücken vor rund neunzig Jahren im Ludlloch bei Winden am See entdeckt.« Elmar Tinhof schien das alles nicht zu interessieren. Er erklomm die letzte Metallstiege und marschierte schnurstracks auf den Balkon des Turms. Ich hinter ihm her, wobei es gar nicht so einfach war, sich durch den niedrigen Durchschlupf ins Freie zu zwängen.

»Das ist ja ein phantastischer Ausblick hier«, sagte ich, nachdem ich mich zu ihm gesellt hatte. Ich winkte der alten Prucknerin und Jennie, die es sich gemeinsam im Schatten neben Bella gemütlich gemacht hatten. Jennie hatte sich ein Eis am Stiel organisiert, dass die Grand Old Lady neidisch beäugte.

»Ist Johann Gludovatz mittlerweile wiederaufgetaucht?«,

fragte er mich. »Das mit der Sommergrippe nimmt Ihnen jedenfalls niemand mehr ab.«

»Keine Spur«, antwortete ich.

»Eine Idee, wo er sein könnte?«

»Nein. Aber die Kollegen von der Polizei in Rust kümmern sich darum. Er wird schon wieder irgendwo auftauchen.«

»Hoffentlich nicht aus dem Neusiedler See«, antwortete er. »Aber keine Sorge, solche Kerle tauchen immer irgendwo wieder auf.«

»Hoffen wir es«, sagte ich.

»Ich hätte ja genug Ideen, was mit ihm passiert sein könnte. Aber ich fürchte, dass Ihnen meine Hirngespinste nicht weiterhelfen.«

»Würde auf einen Versuch ankommen«, entgegnete ich.

Elmar Tinhof ließ den Blick über Breitenbrunn und das Umland schweifen. Nach Osten breitete sich vor uns der See aus. Die katholische Kirche mit dem See im Hintergrund ergab für Fotografen sicherlich ein schönes Motiv. In der anderen Himmelsrichtung boten die sanften Hügel des Leithagebirges Schutz gen Westen. Von hier oben war auch die längliche Struktur der Streckhöfe unter uns gut zu erkennen. Es wehte ein laues Lüftchen. Ich stellte mir vor, wie der Ort vierhundert Jahre zuvor vollkommen schutzlos am Ufer des Neusiedler Sees dalag und sich von Süden her fremde Truppen näherten. Wie die Bevölkerung panisch über den am Fuß des Turms liegenden Anger lief. Die Männer wurden zur Schanze abkommandiert, einem nur mäßig hilfreichen Verteidigungsgraben, Frauen und Kinder in die umliegenden Wälder geschickt. Und nachdem die brandschatzenden Horden aus dem Osmanischen Reich, Ungarn, Rust oder woher auch immer abgezogen waren, machte man sich zum x-ten Mal daran, den Ort wiederaufzubauen.

»Er könnte in einem geheimen Versteck auf der MS Maximilian liegen, gefesselt und geknebelt, auf seine Befreiung hoffend. Vielleicht in einem Müll- oder Recyclingschacht. Aber natürlich wird ihn niemand rechtzeitig finden.«

»Natürlich«, bekräftigte ich Tinhof in seiner Phantasie und

notierte mir gedanklich, dass ich auf der MS Maximilian mal nach einem Müllschacht Ausschau halten sollte. »Aber warum sollte das jemand mit Johann Gludovatz tun?«

»Um sich an ihm zu rächen, natürlich. Der Weinkaiser hat in seiner Vergangenheit irgendwas Schlimmes angestellt, und dafür muss er jetzt büßen. Man könnte ihn auch seelisch foltern, bis die Entführer ihn endlich sterben lassen. Vielleicht bis er bereut, was er angestellt hat?«

»Mhmm«, machte ich. »Haben Sie noch eine Idee auf Lager?«

»Gludovatz hat sich in der Nacht von Deck gestürzt, weil er nicht mehr leben wollte.«

»Da hätte er wohl eine große Portion Glück oder mehrere Anläufe gebraucht, um bei dem niedrigen Wasserstand im schlammigen Seeboden einen großen Stein zu erwischen.«

»Vielleicht wurde sein Name bei einer Todeslotterie gezogen, und er hat einfach Pech gehabt«, unternahm Tinhof einen weiteren Versuch.

»Was denn für eine Todeslotterie?«

»Es gibt im Darknet Foren, in denen sich Leute die absurdesten Dinge ausdenken, ich habe das mal recherchiert. Bei besagter Lotterie können Sie einen Namen von einer Person, die Sie nicht mögen, als Los teilnehmen lassen. Wird dieses Los gezogen, ist diese Person vogelfrei und kann von jedem Teilnehmer der Lotterie ermordet werden.«

Es gab schon wirklich kranke Leute im Internet. Und noch viel schlimmer war, dass es dieselben Leute auch in der Realität gab. »Und Sie meinen, Gludovatz' Name stand auf einem solchen Los?«

»Es laufen so viele Irre in der Welt rum«, sagte Tinhof und zeigte nach unten. Ich hoffte, er meinte nicht die alte Prucknerin und Jennie. »Es gibt nichts, was es nicht gibt. Und manchmal hat man einfach Pech. Vielleicht hatte Johann Gludovatz Pech.«

»Einen Versuch haben Sie noch«, erklärte ich.

»Man hat ihm mittels eines anonymen Videos mitgeteilt, dass man seine Tochter entführt hat, und Johann Gludovatz befindet sich nun auf einer wilden Verfolgungsjagd nach diesem Mädchen, das sich am Ende des Tages jedoch als eine völlig Fremde herausstellt. Eine Fremde, die eigentlich ihn ermorden will, weil sie wegen ihm an einem inoperablen Hirnschaden leidet.«

»Weil Johann Gludovatz sie in einer Krankenhausserie falsch operiert hat?«

Jetzt musste sogar Elmar Tinhof lachen.

»War ein Versuch«, sagte er. »Vergessen Sie nicht, die besten Geschichten schreibt immer noch das Leben.«

Nun, ich wusste zumindest, dass Johann Gludovatz keine Geschichte mehr erleben würde. Aber ich war nach wie vor brennend daran interessiert zu erfahren, welche Geschichte zu seiner Ermordung geführt hatte.

»Ich hole schnell den Bus«, rief die Prucknerin durch die kleine Türöffnung zu uns heraus. »Schaust du ein bisserl auf die Leute, dass sie keinen Schas bauen und sich niemand vom Balkon stürzt?«

»Ich werde mir Mühe geben«, erklärte ich. »Und du schau bitte, dass beim Bus alles passt, bevor du losbretterst!«

Das gefiel der Prucknerin, dass ich mir Sorgen um ihr Befinden machte. Das sah man ihr gleich an. »Mach ich«, sagte sie und zischte los.

Unten hupte ein Auto. Der Fahrer eines alten Mercedes-Cabriolets schien uns hier oben entdeckt zu haben und uns zuzuwinken, während er mit seinem prachtvollen Gefährt auf der Bundesstraße in Richtung Norden fuhr. Neben ihm saß eine Frau mit einem grazilen voluminösen Hut, wie man ihn von Frauen aus den 1950ern oder 60ern kannte. Der Hut war so breit, dass ich nicht erkennen konnte, ob sich darunter wirklich eine Frau befand. Hätte auch ein Mann sein können. Oder ein Hund.

»Lassen Sie uns reingehen«, erklärte ich, als die Prucknerin gerade mit ihren Siebenmeilenstiefeln über den abschüssigen Platz in Richtung See rannte. »Nicht dass uns wirklich noch ein Passagier abhandenkommt.«

Drinnen zählte ich erst mal durch und stellte fest: Drei Nasen fehlten. Verdammt. Wie lange waren Elmar Tinhof und ich am Balkon gewesen, nachdem die Prucknerin uns Bescheid gegeben hatte? Keine drei Minuten. Oder waren schon zuvor einige Passagiere eigenmächtig abgestiegen? Ich rannte zurück auf den Balkon. Unten waren nach wie vor nur Jennie und die Grand Old Lady im Gastgarten des Turmhofes zu sehen, samt Bella. Daneben wuselten mehrere Leute in seltsamen Kostümen umher, deren Intention ich von hier oben nicht so richtig deuten konnte.

»Ist jemand zu euch nach unten gekommen?«, rief ich.

Jennie schüttelte den Kopf. Allerdings machte sie nicht den Eindruck, dass sie sich zuvor für mehr als für ihr Eis und Eleonora Pruckner interessiert hatte, sonst hätte sie ja auch die Prucknerin bemerkt. Und die Grand Old Lady … nun ja, da war wohl noch weniger Hoffnung auf sachdienliche Hinweise. Mehrere Frauen und Männer in ulkigen Kostümen schritten umher. Stellten sie die Flucht vor den anrückenden Osmanen nach? Oder handelte es sich um eine Musikgruppe, die sich auf einen Auftritt vorbereitete? Ich kam mir vor wie in einer »Traumschiff«-Episode, in der zufälligerweise immer dann vermeintlich ortstypische Künstlerinnen und Künstler einen klischeeüberladenen Auftritt hinlegten, wenn die Schiffspassagiere gerade irgendwo ankamen oder vorbeispazierten.

Also wieder rein und rausfinden, wer von der Gruppe fehlte. Ich zählte noch mal durch. Sebastian Gsertz, Sandra Schwarzkopf und Joseph Andrássy waren abgängig. Letzte pflegte schon den gesamten Tag eine ausreichend große Distanz gegenüber meiner Wenigkeit. Es überraschte also auch jetzt nicht, dass er Reißaus genommen hatte. Aber Sebastian und Sandra? Wo zum Henker waren die beiden? Etwa wieder unten beim Pranger?

»Wir werden dann mal langsam den Abstieg in Angriff nehmen«, erklärte ich in meiner glaubwürdigsten Reiseleitertonlage. »Frauen und Kinder zuerst, dann die Männer«, setzte ich noch einen Titanic-Gag drauf.

Es schien zu funktionieren, erheitert setzte sich das Rudel in

Bewegung. Kurz darauf waren alle wohlbehalten unten angekommen, inklusive Elmar Tinhof, den ich von der traumhaften Aussicht vom Balkon des Wehrturms geradezu hatte loseisen müssen.

Es waren einige Leute auf dem Platz unterwegs, dazu saß nach wie vor das Dreiergespann der MS Maximilian, flankiert von mehreren Oleanderbüschen, im schattigen Gastgarten des Turmhofes. All ihre Aufmerksamkeit galt der verkleideten Truppe, die nun tatsächlich mit Instrumenten Aufstellung nahm. Da waren altertümliche Gitarren, zwei Flöten, eine Geige und anderes krachmachendes Kramuri. Aber da war keine Spur von Sandra, Sebastian oder Andrássy.

»Haben Sie Sandra und Sebastian gesehen? Oder den Andrássy?«, fragte ich Jennie.

»Nein«, antwortete sie, »sind sie nicht bei Ihnen oben gewesen?«

»Doch. Aber irgendwann müssen sie runtergekommen sein. Ist Ihnen niemand aufgefallen?«

»Ähm«, machte eine Stimme hinter mir. »Mir fällt da gerade schon was auf«, hörte ich jemanden sagen. Ich drehte mich um und sah in die Augen von Elisabeth Borbely. »Schauen Sie mal zum Pranger.«

Das tat ich. Dort hatte es sich Sandra in dem Holzungetüm bequem gemacht und ihren Kopf sowie ihre Handgelenke durch die dafür vorgesehenen Aussparungen gesteckt. Da sie wesentlich zierlicher gebaut war als Gsertz, passte bei ihr alles wunderbar und somit auch das obere Brett haargenau auf das untere. Hinter ihr stand Sebastian und vollführte, nun ja, recht eindeutige Bewegungen mit seinem Becken. Vor den beiden sah ich eine mir unbekannte Frau, die mit ihrem Handy ein Video von der Szenerie zu machen schien.

»Jetzt reicht's dann aber langsam«, schrie ich rüber und stapfte grimmigen Schrittes auf das Ensemble zu. Die Frau beendete abrupt die Dreharbeiten, drückte einer der durch den Pranger gesteckten Hände von Sandra das Telefon in die Hand und machte sich aus dem Staub. Marlis Wendelin nahm neben mir Aufstellung. Die schien die Aktivitäten ihres Alibi-Gspusis auch nicht allzu witzig zu finden.

»Wo ist der Andrássy?«, fragte ich.

Hinter uns kam gerade die Prucknerin angefahren und hupte fröhlich vor sich hin. Das nahm die Mittelalterkombi zum Anlass, ihre musikalische Aufführung zu starten. Zwei Tänzer in bunten Pluderhosen begleiteten die krächzige Katzenmusik mit dazu passenden ungelenken Bewegungen. Wenn so die Unterhaltungsbranche im Mittelalter dahergekommen war, leuchtete es mir ein, warum die Leute damals außer Saufen nicht viel im Sinn gehabt hatten.

»Den Andrássy haben wir vorhin noch gesehen«, erwiderte die nunmehr befreite Sandra. »Der ist an uns vorbei um die Ecke«, fuhr sie fort und zeigte zur der Bundesstraße zugeneigten, westlichen Turmseite.

»Gehen Sie beide zum Bus, unverzüglich«, sagte ich in strengem Ton.

Auf der erwähnten Turmseite befand sich eine grüne Doppeltür aus Holz. Ich erinnerte mich daran, dass die Prucknerin erzählt hatte, dass der Turm mit seinem Gemeindekotter in früheren Zeiten auch als Gefängnis gedient hatte. Das musste der Eingang dazu gewesen sein. Ein Eingang, der nun halb offen stand.

»Hallo?«, rief ich in den dunklen Raum, nachdem ich die angelehnte Tür geöffnet hatte. »Herr Andrássy, sind Sie hier unten?« Ich holte mein Handy aus der Hosentasche und aktivierte die Taschenlampenfunktion. Das half mir zwar nicht viel, denn der Akku meines Smartphones war schon ziemlich am Ende und die Leuchtkraft der Lampe dementsprechend überschaubar. Aber besser als nichts. »Herr Andrássy?«

Es war nichts zu hören. Vor mir lagen breite Stufen, die hinab in den stockfinsteren Keller führten. Ich betätigte den Lichtschalter. Keine Reaktion. Kein Aufflackern. Nicht einmal ein Glimmen.

»Herr Andrássy! Ich find das gar net so witzig!«

Ich tastete mich langsam über die ziemlich unebenen Stufen der Kellertreppe nach unten. Da merkte man, dass hier jahrhundertelang Delinquenten und sonstige Dinge rauf- und runtertransportiert worden waren. Es roch modrig. Die einzigen Geräusche, die ich vernehmen konnte, waren die draußen vorbeifahrenden Fahrzeuge und das gedämpfte Geträller der Musikkombi. Mit jedem Schritt leuchtete das Licht meines Handys immer mehr den Raum aus. Und kurz darauf fing es die Umrisse eines leblosen Körpers ein.

Es war Andrássy.

Der das alles wohl auch nicht mehr witzig fand.

Donnerstag

Vierbeinige Wingwoman

Die Prucknerin hatte unsere Reisegruppe am Vortag ohne mich zurück zur MS Maximilian gebracht. Ich war nicht traurig darüber gewesen, dass mir rund um den Tatort zusätzliche neugierige Nasen erspart geblieben waren. Zumal für den späten Nachmittag eine spontane Videokonferenz mit der Geschäftsführung der Schifffahrtsgesellschaft einberufen worden war, die ich mir nur zu gern entgehen ließ. Ein Psychologe sollte darin auch zu Wort kommen und sich bemühen, die Passagiere bei der Stange zu halten. Und nur zur Sicherheit war auch ein Anwalt des Schifffahrtsunternehmens mit dabei gewesen, um ganz sicherzugehen, dass vor allem die Prominenten von verständlichen Fluchtgedanken möglichst schnell Abstand nahmen.

Der Poidl und seine Kollegen von der für Breitenbrunn zuständigen Bezirkspolizei in Neusiedl waren rasch am Tatort eingetroffen. Kurz darauf war auch Stefan Krammer vom Landeskriminalamt in Eisenstadt gekommen. Auf den hätte ich gut und gern verzichten können. Er wohl auch auf mich.

»Ich hab dem Plünder gleich nach dem Verschwinden vom Gludovatz g'sagt, dass es eine Schnapsidee ist, die Kreuzfahrt weiterlaufen und ausgerechnet Sie ermitteln zu lassen«, hatte er gepoltert, als er mich am Tatort entdeckt hatte. Ja eh. Der Poidl hatte sich aus der Schusslinie genommen, auch die übrigen uniformierten Beamten hatten sich still und heimlich von uns entfernt. Beim einen hatte plötzlich das Handy geläutet, eine entfernt vorbeischlendernde Passantin musste einer Spontanbefragung unterzogen werden, oder es musste eine dringliche Pinkelpause im Turmhof eingelegt werden. Ich konnte ihnen das nicht übel nehmen. Der Ruf von Stefan Krammer war im ganzen Burgenland bekannt. Auch ich hatte im Vorjahr, als ich erstmals mit ihm Bekanntschaft gemacht hatte, schnell realisiert, dass der Kerl, der stets im Slim-Fit-Anzug und mit Sonnenbrille unterwegs war, bevorzugt andere Menschen für Probleme oder dienstliches Versagen verantwortlich machte und sich selbst bei jeder nur erdenklichen Gelegenheit ins positive Scheinwerferlicht der Social-Media-Kanäle des LKA warf. Von harter Arbeit und Überstunden hielt er genauso wenig wie von einem kollegialen Verhältnis zu ihm untergebenen Polizistinnen und Polizisten. Nun hatte er endlich mal wieder eine Gelegenheit gefunden, sich an jemand anderem abzureagieren. Und das leider nicht ganz zu Unrecht.

»Es war nicht meine Idee, die Reise fortzusetzen«, hatte ich mich verteidigt. »Der Plünder wollt das so haben, und Sie sind vor ihm eingeknickt.«

Es war immer fein, wenn man Krammer seine eigenen Grenzen unter die Nase reiben konnte. Das machte ihn immer so schön unentspannt.

»Unterstehen Sie sich, einem verdienten Mann der Region wie dem Maximilian Plünder Ihr eigenes Versagen umhängen zu wollen. Genieren sollten Sie sich«, hatte er gewettert, »genieren!«

Dann hatte er von mir abgelassen und sich um den Tatort gekümmert. Ich hatte meine Aussage zu Protokoll gegeben und den Ablauf des Reisetages sowie meine bisherigen Kenntnisse zu Joseph Andrássy geschildert. Bis auf die Grand Old Lady und Jennie waren alle Passagiere der MS Maximilian mit mir im Turmmuseum gewesen, während die Prucknerin schon mal vorgegangen war, um den Bus für die Abfahrt zum Schiff zu holen. Sie schied als Verdächtige aus. Weil sie die Prucknerin war. Gleiches galt im Prinzip für die Grand Old Lady und für Jennie. Bei der einen fehlte nach wie vor die dafür nötige körperliche Konstitution, bei der anderen die nötige psychische Bosheit. Wobei da immer noch die Sache mit dem Taschenmesser und den Bremsschläuchen in meinem Hirn herumschwirrte. Neben acht anderen Sachen, die irgendwie von Relevanz sein könnten. Das war alles miteinander schon eine ziemlich unübersichtliche Angelegenheit.

Blieb der mysteriöse Mister X beziehungsweise sein weibliches Pendant. Verfolgte etwa jemand die Route der MS Maximilian und schlug bei passender Gelegenheit zu? Hätte der Drohbrief vor Beginn der Reise ernster genommen werden müssen? Waren nach dem Unfall der Prucknerin auch alle anderen Passagiere in Gefahr? Ging es eigentlich gar nicht um Johann Gludovatz?

Die Route sowie die geplanten Landgänge unseres Ausflugsdampfers waren öffentlich einsehbar, das hatte sich auch nach dem Tod von Gludovatz nicht geändert. Schließlich war es den Organisatoren ein großes Anliegen, der Jungfernfahrt zu einer größtmöglichen öffentlichen Aufmerksamkeit zu verhelfen. Auch deshalb hatte die Influencerin Sandra Schwarzkopf bei jeder sich bietenden Gelegenheit ein Foto gemacht oder ein Tänzchen für ein Video eingelegt. Es war also ein Leichtes, das Schiff und seine Passagiere im Auge zu behalten und an geeigneter Stelle zuzuschlagen. Es hätte einen Securityheinzi von Format gebraucht, um diese öffentliche Begleitung aus Sicherheitsgründen zu unterbinden.

Die Frage, die sich nach dem Tod von Johann Gludovatz stellte, war nach dem Kellermalheur mit Joseph Andrássy um eine Facette reicher geworden: Was war das Motiv? Was verband die beiden Mordopfer? Hatte das alles etwas mit der Geltungssucht des verhinderten Schauspielers Andrássy zu tun, der seinem professionellen Pendant den Erfolg nicht gegönnt hatte? Aber inwiefern konnte das einen Doppelmord begründen, bei dem er selbst zum Opfer geworden war?

Fragen über Fragen, die ich mir stellte, während ich nun mit Bella am Außendeck der MS Maximilian saß und im schönsten Sonnenschein ein Schokocroissant verspeiste. Bella lag neben mir und hatte ein wachsames Auge auf die Möwen, die in den Frühstücksgästen der MS Maximilian nach wie vor die perfekten Opfer für ihre kulinarischen Diebestouren ausmachten. Die Marketingabteilung der Möwen hatte mit ihrer Whataboutism-Strategie ganze Arbeit geleistet, als sie im öffentlichen Vögeldiskurs die Elstern mit der Bezeichnung »diebisch« versahen, während diese weißen Biester mit ihren gelben Schnäbeln ganz unbehelligt ihre perfiden Beutezüge starten konnten, dabei gleichzeitig aber von jedermann und jederfrau als sympathisches Wappentier des Urlaubs am Wasser wahrgenommen wurden.

Mein Smartphone läutete, und auf dem Display erschien der dicke Schädel vom dicken Poidl. Ich platzierte das Schokocroissant neben seinem mit Schinken und Käse gefüllten pikanten Kollegen.

»Guten Morgen, störe ich?«, fragte er.

»Angesichts der Ereignisse störst du nie, würde ich meinen«, antwortete ich, während sich meine vierbeinige Wingwoman erhob. Eines der weißen Biester hielt mein Telefonat für eine geeignete Gelegenheit, sich den Rest des Schokocroissants zu schnappen. Doch da hatte sie sich verspekuliert. Bella stand wie ein Postament neben mir und legte ihre Schnauze auf den Frühstückstisch. Guter Hund.

Im nächsten Moment hatte sich Bella schon das Schinkenkäsecroissant von meinem Teller geschnappt. Zufrieden sah sie mich an, während sie das gar nicht so kleine Ding in einem Happs runterschlang. Danach legte sie sich wieder zufrieden neben mich auf den Boden und ließ das Schokocroissant schutzlos zurück. Damit hatte die Möwe nicht gerechnet. Und ich auch nicht.

»Was hast du g'sagt?«, fragte ich den Poidl irritiert. Bellas Manöver hatte mich irgendwie abgelenkt.

»Ich kann auch später anrufen, wenn du gerade beschäftigt bist«, erklärte der Poidl leicht eingeschnappt.

Soll sich net so aufpudeln, der Hustinetten-Bär. »Nein, nein, schieß los«, motivierte ich ihn weiterzureden.

»Man hat dem Andrássy einen Haken in den Hals gejagt. Der steckte ja noch drin, als du ihn gefunden hast. Daran ist er wohl auch gestorben.«

»Was für einen Haken?« Als ich Andrássy in dem dunklen Loch gefunden hatte, war im schwachen Schein meiner Handytaschenlampe nicht viel mehr als jede Menge Blut zu erkennen gewesen.

»Die Kollegen sagen, dass es ein Enter- oder Bootshaken

gewesen sein könnte. Die benutzt man, um zum Beispiel etwas aus dem Wasser zu fischen.«

»Oder um damit jemanden umzubringen.«

»Bei diesen Haken ist normalerweise eine Stange dran, die kann bis zu zwei Meter lang sein. Hat am Tatort aber gefehlt.«

»Lässt sich sagen, von was für einem Schiff der Haken stammt? Segelschiff oder Motorboot? Oder einem Passagierschiff wie der MS Maximilian?«

»Nein, das ist ein total handelsübliches Bootszeug, das findest du auf allen Schiffen dieser Welt.«

»Aber angenommen, es gibt an Bord eines Schiffes mehrere dieser Bootshaken, dann könnte man doch einen Abgleich machen, ob das Ding aus dem Hals vom Andrássy das gleiche Modell ist wie die anderen an Bord verwendeten Bootshaken?«

»Ja klar, das geht«, bestärkte mich der Poidl in meinem Vorhaben. »Ich schick dir gleich ein Foto, dann kannst du dich auf die Suche machen.«

Ich bedankte mich und fragte den Ruster Stadtpolizisten, wie es nun mit der Seerundfahrt weitergehen würde und was Stefan Krammer vorhatte.

»Der Krammer hätte dich am liebsten gestern Abend noch in die Weidener Bärenhöhle geworfen und das Schutzgitter beim Eingang eigenhändig verschweißt, damit du dadrin verrottest. Dem solltest die nächsten Tage eher nicht über den Weg laufen«, gab der Poidl zu Protokoll.

»Habe ich auch nicht vor«, antwortete ich, »aber lässt sich wahrscheinlich nicht verhindern.«

»Er hätte die Fahrt der MS Maximilian am liebsten abgebrochen und alle Passagiere samt der Crew mit zur Vernehmung nach Eisenstadt genommen. Aber die Chefitäten beim LKA haben ihn offenbar davon abgehalten.«

»Man kann sich wohl denken, wer dafür verantwortlich zeichnet.«

»Du kannst dich beim Plünder dafür bedanken, ja.«

»Bei dem Oasch bedanke ich mich für nichts«, erklärte ich trotzig.

»Ich weiß, du magst ihn nicht. Aber in dem Fall hält er dir den Rücken frei.«

Wohl eher hielt er sich selbst den Rücken frei. Und der Poidl würd ihn auch nicht mögen, wenn er wüsste, was der Plünder damals '89 der Mutter von Luise angetan hatte. Und immer wenn die Gedanken an diese abscheuliche Tat durch mein Hirn schossen, folgte die Überlegung, dass es ohne diese Schandtat keine Luise in meinem Leben gegeben hätte. Was für ein perverser Gedanke.

»Wir haben übrigens das Ergebnis vom Grafologen«, erklärte der Poidl dann noch. »Dürfte dich interessieren, was er im Zusammenhang mit den Erpresserbriefen herausgefunden hat.« Briefe? Plural? Und wie mich das interessierte, was er mir in der Folge erzählte.

Ich legte auf und machte mich mit Bella auf den Weg zur Brücke. Die Krümel auf meinem Teller überließ ich den Möwen, sofern sie flink genug waren, bevor Sylvia Münch den Tisch abräumte. Und dafür mussten sie sich verdammt beeilen, denn natürlich wusste auch das Schiffspersonal um die Gefahr. Wenn Möwen das Frühstücksdeck der MS Maximilian erst mal als nachhaltige Futterquelle identifiziert und in ihren Genen abgespeichert hatten, würden Generationen von weißen Bestien dem Schiff und – was für die Crew schwerer wog – den Passagieren nicht mehr von der Pelle rücken.

»Haben Sie Bootshaken an Bord?«, fragte ich den alten Nicolaysen.

Er war gerade in einer Besprechung mit Gernot Piller, die mich an eine Einsatzsitzung bei der Polizei erinnerte. Über einen Tisch gebeugt, studierten sie Papiere und eine darunterliegende ausgebreitete Karte. Meine ausgeprägte detektivische Ader tippte auf eine Seekarte des Neusiedler Sees. Beide starrten mich nun an.

»Jedes ordentliche Schiff hat Bootshaken an Bord«, antwortete der Kapitän in seiner routinierten Art. Ich hätte ihn auch fragen können, ob es an Bord einen abgeschnittenen Babykopf gab, und er hätte mir wohl in aller Ruhe erklärt, dass ein solches

Utensil in der Regel nicht zu den Ausrüstungsgegenständen auf einem Schiff gehörte.

Im Blick von Gernot Piller war dagegen ein Fünkchen Nervosität zu sehen. Seine Augen bewegten sich wie die einer Person, deren Augen in der REM-Tiefschlaf-Phase ein Tennismatch beobachteten. Er schien gar nicht genug verschiedene Punkte auf der Brücke ansteuern zu können, und gleichzeitig war er peinlich genau darauf bedacht, einen Punkt nicht anzusehen. Nämlich mich.

»Dürfte ich sie mir mal anschauen?«, fragte ich, während mir das Vibrieren meines Handys signalisierte, dass der Poidl das Foto von jenem Haken, den die Kollegen aus dem Andrássy'schen Hals gezogen hatten, bereits geschickt hatte.

»Helfen Sie dem Mann, seinen Job zu tun«, wies der Kapitän seinen Ersten Offizier an. Erst jetzt blickte Piller zu mir, schluckte den imaginären Kloß in seinem Hals hinunter und führte mich und Bella von der Brücke. Ich drückte dem Kapitän mittels Nicken meinen Dank aus und folgte Piller. Wir stiegen die goldene Titanic-Treppe hinab aufs Zwischendeck und betraten das seitliche Außendeck auf Höhe der Gangway.

Das Schiff lag bereits vor Purbach. Die Fahrt von Breitenbrunn hierher hatte nicht länger als ein paar Minuten gedauert, der blau-weiße Leuchtturm vom Seebad in Breitenbrunn war auch von unserer aktuellen Position aus zu erahnen. Der Seezugang der Gemeinde Purbach erfolgte über einen in den Schilfgürtel geschlagenen Kanal, der bei einer kleinen Bucht in den See mündete, in der sich auch ein winziger Kiesstrand befand. Parallel zum Kanal verlief landeinwärts ein schmaler Weg, der den Ort mit der kleinen Badebucht verband. Für die MS Maximilian war der Kanal definitiv zu schmal, und ich war gespannt, ob wir diesen auf Zillen entlanggondeln würden oder ob sich die Organisatoren der Reise etwas anderes hatten einfallen lassen.

Direkt neben der an Deck geparkten Gangway kniete sich Gernot Piller nieder und zeigte auf längliche Stangen. »Das sind die Bootshaken«, sagte er. Es waren vier Holzstangen, mit gelber Farbe angepinselt, die hier und da bereits abblätterte. Da hätte Maximilian Plünder bei der Ausstattung seines neuen Schiffes ruhig ein bisschen spendabler sein können. Ich trat näher und verglich einen der silbernen Haken, aus dessen Ende zwei Krallen ragten, mit dem Foto von jenem, den der Poidl mir geschickt hatte. Die Form war identisch. Die zwei Krallen zeigten wie bei einem Wegweiser an der Autobahn nach oben und nach links, wobei die linke Abbiegung einen U-Turn andeutete. Einen U-Turn, der direkt in Andrássys Hals geführt hatte. Sehr gut möglich, dass es sich dabei um das gleiche Modell handelte.

»Komisch«, sagte Piller kurz danach.

»Was denn?«

»Bei einer Stange fehlt der Haken.« Er sah mich an und deutete auf den Stumpf der Holzstange.

Die Wahrscheinlichkeit, dass es das gleiche Modell war, stieg schlagartig in lichte Höhen.

Seltsames Röcheln

»Einige der Weinkeller, die Sie hier nebeneinander aufgefädelt sehen, gehen bis auf die Mitte des 19. Jahrhunderts zurück. Die Hänge am Fuß des Leithagebirges eignen sich ausgezeichnet, um den Wein zu lagern. Heute dienen die fünfzig Weinkeller neben der Lagerung des Weins vor allem als Ausschank in Form von Heurigen oder Restaurants.«

Wir waren gerade erst mit unseren rollenden Gefährten am Beginn der Kellergasse angekommen, da legte die Prucknerin schon mit ihrer Ortsführung los. Die Drahtesel von der Bikesharingstation, die wir uns praktischerweise direkt in der Purbacher Kiesbucht ausborgen hatten können, verfügten zum Glück über einen Elektroantrieb, sodass die von Enten-, Möwen- und Gänselauten untermalte Strecke für niemanden von uns eine unbewältigbare Herausforderung bedeutet hatte. Die Grand

Old Lady war mit ihrem Rollstuhl in eine Art rollende Draisine gewuchtet worden, die Jennie und die Prucknerin gemeinsam angetrieben hatten. Vorteil des Gefährts war zugleich, dass Bella nicht den ganzen Weg neben uns hertrotten musste, denn sie konnte bequem neben der alten Prucknerin im Schatten Platz nehmen und sich von der alten Dame kraulen lassen. Alfred Dachs dagegen hatte sich die ganze Mobilitätsaktion interessiert angesehen, während er mit seinem Protestschild einsam und verlassen in der prallen Sonne gestanden war.

Unter den Promis hatte es großen Aufruhr gegeben. Alle drei sollen am Abend zuvor an Bord der MS Maximilian auf ihren gepackten Koffern gesessen haben. Daran hatte auch die Krisensitzung via Videoschalte nichts ändern können. Doch Plünder, der alte Fuchs, hatte ihnen einfach nicht den geforderten Bootsshuttle geschickt. Da hatte es sich ausgezahlt, dass die MS Maximilian in den allermeisten Orten nicht direkt an Land anlegen konnte und die Passagiere sich nicht einfach aus dem Staub machen konnten. Stattdessen hatte sich nach der Videokonferenz von Breitenbrunn aus einer seiner Lakaien auf den Weg gemacht, war an Bord gekommen und hatte Marlis Wendelin, Sandra Schwarzkopf und Sebastian Gsertz extra noch mal den von den VIPs vor der lustigen Seefahrt unterzeichneten Vertrag unter die Nase gehalten.

Sein besonderes Augenmerk war dabei auf die anstehende Pönale gefallen, die der Herr und die beiden Damen zu zahlen hätten, falls sie die Reise vorzeitig abbrechen würden. Die Angst um das eigene Leben soll im Anschluss sehr schnell der Angst um das eigene Konto gewichen sein, sodass Sandra, Marlis und Sebastian nach wie vor unter uns weilten. Wenn auch mit ziemlich besorgtem Gesichtsausdruck.

Und noch jemand, der nicht damit gerechnet hatte, war beim Landgang mit von der Partie. Ich hatte den Kapitän um Erlaubnis gebeten, mir Gernot Piller, den Soprano mit dem strengen Aftershave, ausborgen zu dürfen. Nicolaysen hatte ich weisgemacht, dass ich zwecks Aufrechterhaltung der Sicherheit während des Ausflugs in Purbach einen weiteren starken

Mann benötigte. Er schien die Finte gerochen zu haben, zumal Piller alles andere als ein Muskelprotz war, der das Zeug zum Bodyguard gehabt hätte.

Trotzdem hatte Nicolaysen grünes Licht für die Aktion gegeben, die mir dreierlei ermöglichen sollte. Zum einen hatte ich Piller im Blick, sodass er nicht unbemerkt Schabernack treiben konnte. Zum anderen würde sich vielleicht die Möglichkeit ergeben, mit ihm das ein oder andere Wort zu wechseln. Und schließlich konnte es im Fall des Falles tatsächlich nicht schaden, Verstärkung dabeizuhaben. Doch bevor ich ihn mir zur Brust nahm, wollte ich erst noch mit einem anderen dynamischen Duo das Gespräch suchen.

Unser Spaziergang startete zwischen einer Trafik und der Zentrale des Purbacher Stadtmarketings. Direkt hinter der Trafik schloss schon der erste Weinkeller an, der sich mit seinem niedrigen Dreiecksgiebel in die Landschaft duckte.

»Haben Sie den Joseph Andrássy gestern eigentlich dabei gesehen, wie er in Breitenbrunn in den Keller vom Turm marschiert ist?«

Wir wanderten die alles andere als steil ansteigende Kellergasse im entspannten Tempo hinauf, sodass auch Jennie und Eleonora Pruckner gut mit uns mithalten konnten. Gernot Piller hatte ich an den Beginn des Trecks beordert, ich bildete mit Bella, Sandra und Sebastian die Nachhut.

»Na, der muss von der anderen Seite 'kommen sein«, antwortete Sebastian. »Wir waren zwar beschäftigt, aber wenn Andrássy bei uns vorbei wäre, hätten wir ihn sicher gesehen. Das haben wir alles schon dem Beamten erzählt, der uns gestern befragt hat.«

»Also haben Sie auch nicht gesehen, ob er alleine oder in Begleitung in den Keller hinabgestiegen ist?«, fragte ich weiter, ohne auf seine Bemerkung zu den gestrigen Polizeibefragungen einzugehen.

»Na, wie der Sebastian schon g'sagt hat, muss er von der anderen Seite gekommen sein«, erklärte Sandra Schwarzkopf.

»Stimmen haben Sie auch keine gehört? Oder Streit?«

»Nein, gar nichts.«

Verdammt. Auch Jennie und – no na net – die Grand Old Lady hatten den Andrássy nicht bemerkt. Auch sie wussten nicht, ob er auf jemanden getroffen war. Auf Bella, die den beiden Damen im Schatten des Turms Gesellschaft geleistet hatte, war in dieser Hinsicht sowieso kein Verlass.

»Ist Ihnen beiden sonst etwas aufgefallen? Vielleicht etwas, das nicht unbedingt mit dem Joseph Andrássy zu tun hatte?«

Die beiden sahen sich einen Moment lang an. Sandra hob dabei ihre rechte Augenbraue hoch, wie Sebastian darauf reagierte, war für mich nicht ersichtlich.

»Da hat ein Auto gehupt«, sagte Sandra schließlich.

»Ein Auto?«

»Ja, ein Auto hat gehupt«, wiederholte sie sich.

Es war ein Wahnsinn, wie viel hier in der Kellergasse los war, und es war nur schwer vorstellbar, dass so viele Einheimische an einem Donnerstagvormittag nichts Besseres zu tun hatten, als sich hier das eine oder andere Achterl zu genehmigen. Die vielen Fahrradtouristen, die tagein, tagaus rund um den See radelten, schienen öfter Pause zu machen, als mit ihren Bikes unterwegs zu sein.

»Was meinen Sie damit?«, fragte ich.

»Irgendein wild gewordener Fahrradfahrer ist dem Auto fast reing'fahren«, übernahm nun Sebastian den Fortgang der Story. »Der Fahrer war total außer sich und hat gehupt wie ein Wahnsinniger.«

Ich erinnerte mich, während des Gesprächs mit Elmar Tinhof auf dem Balkon des Turms das Hupen eines Autos gehört zu haben. Ich hatte angenommen, dass der Cabriofahrer Tinhof und mich dort oben entdeckt und gegrüßt hatte.

»Das war auf der Hauptstraße?«

»Ja, in Richtung Norden. Der Radfahrer hat das Auto echt übel g'schnitten.«

»Und was hat der Mann auf dem Fahrrad dann gemacht?«

»Ist abg'haut.«

»Haben Sie gesehen, wie er aussah?«

»Nicht wirklich, wir waren ja beschäftigt«, antwortete Sebastian.

»Doch, warte mal«, unterbrach ihn nun Sandra. »Er hat eine weiße Jacke getragen, da war hinten ein blauer Aufnäher drauf.«

»Was für ein Aufnäher?«

»Buchstaben. Ich glaube, das waren zwei Buchstaben.«

»Können Sie sich noch erinnern, welche beiden Buchstaben das waren?«

»Hmm«, machte Sandra. »Ging alles so schnell. Und wir waren mit unseren Gedanken ja eigentlich woanders.«

»Ja, das sagten Sie bereits«, erklärte ich. Hätten Sie sich die depperte Show am Pranger lieber mal gespart. »Aber es wäre wirklich wichtig, dass Sie sich erinnern.«

»Da war ein C, glaube ich«, sagte sie schließlich. »Aber ich bin mir echt nicht sicher.«

»Vielleicht auch noch ein P?«, versuchte ich, ihr eine Rutsche zu legen.

»Ja genau!«, rief Sandra aus. »PC stand auf der Jacke hinten drauf. Oder?«, fragte sie nun Sebastian, dem das alles recht unangenehm zu sein schien.

»Ja, kann gut sein«, antwortete er.

»Können Sie sich noch erinnern, in welche Richtung der Radfahrer nach dem Fast-Unfall mit dem Auto gefahren ist?«, stellte ich noch eine abschließende Frage.

»Erst noch die Hauptstraße entlang und dann zum See«, sagte Sebastian.

In Richtung See also.

»Und das sagst du mir erst jetzt?«, stampfte ich den Poidl durch die imaginäre Telefonleitung zusammen. Sein Anruf hatte dafür gesorgt, dass sich Sebastian Gsertz und Sandra Schwarzkopf aus dem Gespräch mit mir befreien konnten. In der Folge hatte ich mich ein bisserl absentiert, meine Unzufriedenheit mit dem Poidl musste ja nicht jeder mitbekommen. Wobei der Poidl ja streng genommen gar nichts dafür konnte, dass seine Kollegen mitunter ein bisserl langsam waren. Aber wie das so oft im Leben war, Rationalität und Emotionalität waren nicht immer die innigsten Freunde und stimmten sich auch in den seltensten Fällen miteinander ab. Meine Laune besserte sich erst, als er mir von seinem Gespräch mit Alfred Dachs berichtete. War der Berufsdemonstrant, der uns bei jedem Landgang begrüßt hatte, doch noch zu etwas gut.

In der Mitte der Kellergasse verlief ein Grünstreifen mit einem ausgetrockneten Bachbett. Die hier rumstehenden groß gewachsenen Bäume spendeten Schatten, sodass es unserer kleinen Ausflugsgruppe nicht zu heiß wurde. Überhaupt entsprach die Kellergasse weniger dem, was sich der geborene Wiener vielleicht darunter vorstellte. Die Gasse hatte vielmehr den Charakter eines in die Länge gezogenen Dorfplatzes.

Die Weinbauern hatten auf den Grünstreifen in der Mitte Bänke und Tische platziert, sodass sich die zahlreichen Gäste hier wie in Istrien fühlen und herrlich gustieren und trinken konnten. Dazwischen standen stilecht Oleander, Oliven- und Feigenbäumchen sowie Weinfässer und der ein oder andere Traktor.

»Was haben Sie eigentlich in Ihrem früheren Leben gemacht?«

Gernot Piller sah mich mit großen Augen an. Wir hatten es uns an einem der als Hochtisch fungierenden Weinfässer gemütlich gemacht, während sich die Passagiere der MS Maximilian an den benachbarten Bierbankgarnituren niedergelassen hatten. Es wurden Käseplatten, Brotzeiten und Antipasti gereicht, und, das durfte nicht fehlen, das ein oder andere Achterl Wein wurde natürlich auch getrunken. Bei einigen wurde das Achterl schnell zum Vierterl, und dann musste auch schon nachgeordert werden. Vor allem die Promis hielten sich in ihrem Durst nicht zurück, was ich auch auf die angespannte Situation rund um die Personalien Gludovatz und Andrássy zurückführte. Wobei ich mir in Bezug auf den Weinkaiser tatsächlich mehr Unruhe und Nachfragen erwartet hätte. Er war der Star der Reise gewesen, doch weder sein plötzliches Verschwinden noch unsere Ausrede mit der Sommergrippe war auf dem Schiff hinterfragt oder sonst wie größer thematisiert worden. Auch die Nachricht von seinem Tod, die sich gestern unter den Passagieren wie ein Lauffeuer verbreitet hatte, hatte bloß für Erstaunen gesorgt. Fast schon so, als ob die Beteiligten damit gerechnet hätten.

»Ich hab Konditor gelernt«, erklärte Gernot Piller. »Beim Sluka in Wien. Kuchen, Vanillekipferl, Linzer Torten – da war alles dabei.«

»Und dann wurde Ihnen das irgendwann zu kalorienreich und Sie haben auf Matrose umgesattelt?«

»Ach na, das hat damals schon Spaß g'macht, aber ich wollte irgendwann mehr von der Welt sehen. Die Gäste, vor allem die Touristen, die zum Sluka gekommen sind, haben oft erzählt, wo sie herkommen und was die nächste Station auf ihrer Reise ist. Irgendwann hab ich mir dann 'dacht, dass ich das nicht nur aus Erzählungen hören, sondern selbst erleben will.«

Er nippte von seinem Glas Traubensaft. Ich glaube, er hätte sich auch gerne ein Glas Wein genehmigt, aber als er bemerkt hatte, dass ich antialkoholisch unterwegs war, hatte er sich nicht mehr getraut. Dabei hätte ich mir eh ein Bier bestellt. Wenn es denn eines gegeben hätte.

»Also gekündigt und auf Interrail gegangen?« So stellte sich das jemand meiner Generation zumindest vor.

»Nein, das hätten mir meine Eltern nicht verziehen«, erklärte Piller.

»Warum denn das?« Piller muss nach seiner Zeit bei der Konditorei ein erwachsener Mann gewesen sein. Was gab es da nicht zu verzeihen, wenn er hinaus in die Welt zog?

»Meine Schwester ist ums Leben gekommen, als sie aus einem fahrenden Zug gesprungen ist. Das haben meine Eltern nie überwunden. Ich auch nicht. Wir sind nie wieder in einen Zug eingestiegen.« Ich sah ihn einigermaßen überrascht an. »Hat beim S-Bahn-Surfen das falsche Timing gehabt und ist mit voller Wucht gegen einen Fahrleitungsmast geknallt. Heutzutage ist das nicht mehr so leicht möglich, weil die Türsicherung dafür sorgt, dass die Türen nur in einer Station geöffnet werden können. Aber früher …«

Ihm stockte die Stimme.

»Das tut mir leid«, sagte ich. Jemanden zu verlieren, der einem nahesteht, ist immer scheiße. Wer wusste das besser als ich?

Es folgte eine Gesprächspause, in der Piller in sein – geleertes – Glas starrte und ich meine Umgebung inspizierte. Die Passagiere der MS Maximilian waren mittlerweile allesamt in einer seltsam fröhlichen Weltuntergangsstimmung, und die Runde war ziemlich laut unterwegs, allen voran die weingeschwängerten Promis. Passte gut zum restlichen Trubel hier. Alkohol löste die Anspannung, das zeigte sich einmal mehr an diesem Tag in der Kellergasse zu Purbach.

»Ich bin dann damals nach Norwegen, auf die Lofoten. Hab dort in einem Hotel gearbeitet. Von dort ging es weiter auf einem Kreuzfahrtschiff. Atlantik, Karibik, Azoren. Habe ich alles gesehen.«

»Was haben Sie auf dem Schiff gemacht?«

Ich war beruhigt, als er den Gesprächsfaden wiederaufnahm. Diese Stille mit ihm, an diesem Weinfass stehend, empfand ich als reichlich unangenehm. Schließlich war ich nach der Erzählung von seiner verstorbenen Schwester schon mit der Stille in meinem eigenen Kopf überfordert.

»Ich war als Koch spezialisiert auf Nachspeisen und Desserts. Die waren froh, dass sie jemanden aus Wien in der Küche hatten, der ein bisserl Mehlspeisen-Know-how mit im Gepäck hatte. Deshalb bin ich auch für die Desserts an Bord der MS Maximilian zuständig, die kommen nämlich nicht von der Cateringfirma von Maximilian Plünder, die mache ich frisch.«

Das hatte ja bereits die Kollegin Münch erzählt, das stimmte.

»Und trotzdem hatten Sie Zeit, sich die Länder und Städte anzuschauen, die Ihr Schiff angelaufen hat?«

»Das ging schon, ja. Und wenn es offiziell mal nicht ging, dann halt inoffiziell«, sagte er, und zum ersten Mal war an diesem Tag so was wie ein Lächeln auf seinem Gesicht zu sehen.

Die Servicekraft des Weinbauers stellte einen reich gefüllten Teller vor uns hin, mit allerlei Käse, Wurst und Aufstrichen.

Und auch die Deko-Weintrauben durften nicht fehlen. Mir war angesichts des strengen Aftershaves nur leider so rein gar nicht nach Essen zumute.

»Lassts es euch schmecken«, sagte sie, »nicht dass ihr mir hier vom Fleisch fallts, weil die anderen von eurer Gruppe euch nichts überlassen.«

Wir bedankten uns artig.

»Können Sie sich erklären, wer den Johann Gludovatz getötet hat? Und warum der Joseph Andrássy gestern ermordet wurde? Mit einem Bootshaken von der MS Maximilian?«

Piller schüttelte den Kopf, ganz sachte nur, fast nicht wahrnehmbar.

»Das haben die Sylvia und ich den Kapitän auch schon gefragt. Aber wir drei haben keine Ahnung, was das alles soll. Echt nicht.«

»Was passiert auf der MS Maximilian, während die Passagiere an Land sind?«, fragte ich. »Bleibt die Crew an Bord?«

»Meistens, ja. Es sei denn, es gibt etwas zu erledigen, Ersatzteile für eine Reparatur besorgen oder so.«

»Gab es gestern etwas zu erledigen?«

»Nein, aber der Kapitän ist an Land gegangen. Er wurde vom Chef der Reederei, Maximilian Plünder, zu einem Gespräch über den Verlauf der Reise zitiert.«

Darum war Thees Nicolaysen wahrlich nicht zu beneiden.

»Sie waren also während des Landgangs gemeinsam mit Sylvia Münch an Bord?«

Piller nickte. Das würde ich mir dann später noch von seiner Kollegin bestätigen lassen. Man wusste ja nie.

»Wie erklären Sie sich, dass ein Haken der MS Maximilian verwendet wurde, um Joseph Andrássy zu töten?«

»Ich hab Ihnen das doch vorhin schon gesagt«, wurde er nun ein bisschen eindringlicher. »Ich hab keine Ahnung. Es waren vor Andrássys Tod zwölf Personen und ein Hund an Bord, von denen kann es jeder gewesen sein.«

»Also auch Sie«, erklärte ich und lenkte den Verdacht gleich mal von Bella weg.

»Wenn es Ihnen besser damit geht, dann auch ich, ja!« Er drehte den Sopran-Drehknopf seiner Stimme noch ein bisserl auf. »Aber ich hab keine Ahnung, seit wann der Haken gefehlt hat. Das kann auch schon vor der Abfahrt in Rust letzte Woche passiert sein.«

»Sagt Ihnen eine weiße Jacke mit zwei blauen Buchstaben auf dem Rücken etwas? Ein P und ein C.«

Piller überlegte. Und überlegte. Und überlegte. Zwischendurch bestrich er eine Scheibe des frischen Brotes, das uns ebenfalls zuvor an den Tisch geliefert worden war, mit dem orangefarbenen der drei Aufstriche. Ich tippte auf einen Liptauer. Oder etwas Liptauerartiges.

»Die Cateringfirma vom Plünder hat solche Jacken«, sagte er schließlich und biss vom Brot ab.

»Also auch die Mitarbeiter, die das Essen an Bord der MS Maximilian liefern?«

Piller nickte, während er sich Brot und Aufstrich schmecken ließ.

»Bis auf die Desserts, weil die mache ja ich«, unterstrich er mit halb vollem Mund noch mal seinen Beitrag zum kulinarischen Geschmackserlebnis auf der MS Maximilian. »Heute Abend gibt es übrigens Gundelpalatschinken.«

»Hätte einer dieser Cateringmitarbeiter theoretisch die Chance haben können, einen Bootshaken mitgehen zu lassen?«

»Theoretisch schon, ja«, antwortete Piller, nun wieder mit leerem Mund. »Aber dann hätte er einen Schraubenzieher oder etwas Ähnliches dabeihaben müssen, weil die Haken ja an den Stangen fixiert sind. Die lassen sich nicht so einfach lösen. Muss ja stabil sein, das Zeug.«

Während ich noch überlegte, welches Gerät so ähnlich wie ein Schraubenzieher aussehen könnte, schien bei Gernot Piller etwas in Bewegung zu kommen. Und zwar nicht in einem guten Sinne. Seine Gesichtsfarbe wechselte binnen Sekunden in einen unentspannten Rotton, und er begann, seltsam vor sich hin zu röcheln.

»Alles in Ordnung bei Ihnen?«

Er nickte, aber während er das tat, versuchte er, etwas auszuspucken. Das sah irgendwie nicht cool aus. So musste jemand aussehen, der gerade dabei war zu ersticken.

»Ruft einen Arzt!«, rief ich zum Nachbartisch und hoffte, dass dort jemand trotz weinseliger Laune aktiv werden würde. »Schnell!«

»Nicht nötig«, röchelte Piller in seiner hohen Stimmlage.

Und dann kippte er um.

Nicht schon wieder.

Mir ist nicht zu helfen

If you wanna dance, this is your chance. Was Adele ihren Fans zu Beginn ihres Konzerts in der Londoner Royal Albert Hall im Jahr 2011 ins Publikum rief, mit dieser unglaublich coolen und tiefen und dreckigen Stimme, war auch mein Motto an diesem frühen Abend.

Die improvisierte Kombüse der MS Maximilian erwartete mich zum kulinarischen Tanz. Dank der umsichtigen Vorbereitungen von Gernot Piller war alles da, was ich benötigte. Schüsseln, ein Mixer, eine Kochplatte und ein voluminöser Topf. Und natürlich die erforderlichen Zutaten. Mehl, Milch, Eier, ein bisschen Wasser, Zucker, geriebene Walnüsse, Honig, Vanillezucker und, das Wichtigste, Rumrosinen. Keine Gundelpalatschinken ohne Rumrosinen. Goldene Regel von Luise. Ich hoffte, dass Piller bei seinen gewissenhaften Vorbereitungen auch die zweite Goldene Regel befolgt hatte, nämlich die Rosinen bereits am Vortag einzulegen.

Es gab nicht viele Gelegenheiten für mich, die Süßspeisenskills, die mir meine verstorbene Frau während unserer viel zu kurzen gemeinsamen Zeit in Deutschland eingetrichtert hatte, anzuwenden. Doch wenn Gernot Piller es schon für nötig befunden hatte, sich mit seiner Nussallergie für diesen Tag selbst aus dem Spiel zu nehmen, dann bot mir das Schicksal damit quasi eine Gelegenheit auf dem Silbertablett, die ich zu ergreifen nicht scheute. Zumal ein gelungenes Käpt'ns Dinner am letzten Abend der Reise durchaus wichtig war für mein kühnes Vorhaben, die mysteriösen Ereignisse der vergangenen Tage vor versammelter Mannschaft in Hercule-Poirot-Manier aufzulösen. Luise hatte die Agatha-Christie-Verfilmungen geliebt, wodurch auch ich hin und wieder in diesen cineastischen Genuss gekommen war. Und das Ende war fast immer auf dieselbe Art strukturiert: Der Ermittler, also Poirot, versammelte die Verdächtigen im Salon eines herrschaftlichen Landsitzes, im Festsaal eines Hotels oder dem Speisewagen eines Zuges, um dort vor allen Beteiligten den Tathergang effektvoll zu rekonstruieren und den Täter zu überführen. Ich hatte das Gefühl, langsam genug Material beisammenzuhaben, um etwas Ähnliches zu versuchen.

»Kann ich Ihnen helfen?«, fragte Sylvia Münch. Sie lehnte am Eingang zur Messe und beobachtete interessiert, was ich in der behelfsmäßig eingerichteten Kombüse so trieb.

»Mir ist nicht zu helfen«, erklärte ich mit der Gleichmut des Verzweifelten.

Erst als sie wieder verschwunden war, fiel mir ein, dass ihr Hilfsangebot wohl auf die Vorbereitungen für die Nachspeise und nicht auf die ermittlungstechnischen Gedanken in meinem Kopf gemünzt gewesen sein dürfte.

Neben dem Einlegen der Rosinen gab es bei der Zubereitung der Gundelpalatschinken, deren Ursprung auf ein gleichnamiges Budapester Kaffeehaus zurückging, noch ein weiteres Muss, das es zu beachten galt: Die Rumrosinen durfte man zur Fülle erst ganz zum Schluss hinzufügen. Ich machte mich also an den Teig für die Palatschinken, ließ diesen ein ums andere Mal in die Pfanne laufen und hatte, zugegeben, Schwierigkeiten, die Palatschinken dünn genug hinzubekommen. Aber mein Gott. Es konnte wohl nichts Schlimmeres passieren, als dass Kapitän Nicolaysen mich nicht noch mal als Koch auf eine Reise mitnehmen würde.

Apropos Kapitän. »In einer Viertelstunde beginnt das Dinner«, sprach kurz darauf der alte Nicolaysen. Auch sein Blick, als er im Eingang zur Messe stand, signalisierte mir, dass er mich für hilfsbedürftig hielt. Im Gegensatz zu Sylvia Münch verschonte er mich wenigstens mit einem Hilfsangebot. Ich mengte die Zutaten für die Fülle zusammen, kostete vielleicht einmal zu häufig von den Rumrosinen und ließ alles aufkochen. Es war gar nicht so einfach, all die Teller in der kleinen Messe zu portionieren, die Nussfülle musste unbedingt heiß sein, wenn man sie auf die Palatschinken strich, denn nur dann ließen sich die Palatschinken gut einrollen. Mit dem nötigen Improvisationstalent ging es sich unter Ausnutzung aller vorhandenen Platzreserven schließlich aus. Et voilà!

»Es geht los!«, rief Sylvia Münch, als ich gerade mit dem Rollen fertig geworden war. Fehlten noch Schokosoße und Schlagobers, aber beides würde ich erst vor dem unmittelbaren Serviervorgang hinzufügen. Nicht dass da irgendwas zerlief, was nicht zerlaufen sollte. Ich half Münch beim Servieren der Vorspeisen und fand mich schließlich um Punkt drei vor acht auf meinem Sessel im Salon wieder, der an diesem Abend zum Kapitänssalon ernannt worden war.

Jetzt war also alles bereit für den Dance.

Die Stimmung an meinem Tisch war eher so semigut. Jennie unterhielt sich prächtig mit der Grand Old Lady, die wie gewohnt jedes falsch verstandene Wort noch mal lauthals in ihrer ganz eigenen Variante wiederholte. So konnte man auch supereasy stille Post zu zweit spielen, ein großer Vorteil, wenn die weiteren potenziellen Mitspieler Reißaus genommen hatten oder ermordet worden waren. Elisabeth Borbely und ihre Tochter hielten sich großteils damit auf, schweigend das Essen in sich reinzuschaufeln. Weit und breit keine Spur von der euphorischen Stimmung, die noch am ersten Abend an Bord geherrscht hatte, als Birgit gar nicht mehr hinterhergekommen war mit all ihren Fotos und Videos, die sie von den Promis und vom Leben an Bord gemacht hatte, um all das anschließend ihren wahrscheinlich nicht mehr als zwölf Followern auf Instagram und Co. zu präsentieren.

»Mal schauen, was uns in den letzten Stunden an Bord noch alles erwartet«, sagte Elmar Tinhof.

Der Thrillerautor hatte offenbar ein gutes Näschen für die Situation. Alle anderen Passagiere wollten die Seereise einfach nur noch so schnell wie möglich hinter sich bringen. Tinhof dagegen schien zu wittern, dass da noch irgendwas passieren würde. Und das hatte wohl einen guten Grund.

Am anderen Tisch, an dem sich traditionell die Prominenten versammelten, hatte an diesem Abend zusätzlich der Kapitän Platz genommen. Sylvia Münch hatte größte Mühe, die Teller im Alleingang ohne ihren Kollegen zu servieren. Gernot Piller erholte sich nach wie vor im Eisenstädter Krankenhaus von seinem Allergieschock. Nach der Tomatencremesuppe, in der ein hilfloses Basilikumblatt versuchte, sich vor dem Ertrinken zu retten, standen Riesengarnelen mit Knoblauch in Olivenöl auf dem Menü. Mir war neu, dass es diese gekrümmten Krebstiere auch im Neusiedler See zu fangen gab, aber vielleicht war es mit dem regionalen Anspruch von Plünder Catering auch einfach nicht so weit her.

Soweit ich in Erfahrung gebracht hatte, plante der alte Nicolaysen, an diesem Abend eine Ansprache zu halten, ganz so, wie es sich für ein Käpt'ns Dinner gehörte. Ich war gespannt, ob er ähnlich staatstragende Worte finden würde wie Sascha Hehn auf dem »Traumschiff«.

»Meine sehr verehrten Damen und Herren, liebe Passagiere«, sagte er, nachdem er die letzten Garnelenreste aus seinem Bart entfernt hatte. Die Hintergrundmusik wurde extra ein paar Stufen leiser gemacht. Er sah echt fesch aus in seiner weiß-dunkelblauen Galauniform. Da konnte man jede Uniformfetischistin und jeden Uniformfetischisten verstehen. Die Serviette hielt er in seinen Pranken. Er schien sich an etwas festhalten zu wollen. Eh klar, keine angenehme Situation, wenn zwei Menschen auf einer Reise verlustig gingen, über die man – Securityheinzi hin, Securityheinzi her – das Oberkommando hatte. Das ließ auch einen erfahrenen Seebären nicht kalt. »Ereignisreiche Tage liegen hinter uns«, fuhr er fort. »Mit nicht nur schönen Ereignissen, das muss man leider in aller Deutlichkeit so sagen. Ich habe in meiner Karriere auf hoher See schon so manch schwierige Situation erlebt. Auch waren Situationen mit Gefahr für Leib und Leben darunter. Aber noch nie zuvor habe ich zwei Passagiere auf einer Fahrt verloren, die durch ein abscheuliches Verbrechen zu Tode gekommen sind.«

Es setzte Getuschel ein. Sandra und Marlis standen die Tränen in den Augen. Sebastian sah dagegen relativ unbeeindruckt drein. »Auch Johann Gludovatz wurde Opfer eines gewaltsamen Verbrechens, dessen Verursacher bis heute auf freiem Fuß ist. Das, verehrte Passagiere, schmerzt mindestens so sehr wie die Tatsache, dass Johann Gludovatz und Joseph Andrássy nicht mehr unter uns weilen.« Er hielt für einen kurzen Moment inne, nestelte an seiner Serviette herum und schien selbst mit den Tränen zu kämpfen. Ein erfahrener Haudegen wie er, der um Fassung rang. Der um Menschen trauerte, die er zuvor nicht mal besonders gut gekannt hatte. Aber es waren Schutzbefohlene, Menschen, die ihr Schicksal für die Dauer dieser Seereise in seine Hände gelegt hatten. Und er hatte sie nicht heil wieder nach Rust gebracht. »Ich bitte Sie alle, sich zu erheben und für einen kurzen Moment der Verstorbenen zu gedenken.«

Alle Passagiere standen von ihren Plätzen auf, die meisten hielten den Blick gesenkt. Auch Elisabeth Borbely kullerte eine kleine Träne über die Wange. Es war mucksmäuschenstill. Man hätte einen Bootshaken fallen hören können. Auch Sylvia Münch an der Schwelle zum Salon sah reichlich mitgenommen aus. So hatte sich wahrscheinlich niemand die Stimmung beim abschließenden Käpt'ns Dinner, noch dazu an einem Seemannsonntag, ausgemalt.

»Ich bedanke mich für Ihre Anteilnahme«, sagte Nicolaysen schließlich. »Auch wenn es dem einen oder der anderen unpassend erscheint. Ein Käpt'ns Dinner ist auch immer ein feierlicher Moment, in dem nicht nur Rückschau gehalten, sondern auch nach vorne geblickt wird. Sie alle haben auch schöne Momente an Bord und auf ihren Landgängen erlebt. Versuchen Sie, diese Momente in Ihrem Herzen zu bewahren und dabei auch jene Menschen miteinzubeziehen, die diesen Abend heute nicht mehr mit uns begehen können.« Das hatte jetzt fast schon etwas von soldatischem Pathos.

Er drehte sich zu Sylvia Münch und gab ihr ein Zeichen, das wohl im Zusammenhang mit der Nachspeise stand. Ich begleitete sie in die Küche, garnierte die nach wie vor brav eingerollten Palatschinken mit Schokoladensoße und Schlagobers und half ihr dabei, die Nachspeise auf zwei Silbertabletts in den Salon zu tragen und anschließend zu servieren. Ohne Wunderkerzen und ohne von James Last komponierter Einmarschmusik. Dafür war die Situation dann wohl doch zu ernst.

»Ma, wenn die Daniela nur auch mal so gut kochen würde«, kommentierte Eleonora Pruckner die Ankunft der Nachspeise, noch bevor sie gekostet hatte. Dass die Teller anschließend ziemlich schnell leer geputzt waren, nahm ich als ausreichende Anerkennung für mein kulinarisches Werk. Selbst der Kapitän hatte brav alles aufgegessen und sich erst dann zurück zu seinem Kommandostand auf der Brücke begeben. Ich hatte keine Ahnung, was Luise von meinem emotionalen Auftritt in Maximilian Plünders Firmenzentrale gehalten hätte. Auf die Gundelpalatschinken, da war ich mir jedoch verdammt sicher, wäre sie sehr stolz gewesen.

Nach der kulinarischen Vorspeise kamen wir nun zum ermittlungstaktischen Hauptgang meines für diesen Abend speziell zusammengestellten Menüs.

»Meine Damen und Herren, erlauben Sie mir, dass ich auch einige Worte an Sie richte. Der Tod von Johann Gludovatz wirft einen betrüblichen Schatten auf unsere Reise, insbesondere auch auf mich als Sicherheitsbeauftragten«, startete ich meinen Vortrag. Die Passagiere harrten nach wie vor im Agatha-Christie-Salon aus. »Magst du dir vielleicht vom Kapitän ein bisserl was über das Schiff erklären lassen?«, fragte ich Birgit Borbely. Ein Teenager musste nicht unbedingt mitbekommen, was in den nächsten Minuten im Salon besprochen werden würde. »Wäre das okay für Sie?«, fügte ich, an Ihre Mutter gerichtet, hinzu. Zwei Morde waren passiert, da hätte ich es verstehen können, wenn Elisabeth Borbely ihre Tochter lieber bei sich gehabt hätte. Doch sie willigte ein, und Sylvia Münch geleitete die junge Dame hinauf zur Brücke. Nun waren wir also ungestört.

»Ich fühle mich für das, was hier auf dem Schiff sowie bei den Landausflügen passiert ist, in besonderem Maße verantwortlich. Nicht in jenem juristischen Sinne, dass ich Schuld an den beiden Todesfällen trage. Sondern in moralischer Hinsicht. Weil ich beide Taten nicht verhindern konnte. Deshalb ist es mir ein großes persönliches Anliegen, zumindest die für die Tat verantwortlichen Täter noch vor unserer morgigen Rückkehr zu entlarven.«

In einem Film wäre das jetzt jener Moment gewesen, in dem die ersten Takte einer dramatischen Musik eingesetzt hätten und man im Close-up die spannungsgeladenen Gesichter der Passagiere zu sehen bekommen hätte. Auf die Musik musste ich verzichten, aber die Mimik der Anwesenden fiel ziemlich eindeutig aus. Bis die Grand Old Lady diesen Spannungsmoment in ihrer unnachahmlichen Art und Weise auflöste.

»Was? Wir fahren schon wieder in einen Hafen?«, wunderte sie sich. »Dabei ist's doch draußen schon ganz dunkel.« Jennie tätschelte beruhigend den Oberschenkel der alten Prucknerin und erklärte ihr, worum es in meiner kleinen Ansprache eigentlich ging. »Was, der Weinkaiser ist tot?«, rief sie erstaunt aus. Und dann war da für den Bruchteil einer Sekunde dieser Blick, den Jennie und sie miteinander austauschten. So sahen sich nur beste Freunde an, die sich schon im Teenageralter ausgemacht hatten, dass sie ihr Leben lang ein Geheimnis bewahren würden. Es wie einen Schatz hüten und niemals preisgeben würden. Egal ob es sich dabei um einen verbotenen Kuss handelte oder um einen Mord.

»Ich habe im Lauf der vergangenen sechs Tage viel über Sie alle und über Ihre Beziehungen zu Johann Gludovatz erfahren. Manches davon haben Sie mir selbst erzählt, manches davon habe ich leider erst über Umwege in Erfahrung bringen müssen«, sagte ich mit ernstem Unterton. Dabei bemühte ich mich, alle Passagiere gleichermaßen mit meinen Blicken zu streifen. Allesamt sollten sie sich angesprochen fühlen. »Die meisten von Ihnen hatten eine Verbindung zu Johann Gludovatz, was wirklich überraschend ist. Österreich hat neun Millionen Einwohner. Dass von jenen neun Passagieren, die mit Johann Gludovatz in Rust in See gestochen sind, fast alle zuvor etwas mit ihm zu tun gehabt haben, kann man als lustigen Zufall abtun. Wenn aber jene Person tot aufgefunden wird und in der Folge ein zweiter Mord passiert, hört sich der Spaß auf.«

Sandra Schwarzkopf, Sebastian Gsertz, Marlis Wendelin, Mutter Borbely, Joseph Andrássy und Elmar Tinhof hatten mir allesamt von ihren mehr oder weniger intensiven Kontakten mit dem ersten Mordopfer berichtet. Und ich war mir sicher, dass da im Hintergrund noch mehr Berichtenswertes war. »Der Mörder von Johann Gludovatz befindet sich auf diesem Schiff«, schraubte ich ein bisserl am Spannungsfaktor, »und diese Person hat ebenfalls Joseph Andrássy getötet.« Es setzte gegenseitiges Beobachten ein. Die meisten Passagiere warfen ihrem Gegenüber oder ihrem Nachbarn einen misstrauischen, mindestens aber verunsicherten Blick zu. Bis auf zwei Personen, die sich scheinbar nicht aus der Ruhe bringen ließen. Eleonora Pruckner hatte wahrscheinlich nicht mal verstanden, was ich in den letzten Minuten von mir gegeben hatte. Bei der zweiten Person handelte es sich um Elmar Tinhof, der lässig auf seinem Sessel fläzte und das Geschehen entspannt verfolgte. Das kam für mich nicht weiter überraschend.

»Sie wirken ja so, als ob Sie das alles nichts anginge«, sprach ich ihn direkt an. Unter den restlichen Passagieren schien die Anspannung zu entweichen, eine Art kollektives Aufatmen bahnte sich seinen Weg. »Dabei haben Sie eigentlich keinen Grund dazu.«

»Was meinen Sie denn damit?« Tinhof streckte seinen Rücken durch, wirkte mit einem Schlag wesentlich aufmerksamer und sah mich mit fragenden Augen an.

»Damit meine ich, dass Sie größtes Interesse daran hatten, diese Kreuzfahrt in ein Thrillerspektakel zu verwandeln. Der vermeintliche Starautor, der gekränkt als ganz normaler Passagier mitreisen musste, ist live dabei, wenn zwei Menschen ermordet werden, und bringt anschließend das Geschehen zu Papier. Wenn das mal nicht beste Voraussetzungen für einen künftigen Bestseller sind. Und alles, was Sie dafür machen mussten, war, sich auf die Passagierliste der MS Maximilian zu schmuggeln und zwei Personen zu töten. Respekt, Herr Tinhof, da gehört allerhand Kaltblütigkeit dazu, die hätte ich Ihnen nicht zugetraut!«

»So ein Schmarrn«, erwiderte der Autor. Er schien nicht recht glauben zu können oder zu wollen, dass ich ihn als Mörder ausgemacht hatte. Und damit hatte er im Prinzip ja auch recht. »Ich bring doch niemanden um, nur um Stoff für ein neues Buch zu haben! Wer würde denn auf eine solch kranke Idee kommen?«

»Vor dreißig Jahren gab es in den Niederlanden einen Kerl namens Richard Klinkhamer. Der gute Richy kam sich ziemlich schlau vor«, begann ich aus der Kriminalistenschule zu erzählen. »Ein Jahr nach dem Verschwinden seiner Frau wurde er nämlich mit einem Manuskript bei einem Verlag vorstellig. In besagtem Manuskript ging es um einen Mann und sieben Möglichkeiten, wie dieser seine Frau umgebracht haben könnte. Eine grausamer als die andere. Das Manuskript wurde zwar nie veröffentlicht, aber der Kerl wurde trotzdem zu einer Art Berühmtheit, trat sogar in Talkshows auf und kokettierte öffentlich damit, dass er seine Frau vielleicht tatsächlich umgebracht hatte. Die Polizei wurde natürlich auf ihn aufmerksam, konnte ihm aber nie etwas nachweisen.« Tinhof schrumpfte mit jedem meiner Sätze. Gerade eben noch hatte er sich in seinem Sessel ganz groß und breit gemacht, mittlerweile schien er sich nur noch verstecken zu wollen. »Und wissen Sie was?«, fuhr ich fort. »Wahrscheinlich wären die Behörden unserem oberschlauen Richy nie auf die Schliche gekommen, wenn er nicht ein paar Jahre später sein Haus verkauft und nach Amsterdam gezogen wäre. Denn kurz darauf starteten die neuen Besitzer seines Hauses eine kleine Renovierungsaktion, in deren Folge man die skelettierten

Überreste seiner Frau im Garten gefunden hat. Sie wären also nicht der erste Autor, der auf solch eine Idee kommen würde. Und ganz sicher nicht der letzte.«

»Jetzt hören Sie aber mal wirklich auf mit Ihren Schauermärchen«, fiepste Tinhof mit einer nun nur noch kaum wahrnehmbaren Mäusestimme.

»Ich höre damit auf, wenn Sie mir sagen, wo Sie einen Tag lang die Leiche von Johann Gludovatz versteckt haben. Und warum Sie diese dann schließlich ausgerechnet in meiner Kabine deponiert haben. Und warum Sie die Tatwaffe anschließend bei Marlis Wendelin versteckt haben. Dann, aber nur dann höre ich auf. Vielleicht.«

Die restlichen Passagiere und auch Sylvia Münch reagierten auf zweierlei Art. Die einen staunten mit offenem Mund und schienen nicht glauben zu können, dass sie live bei »Aktenzeichen XY« dabei sein durften. Die anderen tuschelten hinter vorgehaltener Hand mit ihrem Nachbarn. Und dann gab es da noch die alte Prucknerin. Die Grand Old Lady saß aufmerksam da und verfolgte interessiert das Geschehen.

»Gestehen Sie, Tinhof«, fuhr ich fort, »als Thrillerautor wissen Sie doch, dass sich das strafmildernd auswirken kann. Vielleicht genehmigt man Ihnen dann auch irgendwann im Häfn den Zugang zu einem Computer. Dann können Sie Ihrem Hobby, der Schriftstellerei, weiterhin frönen.«

»Ich war das nicht, wirklich nicht!«, rief er, nun der Verzweiflung nahe. »Ich hab doch nur ein bisserl Spannung in die Reise bringen wollen, da haben Sie schon recht. Aber ich bringe doch niemanden um. Das müssen Sie, das müsst ihr mir einfach glauben! Ich hab euch doch alle in der Zwischenzeit so sehr ins Herz geschlossen!«

Ach je, jetzt wurde er gefühlsduselig. Damit konnte ich ja nun leider überhaupt nicht. Zeit also, den zweiten Gang meines heutigen Menüs zu beenden.

»Ich glaube Ihnen sogar, dass Sie Johann Gludovatz und Joseph Andrássy nicht ermordet haben«, beruhigte ich ihn. »Dass Sie hier aber jemanden ins Herz geschlossen haben, das kann ich mir nur sehr schwer vorstellen. Oder wie wollen Sie den anderen Passagieren erklären, dass Sie sie absichtlich in Gefahr gebracht haben, indem Sie die Bremsschläuche jenes Busses manipuliert haben, der uns auf unseren Landgängen durch die Gegend kutschiert hat? Wohl weil die von Ihnen an die Reederei versandten Drohbriefe nicht den erhofften Erfolg gezeigt haben.«

»Du hast was?«, rief ein erboster Sebastian Gsertz. Dass hier jemand zwei Leute umgebracht hat, schien nicht weiter tragisch zu sein. Aber wenn's den Herrschaften an den eigenen Kopf ging, hörte sich der Spaß natürlich auf. Gsertz und den anderen war die Überraschung deutlich anzumerken.

»Ach, deshalb war da in Neusiedl auf einmal ein anderer Bus auf dem Parkplatz«, schlussfolgerte Sandra Schwarzkopf.

»Das ... das ... das müssen Sie mir erst mal beweisen«, besann sich Tinhof seiner letzten Verteidigungslinie. Der Schweiß stand ihm ins Gesicht geschrieben, mit letzter Kraft bemühte er sich, das vor ihm liegende Geschirr und Besteck, je nach Lage, entweder parallel zueinander oder in formschönen Winkeln auszurichten. »Das können Sie nämlich nicht!«

Ich schlenderte zu meinem Platz, griff in die Jeansjacke, die über meinem Sessel hing, und kramte ein Taschenbuch heraus. Das war ziemlich dick, deswegen brauchte es ein bisserl Fummelei, bis ich das Buch tatsächlich in Händen hielt. »Kommt Ihnen das bekannt vor?«, fragte ich ihn, während ich es für die Allgemeinheit gut sichtbar in die Höhe hielt.

»Na-natürlich«, stammelte er. »Das ist mein Debütroman.«

»Ganz genau«, gab ich ihm recht. »Und dankenswerterweise haben Sie dieses Exemplar Ihres sicher ganz vorzüglichen Romans für mich mit einer sehr freundlichen Widmung versehen.« Ich schlug die erste Seite des Buches auf und zeigte auch diese in die Runde, damit alle das blaue Kugelschreibergeschreibsel sehen konnten. »Die Drohbriefe, die bei der Reederei eingegangen sind, wurden natürlich schlauerweise nicht mit der Hand geschrieben. Wie in jedem zweitklassigen Krimi sind dafür Buchstaben und Silben verwendet worden, die jemand mit viel Liebe aus einer Zeitung ausgeschnitten hat. Übrigens aus dem Eisenstädter Express, falls sich jemand dafür interessiert. Das haben die Kollegen von der Polizei zwischenzeitlich herausgefunden. Aber«, setzte ich zu einer kleinen dramatischen Pause an, »solche Buchstaben kann man natürlich nicht verwenden, um einen Umschlag zu adressieren. Dafür sollte der moderne Erpresser von heute vielleicht zu Etiketten greifen. Was er beim ersten Drohbrief auch getan hat. Doch der zweite Brief, der unmittelbar nach dem Sabotageakt am Bus des Taxiunternehmens Pruckner bei der Reederei eintraf, war händisch adressiert worden. Zwar ausschließlich in krakeligen Großbuchstaben, aber eben doch händisch. Schaut man sich dann Ihre Widmung in dem Buch an und vergleicht die Großbuchstaben daraus mit dem Kuvert des Erpresserbriefes, lassen sich laut Schriftexperten des Landeskriminalamtes gewisse Übereinstimmungen feststellen. Da hätten Sie sich wohl lieber mal daheim ein paar Etiketten auf Vorrat ausdrucken sollen, lieber Herr Tinhof.«

Er hatte jegliche Gegenwehr eingestellt und beschränkte sich nun voll und ganz darauf, mit seinen Händen das vom Dessert beschmutzte Besteck vor sich auf dem Tisch zu ordnen. »Wo haben Sie das schwarze Taschenmesser entsorgt, das Sie Jennie entwendet haben, um die Bremsschläuche zu manipulieren? Im See?«

»Er hat mir mein Trattenbacher Feitel g'stohlen? Im Ernst jetzt?«, echauffierte sich Jennie. Nicht zu Unrecht. »Und dann hast es weg'ghaut, du Idiot? Weißt, wie viel so was kostet?« Auch hier wunderte ich mich kurz über die Prioritätensetzung, schließlich hatte Tinhof mit seiner Aktion unser aller Leben in Gefahr gebracht. Ob der Unfall ähnlich glimpflich ausgegangen wäre, wenn Daniela an einer anderen Stelle die Kontrolle über den Bus verloren hätte?

Ich ließ Bella bei Jennie und brachte Elmar Tinhof, auch zu seiner eigenen Sicherheit, in seine Kabine im Unterdeck und schloss die Tür ab. Im Vorbeigehen deponierte ich das von ihm signierte Exemplar von »Auf der Alm, da gibt's koan Mord« im Regal der Bordbibliothek.

»Sie haben es ja faustdick hinter den Ohren«, warf mir die alte Prucknerin entgegen, als ich wieder im Zwischendeck angekommen war.

Aus ihrem Mund war das wohl ein Kompliment.

Eleonora Pruckner

Das war schon sehr nett gewesen von den anderen Passagieren, dass sie sich bereit erklärt hatten, das Kennenlerntreffen vor Antritt der Seereise im Seniorenheim abzuhalten. Dadurch war es auch der ältesten Mitreisenden möglich, an dem Termin teilzunehmen. Im Gartencafé wurde extra ein großer runder Tisch von den Bediensteten hergerichtet, an dem alle Gäste Platz finden konnten.

Sie hatte früher, als sie noch ein bisschen mobiler gewesen war, unzählige Schiffsreisen auf der Donau und im Mittelmeer unternommen – nie hatten sich die Passagiere vorher getroffen, um sich kennenzulernen. Aber bei dieser speziellen Rundfahrt konnte ein solches Treffen nicht schaden. Und im Ruster Seniorenheim war das Unterhaltungsprogramm enden wollend spannend, das Treffen am heutigen Tag war also eine gute Alternative zur Heimroutine.

Der Schauspieler aus der einstmals von ihr geschätzten Fernsehserie war zum Glück als Erster nach nur wenigen Minuten wieder gegangen. Das war kein Verlust für Eleonora. Nicht nur, dass sein Vorgänger die Rolle des Weinkaisers wesentlich besser ausgefüllt hatte als dieser Johann Gludovatz. Auch der persönliche Eindruck, den dieser schmierige Hanswurst bei seinem Kurzbesuch hier im Heim hinterlassen hatte, hatte ausgereicht, um sich davon zu überzeugen, dass all die Geschichten, die über ihn in Rust erzählt wurden, wahr waren.

Dafür war dieses junge Trutscherl mit den lockigen Haaren und dem Muttermal auf der Wange recht nett. Eleonora kannte sie bisher lediglich von den Plakaten, die Werbung für die Schla-

gernacht auf der Festspielbühne in Mörbisch machten. Aber auch das junge Ding war recht früh gegangen. Sie war zu der bald beginnenden Rundfahrt vom Veranstalter eingeladen worden, quasi als prominenter Aufputz, genauso wie Gludovatz. Und noch eine weitere Frau würde an der Rundfahrt teilnehmen, der ein Treffen im Seniorenheim aber wohl als nicht aufregend genug erschienen war. Das war Eleonora und der übrig gebliebenen Runde aber ohnehin nicht unrecht. So konnten sie ganz ungestört reden.

Mittlerweile waren sie also nur noch zu siebent. Der bärtige Kapitän in seiner stattlichen Uniform, den Eleonora bereits kennengelernt hatte, als er mit seiner an Demenz erkrankten Frau einen Rundgang durch das Heim gemacht hatte. Ein Bär von einem Mann, und dazu grundsympathisch. Wie aufrichtig und rührend er sich um seine Frau gekümmert hatte, das hatte Eleonora tief beeindruckt. Mit Sebastian Gsertz war auch einer der Prominenten da, die von den Veranstaltern zu der Reise eingeladen worden waren. Er war wohl ein ehemaliger Fußballstar, Eleonora kannte sich nicht so gut mit Sport aus.

Eindrücklicher fand sie dafür den silberfarbenen Haarstreif in den Augenbrauen des ansehnlichen Mannes. Das hatte sie nie zuvor gesehen, schon gar nicht bei einem Mann. Dazu waren auch noch Elisabeth, Jennie, Elmar und Joseph anwesend. Die vier hatten ihre Teilnahme an der Rundfahrt beim Preisausschreiben vom Eisenstädter Express gewonnen. Wobei das Wörtchen »gewinnen« in diesem Kontext etwas missverständlich war. Es war von vornherein klar gewesen, dass sie den Zuschlag erhalten würden. Die vier hatten sich Monate zuvor in einem Onlineforum kennengelernt. Eleonora hatte gewusst, dass es im Internet Seiten gab, auf denen man sich mit gleichgesinnten Fans über Stars austauschen konnte. Dass es aber auch spezielle Diskussionsforen gab, in denen man sich über Prominente auslassen und schlechte Erfahrungen teilen konnte, das war ihr neu gewesen, als Jennie ihr davon erzählt hatte.

Elisabeths Freundin, die beim Express arbeitete, hatte im Juni dafür gesorgt, dass die richtigen Gewinner gezogen wurden.

Und weil niemand Jennie abgenommen hätte, dass sie freiwillig bei einem solchen Preisausschreiben, geschweige denn bei einer solchen Seekreuzfahrt mitmachen würde, hatte Eleonora sich bereit erklärt mitzufahren – mit Jennie als ihrer Pflegerin.

Kannte man den Besitzer des Seniorenheims persönlich, hatte das viele Vorteile. Man musste nur dafür sorgen, dass das Servicepersonal wusste, dass man mit Maximilian Plünder bekannt war. Dann schauten die Mitarbeiterinnen und Mitarbeiter auch mal nicht so genau hin. Zum Beispiel, wenn sie als Bewohnerin mit ihren Gästen hier draußen Alkohol bestellte. Eleonora hielt sich vornehm zurück, ein Achterl Bier im Rotweinglas erfüllte voll und ganz seinen Zweck. Aber die anderen Herrschaften, die ließen es an diesem Nachmittag ganz schön krachen.

»Ihr seid eine lustige Runde, das wird eine feine Fahrt«, sagte der Kapitän zu bereits vorgerückter Stunde.

Sie hatte kaum ein Wort mit ihm gewechselt, wie sie sich auch generell in solchen Runden erst mal zurückhielt. Bis auf Jennie kannte sie diese Menschen nicht. Also verharrte sie lieber in ihrer Rolle der etwas schwerhörigen und verwirrten alten Lady im Rollstuhl. Jennie hatte sie auf diese Idee gebracht. Wer nahm eine alte Dame, die nicht mehr ganz bei Verstand zu sein schien, schon ernst? Auf diese Art hatte sie schon viele Gespräche belauschen oder durcheinanderbringen können, das war oft ein Heidenspaß. Und manchmal war das auch von strategischem Nutzen.

»Nur diesen Gludovatz braucht kein Mensch«, stellte Sebastian Gsertz fest, der auch schon ziemlich einen sitzen hatte. »Das ist so ein Arschloch.«

»Der Plünder will den Gludovatz unbedingt dabeihaben«, erklärte der Kapitän.

»Aber warum nur?«

»Er wird seine Gründe haben«, antwortete Thees Nicolaysen.

»Vielleicht finden wir ja Gründe, warum er seine Teilnahme wieder absagen muss«, hörte die alte Dame Joseph Andrássy sagen. Dieser merkwürdige Kerl mit dem Zwicker wäre wohl auch als Bewohner der Seniorenresidenz hier unten am See *durchgegangen, dabei war er sicher zwanzig Jahre jünger als Eleonora.*

»Noch besser wäre es ja, wenn dem Typen während der Kreuzfahrt etwas zustoßen würde«, brachte sich Elmar Tinhof, ein Möchtegernschriftsteller, in das Gespräch ein.

»Verdient hätte er es jedenfalls«, sekundierte Elisabeth Borbely.

»In unserer Meinung über diesen Scheißkerl scheinen wir uns ja einig zu sein«, sagte Andrássy. Da klang ein leichtes Lallen in seiner Stimme mit. Der Mann hatte definitiv zu viel Alkohol intus. Aus Richtung Süden drang das Klappern von Störchen zu der Runde im Garten des Seniorenheims herüber. Die Vögel kehrten wohl langsam von ihren nachmittäglichen Beutezügen zurück in ihre über ganz Rust verteilten Nester. »Ich frage mich nur, ob ihr auch bereit seid, ihm wirklich jene Lektion zu erteilen, die er verdient hat.«

»Also ich hau diesem arroganten Sack sofort eine rein«, sagte Elmar Tinhof.

»Ich red nicht davon, ihm eine aufzulegen. Ich rede von etwas, von dem er sich nicht so schnell wieder erholt«, retournierte Andrássy.

»Um'bracht g'hört der Mistkerl«, sagte Elisabeth Borbely, »und am besten auch gleich noch der Schwanz abg'schnitten und als Fischfutter in den See g'worfen.«

Niemand schien erschrocken ob dieser Wortmeldung, genauso wenig ob des plötzlichen Auftauchens der verwirrten alten Vukovich. Wie aus dem Nichts stand sie auf einmal am Tisch und schnappte sich das halb leere Weinglas, das Marlis Wendelin zurückgelassen hatte. Mit einem Schluck hatte sie es geleert.

»Zupf di' zu deinem Steg im Hafen«, sagte Eleonora Pruckner und verlieh ihrer Aufforderung mit einer wegweisenden Handbewegung den nötigen Nachdruck. Die alte Vukovich verbrachte Stunden damit, beim Steg hinter der Segelschule vom Kreindl zu stehen und vorbeifahrenden Schiffen nicht sehr freundliche Gesten zukommen zu lassen. Schon öfter hatte man sich über sie beschwert. Aber die Heimleitung war froh, dass

sie sich mit den regelmäßigen Wanderungen zum See fit hielt. Da drückte man gern ein Auge zu, wenn es darum ging, was sie dort unten so trieb.

»Stimmt«, sagte Andrássy, nachdem die Vukovich wieder außer Hörweite war. »Dem g'hört eine ordentliche Abreibung verpasst.« Elmar Tinhof nickte zustimmend, auch der Ex-Fußballer schien sich nicht an der Tatsache zu stören, dass hier gerade ein Kapitalverbrechen ins Spiel gebracht wurde. Einzig der Kapitän hielt sich zurück. Er musterte auffällig genau sein Gegenüber, die alte Prucknerin. So als ob er nicht recht wüsste, was er von ihr halten sollte.

»Dann bringts ihn halt um, wenn ihr euch trauts.« Nun sah nicht nur der Kapitän zu ihr, sondern alle Blicke aus der Runde ruhten auf Eleonora Pruckner. »Oder g'hörts ihr zu den Waschlappen, die immer nur groß reden? Der Gludovatz ist eine Kakerlake, die zerquetscht g'hört. Das weiß jede und jeder in Rust. Da tuts ihr allen einen Gefallen.«

Nun fehlte das zustimmende Gemurmel. Die versammelte Runde starrte die alte Frau in ihrem Rollstuhl an, die in diesem Moment zum ersten Mal das Weinglas in die Hand nahm, um an ihrem Bier zu nippen. Bis auf Jennie schienen alle ziemlich überrascht zu sein, solche Worte aus ihrem Mund zu hören.

Eleonora Pruckner hatte die gequälten Worte ihrer jungen Pflegerin noch allzu gut im Ohr, die sich ihr anvertraut hatte, damals, nachdem Johann Gludovatz sich an ihr vergangen hatte. Tränenüberströmt war ihr die sonst so coole junge Frau an dem kleinen Tisch in ihrem Zimmer gegenübergesessen, hatte um Worte gerungen für etwas, für das es eigentlich keine Worte geben konnte. Der Weinkaiser, offensichtlich betrunken, wie so oft, hatte Jennie in Eisenstadt angesprochen. Sie war gerade auf dem Weg zur Busstation am Domplatz gewesen, hatte nach Hause fahren wollen, als er sie in eine Seitengasse gezerrt und ihr den Mund zugehalten hatte. Erst lautes Gelächter von Passanten, die sich den beiden aus einiger Entfernung genähert hatten, hatte schließlich dafür gesorgt, dass der eklige Kerl von ihr abgelassen hatte. Ihren ersten Impuls, ihn bei der Polizei anzuzeigen, hatte sie schnell verworfen. Sie würde andere Wege finden, um sich an ihm zu rächen. Das hatte sie Eleonora damals in ihrem Zimmer, als die Tränen noch nicht mal getrocknet waren, versichert.

Noch immer schauten die meisten Anwesenden die alte Frau im Rollstuhl verwundert an. Einzig der Blick des Kapitäns hatte sich nicht verändert. Seine Augen ruhten unverändert auf ihr. Sein Blick strahlte pure Entschlossenheit aus, was Eleonora Pruckner bemerkenswert fand.

»Es wird ein Sicherheitsmann an Bord sein«, stellte der Kapitän fest.

»Von so einem drittklassigen Security lassen wir uns nichts sagen«, brachte sich ein sichtlich übermütiger Elmar Tinhof wieder in das Gespräch ein, ohne zu registrieren, dass die eigentliche Unterhaltung längst nur noch zwischen Kapitän Nicolaysen und Eleonora Pruckner stattfand.

»Dessen Fahrtantritt lässt sich vielleicht spontan verhindern«, antwortete die Dame im Rollstuhl.

»Und wenn das Schifffahrtsunternehmen spontan Ersatz finden sollte?«, gab der Kapitän zu bedenken.

»Werden Sie diesen, falls er Ihnen in die Quere kommen sollte, genauso ausschalten können wie Gludovatz«, antwortete sie und nippte an ihrem Bier. So ein feines Damenspitzerl wäre doch mal wieder eine schöne Sache, dachte Eleonora Pruckner so für sich.

Den brauch' ma noch!

»Lief wohl nicht so, wie Sie sich das vorgestellt hatten.«

Ich hatte Birgit Borbely aus ihrem Exil auf der Brücke befreit und sie zu ihrer Mutter, den anderen Passagieren und zu Bella in den Salon geschickt. Sie hatte nicht sehr traurig deswegen gewirkt, sehr viel Spannendes gab es für einen Teenager hier oben ja wohl auch wirklich nicht zu entdecken. Und der Unterhaltungsgrad der alten Seefahrergeschichten von Nicolaysen hatte sich für sie wohl auch in engen Grenzen gehalten.

»Ich bin nicht unzufrieden«, erklärte ich. Durch die geöffneten Fenster drang die schwülwarme Luft ins Innere des Kommandoraums, und das einsame Schreien einer Möwe war zu hören. Es war das erste Mal während der gesamten Reise, dass ich den Kapitän in einem Hemd mit kurzen Ärmeln sah. Das dunkelblaue Jackett mit dem goldenen Seefahrerschnickschnack hing über dem Sessel, von dem aus er das Schiff über den See steuerte.

In der Entfernung glaubte ich, die Positionslichter einer Fähre zu identifizieren. Vielleicht eines jener Schiffe, das während der Festivalsaison auch am späten Abend noch zwischen Illmitz und Mörbisch verkehrte, um die Besucher wieder ans Ostufer zu bringen. »Ich war mir zuvor schon ziemlich sicher, was Elmar Tinhof und die Drohbriefe betraf. Aber jetzt haben wir es schwarz auf weiß, vor Zeugen. Das passt schon.«

»Aber Sie haben Ihren Mörder noch nicht.«

»Doch, doch, den habe ich auch«, antwortete ich.

Jetzt folgte der dritte Gang meines für diesen Abend zusammengestellten Menüs. Wenn dieser genauso gut gelang wie die Gundelpalatschinken und die Entlarvung von Ewald Tinhof als Urheber der Drohbriefe und Saboteur, könnte ich diese Reise doch noch irgendwie mit einem guten Gefühl abschließen.

»Tatsächlich?« Natürlich versuchte Nicolaysen, seine Überraschung zu überspielen, sich nicht anmerken zu lassen, dass ich ihn mit meiner Feststellung ein bisserl aus der Reserve gelockt hatte. Gelang ihm aber nicht so recht, wie mir seine Augen verrieten.

»Die Passagiere halten mir gegenüber zwar dicht, aber ich bin mir sicher, dass so mancher von denen mehr weiß. Zumal wohl alle ihre Geschichte mit dem Gludovatz haben. Anders kann ich es mir nicht erklären, dass trotz seines Verschwindens alle so ruhig geblieben sind. Als hätten sie es erwartet. Erst nach dem Mord am Andrássy ist Unruhe in das gesamte Unternehmen reingekommen. Aber so richtige Panik habe ich da auch nicht feststellen können. Alle scheinen sehr mit sich selbst beschäftigt. Es sind auch noch alle an Bord, als ob sie wüssten, dass sie safe sind, dass ihnen nichts passieren kann. Denken Sie nur mal an Elisabeth Borbely. Die müsste doch eigentlich Angst um ihre Tochter haben«, dozierte ich. »An den Vertragsstrafen, die der Plünder angedroht hat, kann das nicht liegen. Das hält vor keinem Gericht der Welt stand, wenn man berechtigterweise um sein Leben fürchtet. Mir kommt es so vor, als ob es da irgendeine höhere Macht gäbe, die die Passagiere davon abhält, mir reinen Wein einzuschenken. Die auch Sie davor zurückschrecken lässt, mir die Wahrheit zu erzählen.«

»Zurückschrecken? Aber gut möglich, dass es eine solch höhere Macht tatsächlich gibt«, sagte Thees Nicolaysen.

»Sie meinen den Plünder?«

Er zuckte mit den Schultern, was für mich in der Dunkelheit nur schemenhaft zu erkennen war. War Maximilian Plünder in die Sache verwickelt? Ihn hatte ich in meiner Version der Lösung des Rätsels bisher nicht berücksichtigt. War das ein Fehler gewesen? Bot sich hier eine unverhoffte Gelegenheit, den Oligarchen vom Neusiedler See dranzukriegen? Ihn eines Verbrechens zu überführen und somit zumindest indirekt späte Gerechtigkeit für die Vergewaltigung von Luises Mutter zu üben? »Was hat Plünder damit zu tun?«

»Kommen Sie mit«, sagte er und verließ die Brücke.

Über die Grand Staircase folgte ich ihm aufs Zwischendeck. Nicolaysen öffnete routiniert die Kabine mit der Nummer zehn, und schon befanden wir uns in der temporären Heimat der alten Prucknerin, die gerade nichts ahnend in ihrem Rollstuhl im Salon saß und sich von Jennie durch den Rest des letzten Abends führen ließ. Sie waren nicht weit von Nicolaysen und mir entfernt, vielleicht zehn, fünfzehn Meter.

»Haben Sie hier den Johann Gludovatz erstochen?«, fragte ich nassforsch. Ausreichend Platz wäre gewesen, die alte Prucknerin hatte in der Prominentenabteilung wesentlich mehr Fläche zur Verfügung als Bella und ich im Unterdeck. Der Raum war gut und gern doppelt so groß, Einbauschrank und Duschecke waren komfortabel ausgestaltet. Besser hatte es nur Johann Gludovatz in seiner Luxussuite im Oberdeck erwischt. Zumindest was die Ausstattung der Kabine betraf.

»Ich dachte, Sie wollten mit mir über Maximilian Plünder sprechen?«, entgegnete Nicolaysen kühl. Meine Frage schien ihn nicht weiter zu kümmern. Er setzte sich auf einen in goldener Farbe schimmernden Sessel, der direkt neben dem kleinen Schreibtisch stand. Ich bezweifelte, dass die alte Prucknerin viel Zeit dort verbracht hatte.

Ich dagegen blieb stehen.

»Vielleicht trägt die Personalie Maximilian Plünder ja dazu bei, die Morde an Johann Gludovatz und Joseph Andrássy aufzuklären«, erklärte ich.

»Nur am Rande«, antwortete er. »Warum sollte ich Johann Gludovatz ermordet haben?«

»Da tue ich mich tatsächlich noch ein bisserl schwer«, sagte ich. »Aber es könnte mit einem Vorfall zu tun haben, über den ich heute Nachmittag telefonisch von meinem Bekannten bei der hiesigen Polizei in Kenntnis gesetzt worden bin. Gludovatz dürfte Sie Ihren wohlfeilen Job auf einem Fernseh-Traumschiff gekostet haben, weil er Sie beschuldigte, ihn tätlich angegriffen zu haben. Das wäre zumindest ein Motiv.«

»Und wie soll ich Gludovatz umgebracht haben?« Er schien gar nicht näher auf meine Ausführungen eingehen zu wollen, saß weiterhin aufrecht auf dem Sessel und sah mich an wie der Besucher einer Lesung den vor ihn auf der Bühne vortragenden Autor.

Es fiel mir schwer einzuschätzen, ob ihm meine künstlerische Darbietung gefiel oder ob ich vielleicht noch mehr an meinem Ausdruck hätte arbeiten oder die Betonung der Wörter hätte besser einüben müssen. Er saß einfach nur da und hörte mir zu. Testete aus, wie viel ich tatsächlich wusste. Ob ich ihn, ähnlich wie zuvor Elmar Tinhof, vielleicht nur aus der Reserve locken wollte. Also dann mal los.

»Alfred Dachs, unser Berufsdemonstrierer, hat Sie auf seinem Rückweg vom Breitenbrunner Hafen gesehen, als Sie mit dem

Fahrrad in Richtung Breitenbrunn an ihm vorbeigehetzt sind. Kurz bevor Joseph Andrássy ermordet wurde. Dabei hatten Sie laut Gernot Piller angeblich einen Termin mit Maximilian Plünder, der mit Ihnen über den Fortgang der Reise sprechen wollte. In Plünders Büro wusste man laut Polizei aber nichts von einem Termin. Dachs wunderte sich noch, warum Sie nicht Ihr typisches Kapitänsoutfit getragen haben, sondern eine Jacke von Plünders Cateringfirma und eine Basecap. Trotzdem hat er Sie erkannt. Im Gegensatz zu Sebastian Gsertz und Sandra Schwarzkopf, denen nur ein verwirrter Radfahrer in Breitenbrunn aufgefallen ist. Aber gut, die beiden waren ja auch mit ihren Prangerspielchen abgelenkt. Was aber auch ganz egal ist. Denn die Videoüberwachung im Tuningshop auf der Bundesstraße in Breitenbrunn hat Sie in HD und im Großformat erwischt, wie Sie über die Straße gebrettert sind, um dann wenig später in der Seestraße in Richtung See zu verschwinden.«

Keine Ahnung, ob es im Tuningshop eine Videokamera gab, die auch den Eingangs- oder Straßenbereich im Visier hatte. Ich fand lediglich, dass ich an dieser Stelle meines Vortrags ein bisserl was Handfestes einbauen sollte, um ihm die Ausweglosigkeit des Leugnens zu verdeutlichen. »Für Sie war es ja ein Leichtes, sich eine Jacke mit dem Logo von Plünder Catering zu organisieren. Schließlich arbeiten Sie für denselben Konzern, und die Mitarbeiter vom Cateringunternehmen liefern jeden Tag das Essen auf das Schiff.«

»Das ist alles, was Sie haben?«, fragte er herablassend.

»Andrássy wurde mit großer Sicherheit mit einem Bootshaken aufgespießt, der von der MS Maximilian stammte. Gludovatz wurde mit einer Segelmacherschere erstochen, wie Sie sie gerade, nun ja, in Händen halten.« Wo hatte er die auf einmal her? Gab es hier in der Kabine der alten Prucknerin ein geheimes Scherenlager, oder hatte er sich die schon auf der Brücke eingesteckt? »Womit Sie mir aber echt helfen müssen, ist das Motiv für den Mord an Andrássy. Hat er Sie erpresst, weil er mitbekommen hat, wie Sie den Gludovatz um die Ecke gebracht haben?«

»Das ist alles lächerlich, was Sie mir hier anzuhängen versuchen«, polterte Nicolaysen mit seiner friesisch herben Sprachfärbung. Aber in seiner Stimme schwang auch ein Funken Unsicherheit mit, kaum wahrnehmbar.

Mit meinen paar Indizien würde ich wohl nicht weiterkommen bei ihm. Nicolaysen war ein gestandener Mann, erfahren im Umgang mit hohem Wellengang und rauer See. Wenn ich ihn nicht auf der rationalen Ebene packen konnte, brauchte es offenbar Kaliber auf einer anderen, emotionaleren Ebene. Und da gab es nur einen Punkt, an dem dieser Seebär verletzlich war.

»Kennen Sie den Franz Karner?«, fragte ich ihn.

Er zuckte nicht mit der Wimper. »Wer soll das sein?«

»Der ist Installateur in Rust. Er schuldet mir noch einen Gefallen, weil ich letztes Jahr seine Tochter in Eisenstadt vor ein paar halbstarken Idioten beschützt habe.«

»Was kümmert mich dieser Installateur?« Nicolaysen hielt immer noch diese Schere in der Hand. Solange er sich nicht von der Stelle bewegte, gab es keinen akuten Grund zur Sorge. Cool bleiben.

»Wenn es im Ruster Pflegeheim, in dem ja Ihre kranke Frau, Gott sei es gedankt, ein neues Zuhause gefunden hat, etwas im Sanitärbereich zu reparieren gibt, wird der Franzl gerufen«, half ich ihm auf die Sprünge. »Und wenn man einen Krankentransport braucht, beispielsweise um Ihre Frau zu einem Spezialisten nach Eisenstadt zu bringen, dann ruft man die Daniela Pruckner. Mit ihr bin ich gut bekannt, wie Sie vielleicht wissen. Und schließlich gibt es noch den Wotruba Johann, der ist Pfleger im Heim vom Plünder. Das sind also gleich drei Personen, die sich regelmäßig in der Nähe Ihrer Frau aufhalten, während Sie auf dem See unterwegs sind. Da würde eine Bemerkung meinerseits reichen, und schon würde ein kleiner Unfall passieren.«

Den Wotruba hatte ich mir gerade auf die Schnelle aus den Fingern gesaugt, den gab es nicht wirklich. Aber drei Leute, die Nicolaysens Frau potenziell gefährlich werden konnten, klangen besser als zwei. Auch wenn mir klar war, dass Franz Karner und die Taxiprucknerin niemals jemandem ein Haar krümmen könnten. Aber konnte sich der Kapitän da genauso sicher sein?

»Das ist ganz schön niederträchtig, was Sie hier treiben.«

»Wohl kaum niederträchtiger als ein Doppelmord«, entgegnete ich. Meine vollkommen aus der Luft gegriffene Drohung schien ihre Wirkung beim Seebären nicht verfehlt zu haben. Doch noch war er wohl nicht restlos überzeugt.

»Sie klingen wie ein drittklassiger Schutzgeld-Erpresser aus einem viertklassigen Mafiafilm. Die Unversehrtheit meiner Frau im Tausch gegen mein Geständnis, verstehe ich das richtig?«

Ich konnte seine Nervosität geradezu riechen. Seine Frau war seine Schwachstelle. Was sie betraf, stand nicht er selbst am Steuerrad. Da war er nicht Kapitän. Er war Passagier und somit dem mitunter stürmischen Wellengang, den jemand wie ich erzeugte, schutzlos ausgeliefert.

»Ich würde mich tatsächlich nicht als Mitglied eines echten Mafiaclans eignen, da haben Sie recht«, erklärte ich. »Das ist aber auch gar nicht notwendig. Dafür habe ich meinen guten alten Freund Vito Violino, seines Zeichens Chef eines der mächtigsten Mafiaclans in Deutschland. Mit ihm habe ich lange Jahre während meiner Zeit im Ruhrgebiet zusammengearbeitet.« Dass diese Zusammenarbeit daraus bestanden hatte, dass ich als Mitglied einer Essener Sondereinheit versucht hatte, Violino das Handwerk zu legen, fiel in jene Kategorie Detailwissen, die ich Nicolaysen nicht unbedingt auf die Nase binden musste. »Viel gelernt von ihm! Fragen Sie mal bei Maximilian Plünder nach, der kennt Vito Violino auch. Plünder hatte es im letzten Jahr nur mir zu verdanken, dass Violino seine Geschäftstätigkeiten nicht auf Ostösterreich ausgeweitet hat. Ich habe ihn damals davon abgehalten. Was glauben Sie also, wie lange Plünder im Fall des Falles seine schützende Hand über Sie hält? Und über Ihre Frau?«

Der angebliche Einstieg Vitos ins Geschäft in Österreich – das war dieselbe Story, mit der ich Plünder im Vorjahr unter Druck gesetzt hatte. Damals hatte das ganz gut funktioniert. Vielleicht auch jetzt bei Nicolaysen? Gleichzeitig überkam mich ein mulmiges Gefühl. Man sollte die Dinge nicht beschreien, nicht mit dem Feuer spielen. Denn ich kam hier am Neusiedler See auch sehr gut ohne Vito Violino klar.

»Warum mischen Sie sich überhaupt in die ganze Sache ein?«, fragte mein Gegenüber. »Das geht Sie doch eigentlich nichts an.«

»Das frage ich mich auch oft«, gestand ich. »Es ist wohl eine Kombination aus Berufsehre und einem ausgeprägten Sinn für Gerechtigkeit. Geht mir manchmal selbst auf die Nerven, aber da komme ich einfach nicht aus meiner Haut raus.«

»Wenn Ihnen das auf die Nerven geht, kann ich Sie gerne davon erlösen«, sagte Nicolaysen drohend, stand auf und kam mit der gezückten Schere auf mich zu.

Mindestens fünfzehn Zentimeter lange Klinge, verblüffende Ähnlichkeit mit jener, die in Marlis Wendelins Kabine gefunden worden war. Hatte er die irgendwo in einer Aktion bekommen? Zahl eine, bekomm zwei, töte drei?

»Machen Sie keinen Scheiß!«, platzte es aus mir heraus, was ihn herzlich wenig beeindruckte.

Angriff, Flucht, Verwirrung. Das waren die Optionen. Es lag auf der Hand, wofür ich mich innerhalb von Sekundenbruchteilen entscheiden musste. Ich trat ihm entgegen, womit Nicolaysen anscheinend nicht gerechnet hatte. Mit nur einem Handkantenschlag sorgte ich dafür, dass die Schere aus seiner Hand glitt. Ein Palmstrike ans Kinn folgte. Dieser Move war mir beim Krav-Maga-Training während der Ausbildung niemals so gut gelungen wie in diesem Moment. Nicolaysen kippte nach hinten, und er hatte Glück, dass er dabei nicht mit dem Kopf an die Kante des Schreibtisches knallte. Ich sprang auf ihn zu und fixierte ihn am Boden, und ich war ziemlich stolz auf mich. Dafür, dass ich seit über einem Jahr jede körperliche Anstrengung gescheut hatte wie der Teufel das Weihwasser, handelte ich erstaunlich professionell. Auch Nicolaysen schien beeindruckt zu sein. Hatte er mir wohl nicht zugetraut.

»Jetzt reden Sie endlich!«, fuhr ich ihn an, während meine Hände seine Unterarme am Boden fixierten.

»Okay, ich rede, es hört uns ja eh keiner zu. Aber gehen Sie von mir runter, Mann!«

»Das könnte Ihnen so passen! Reden Sie!«

Nicolaysen rang nach Luft, also verringerte ich zumindest das auf seinem Unterleib lastende Gewicht ein wenig. Hatte ja niemand etwas davon, wenn er vor lauter Atemproblemen nicht zum Erzählen kam. Und dann legte Kapitän Thees Nicolaysen los.

Er hatte Maximilian Plünder einige Wochen zuvor in seinem Büro im Plünder-Tower in Parndorf aufgesucht. Der Gesundheitszustand seiner an Demenz leidenden Frau hatte sich merklich verschlechtert.

»Ich habe mich lange darum gekümmert, ihren Alltag aufrechtzuerhalten. Aber ich habe keine Pflegeausbildung, kann nicht immer so für sie da sein, wie sie es zunehmend brauchte. Auf der anderen Seite hätten mein Einkommen und ihre Pflegestufe niemals ausgereicht, um ihr einen Platz in einem adäquaten Pflegeheim zu organisieren. Zum Beispiel in einem qualitätsvollen Heim wie jenem von Maximilian Plünder in Rust. In ihrer gewohnten Umgebung, was für Demenzkranke von enormer Bedeutung ist. Nichts ist schlimmer, als einen an Demenz erkrankten Menschen aus seinem gewohnten Umfeld zu reißen. Allein das Verlassen der eigenen vier Wände war schon ein großes Wagnis. Ein Umzug in eine fremde Stadt? Völlig undenkbar. Ich wollte meine Frau weiterhin so oft wie möglich besuchen und sie auf jeden Fall in meiner Nähe haben. Also bin ich nach Parndorf gefahren und habe den Maximilian Plünder um Hilfe gebeten. Ich bin mir vorgekommen wie im Film ›Der Pate‹. Ich wurde empfangen wie ein Lakai. Es hat nur noch gefehlt, dass ich vor ihm niederknien musste.«

Ich erinnerte mich an meinen Besuch in Plünders Büro im Vorjahr. Und konnte mich sehr gut in Nicolaysen hineinversetzen. Für Menschen, die auf Hilfe von Maximilian Plünder angewiesen waren, deren letzte Rettung eine Audienz bei ihm darstellte, war dies sicherlich keine einfache Situation. Trotzdem war sie für Nicolaysen wohl immer noch angenehmer gewesen als dieser Moment jetzt gerade, in dem ich mit meinem ganzen Körpergewicht auf ihm saß.

»Er hat mir versprochen, dass ich mir keine Sorgen machen müsse. Und wirklich, zwei Wochen später erhielten wir die Zusage, dass wir für die Susanne einen Platz im Ruster Heim bekommen werden. Ohne anteiligen Kostenbeitrag, dieser wurde vom Gesundheitsfonds übernommen, den Maximilian Plünder für seine Mitarbeiter ins Leben gerufen hat. Und dann …« Nicolaysen verstummte.

»Was dann?« Wir redeten von Maximilian Plünder, einem ausgebufften Geschäftsmann. »Er forderte eine Gegenleistung?«

Nicolaysen nickte. »Es war am Tag vor Susannes Übersiedlung ins Heim. Wir steckten gerade mitten in den Vorbereitungen. Da läutete es auf einmal an der Tür. Plünders Chauffeur stand draußen und forderte mich auf herauszukommen. Der Chef saß auf der Rückbank seiner Limousine und ließ das Fenster herunterfahren«, schilderte er eine Szenerie, die es ebenfalls locker in einen Mafiafilm geschafft hätte. »Er bat mich um einen Gefallen, er habe mir ja schließlich auch einen getan. Es gebe da einen Mann, der ihn und sein ganzes Imperium bedrohe, der ihm gefährlich werden würde. Und ich hätte ja auch ein vitales Interesse daran, dass es ihm und seinem Unternehmen gut gehe. In diesem Moment stand plötzlich die Susanne in der Haustür und fragte, ob alles in Ordnung sei. Ich antwortete ihr, dass alles gut sei und sie sich keine Sorgen machen müsse. Und im nächsten Moment sagte ich Plünder dasselbe.«

»Und dann?«

»Plünder erzählte mir von Johann Gludovatz. Der habe ihm die Rolle im Weinkaiser zu verdanken und Plünder habe sich auch sonst immer um sein Fortkommen bemüht. Wegen einer Sache im Sommer 1989. Plünder sei ihm etwas schuldig gewesen, und als Ehrenmann habe er immer zu seinen Schulden gestanden. Doch irgendwann sei Gludovatz übermütig geworden. Er habe sich immer mehr erlaubt und sich stets darauf verlassen, dass Plünder ihn aus der Scheiße holen würde. Er habe den

Bogen überspannt, sei außer Kontrolle geraten, erzählte mir Plünder. Und deshalb müsse er verschwinden.«

An diesem Punkt packte mich die Wut. »Was sagen Sie da?«, schrie ich ihn an. Im Sommer 1989! Weiter hörte ich ihm nicht mehr zu. Im Nachhinein betrachtet war es wohl in genau diesem Moment, dass ich Nicolaysen nicht mehr ganz so fest mit den Händen am Boden fixierte. Ihm mehr Bewegungsfreiheit verschaffte.

»Natürlich hat der Plünder nicht gesagt, dass ich ihn umbringen soll. Aber es war doch klar, worauf er hinauswollte.«

»Was war da los, im Sommer vor vierunddreißig Jahren?«

Nicolaysen sah mich verständnislos an. »Plünder hat es mir nicht erzählt. Aber ...«

Frag genau nach, Niko. Lass dich nicht mit einfachen Antworten abspeisen. Geh ins Detail! Ich hatte wieder meinen Vorgesetzten bei der Essener Sondereinheit im Ohr. »Plünder hat es Ihnen vielleicht nicht erzählt«, sagte ich. »Aber eventuell Gludovatz?«

Der Kapitän hielt inne. Ich fixierte ihn immer noch auf dem Boden. »Ich habe Gludovatz Freitagabend eine Dosis Zopiclon in einen seiner Drinks gekippt. Nachdem die anderen Passagiere gegangen waren. Das setzte ihn rasch außer Gefecht.«

»Haben Sie mir tags darauf dasselbe Zeug ins Essen gemischt?«

»Ihnen habe ich eine geringere Dosierung verabreicht. Sie sollten nicht so lange ausfallen. Es musste nur dafür reichen, dass ich Ihnen den Gludovatz in die Kabine legen konnte.«

»Das haben Sie ganz alleine gemacht?«

Gludovatz war ein ausgewachsener Kerl. Nicolaysen auch, schon klar. Trotzdem stellte ich mir das im Alleingang ziemlich herausfordernd vor. Noch dazu, ohne dabei viel Aufsehen zu erregen.

»Selbstverständlich«, erklärte Nicolaysen.

»Muss schwer gewesen sein, so ein lebloser Körper.«

»Ich bin es gewohnt, schwere Bürden auf mich zu nehmen«, antwortete er etwas zu pathetisch.

»Was war das für eine Sache, damals im Sommer?«, startete ich einen neuen Versuch. Nicolaysen sah mich nur stumm an. Er realisierte, dass es an dieser alten Geschichte etwas gab, das mich catchte. Etwas, das mich emotional aus der Fassung brachte. Das mich unkonzentriert werden ließ. »Reden Sie, verdammt noch mal!«

»Gludovatz hat den Plünder damals dabei erwischt, wie er sich an einem Mädel vergriffen hat. Im Wald, bei St. Margarethen.«

Na endlich. Ich ließ von ihm ab, sackte neben ihm auf den Boden und lehnte mich mit dem Rücken ans Bett.

»Als die Grenze nach Ungarn geöffnet worden war und die DDR-Flüchtlinge herüberkamen?«, fragte ich.

»Sie wissen davon?«

Ja. Ich wusste davon. Ich hatte es gelesen. Im Tagebuch von Luises Mutter.

»Der Gludovatz hat den Plünder also damit erpresst, dass er ihn wegen der Vergewaltigung anzeigen würde?«, fragte ich.

»Noch nicht gleich, erst ein paar Jahre später ist der Gludovatz damit beim Plünder vorstellig geworden. Als er Hilfe gebraucht hat.«

»Das Ganze ist über dreißig Jahre her, eine Vergewaltigung verjährt nach nur zehn Jahren. Gludovatz hätte ihn doch gar nicht mehr anzeigen können.«

»Das nicht, aber er hätte mit den Medien reden können. Gludovatz war ja nicht irgendwer, dem hätten die Leute zugehört. Und wohl auch geglaubt. Den daraus resultierenden Sturm hätte nicht mal der Plünder überstanden.« Nicolaysen richtete sich auf, sodass wir uns nun am Boden gegenübersaßen, wie zwei Freunde, die sich Geschichten von früher erzählten. Es fehlte nur das Bier, mit dem wir auf die gute alte Zeit anstoßen konnten. Er war also jener Mann, den die Mutter von Luise in ihrem Tagebuch erwähnt hatte. Gludovatz war damals plötzlich im Wald aufgetaucht, wegen ihm hatte Plünder von ihr abgelassen. Er hatte sie quasi gerettet. Und anschließend ihren Peiniger erpresst. Und nun hatte Thees Nicolaysen den einzigen Zeugen für Plünders damalige Tat ermordet. So ein Idiot.

»Und dann haben Sie ihn mit der Segelmacherschere erstochen?«

»Er hat mich noch angefleht, dass wir gemeinsame Sache machen sollen. Plünder würde sich nicht trauen, Susanne den Heimplatz zu verwehren, wenn wir beide ihn in der Hand hätten. Doch wie hätte ich mich darauf verlassen sollen? Das konnte ich nicht riskieren. Susanne brauchte den Platz. In ihrem geliebten Rust. Nirgendwo anders. Aber Gludovatz hatte etwas nicht verstanden. Entweder man macht den Dreck, oder man ist derjenige, der ihn wegräumt. Es gibt nur diese beiden Sorten von Menschen in unserer Gesellschaft. Es ist zum Scheitern verurteilt, wenn sich jemand aus der einen Gruppe mit jemandem aus der anderen Gruppe zusammentut. Das funktioniert einfach nicht. Das hat Gludovatz nicht verstanden. Deswegen musste ich den Dreck wegmachen.«

»Wo haben Sie es getan?«

»Im Lagerraum auf dem Unterdeck.«

»Wo haben Sie die Leiche anschließend aufbewahrt? Zwischen seinem Verschwinden Freitagabend und dem Fund der Leiche in meiner Kabine am Sonntagmorgen muss der Körper ja irgendwo abgeblieben sein.« Im Lager, wo Spürhund Bella die Pailletten gefunden hatte, konnte er jedenfalls nicht gelegen sein, dort hätten wir ihn entdeckt.

»Das tut doch wirklich nichts zur Sache«, antwortete der Kapitän. Es schien Einzelheiten zu geben, die er nicht preisgeben wollte. Und das, obwohl die Schwere der gestandenen Tat vollkommen ausreichte, um ihn jahrelang hinter Gitter zu bringen. Warum schwieg er bei vermeintlichen Nebensächlichkeiten?

»Warum haben Sie ihm den Penis abgeschnitten? War das auch Plünders Idee?«

»Das ist egal«, antwortete Nicolaysen.

»Ist es nicht«, entgegnete ich. »Genauso wie die Ermordung von Joseph Andrássy.«

»Der Andrássy«, sagte er und lachte in verächtlichem Ton. »So ein Depp«, fuhr er fort, mehr zu sich als an mich gerichtet. »Hat kalte Füße bekommen, wollte mit allem auf einmal nichts mehr zu tun und von nichts gewusst haben. Selbst den Gsertz ist er an Bord angegangen, hat ihn angefleht. Als ob der ihm hätte helfen können. Bin gerade noch rechtzeitig dazwischengegangen, bevor jemand sein Geheule hätte mitbekommen können. Er dachte wohl, es sei alles nur so ein Dahingerede gewesen«, murmelte er vor sich hin.

»Womit wollte Andrássy nichts mehr zu tun haben? Was wurde doch nicht nur so dahingeredet?«

»Spielt doch keine Rolle mehr«, sagte Nicolaysen.

»Und wie das eine Rolle spielt«, antwortete ich. »Für das Landeskriminalamt genauso wie für den Staatsanwalt.«

»Die werden das, was ich Ihnen erzählt habe, nicht erfahren. Oder meinen Sie etwa, ich beichte Ihnen all das ganz freimütig, damit Sie mich anschließend ins Gefängnis stecken können? Da helfen Ihnen auch Ihre Mafia- und Klempnerfreunde nichts.« Mit einem Sprung hechtete er plötzlich, geschmeidig wie eine zu groß geratene Wildkatze, hinüber zu der vor der Kabinentür auf dem Boden liegenden Schere. »Und jetzt ist die Märchenstunde zu Ende!«

»Lassen Sie das bleiben!«, warnte ich ihn. Und gerade als ich mich auf ihn werfen wollte, sprang hinter ihm die Kabinentür auf, und Bella kam mit einem lauten Bellen hereingestürmt. Sie packte Nicolaysen am Arm. Hätte der Schäferhund in Kommissar Rex nicht besser hinbekommen, alle Achtung.

»Lassen Sie es gut sein!«, hörte ich die alte Prucknerin im Flur, während Bella den Kapitän zu Boden zwang. Ich ergriff die Schere und sah die Grand Old Lady erstaunt an, die in aller Seelenruhe in ihrem Rollstuhl saß. Sie hatte ihre Aufforderung offensichtlich nicht an mich adressiert, sondern an Nicolaysen.

»Aber der Sicherheitsmann … sollte doch … falls notwendig … wie eine Kakerlake … ausgeschaltet …«, stammelte der Kapitän unter lauten Schmerzensschreien. Bella hatte sich in seinen Arm verbissen. Unschön.

»Aber nicht der hier«, antwortete Eleonora Pruckner mit so einer herrischen Stimme wie aus einem spooky Film. Sie wirkte ganz anders als in den Tagen zuvor. Wie eine coole alte Mafiabraut. Ich dachte unweigerlich an Vito Violino, den Clanchef aus dem Ruhrgebiet, der mir Luise genommen hatte. Doch gegen die alte Prucknerin hätte sogar er in diesem Moment keinen Stich gemacht. »Mir kommt vor, meine Tochter hat sich ein bisserl in den Heini verschaut. Den brauch' ma also noch.«

Freitag

Ist ja doch noch was aus dir geworden

»Der war ganz und gar net zufrieden«, sagte der Poidl und widmete sich wieder seiner Postkarte. Er hockte sich nach wie vor einen Nachmittag pro Monat ins Ruster Spritzenhaus, um eine Sehenswürdigkeit aus der Region zu Papier zu bringen. Diese schickte er dann an Neusiedler-See-Fans in der ganzen Welt. Na ja, jeder hat halt so seinen Spleen.

Das Gesicht vom Krammer war ein Genuss gewesen, als wir ihm gestern Abend im Hafen von Rust Thees Nicolaysen als Doppelmörder übergeben haben. Ich war mir sehr sicher, dass er sich schon einen Monolog zurechtgelegt hatte, mit dem er mich der Unfähigkeit hatte bezichtigen und bloßstellen wollen. Das war ich in meiner Funktion als Securityheinzi an Bord der MS Maximilian wahrscheinlich auch zu einem gewissen Grad. Und doch war es mir ein inneres Volksfest, dass sich Krammer seinen Vortrag hatte sparen müssen.

»Nur gut, dass du so unbeschadet aus der Sache rausgekommen bist«, sagte Bürgermeisterin Josef, die mir gegenübersaß. »Was man so hört, war das ja ganz schön knapp.«

»Zum Glück hat er sich von einer alten, senilen Frau und einem Hund retten lassen«, platzte es aus dem Poidl heraus. Plötzlich schien es gar nicht mehr so wichtig zu sein, sich auf das Bemalen der Postkarte zu konzentrieren.

»Wer nennt hier meine Mama senil?«, fragte die Prucknerin voll gespielter Entrüstung, nachdem sie sich ein Achterl an der Bar geholt und sich wieder zu uns gesetzt hatte. »Da schau, Niko, hab dir ein Biertschi mit'bracht. Das hast dir verdient.« Ich hatte mir weitaus mehr verdient, fand ich. Aber ein Biertschi war ein Anfang.

»Die Mama hat mehr drauf, als ihr euch vorstellen könnt«, verteidigte die Prucknerin ihre alte Dame. Und ich befürchtete, dass die Taxiprucknerin nicht mal annähernd eine Vorstellung davon hatte, was ihre Mamschki auf dem Kerbholz hatte. Ich hatte noch am gestrigen Abend versucht, Jennie auf den Zustand der alten Prucknerin anzusprechen. Doch sie war nach dem Anlegen wie vom Erdboden verschwunden gewesen. Eleonora Pruckner war nach ihrem coolen Auftritt mit Bella in den Salon zurückgerollt und gleich wieder in ihre Alte-Oma-Masche verfallen. Später hatte sie der Polizei erzählt, dass die Tür zu ihrer Kabine offen gestanden und Bella, die zufälligerweise gerade am Gang unterwegs gewesen sei, hineingestürmt sei und sich angesichts der Bedrohung ihres Herrchens auf Kapitän Nicolaysen gestürzt habe. Wie das alles passieren hatte können und was die Männer in ihrer Kabine zu suchen hatten, all das habe sie sich beim besten Willen nicht erklären können. Und dann war sie ganz plötzlich sehr müde geworden und hatte darum gebeten, in ihr Heim gebracht zu werden. Eine Bitte, die die bemühten Polizisten der betagten Dame natürlich nur zu gern erfüllt hatten.

Die noch an Bord befindliche Prominenz hatte schnellstmöglich Reißaus genommen. Elisabeth Borbely hatte ihre traumatisierte Tochter Birgit im Schlepptau gehabt. Und auch alle anderen Passagiere schienen beim Verlassen des Schiffes einfach nur froh gewesen zu sein, diese Reise der besonderen Art hinter sich gebracht zu haben.

Den Befragungen des Landeskriminalamtes würden sie trotzdem nicht auskommen, genauso wie die beiden Crewmitglieder. Und natürlich Elmar Tinhof, dem ich persönlich nur das Schlechteste wünschte. Hätte ich am vergangenen Abend nicht noch ein Date mit Kapitän Nicolaysen gehabt, ich hätte mir für den Mann, der das Leben der Taxiprucknerin leichtfertig aufs Spiel gesetzt hatte, noch etwas Besonderes einfallen lassen.

»Und der Kapitän hat wirklich beide Männer auf dem Gewissen?«, fragte Josef.

»Mhmm«, machte ich in Richtung der Bürgermeisterin. Er hatte ein Motiv, die Gelegenheit und Zugriff auf die Mordwaffe gehabt. Und er hatte gestanden. Weder Joseph Andrássy mit seinem Hinkebein wäre körperlich in der Lage gewesen, Gludovatz durch das halbe Schiff zu schleppen, noch Sebastian Gsertz nach seiner Hüftverletzung, von der er mir auf der Tabor-Ruine in Neusiedl erzählt hatte. Elmar Tinhof war für mich zwar ein fester Trottel, aber der wollte seinen Fame als Autor in Freiheit genießen und nicht als verurteilter Mörder im Gefängnis.

Blieb noch Gernot Piller, der jedoch gemeinsam mit Sylvia Münch unterwegs gewesen war, während Joseph Andrássy in Breitenbrunn ermordet worden war. Die weiblichen Passagiere schieden aus, keine von ihnen war unbeobachtet gewesen, als Andrássy zu Tode gekommen war, und keine von ihnen hätte es allein geschafft, den massigen Körper des Weinkaisers übers Schiff zu schleppen. Warum Nicolaysen Andrássy umgebracht hatte, konnte ich zu diesem Zeitpunkt nicht wirklich beantworten. Das Gemurmel des Kapitäns in der Kabine hatte etwas Verschwörerisches an sich gehabt. Ob Andrássy ein Mitwisser gewesen war, der kalte Füße bekommen hatte? Vielleicht hatten sich die beiden im Vorfeld der Reise getroffen und beschlossen, den Weinkaiser gemeinsam aus dem Weg zu räumen. Vielleicht waren auch noch andere Personen involviert gewesen? Nicht auszudenken, wenn die Mamschki von der Taxiprucknerin … Die Ermittlungen und der Gerichtsprozess würden vielleicht Licht in diese Dinge bringen. Doch ich fürchtete, dass Nicolaysen eisern schweigen würde. Schließlich ging es am Ende des Tages um den Heimplatz seiner Frau. Und falls einer der weiteren Passagiere in die Angelegenheit verwickelt war, würde sich dieser sicherlich davor hüten, sich selbst zu belasten.

Ob Nicolaysen sein Geständnis vor den Beamten oder vor Gericht wiederholen würde, das wusste zu diesem Zeitpunkt nur er selbst. Ziemlich sicher war ich mir, dass er sein wahres Motiv für den Mord an Johann Gludovatz nicht preisgeben würde. Die schützende Hand des Maximilian Plünder über seine bereits in der Seniorenresidenz lebende Frau Susanne wäre von heute auf morgen entzogen.

Nicht erfahren würde ich wohl auch, warum die Segelmacherschere, also das Tatwerkzeug, ausgerechnet in der Kabine von Marlis Wendelin aufgetaucht war. Hatte sich Nicolaysen von der kaputten Kabinennummer an der Tür irritieren lassen? Die Neun hing bei ihrer Kabinentür so traurig auf dem Kopf, dass man sie auch für eine Sechs hätte halten können. Das wäre dann Bellas und meine Kabine gewesen. Und da Bella aus rein praktischen Gründen schon nicht als Täterin in Betracht gekommen wäre, wäre das für den Auftraggeber Maximilian Plünder vielleicht eine hervorragende Gelegenheit gewesen, nicht nur Johann Gludovatz, sondern auch Nikolaus Lauda aus dem Weg zu räumen. Den einen als Mordopfer, den anderen als Täter, in dessen Kabine auch das Opfer wiederaufgetaucht war. Vielleicht hatte er sich nur deshalb von der Prucknerin dazu überreden lassen, mich als Securityheinzi mit an Bord zu lassen. Aber, und das war der Pferdefuß in diesem Punkt, Wendelins Kabine und meine befanden sich auf zwei unterschiedlichen Decks. Eine Verwechslung, ausgerechnet durch Kapitän Nicolaysen, erschien mir da doch sehr unwahrscheinlich.

»Wäre die Mamschki noch ein bisserl jünger, wäre das eine passende G'schicht für sie g'wesen«, sagte die Prucknerin, nachdem ich mit meinen Ausführungen und meiner Energie am Ende war.

»Wie meinst jetzt das?«, fragte Castle, der sich zwischenzeitlich zu uns an den Tisch g'hockt hatte, weswegen sich Poidls Postkartenwerkstatt platzmäßig etwas einschränken hatte müssen. Der Weinbauer hatte aktuell nicht viel zu tun, außer dafür zu sorgen, dass Schädlinge, Unkraut und vor allem die Stare seine Trauben in Ruhe wachsen ließen.

»Der Papa hat früher mal so Andeutungen g'macht, bei denen ich mir nie ganz sicher war, ob er die Mamschki nur aufziehen wollte oder ob da wirklich was dran war.«

»Was denn zum Beispiel?«, hakte Castle nach und biss in sein Aufstrichbrot.

»So alte Spionage-G'schichten. Weißt eh, in Zeiten des Kalten Krieges waren wir hier an vorderster Front. Und da soll es den einen oder anderen von uns gegeben haben, der sich ein bisserl was als Horchposten dazuverdient hat.«

»Zeig mir einen, der bei uns nicht als Horchposten aktiv ist, auch heutzutage noch«, sagte Josef und brachte damit den ganzen Tisch zum Lachen. »Das bleibt in einer kleinen Stadt wie der uns'rigen doch gar nicht aus!«

Bella und ich waren die Einzigen, denen irgendwie nicht nach Lachen zumute war.

»Hättest du den Taxidienst eigentlich tatsächlich quittiert, wenn der Plünder mich nach meinem emotionalen Ausritt in Parndorf als Sicherheitsheinzi rausgeworfen hätte?«, fragte ich die Prucknerin.

»Der Niko und emotional? Haha, das ist ja ein guter Scherz«, lachte Castle vor sich hin.

»Natürlich«, bekräftigte die Prucknerin ihre Haltung. »Ich hätt mir dich doch nicht rausschießen lassen, nachdem ich dich ewig überreden hab müssen, dass du mit von der Partie bist.«

»Hätt dem Plünder vielleicht eh egal sein können«, mischte sich Castle erneut ein. »Wenn's mit dem Pegelstand des Sees so weitergeht, erledigen sich seine Kreuzfahrten in drei Jahren sowieso von allein. Dann braucht er auch kein Taxiunternehmen mehr, das seine Passagiere herumkutschiert.«

»Aber Schwankungen des Pegels hat es hier am See doch immer schon gegeben«, erklärte ich. »Der See war ja auch schon mal ganz ausgetrocknet und ein paar Jahre später wieder da. Ist halt ein Steppensee, da ist das doch quasi part of the game, oder?«

»Das stimmt schon«, gab mir Castle recht. »Aber dieses Mal sind das keine natürlichen Schwankungen. Es regnet seit Jahren viel zu wenig in der Region, auch die Wulka als wichtigster Zufluss führt viel weniger Wasser in den See hinein als früher. Dazu das viele Schilf, das dem See Wasser entzieht.«

»So viel Schilf kann das doch gar nicht mehr sein, so oft wie es mittlerweile im Schilfgürtel brennt«, unterbrach ich seinen Naturkundevortrag.

»Andersrum wird ein Schuh draus«, erwiderte Castle, »so oft kann es gar nicht brennen, als dass es wirklich was bringen würde. Und durch die immer höheren Temperaturen im Sommer verdunstet obendrein viel mehr Wasser als früher. Gegen den Klimawandel kann selbst der Plünder nichts ausrichten. Da kann er noch so moderne Schiffe mit wenig Tiefgang bauen, das geht sich irgendwann nimma aus. Und ich glaub, das wird eher früher als später der Fall sein.«

Verrückt. Ein riesiger See, der sich einfach so aus dem Staub macht und seinerseits zu Staub wird.

»Und wenn du wirklich nie wieder einen Auftrag von ihm bekommen hättest?«, wandte ich mich wieder der Prucknerin zu. »Ich mein, es ist der Plünder. Wenn der die Leut hier gegen dich aufbringt. Das war schon ein bisserl riskant von dir.«

»Ach was, das hätt er net g'macht. Er weiß ja, dass ich hier in der Region jeden kenn. Das hätt ihm net gut zu Gesicht g'standen. Außerdem haben wir ja zusätzlich zu unserem klassischen Taxiservice auch noch andere Standbeine, da mach dir mal keine Sorgen.«

Also gut, dann machte ich mir halt mal keine Sorgen.

Kurz darauf fanden Bella und ich uns draußen in der Abendsonne wieder. Bella musste mal für kleine Damen. Gleich neben dem Spritzenhaus befand sich dieser fesche Rosengarten. Man musste nur bei der netten Trafikantin und der Post vorbeischlendern, und schon war man dort. Bella liebte diesen Ort. Hier hatte sie alles im Blick, von der Bundesstraße bis zur Busstation.

»Es wäre total hilfreich, wenn du mir erzählen könntest, was du an Bord so mitbekommen hast«, sagte ich zu ihr, nachdem ich mich auf einer der Holzbänke niedergelassen hatte. »Was du zum Beispiel gehört hast, wenn du bei der alten Prucknerin herumgelegen oder um einen der anderen Passagiere herumstrawanzelt bist. Der Nicolaysen hat die beiden Herren auf dem Gewissen, dessen bin ich mir sicher. Aber wer von den anderen zu welchem Zeitpunkt was genau wusste, ist mir ein Rätsel.«

Bella stand neben mir auf einem Stück Rasen und hatte ihre Schnüffelei unterbrochen. Jetzt sah sie mich mit ihren Murmelaugen treuherzig an. Die Intensität ihres Hechelns hatte sich der fortgeschrittenen Uhrzeit und den somit etwas angenehmeren

Temperaturen angepasst. Wenn ich sie mir so anschaute, war ich mir nicht sicher, ob sie – selbst wenn sie reden könnte – mir die Wahrheit über die Geschehnisse an Bord mitteilen würde. Ich wusste zwar nach wie vor nicht, woher sie vor einem Jahr gekommen war, als sie plötzlich im Innenhof des Bahnhofsheiserls gestanden war. Aber sie war eine von hier. Und die Leute *von hier* hielten zusammen.

»Weißt was«, sagte die Prucknerin, als Bella und ich wieder zurück im Spritzenhaus waren und am Stammtisch Platz genommen hatten. Josef und Castle unterhielten sich über neue Attraktionen für die Ruster Adventmeile. Angesichts der Sommerhitze schien ihnen ein bisserl Abkühlung gutzutun, und wenn's nur ein Gespräch über winterliche Aktivitäten war. Der Poidl war nach wie vor ganz mit seinen Postkarten beschäftigt. »Ich bin total froh, dass du letzten November nicht von hier weg bist.« Sie sah mich mit einem rundum aufrichtigen Lächeln im Gesicht an, das sich in diesem Moment, nach all der Aufregung in den vergangenen Tagen, einfach nur warm und gut anfühlte. Und wenn ich ehrlich zu mir selbst war, waren die Pruckner'schen Momente der Reise die mit Abstand besten gewesen. Und gleichzeitig auch die schlimmsten, wenn ich an ihren Unfall in Gols zurückdachte.

Sie schien das alles ja ganz gut weggesteckt zu haben. Auch die Info, dass sich jemand an ihrem Bus zu schaffen gemacht hatte, hatte sie nicht so richtig aus der Bahn werfen können. Müsse sie halt in den folgenden Tagen den Bus ein bisserl genauer durchchecken, bevor sie ihn in Betrieb nehme, hatte sie festgestellt. »Und ich glaub, der Neusiedler See tut dir total gut. Du wirkst viel entspannter und lockerer als bei deiner Ankunft im letzten Jahr«, fuhr sie fort.

Na ja, bis auf jene Nacht, in der ich mindestens tausend Tode gestorben war, als ich auf dem Weg zur Pruckner'schen Unfallstelle gewesen war. Und dass Nicolaysen mit einer Segelmacherschere auf mich losgehen wollte, war auch nicht gerade vergnügungssteuerpflichtig gewesen. Dagegen waren die Wochen und Monate zuvor die reinste Wohltat gewesen, da hatte sie schon recht. Und daran hatte auch sie selbst ihren Anteil gehabt.

»Und soll ich dir noch was sagen?«, fuhr diePrucknerin fort und sah mich weiterhin mit diesem schönen, warmen Lächeln an.

Ich nickte. Bella stieß plötzlich unterm Tisch ein gequältes Jaulen aus, zwängte in der Folge ihren Körper auf eine nicht gerade grazile Weise unter dem Tisch hervor und stellte sich wie ein Postament an den Ausgang des Spritzenhauses. Dann bellte sie. Einmal. Zweimal.

»Was ist denn los, du Hübsche?«, fragte ich sie schließlich nach dem dritten Bellen. War da etwa jemand eifersüchtig? Anstatt zu antworten, wedelte sie aufgeregt mit dem Schwanz und wirkte so, als ob sie jetzt sofort nach draußen wollen würde.

»Merk dir, was du sagen wolltest«, sagte ich zur Prucknerin, »vielleicht muss sie ja noch mal.«

»Seit wann braucht sie dich denn dafür?«, fragte Daniela nicht ganz zu Unrecht.

Bella führte mich ums Eck zum Kundenparkplatz vom Adeg-Supermarkt, auf dem drei der vier Stellplätze besetzt waren. Selbst auf dem Behindertenparkplatz stand ein Auto, wobei der dort platzierte fette SUV im Vorbeigehen nicht wirklich danach aussah, als ob sein Fahrer auch tatsächlich die Berechtigung zur Benutzung dieses Parkplatzes hätte.

»Deswegen hast du mich also rausgelockt?«, sagte ich zu Bella, die vor dem kleinen Glasvorbau mit den Einkaufswagerln Aufstellung genommen hatte. Da war doch tatsächlich neben dem SUV der runtergerockte Renault Twingo von den drei Halbstarken, die die kleine Nicole vor dem Auslaufen der MS Maximilian vor einer Woche so deppert angegangen waren. »Gutes Mädchen«, sagte ich zu Bella, die nach wie vor aufgeregt herumschwänzelte und fiepste.

Ich blickte mich unauffällig um, sah bis auf einen herannahenden Traktor und dessen Fahrer keine potenziellen Zeugen, zückte den Schlüssel vom Bahnhofsheiserl und kratzte mit diesem eine schöne Linie in die Fahrertür des Twingo. Das machte mich zwar nicht zu einem besseren Menschen, fühlte sich aber trotzdem irgendwie gut und richtig an.

Plötzlich jaulte Bella, die immer noch vor den Einkaufswagerln Schmiere stand. War das etwa unser geheimes Zeichen für den Fall, dass sich jemand näherte? Ich blickte auf. Neben mir stand in der Ruster Abendsonne, die die ganze Umgebung in ein warmes Licht tauchte, tatsächlich jemand. Aber keiner der drei Burschen, der mich beim Verzieren ihres Autos erwischt hatte. Auch nicht der Poidl, der meine Missetat vielleicht hätte ahnden müssen. Das war derjenige, der nicht nur seinen SUV ganz ungeniert auf einem Behindertenparkplatz abgestellt hatte, sondern sich auch für den Tod meiner Frau Luise verantwortlich zeichnete.

»Ist ja doch noch was aus dir geworden«, stellte Mafiapate Vito Violino zufrieden fest.

Danksagung

Eigentlich müsste an dieser Stelle ein großes Dankeschön an den Neusiedler See stehen, denn ohne diesen feinen See, der mir bei jedem Besuch das Gefühl gibt, am Meer zu sein, würde es diese Krimireihe rund um Nikolaus Lauda nicht geben. Deshalb hoffe ich von ganzem Seefahrerherzen, dass er noch möglichst lange in seiner natürlichen Form existieren wird.

Eine Seekreuzfahrt, wie ich sie im Buch beschrieben habe, gibt es in echt leider nicht. Doch es gibt viele echte Menschen, die dazu beigetragen haben, dass Nikolaus Lauda und all die anderen Protagonist*innen auf fiktive Art und Weise in See stechen konnten. Danke in diesem Sinne an Stefan Gangl von der Schifffahrt Gangl GmbH in Illmitz für Insights über das Leben auf (dem) See. Dank gebührt ebenfalls Johannes Ehrenfeldner vom Nationalpark Neusiedler See – Seewinkel, der mir Rede und Antwort über Flora und Fauna im Nationalpark stand. Und wenn wir schon in Illmitz sind, danke an Steffi und Gernot für all euren Support, see u soon auf eine Esterházy beim Karlo ☺

Lisa vom feinen Weingut Reichardt in Donnerskirchen hat meinen äußerst bescheidenen Wein- und Sautanz-Kenntnissen auf die Sprünge geholfen. Gabi vom Neusiedler See Store hat mit ihrem G'wandsortiment dafür gesorgt, dass ich selbst bei meinen Winter-Outdoorterminen am See nicht erfroren bin. Ursula Lamprecht hat mich in die Geheimnisse des Breitenbrunner Wehrturms eingeweiht. Harry hat immer dann schon mal den Wagen geholt, wenn es mal notwendig war, und Ully unterstützt mich mit medizinischem Know-how, seitdem ich vor zehn Jahren mit dem Schreiben begonnen habe. Gerald Szivacz hat in bewährter Manier mein Verlangen nach Infos über Rust am See gestillt. Ihnen allen gebührt mein Dank, wie auch Angelika und Peter Glavanovits vom Peterhof, die mich in die Geschichte von Mörbisch eingeführt haben.

Dieses Buch wäre niemals in Druck gegangen, wenn nicht

meine Testleser*innen Elisabeth, Laurenz, Natalia und Sandra mit strengem Blick durch das Manuskript gepflügt wären. Danke für euer Feedback und eure konstruktive Kritik! Danke auch an Christiane Geldmacher für die Unterstützung in puncto Lektorat (I'm happy, it's you!) und an Daria Gaberdan-Koprowski von Emons, ohne die diese Krimireihe niemals das Licht der Welt erblickt hätte und ohne die ich an einem bestimmten Punkt meines Autorenlebens wahrscheinlich mit dem Schreiben aufgehört hätte (davon weiß sie nichts, also psst, bitte nicht weitersagen).

Stellvertretend für alle Leser*innen, die mir via Mail oder Instagram Fotos von meinen Büchern für die Bookwall auf meiner Website schicken: Danke an Aleksandra (Lodz), Julia (Cornwall), Markus (Marokko), Sabrina (Mallorca) und Viktoria (Gran Canaria). Danke an all jene Buchhändler*innen, die Nikolaus Lauda (und Bella!) genauso ins Herz geschlossen haben wie ich und ohne deren besonderen Einsatz es keinen zweiten Band dieser Reihe gegeben hätte.

Und, wie immer zum Schluss, aber nicht vergessen: Danke an die beiden wichtigsten Menschen in meinem Leben, ohne deren Unterstützung all das nicht möglich gewesen wäre. Ohne euch ist alles nichts, das gilt mehr als je zuvor!

Unterstützung für die Pannonische Tafel:

Die Pannonische Tafel leistet einen wichtigen Beitrag für all jene Menschen, die nicht auf die Butterseite des Lebens gefallen sind. Das Team der Tafel bietet einkommensschwachen Menschen im Burgenland die Möglichkeit, Lebensmittel zu einem Unkostenbeitrag zu erhalten. Darüber hinaus organisiert die Pannonische Tafel Secondhandläden, »Wohnzimmer« als Raum für soziale Begegnungen und Kulturgenuss, Sozialberatungen und vieles mehr. Um die wertvolle Arbeit der Tafel zu unterstützen, spende ich einen Teil meines aus diesem Buch resultierenden

Autorenhonorars an die Pannonische Tafel. Wenn auch Sie die wertvolle Arbeit des Vereins unterstützen wollen, können Sie dies mit einer Spende an folgende Bankverbindung tun: RLB Eisenstadt, AT37 3300 0000 0221 5523.

Weitere Informationen finden Sie unter www.pannonischetafel.com.

Lukas Pellmann
TOD AM NEUSIEDLER SEE
Broschur, 304 Seiten
ISBN 978-3-7408-1523-3

Auf der Flucht vor einem deutschen Mafiaclan versteckt sich der ehemalige Polizist Nikolaus Lauda in Rust am Neusiedler See. Doch statt eines sicheren Rückzugsorts warten dort neue Probleme auf ihn. In einem nahe gelegenen Steinbruch wird die Leiche einer Journalistin gefunden, und für die örtliche Polizei steht fest: Lauda ist in den Fall verwickelt. Um seine Unschuld zu beweisen, stellt er eigene Ermittlungen an. Ein Wettlauf mit der Zeit beginnt, denn auch die Mafia kommt ihm wieder auf die Spur ...

»Witzig, ironisch und voller Situationskomik kommt diese Geschichte daher, inmitten der Tristesse der spätherbstlichen ungarischen Tiefebene. Es bleibt nach der kurzweilig-unterhaltsamen Lektüre zu hoffen, dass Niki Lauda, dieser verschlossene Antiheld, nach Rust zurückkehren wird.« Buchkultur

www.emons-verlag.de